ullstein

Das Buch

Als Dr. Viola Herz, 34 Jahre alt, von ihrem Verlobten betrogen wird, wirft sie kurzerhand alles hin: ihre Stelle als Assistenzärztin in München sowie ihre Aussicht auf baldige Heirat, ein gemütliches Eigenheim und ein oder zwei Kinder. Mit Sack und Pack und ihrem Kater Pauli macht sie sich auf den Weg nach Hiddensee. Dort hat sie sich erfolgreich auf die Übernahme der verwaisten Arztpraxis beworben.

An einem kalten, windigen Februartag kommt Viola im Hafen von Vitte an. Ein neues Leben beginnt. Schnell lernt sie die kleinen und großen Patienten kennen, die froh sind, wieder eine Ärztin auf der Insel zu haben. Trotzdem fühlt Viola sich zunächst fremd. Aber dann trifft sie auf Ottilie, die eine gemütliche Kneipe und immer einen guten Rat für Viola hat. Bei einem Strandspaziergang begegnet ihr der Biologe Florian, ein charmanter, unverschämt gut aussehender Abenteurer. Und sie lernt den Buchhändler Georg kennen, der Viola mit leckeren Menüs verwöhnt.

Das Frühjahr kommt, dann der Sommer, und Viola fühlt sich langsam heimisch. Wenn da nur nicht die Frage wäre, für welchen der beiden Männer sie sich entscheiden soll. Schließlich fasst sie einen folgenschweren Entschluss.

Die Autorin

Carin Winter hat Medizin studiert und mehrere Jahre als Ärztin in einem Dorf gearbeitet; später entdeckte sie die Lust am Schreiben. Teile ihrer Familie stammen von Rügen, ein Großonkel war dort auch Arzt. Carin Winter lebt in Weil der Stadt.

Von Carin Winter ist in unserem Hause bereits erschienen:

Die Liebe der Inselärztin

Carin Winter

Die Inselärztin

Ein Hiddensee-Roman

Ullstein

Besuchen Sie uns im Internet:
www.ullstein-taschenbuch.de

Alle Personen in der Geschichte sind der Phantasie der Autorin entsprungen und haben nichts mit den Bewohnern Hiddensees zu tun.

Originalausgabe im Ullstein Taschenbuch
1. Auflage Mai 2011
7. Auflage 2012

Konzeption: HildenDesign, München
Umschlaggestaltung: ZERO Werbeagentur, München
(unter Verwendung einer Vorlage von HildenDesign, München)
Titelillustration: © Corbis
Reiner Kunze, Die Liebe. Aus: ders., gespräch mit der amsel.
© S. Fischer Verlag GmbH, Frankfurt am Main 1984
Karte: Erika Baßler
Satz: LVD GmbH, Berlin
Gesetzt aus der Sabon
Papier: Holmen Book Cream von Holmen Paper
Central Europe, Hamburg GmbH
Druck und Bindearbeiten: CPI – Ebner & Spiegel, Ulm
Printed in Germany
ISBN 978-3-548-28253-4

Hiddensee

Hett di de Welt watt dohn
Un dä di weh
Un will di nich verstohn,
Denn pack dien Leed un Krohm
Un go noh Hiddensee.
Do warst du licht un free!

Nikolaus Niemeier

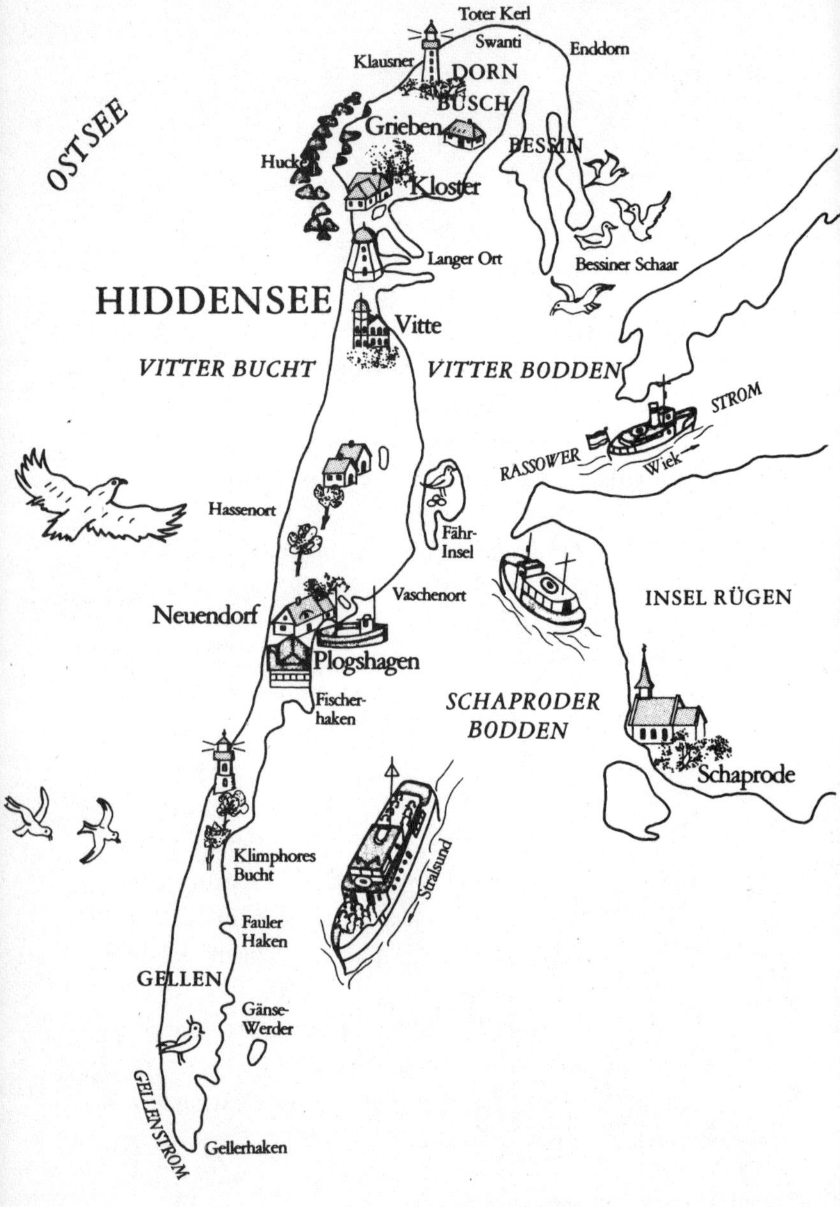
Toter Kerl
Swanti
Enddorn
Klausner
DORN
BUSCH
OSTSEE
Grieben
BESSIN
Hucke
Kloster
Langer Ort
Bessiner Schaar
HIDDENSEE
Vitte
VITTER BUCHT
VITTER BODDEN
RASSOWER
STROM
Wiek
Hassenort
Fähr-
Insel
Vaschenort
INSEL RÜGEN
Neuendorf
Plogshagen
Fischer-
haken
SCHAPRODER
BODDEN
Schaprode
Klimphores
Bucht
Stralsund
Fauler
Haken
GELLEN
Gänse-
Werder
GELLENSTROM
Gellerhaken

1

»GUT EINGEFÜHRTE ARZTPRAXIS IN Vitte auf Hiddensee abzugeben, engagiertes Personal vorhanden, Einzugsgebiet 1200 Einwohner«, stand in der Anzeige im *Ärzteblatt*.

Viola hatte sich ein wenig lustlos an ihren Schreibtisch gesetzt, um die Angebote durchzusehen, aber nun hob sie den Kopf. Hiddensee! Irgendwo tief in ihrem Gedächtnis hatte dieser Begriff wie Dornröschen im Schlaf gelegen und war nun plötzlich wieder aufgewacht, verbunden mit dem Bild eines grauhaarigen alten Mannes mit gütigen Augen und erhobenem Zeigefinger beim Erzählen.

Großvater, dachte sie, unser Großvater von Rügen, der in einem kleinen, mit Stroh gedeckten Pfarrhaus in Rappin aufgewachsen war, mit sechs Geschwistern. Und der unzählige Geschichten und Sagen von den Inseln Rügen und Hiddensee gewusst hatte.

»Wenn ich einmal im Ruhestand bin«, pflegte er am Schluss immer zu sagen, »dann werde ich nach Hiddensee umsiedeln, und dort möchte ich begraben werden, auf dem Friedhof neben der Kirche, zwischen den alten Seeleuten, die mir all diese Geschichten erzählt haben.«

Leider ging sein Wunsch nicht in Erfüllung, und nun ruhte er in Rappin, wo er bis zuletzt gelebt hatte.

Aber genau auf dieser kleinen Insel an der Westküste von Rügen wurde jetzt ein Arzt gesucht.

War das ein Wink des Schicksals?

Viola schob den Stuhl zurück, trat an das Regal neben dem Schreibtisch und holte sich den Autoatlas herunter.

Tatsächlich, da befand sich Hiddensee, schmal, langgezogen, die südliche Spitze nicht weit vom Festland entfernt. Rechts direkt daneben Rügen, sehr viel größer. Man musste schon genau hinschauen, um festzustellen, dass Hiddensee nicht einer der langen Zipfel Rügens war, sondern eine eigene Insel.

Und ganz weit weg von München, dachte Viola. Das ist schon mal gut.

Sie erhob sich und stellte das schwere Buch wieder zurück. Dabei fiel ihr Blick auf das Foto, das immer noch in einem hellen Holzrahmen im Regal stand. Jochen, Oberarzt in der Chirurgie, 42 Jahre alt, geschieden, zwei Kinder, lachte mit blitzenden Augen in die Kamera. Ein gutaussehender Mann mit hellem, dichtem Haar und selbstbewusster Haltung.

Er hatte den rechten Arm locker um Violas Schultern gelegt, und sie, einen Kopf kleiner als er, sah ihn strahlend an, die rotbraunen Locken wie immer ein wenig zerzaust, die schmale Nase mit einem leichten Schwung nach oben, Mund und Kinn energisch, immerhin. Das Beste, fand sie, waren ihre Augen, groß und von einem hellen Grau. Sprechende Augen, hatte Jochen immer gesagt.

Wenn man allerdings genauer hinsieht, dachte sich Viola, kann es dann vielleicht sein, dass Jochen gar nicht die Kamera anlacht, sondern sein Strahlen der attraktiven Kollegin gilt, die das Foto gemacht hatte? Warum hatte sie das nie bemerkt?

Viola straffte sich, packte das Bild mit fester Hand und knallte es in den Plastikeimer neben dem Schreibtisch. Das hätte sie schon vor Wochen machen sollen. Aber diesen letzten, endgültigen Schlusspunkt unter ihre Liebesgeschichte mit Jochen zu setzen, hatte sie bisher noch gescheut.

Doch jetzt spürte sie wieder ihre alte Entschlusskraft, und das schien mit einer kleinen Insel in der Ostsee zusammenzuhängen.

Sie setzte sich an den Schreibtisch und sah sich die Anzeige im *Ärzteblatt* noch einmal an. Dann griff sie nach dem Telefon.

Ja, die Praxis sei noch nicht vergeben, erklärte ihr eine sympathische Frauenstimme, die sich mit »Gemeindeverwaltung Hiddensee« gemeldet hatte.

»Wir haben schon mehrere Bewerbungen und werden dieses Mal sehr genau hinschauen, wer zu uns passt. Mit unserem letzten Arzt haben wir keine gute Erfahrung gemacht.«

»Was war denn mit ihm nicht in Ordnung?«, wollte Viola wissen.

»Er hat die Praxis vor einem Jahr übernommen, nachdem unser bisheriger Arzt nach vierzigjähriger Tätigkeit abgemustert hat. Und zehn Monate später ist er nach Rostock verschwunden mit der Bemerkung, er habe es sich anders vorgestellt.«

Ich weiß eigentlich auch nicht, was auf dieser Insel auf mich zukommt, dachte Viola, aber da klärte die junge Frau sie auch schon auf: »Im Winter geht es hier gemächlich zu, da gibt es nur die Inselbewohner zu versorgen. In den Sommermonaten allerdings kommen die Urlauber und die Tagesgäste, da bleibt nicht viel Zeit zum Segeln oder um am Strand zu liegen, das müssen Sie sich klarmachen. Andererseits«, fügte sie nach einer kurzen Pause hinzu, »ist Hiddensee der Ort mit den meisten Sonnenstunden in Deutschland. Und wenn Sie Ruhe und Stille suchen, die finden Sie hier auf jeden Fall.«

Wollte sie Ruhe und Stille? Auch das war ungewiss. Aber

nun hatte Viola schon den ersten Schritt getan, und sie würde nicht wieder zurückrudern.

Alles Weitere passte. Die Ablösesumme war erschwinglich, was aber auch bedeutete, dass man sich nicht unbedingt eine goldene Nase verdienen konnte. Doch das war ihr nicht wichtig. Sie sollte so bald wie möglich ihre Bewerbungsunterlagen schicken, man würde ihr dann Bescheid geben. Die Entscheidung liege vor allem bei den Einwohnern, da es dem flüchtigen jungen Arzt in Rostock egal sei, wer nach ihm komme, Hauptsache, er erhielte sein Geld wieder.

Dr. Viola Herz, 34 Jahre alt, wieder Single und mit in den Papierkorb entsorgten Träumen und Wünschen, stand also noch einmal auf und ging zum selben Regal, in dem nicht nur der Autoatlas seinen Platz hatte, sondern auch alle ihre Ordner, ihre medizinischen Bücher, ein kleiner anhänglicher Teddybär, der immer dabei gewesen war, wohin es sie auch gezogen hatte in den letzten Jahren, ein Duftstein und daneben ein Fläschchen Lavendelöl zur Entspannung und ein Glas mit Sand und Muscheln. Sie war früher oft am Meer gewesen, schließlich stammte sie aus Hamburg, und da war die Küste nicht weit.

Sie nahm die Akte heraus, die ihr ganzes Leben enthielt, und sah die einzelnen Papiere durch.

Ihr Lebenslauf las sich beruhigend einfach: Grundschule, Gymnasium, Abitur, Medizinstudium. Dann die erste Stelle in der Hamburger Klinik bei ihrem Vater, der dort Chefarzt war. Und danach der Rutsch nach Süden. Seit vier Jahren war sie nun schon hier in München. Mit der Ausbildung zur Allgemeinärztin war sie fertig, nur die Kassenzulassung fehlte noch. Aber die würde sie im Handumdrehen bekommen.

Und vor zwei Jahren hatte sie Jochen kennengelernt, den Herrn Oberarzt, der begehrteste Mann auf der Station. Sein

Charme, seine Wärme und die Tatsache, dass er sie ziemlich schnell ganz offen umworben hatte, hatten sie damals fast schwindelig vor Glück werden lassen.

»Jetzt hole ich dich doch noch ein«, hatte sie ihrer älteren Schwester Ina freudestrahlend am Telefon erklärt. »Ich habe vor, so schnell wie möglich eine Tochter und einen Sohn zu bekommen, dann bist du mir mit deinen zwei Kindern nicht mehr voraus.«

»Glückwunsch!« Ina lachte. »Ich freue mich für dich, Viola. Wann ist denn die Hochzeit?«

»Wir haben uns Weihnachten vorgenommen, wenn Jochens Kinder Ferien haben. Du wirst natürlich eingeladen, und ich hoffe, dass du mit der ganzen Familie anreist!«

Doch dann war alles ganz anders gekommen.

Jochen hatte seinen Charme und seine Wärme auch mit anderen Frauen geteilt, immer wieder. Zuletzt war es die Diätassistentin im Erdgeschoss gewesen, eine dunkelhaarige, rassige Schönheit, die Viola mit spöttischem Blick musterte, wenn sie ihr begegnete.

Und so hatte diese schließlich die Konsequenz gezogen und gekündigt. Ihren Arbeitsplatz und ihrem Oberarzt. Und sie war wieder in ein möbliertes Zimmer gezogen, nachdem sie in Jochens eleganter Wohnung so lange Zeit viel Raum und Luxus genossen hatte.

Wie viele Tränen und schlaflose Nächte sie das alles gekostet hatte, hatte sie niemandem erzählt. Und wie viel Kraft, nach Jochens Anrufen nicht sofort wieder zu ihm zu fahren und in seine Arme zu sinken.

Viola sah auf die Papiere hinab, die nichts davon verrieten, lehnte sich auf dem Stuhl zurück und hing ihren Gedanken nach, die immer noch viel zu oft um diesen verdammten Mann kreisten. Sie sah sein Gesicht vor sich mit dem ansteckenden Lächeln, bei dem seine Augen ganz schmal wurden, sie dachte daran, mit welcher Begeisterung er immer seinen Rucksack packte, wenn es ihn in die Berge zog, an die ruhige, feste Art, wenn er im Operationssaal seine Instrumente einsetzte, an seine Zärtlichkeit und Wärme, wenn sie bei ihm war. Aber mit Täuschungen und Ausflüchten konnte sie nicht leben.

»Aha, der Herr handelt nach dem Prinzip ›festmachen und weitersuchen‹«, war der vorlaute Kommentar ihres Bruders Dirk gewesen, als Viola ihm erklärt hatte, warum es keine Hochzeit geben würde.

»Knallkopf!«, hatte ihn Viola angefaucht, obwohl er eigentlich recht hatte.

Viola schrak hoch, als der graue Tigerkater, der schon die ganze Zeit neben ihrem Stuhl gelauert hatte, plötzlich mit einem weichen Sprung auf ihrem Schoß landete.

»Pauli«, sie kraulte ihn leicht im Nacken, und er fing an, wohlig zu schnurren, »willst du nach Hiddensee? Mit mir zusammen? Aber sicher willst du. Es ist ziemlich weit, wir werden einen ganzen Tag unterwegs sein, aber es wird dir dort gefallen. Es gibt Sand und Meer und strohgedeckte Häuser und viele, viele Vögel, und vielleicht auch einen Leuchtturm. Aber der interessiert dich wahrscheinlich weniger.«

Pauli schnurrte leise und legte sich bequem auf Violas Schoß zurecht. Und Viola griff jetzt endlich nach ihren Unterlagen und schrieb ihre Bewerbung.

2

ALS VIOLA EINE STUNDE später aus dem Haus trat, blieb sie überrascht stehen. Die Luft war kalt und klar, auf dem Gras im Vorgarten lag im Schatten eine glitzernde Reifschicht. Daneben, wo die Sonne bereits angekommen war, hatte sie die Eiskristalle schon geschmolzen, und winzig kleine funkelnde Wassertropfen hingen an den Grashalmen.

Wo war sie die letzten Wochen eigentlich gewesen? Hatte sie sich so in ihrem Kummer vergraben, dass sie kein Auge mehr für die Schönheit ihrer Umgebung gehabt hatte? Andererseits hatte der Januar bis jetzt fast ausschließlich Nebel und trübe Wolken geboten, und so konnte sie sich nicht vorwerfen, nur aus lauter Niedergeschlagenheit bis auf den Tiefpunkt abgesackt zu sein. Das Wetter in der letzten Zeit hatte kräftig nachgeholfen.

Aber jetzt schien die Sonne, und als würde sie Violas Trübsinn ebenso wegschmelzen wie die Eiskristalle auf dem Gras, so fühlte sich Viola auf einmal fast wie neugeboren. Oder war es das erfreuliche Gespräch mit der Dame von der Gemeindeverwaltung in Vitte, dem Hauptort von Hiddensee, gewesen? Egal, das Leben begann, sich wieder zu regen.

Auf die beiden Blumenbeete im Vorgarten hatte die Vermieterin im Herbst eine dicke Schicht Pferdemist aufgebracht. Im Jahr zuvor waren hier Hunderte kleiner Schneeglöckchen aus dem Boden gekommen, hoffentlich wurden sie von dem Dünger nicht erdrückt.

Viola bückte sich und schob mit einem Zweig, der in der Wiese gelegen hatte, an einer Stelle vorsichtig die oberste Schicht beiseite. Und siehe da, unter der wärmenden Decke zeigten sich schon die ersten Spitzen der Schneeglöckchen. Sie würden es schaffen, sie würden sich durch Kälte und Dung vorarbeiten bis zum Licht und blühen. Das war ein gutes Zeichen.

Es mochten weitere Tage kommen, an denen sie deprimiert war und sich am liebsten im Bett verkriechen würde, aber nie, nie wieder würde sie wegen eines Mannes wochenlang abtauchen und das Leben an sich vorbeigehen lassen, das nahm sie sich fest vor.

Langsam und tief die kalte Luft einatmend, ging Viola mit dem Umschlag, der ihre Bewerbung enthielt, zum Briefkasten. Der Kater Pauli lief zunächst eine kleine Strecke hinter ihr her, drehte dann aber wieder um. Auf einem Holzstapel neben dem Haus wartete er in der Sonne auf seine Herrin.

Viola entschloss sich, noch einen kleinen Abstecher in die Bücherei zu machen. Sie wollte sehen, was es dort an Büchern zu Hiddensee gab, und bei der Gelegenheit auch gleich im Internet forschen. Außer den Sagen und Geschichten von ihrem Großvater und dem Klang seiner Stimme mit den immer wieder eingestreuten Wörtern auf Plattdeutsch wusste sie nicht viel über die Insel. Und jetzt war sie neugierig, auf was sie sich da überhaupt einlassen wollte.

»Die Insel Hiddensee ist ungefähr 17 km lang und maximal 3,7 km breit«, las sie. »Sie erinnert in der Form an ein Seepferdchen.« Stimmt, mit einiger Phantasie konnte man tatsächlich dieses kleine Wassertier erkennen.

»Im Norden befindet sich der Dornbusch, ein bis zu 72 m

hohes, hügeliges Gelände mit Wald, im Süden ist die Insel flach mit Dünen, Heide, Salzwiesen und Sand. Es gibt vier Dörfer auf Hiddensee. Ganz im Norden Grieben, das nur aus wenigen Häusern besteht. Dann Kloster mit Heimatmuseum, Inselkirche, Gerhart-Hauptmann-Haus und Künstlergalerien.« Kultur konnte man also auch erwarten.

Dann gab es noch Vitte, den Hauptort, in dem sich die Arztpraxis befand, sowie ein kleines Fischerdorf am Südende der Insel namens Neuendorf mit seinem alten Ortsteil Plogshagen. Neuendorf war denkmalgeschützt, also sicher sehr romantisch. Die Einwohnerzahl lag bei um die 1200 für die ganze Insel, und in Vitte wohnten gerade mal 600 Insulaner.

»Die Insel ist autofrei.« Ach du liebe Zeit, wie sollte sie da ihre Besuche machen? »Ausnahmen sind landwirtschaftliche Zugmaschinen, Feuerwehr, Polizei sowie Arzt und Rettungsdienst.« Sehr schön, das hätte sie sich denken können. Damit konnte man leben.

Nach einer halben Stunde schwirrte Viola der Kopf. So eine kleine Insel und so viel Information! Sie holte sich noch einen Bildband mit wunderbaren Fotos aus dem Regal: »Alle vier Jahreszeiten auf Hiddensee«. Dann ging sie langsam und nachdenklich wieder heimwärts.

Pauli erwartete sie auf dem Holzstoß. Er schnurrte wohlig, als sie ihn streichelte; sein Fell war sonnenwarm und seidig.

»Sonne«, teilte Viola ihm mit, »Sonne gibt es auf Hiddensee reichlich. Ich glaube, es könnte dir dort gefallen. Wie es mit mir ist, weiß ich noch nicht. So ganz allein … Aber egal, wo ich demnächst lande, allein werde ich auf jeden Fall erst einmal sein.«

3

DREI WOCHEN SPÄTER WAR Viola mit ihrem vollgepackten Kombi unterwegs in Richtung Norden. Auf dem Nebensitz saß Pauli in seinem Transportkorb und sah sie mit vorwurfvollem Blick an.

Viola fuhr gemächlich. Es regnete, einzelne Schneeflocken mischten sich unter die Tropfen, aber je weiter Viola vorankam, desto heller wurde es.

Die Autobahn verlief schurgerade, es herrschte wenig Verkehr. Viola fragte sich, wie es jetzt wohl in der Klinik in München aussah.

»Vielleicht ist gerade Visite«, sagte sie zu Pauli, dem treuen Zuhörer. »Weiße Kittel, strenge Hierarchie, der Chef vorne, dann der Oberarzt, dahinter Assistenten, schließlich Frau Dr. Viola Herz, schon an der Grenze zu den Pflegerinnen, ganz hinten ein oder zwei Schwesternschülerinnen. So war das. Eigentlich lächerlich, immer noch diese Halbgott-Mentalität. Deshalb wollte ich ja auch irgendwann einmal eine eigene Praxis. Zusammen mit Jochen.« Sie seufzte und sah zu Pauli hinüber. Er blickte sie aus seinen großen, schrägen Katzenaugen aufmerksam an.

An ihrem Schreibtisch saß nun ein fremder Arzt, und Jochen würde nicht mehr hereinkommen können und ihr verstohlen einen Kuss auf den Nacken drücken. Ob er sie wohl vermisste? Er hatte bis zum letzten Tag mehrmals angerufen und sie von ihrem Entschluss, die Praxis auf Hiddensee zu übernehmen, abbringen wollen, der Schuft, und es war Viola nicht immer leichtgefallen, fest zu bleiben. Wenn sie seine Stimme am Telefon gehört hatte, war die alte Sehnsucht wiedergekommen, aber auch der alte Zorn.

»Dabei ist er immer noch mit seiner neuen Flamme zusammen, und die wird nicht die letzte bleiben«, stellte sie verbittert fest und schlug mit der Faust aufs Lenkrad, so dass Pauli erschrocken zusammenzuckte.

Eigentlich, überlegte sie, gehört so ein Mann verboten. Viel zu leicht hatte er Erfolg bei den Frauen, mit seinem Lächeln und seiner zielstrebigen Art, sie zu umwerben. Und vor allem mit dieser gewissen hauchdünnen Spur von Melancholie im Hintergrund seiner Augen – damit konnte er jedes Herz rühren. Warum schmelzen Frauenherzen nur so schnell, wenn sie meinen, bei einem Mann heimlichen Weltschmerz zu spüren? Und letzten Endes ist es dann gar kein heimlicher Weltschmerz, sondern vielleicht nur unheimliches Selbstmitleid.

Also war ihr zum Schluss nichts anderes übriggeblieben, als das Gefühl aus- und den Verstand einzuschalten. Und eines Tages würde das Gefühl sagen, du hast recht gehabt, danke.

Doch nun war sie unterwegs. Und voller widersprüchlicher Empfindungen. Sie war aufgeregt und neugierig, hatte aber auch Angst vor dem eigenen Mut und Zweifel, ob die Entscheidung richtig war.

Was würde sie vorfinden in Hiddensee? Würde sie es schaffen, die Praxis weiterzuführen? Würde sie mit den Inselbewohnern klarkommen? Würde sie es überhaupt aushalten auf so einer kleinen Insel? Sicher war sie keineswegs.

Zwei Tage vor ihrer Abfahrt hätte sie am liebsten einen Rückzieher gemacht. Auf einmal hatte sie Panik überkommen. Sie hatte sich ans Telefon gehängt und ihre Schwester Ina angerufen, vier Jahre älter und weiser als Viola.

»Ina, ich sage den Insulanern ab«, stieß sie hervor, »ich komme nach Hamburg. Was soll ich ganz allein auf einer Insel? Und dazu noch im Winter! Ich werde die Leute dort nur enttäuschen, wenn ich es auch nicht aushalte wie der Arzt vorher. Und wer weiß, vielleicht mögen sie mich gar nicht!«

»Sie mögen dich jetzt schon, Viola«, beteuerte Ina. »Sie haben sich für dich entschieden, weil du eine Frau bist, also sind bereits fünfzig Prozent der Einwohner auf deiner Seite. Und es gibt zwei Sprechstundenhilfen und Rettungssanitäter, das hast du mir letzte Woche alles selbst erzählt. Und sicher auch noch mehr gute Geister. Außerdem«, sie machte eine bedeutungsvolle Pause, dann fuhr sie fort: »Du hast eine gute Ausbildung, du warst fast ein Jahr lang in einer Landpraxis in Bayern, und du liebst deinen Beruf. Das zählt, Viola. Die Menschen auf einer Insel haben keine anderen Krankheiten als die auf dem Festland.«

»Und wenn ich den Inselkoller bekomme?«

»Dann lauf am Meer entlang, bis du außer Atem bist, und hinterher rufst du mich an, abgemacht?«

Viola lachte. »Gut, das mit dem Absagen war auch nicht so ganz ernst gemeint. Trotzdem, in einer Ecke meines Herzens sitzt ein kleines Kind und hat schlicht und einfach Angst.«

»Das gehört dazu«, meinte die große weise Schwester, »und wenn du es schaffst, die Insel zu erobern, dann wirst du ein ganzes Stück gewachsen sein und Sieger in der Disziplin ›Wer hat Mut zur Insel?‹. Ich werde dir höchstpersönlich einen Orden basteln.«

Viola runzelte die Stirn, als sie an Inas Worte dachte. Sie hat gut reden, diese gestandene Familienmutter mit zwei guterzogenen Kindern, dachte sie, sie hat ihren Platz gefunden.

Während ich, das Nesthäkchen der Familie, mal wieder auf der Suche bin.

Sie holte sich einen Keks aus der Packung neben Paulis Korb und gähnte. Demnächst sollte sie eine Pause einlegen.

»Pauli«, sagte sie kopfschüttelnd zu dem Kater neben sich, »noch nie hat mein Leben so einen ungeplanten Satz in eine andere, ungewisse Richtung gemacht.« Ja, immer war jemand da gewesen und hatte gewusst, wo es für sie langging, zuerst ihr Vater, dann Jochen. Vielleicht hatte diese ganze Geschichte sogar etwas Gutes, vielleicht musste sie sich wirklich einmal allein durchbeißen.

»Und außerdem habe ich ja dich«, sagte sie mit fester Stimme zu Pauli und kraulte ihm durch das Gitter seiner Behausung mit dem Zeigefinger das Fell.

4

HIDDENSEE KONNTE MAN VON Stralsund aus in zwei Stunden mit dem Personenschiff erreichen. Oder aber man fuhr nach Rügen und nahm von Schaprode aus die kürzere Strecke übers Wasser mit der Fähre.

Es gab auf Hiddensee drei Anlegestellen, in Kloster, Vitte und Neuendorf; Viola wurde in Vitte erwartet.

Sie musste also über den Rügendamm und zu dem kleinen Schaproder Hafen, da sie ihren Kombi auf die Insel mitnehmen durfte, die Genehmigung hatte sie in der Tasche – ein erstes Privileg als angehende Inselärztin.

Als die Fähre ablegte, fühlte sie sich wieder ziemlich mutlos und ging aufs Deck hoch, um einen Tee zu trinken. Nur wenige Menschen waren mit ihr unterwegs, einige sahen sie neugierig von der Seite an. Bereits die ersten Hiddenseer? Sie traute sich nicht, jemanden anzusprechen.

Nach einer Weile stieg sie wieder nach unten zu ihrem Auto und stellte sich an die Reling. Es war erbärmlich kalt. Viola hatte ihren Wintermantel angezogen, einen dicken Schal um den Hals gewunden und die Wollmütze auf den Kopf gestülpt, trotzdem spürte sie die Kälte bis auf die Haut.

Eine ganze Zeitlang schon war die Fähre Richtung Ostküste auf die Insel zu gefahren, und Violas Eindruck war: Wind, der einem die Tränen in die Augen trieb, eine Weite, die fast schwindelig machte, darin verloren ein langer, schmaler Streifen Land, der im Norden zu einer Anhöhe anstieg. Ein paar weiße Häuser leuchteten auf braungrünen Wiesen herüber, Schilf zog am Ufer vorbei, dann näherte sich das Schiff schließlich einer größeren Ansammlung grauer Reet- und roter Ziegeldächer. Jedes Haus war von großen, noch winterlich kahlen Bäumen umgeben und lag wie in einem Nest.

Eine eckige Bucht tauchte auf: der Hafen von Vitte. Er war klein und gut übersehbar, mit drei Anlegestellen für die Fähren der »Weißen Flotte«. Ein halbes Dutzend Fischkutter lag an der Längsseite des Hafens, Scheinwerfer waren installiert, damit die Fischer auch bei Nacht landen konnten. Ein gepflasterter Platz umgab den Hafen, an einer Stelle waren Fahrräder abgestellt. Gepflegte Häuser mit tief herabgezogenem Walmdach standen um den Platz. Auf dem Wasser trieben einige Eisschollen, man hatte also Frost gehabt in letzter Zeit.

Und über allem lag eine Helligkeit, ein Winterlicht, das man nur am Meer fand. Sogar jetzt, am Nachmittag, blendete es die Augen. Es kam von einem hohen grauen Himmel, der von keinem Berg und keinem Hochhaus verdeckt wurde, alles war hier viel lichter als im Süden.

Viola war immer wieder erstaunt darüber, obwohl sie es schon so oft erlebt hatte, dass sie sich, wenn sie von Hamburg an die Küste kam, eine Sonnenbrille aufsetzen musste. Hier hielt sie der Helligkeit stand, keine dunkle Brille, sie wollte alles genau so sehen, wie es war.

Trotz ihrer Müdigkeit nach der langen Fahrt und der Kälte überkam Viola auf einmal ein Gefühl von Vertrautheit, fast Geborgenheit, das eigentlich gar nicht gerechtfertigt war beim Anblick des leeren Hafens, der schmucklosen Anlegestelle und der Häuser mit den vielen geschlossenen Läden.

Aber ganz so leer war der Hafen dann doch nicht.

Auf dem Kai, an dem die Fähre festmachte, standen fünf

Personen. Drei Männer, die Hände tief in den Anoraktaschen vergraben, einer mit einem Bollerwagen, und einige Schritte vor ihnen zwei Frauen, beide ohne Mütze und mit sturmerprobter Kurzhaarfrisur. Die eine war älter, grauhaarig, ein wenig füllig, im langen dunklen Wintermantel, die andere blond, jung, mit vom Wind geröteten Wangen. Das musste das »engagierte Personal« aus der Anzeige sein.

Sie standen ganz ruhig da und musterten die paar Fahrgäste, die von Bord kamen. Als Viola auf sie zuging, kam Bewegung in die Ältere der beiden. Sie streckte die Hand aus und trat ihr entgegen. Mit einem festen Händedruck und den Worten: »Sie sind sicher unsere neue Ärztin«, wurde Viola empfangen. »Ich bin Lisa Jensen«, erklärte die Frau und lachte Viola an, »Sprechstundenhilfe und Haushälterin in einem, wenn gewünscht.«

Lisa hatte ein liebenswürdiges breites Gesicht mit klaren grauen Augen, ihre Hand war warm wie ein kleiner Ofen, und unter ihrem Mantel steckten zwei feste Beine in dicken Gummistiefeln.

»Und das ist Doris«, fuhr sie fort und winkte ihre Kollegin heran, »Krankenschwester, sie hilft nachmittags in der Praxis aus.«

Der Händedruck von Doris fiel weicher aus, ein wenig zögerlich, aber über ihr schmales Gesicht mit der glatten Stirn über aufgeweckten Augen glitt ein warmes Lächeln. Sie trug einen dicken roten Anorak und ebenfalls Gummistiefel, in die sie ihre Jeans gestopft hatte.

»Willkommen auf Hiddensee, Frau Doktor«, sagte sie. »Wir sind froh, dass Sie so schnell kommen konnten.«

Für einen kurzen Moment zuckte Viola bei diesem »Frau Doktor« zusammen. In der Klinik war das anders gewesen, da war sie eine unter vielen, aber hier gab es nur sie, hier war sie ganz allein auf sich gestellt, die einzige Frau Doktor weit und breit. Und vor allem die erste weibliche Ärztin auf der Insel, wie sie von der netten Gemeindeangestellten erfahren hatte. Aber ihre leichte Beklemmung löste sich schnell wieder. Sie gab sich einen Ruck.

»Danke«, erwiderte sie. »Es ist alles noch sehr ungewohnt für mich, immerhin ist es meine erste eigene Praxis.«

»Wir drei werden es schon schaffen«, erwiderte Lisa aufmunternd. Anscheinend hatte sie Violas Befangenheit gespürt. »Und dann gibt es ja auch noch das Rettungsfahrzeug und den Hubschrauber für Notfälle, und die Kollegen auf Rügen, die Sie immer anrufen können, wenn nötig. Also machen Sie sich mal keine Sorgen. Und nun holen Sie Ihr Auto, und dann fahren wir ins Arzthaus, und Sie trinken erst einmal eine heiße Tasse Tee, wenn Sie mögen.«

Es war nicht weit. »Achtern Diek vor, links in den Wiesenweg, dann den Wallweg entlang, an der Kreuzung links, und schon sind wir am Süderende«, dirigierte Lisa, und ein paar Häuser weiter hatten sie ihr Ziel bereits erreicht.

Praxis und Wohnung lagen in einem hübschen Backsteinbau mitten in Vitte, mit kleinen Erkern und einem Giebel mit Balkon nach Süden. Leider hatte das Haus kein Reetdach. Schade, Doktor Viola Herz in einem alten, liebevoll restaurierten Fischerhaus, das wäre romantisch gewesen, dachte sie. Damit hätte sie vielleicht sogar Jochen imponieren können, dem Berghütten-Fan.

Trotzdem, von außen sah es sehr heimelig aus. Es gab einen kleinen Vorgarten mit noch kahlen Büschen: Weidenkätzchen und Haselnuss. Darunter erste blühende Schneeglöckchen und Märzenbecher.

Die Haustür war aus festem Holz. Im Erdgeschoss befanden sich die Praxisräume, die wollte Viola sich später ansehen. Im ersten Stock, schon halb unterm Dach, kam man in die Wohnung: eine große gemütliche Küche in Hellgelb, mit Holztisch und Eckbank, ein Wohnzimmer mit ebenfalls viel Platz und nur einem Kachelofen, einem in die Jahre gekommenen Sofa und einem Tischchen davor. Dafür konnte man durch das Giebelfenster auf den Balkon treten und hatte vor allem einen wunderschönen Blick auf das Meer. Ganz nah war es, nur wenige Häuser und ein schmaler Dünenkamm mit Strand lagen dazwischen. Das würde ihr Lieblingsplatz werden, beschloss Viola.

In Schlaf- und Arbeitszimmer warf sie nur jeweils einen kurzen Blick, dazu war später noch Zeit. Jetzt gab es erst einmal Tee! In der Küche war es wunderbar warm, endlich konnte man die Wintersachen ausziehen.

Doris machte sich schon am Herd zu schaffen, und Lisa holte die Tassen aus dem Schrank und ließ sich aufseufzend am Küchentisch nieder.

Viola stellte den Katzenkorb auf den Boden und befreite Pauli, den grau getigerten Kater. Er kam vorsichtig heraus, schaute sich skeptisch um und begann, seine neue Umgebung zu erkunden.

Draußen wurde es langsam dunkel, als alle drei um die dampfende Teekanne saßen. Ein Marmorkuchen stand auf dem Tisch. Doris hatte ihn gebacken, wie sie verlegen gestand, und Viola fühlte sich an ihre erste Studentenbude in Tübingen erinnert. Damals war sie aus Hamburg gekommen, verfroren und bereits voller Heimweh, und die Wirtin hatte sie zuerst in ihre Küche eingeladen, auch zu Marmorkuchen.

Nie würde sie diese gemütliche, einladende Küche vergessen, der Inbegriff der Sicherheit. Aber das war schon lange her, lieber Himmel, über zehn Jahre! Hier fühlte es sich anders an. Kein Heimweh, nur noch ein ganz leichtes Ziehen im

Bauch, wenn sie an Jochen dachte. Dafür Neugier, immer noch ein wenig Befangenheit, Zuversicht, Unsicherheit, alles durcheinander, und natürlich auch Müdigkeit, aber eine angenehme Müdigkeit.

»Ihrer Sprache nach sind Sie nicht nur in Hamburg geboren, sondern auch aufgewachsen, richtig?«, fragte Lisa in Violas Gedanken hinein. Sie hatte eine laute Stimme, vielleicht musste man hier oft gegen den Wind anreden. »Sie müssten das Meer also gut kennen. Und die Sorte Menschen auf einer Insel.«

»Oh ja«, entgegnete Viola und lächelte, »ich bin ein richtiges Nordlicht, komme also gut mit dieser Art zurecht. Ich bin selbst ein Sturkopf.«

»Und was hat Sie im Süden festgehalten?« Lisa machte keinen Hehl aus ihrer Neugier, aber schließlich konnte sie Violas Mutter sein, da durfte man schon ein wenig nachforschen.

»Der Reiz des Neuen«, erklärte Viola. »Und später ein Mann«, setzte sie dann noch entschlossen hinzu.

Sie wusste nicht, wie viel hier von ihrem Vorleben bereits allgemein bekannt war, einiges schien sich schon herumgesprochen zu haben, und früher oder später würde man ja doch auch über private Dinge miteinander reden.

»So, ein Mann! Und der wollte nicht mitkommen?«

»Vor allem wollte ich das nicht.«

»Aha, Klarschiff gemacht und allein in See gestochen«, stellte Lisa zufrieden fest.

Von Doris kam ein leises Lachen. »Ein Lieblingswort von Lisa«, teilte sie Viola mit. »Klarschiff machen, das ist ihr wichtig.«

Lisa schnitt noch einmal von dem Kuchen ab. »Greifen Sie zu, Frau Doktor, Sie können ein paar Pfund mehr auf den Rippen gut vertragen. Im Gegensatz zu mir.« Sie blickte Viola auffordernd an.

Diese Frau, dachte Viola, ist ein Muttertier und ziemlich resolut, sie nimmt kein Blatt vor den Mund. Aber was soll's, wir werden uns schon vertragen.

Als hätte Lisa ihre Gedanken erraten, hob sie den Kopf und sagte schmunzelnd: »Um es gleich klarzustellen: Ich bin keine typische Insulanerin, ich stamme aus dem Rheinland, deshalb trage ich auch das Herz auf der Zunge. Sie müssen also nicht befürchten, dass alle hier so gesprächig sind. Die Männer sowieso nicht. Die werden am Anfang eher reserviert und zurückhaltend reagieren. Mein Mann gehört auch dazu. Er ist hier geboren. Na, ich hoffe, er hat es nicht bereut, dass er mich hergeholt hat.«

»Gibt es denn viele aus dem Westen auf der Insel? Sind die überhaupt erwünscht?« Das war Viola schon lange im Kopf herumgegangen, schließlich hatte Hiddensee in der DDR gelegen, und sie war ein Wessi.

»Nun, die Gemeinde hat gleich nach der Wende den bisherigen Bürgermeister abgesetzt und sich einen aus Helgoland geholt. Die Hiddenseer leben nicht hinter dem Mond. Und nun haben wir auch noch eine Ärztin aus Hamburg. Die Leute sagen: ›Hierher ist der Sozialismus nie richtig gekommen, und mit dem Kapitalismus wird's genauso gehen. Wir sind eben ein eigenes Völkchen‹, und sie sind stolz darauf. Keine Sorge also, Sie haben nichts zu befürchten.«

»Wieso habe eigentlich ich das Rennen gemacht?«, fragte Viola. »Ich habe bisher nur erfahren, dass nach hundert Jahren Arzt zur Abwechslung einmal eine Ärztin genehm wäre. Aber das kann doch nicht alles sein.«

»Es war der alte Wenzel«, bemerkte Doris, und offensichtlich erheiterte sie der Gedanke an ihn so, dass ihre Augen funkelten.

»Ach, der alte Wenzel!« Lisa fegte vor Ärger beinahe ihre

Tasse vom Tisch. »Der wollte doch nur mal wieder das letzte Wort haben. Wir hatten eine Gemeindeversammlung«, wandte sie sich an Viola, »und wichtige Punkte waren erstens, Sie sind in Hamburg geboren, zweitens, Sie können sofort anfangen, drittens, Sie sind eine Frau, und viertens, Sie kommen aus einer Arztfamilie. Wir hatten am Schluss zwei Favoriten, Sie und noch eine Kollegin. Und da stand der alte Wenzel auf.«

»Er ist einer der ältesten Einwohner hier, sechsundachtzig«, erklärte Doris mit heiterer Stimme. »Und er hat auf Platt ganz energisch zum Bürgermeister gesagt, er kenne Ihren Großvater, er habe mit ihm in Rappin als Junge gespielt. Sein Vater sei oft mit ihm drüben im Pfarrhaus gewesen. Es stand in Ihrem Lebenslauf, das mit dem Großvater. Und wenn schon eine Frau, dann diese, meinte er.«

»Nein, das gibt's doch nicht!« Viola schüttelte den Kopf. »Und daran erinnert er sich noch? Ich habe meinen Großvater im Lebenslauf erwähnt, weil er mir wichtig ist. Er hat mir sozusagen vom Himmel herunter den Tipp gegeben, mich hier zu bewerben. Aber dass er auch noch bei der Entscheidung eine Rolle gespielt hat …« Sie legte lächelnd ihre Hände um die warme Teetasse.

»Sie haben ihn in guter Erinnerung«, bemerkte Doris.

»Ja, er hat mir immer Geschichten erzählt, und in seinen letzten Jahren hat er sogar einige kleine Bücher auf Plattdeutsch geschrieben. Meine Mutter hat sie mir geschickt, ich wusste das gar nicht.«

»Das ist gut, dann können Sie gleich Platt lernen. Das mögen die Leute, vor allem die älteren«, versicherte Lisa.

Stille trat ein, Pauli kam in die Küche und legte sich auf seine Decke neben der Tür.

Er kuschelte sich ein und schloss wohlig die Augen.

Auf einmal war Viola nur noch müde. Sie wollte allein sein,

sie wollte nicht mehr reden, sondern bloß noch eine Weile am Fenster stehen, hinaussehen in die Dunkelheit, und ankommen. Schließlich war sie seit vier Uhr früh auf den Beinen.

Sie hob den Kopf und sah Doris, die sie beobachtet hatte, in die Augen. Doris nickte. »Ich glaube, wir sollten nun gehen«, sagte sie, stand auf und zog Lisa mit sich hoch. »Unsere Frau Doktor braucht jetzt Ruhe.« Sie nahm ihren Anorak und reichte Lisa den Mantel. Und dann waren sie auch schon auf der Treppe. »Gute Nacht, und bis morgen«, hörte Viola sie noch rufen, dann war alles still.

Das ganze Gepäck, all die Kartons und Koffer, die Viola mit Hilfe der zwei Frauen hereingetragen hatte, stand noch im Flur. Egal, morgen war auch noch Zeit zum Auspacken.

Viola trat zum Fenster des Wohnzimmers und blickte auf die dunklen Umrisse der gegenüberliegenden Häuser und Bäume. Man konnte keine Einzelheiten mehr erkennen, aber ein schmaler Streifen am Himmel im Westen über dem Meer leuchtete noch in einem helleren Blau, und weiter oben stand der Mond silbern und fast voll.

Und noch etwas fiel ihr auf, was wie ein fernes Wetterleuchten aussah: Das musste der Leuchtturm im Norden der Insel sein, den sie schon vom Schiff aus gesehen hatte. Er sandte in regelmäßigen Abständen seinen Lichtstrahl über den Himmel. Das war ungewohnt, aber irgendwie trostreich. Man würde nicht an einer Klippe zerschellen, solange er da stand und wachte.

Auch das Meer schlief nicht; Viola meinte, es leise rauschen zu hören. Doch vielleicht war es auch nur der Wind.

5

AM NÄCHSTEN MORGEN, EINEM Samstag, wurde Viola von Pauli geweckt. Er spazierte über die Bettdecke und schnurrte sie an. Er hatte Hunger. Also stand sie auf und holte aus einer der Schachteln im Flur eine Packung Trockenfutter. Dann drehte sie im Wohnzimmer und im Bad die Heizung auf. Ölzentral, also war sie doch nicht ganz am Ende der Welt!

Es war kalt im Schlafzimmer. Frierend kroch sie wieder unter die Decke, sah sich aber jetzt erst einmal bei Tageslicht in dem Raum um: ein Kleiderschrank aus hellem Holz, zwei Nachttischchen rechts und links des Bettes, dieses immerhin nicht zu schmal und sehr bequem, eine kleine Kommode unterm Fenster, Holzdielen auf dem Fußboden und ein bunter Webteppich. Nicht üppig, aber ausreichend. Vor den beiden Sprossenfenstern hingen hellblau-weiß karierte Vorhänge.

Sie schüttelte lächelnd den Kopf. Sie war ganze 34 Jahre alt und hatte noch nie in ihrem Leben eigene Möbel besessen.

In Hamburg hatte sie bei ihren Eltern gelebt, in einer vornehm eingerichteten großen Villa mit vielen Antikmöbeln, einen ganzen Trakt hatte sie dort für sich gehabt. Und in München war sie zuerst in einem möblierten Zimmer untergekommen, Marke Ikea. Das war ein richtiges Kontrastprogramm gewesen, aber sie hatte sich erst einmal in aller Ruhe umschauen wollen.

Später hatte Jochen ihr erklärt, sie brauche sich nichts anzuschaffen, sie könne bei ihm einziehen. Was sie dann auch tat. Bei ihm wohnte sie in Schwarz und Weiß, mit einigen bunten Kunstdrucken an den Wänden und seidenen Kissen auf dem Sofa.

Aber hier, hier gab es Entfaltungsmöglichkeiten, was das Einrichten betraf. Zum ersten Mal in ihrem Leben musste sie sich Gedanken darüber machen, was ihr wirklich gefiel. Im Wohnzimmer befand sich außer dem alten Sofa in Dunkelgrün und dem kleinen Tisch davor noch gar nichts, der Fernseher stand auf dem Boden. Das Arbeitszimmer enthielt einen Schreibtisch, einen Stuhl und ein Regal. Der Vorgänger, der nur zehn Monate da gewesen war, hatte seine eigene Ausstattung beim Auszug wieder mitgenommen. Die vorhandenen Möbel waren von der Gemeinde gestellt worden, sie könne sie übernehmen, wenn sie wolle, hatte ihr Lisa erklärt.

Aber das hatte noch Zeit.

Zum ersten Mal fiel Viola die Stille auf, die sie umgab. Von draußen waren nur wenige Geräusche zu hören. Ein Pferdewagen fuhr mit Geklapper vorbei, die Stimmen von zwei Frauen klangen herauf, und ein kleiner Vogel sang sein Morgenlied.

Nach einer Weile raffte Viola sich auf und stieg aus dem Bett. Im Bad war es inzwischen angenehm warm, und sie duschte und wickelte sich anschließend in ihr großes Handtuch. Dann stellte sie sich vor den Spiegel, der über dem Waschbecken hing. Sie sah ziemlich zerzaust aus, stellte sie fest, die Haare kringelten sich in der Nässe wie Korkenzieher, die hellen Augen blickten noch etwas müde, und Mund und Kinn wirkten heute Morgen nicht ganz so entschlossen wie meist.

Fast hätte sie erwartet, eine Fremde zu sehen; noch vor

nicht allzu langer Zeit war sie die Freundin des angesehenen und charmanten Oberarztes in der Klinik gewesen, mit Aussicht auf ein elegantes Heim, eine gesicherte Zukunft und ein oder zwei Kinder.

Jetzt stand sie im Badezimmer eines alten Ziegelsteinhauses auf Hiddensee, wusste nicht, was auf sie zukommen würde, und hatte nicht einmal einen Mann, der sie im Notfall auffangen konnte. Immer noch hatte sie das Gefühl, ihr Leben, das bisher so geradlinig und ohne große Sprünge verlaufen war, habe plötzlich eine unerwartete Wendung genommen, wie ein Hase, der sich noch in der Luft herumwarf und dann in einer anderen Richtung weiterlief.

War sie ein Hase?

Im Moment fühlte sie sich so.

Viola, lass dich nicht hängen, hörte sie ihren Vater sagen.

Kind, einen Schritt nach dem anderen, ergänzte ihre Mutter.

Und genau das wollte sie tun. Der nächste Schritt bestand darin, sich anzuziehen und einen Gang zum Meer zu machen. Vielleicht würde ihr der Wind die Zweifel über die See hinwegpusten. Und dann war sie hoffentlich gut gerüstet für das weitere Programm: die Einrichtung der Praxis eingehend in Augenschein nehmen, sich von Lisa über Organisation und Abläufe hier informieren lassen, und auspacken musste sie ja auch noch. Morgen war Sonntag, und am Montag sollte ihr zu Ehren ein Empfang im Rathaus stattfinden.

Sobald Viola aus dem Haus trat, fühlte sie sich besser. In der Nacht hatte es wieder geregnet, nun nieselte es noch leicht, und Wolken in den verschiedensten Grautönen zogen über den weiten Himmel. Der Wind blies sie von Nordwesten her schräg über die Insel.

Viola wandte sich nach links, entlang der schmalen Straße

Süderende. Auf beiden Seiten standen schmucke einstöckige Häuser mit weißen Außenwänden, manche mit Reet gedeckt, manche mit leuchtend roten Ziegeln. Kleine Giebel, die ihr vorkamen wie Augen, die aufs Meer hinausschauten, saßen auf den Walmdächern, und alles machte einen sauberen und beinahe verspielten Eindruck. Überall hielten liebevoll angelegte Gärten ihren Winterschlaf, voller Bäume und Sträucher. Im Sommer würde hier bestimmt das Grün vorherrschen.

Bald bog Viola nach rechts in einen kurzen Seitenweg ein, der nach dem letzten Haus in einen schmalen Fußweg überging und in die Dünen führte. Sie waren mit Seegras, niederem Heckenrosengestrüpp und kleinen, sich tief duckenden Büschen bewachsen. An ihren Zweigen glitzerten Hunderte Diamanten; wenn man sie antippte, zerliefen sie in kaltes Wasser.

Und dann kam sie über den Dünenkamm, und einige Meter unter ihr lag der Strand und dahinter das Meer, endlos bis zum Horizont, grau, blau, grün, mit einzelnen weißen Wellenkämmen. Der Himmel war bedeckt, aber ganz hinten war ein heller Streifen zu sehen, dort, wo die Wolken bereits lichter wurden.

Das war Hochgefühl pur!

Viola konnte nicht anders, sie breitete die Arme aus und lief an den nassen Binsen vorbei auf den Strand hinunter, dann über angespülte Holzstücke, Seetang und Muscheln bis zum Wasser. Es begrüßte sie, zog sich zurück, kam ihr wieder entgegen. Sie holte tief Luft. Sie war kein Hase mehr, jetzt war sie wie ein Vogel, der sich im Sturm wiegte und die Welt von oben sah.

Nach einer Weile wandte sie sich langsam um und ging ein Stück den Strand entlang nach Süden. Der Wind blies ihr von hinten die Haare ins Gesicht. Wenn ich jetzt noch einen Bernstein finde ..., dachte sie. Sie bückte sich, doch das, was da goldgelb aus den grünen Algen leuchtete, war nur ein Stück rundgeschliffenes Glas.

Aber zwei oder drei Muscheln wollte sie mit nach Hause nehmen. Eine weiße, eine gelbe, eine graue.

Als Viola sich wieder aufrichtete, stand auf einmal ein Mann vor ihr, jung, kräftig, mit gebräunter Haut und langen dunklen Haaren, die er im Nacken zusammengebunden hatte. Er sah leicht verwegen, aber nicht unsympathisch aus. Trotzdem erschrak sie. Sie hatte niemanden hinter sich bemerkt. War er ein Urlauber oder ein Inselbewohner? Er sah eher wie ein Südländer aus, nicht wie jemand hier aus der Gegend. Mit einem Lächeln in seinem Gesicht und seinen braunen Augen blickte er sie an.

»Bernstein findet man meist nach einem heftigen Sturm aus Nordwest«, sagte er, »wenn das Meer wieder einige seiner Schätze an den Strand geworfen hat. Aber keine Angst, Stürme gibt es hier öfter ... Sie sind wohl die neue Inselärztin?«

»Sieht man mir das an?«, fragte Viola überrascht.

»Sie sind hier das Tagesgespräch«, erwiderte er amüsiert. »Ihre Bewerbung hängt im Rathaus aus, und da ist auch ein Bild von Ihnen zu sehen. Ein sehr schönes Bild übrigens.«

»Oh.« Viola wusste nicht, was sie darauf antworten sollte, aber da war er auch schon an ihr vorbei und einige Schritte weitergegangen. Er winkte ihr noch mit der Tüte zu, die er in der Hand hielt, und rief: »Der Bäcker hat schon auf, es gibt warme Rosinenbrötchen!«

Rosinenbrötchen! Das war genau das Richtige für ihr erstes Inselfrühstück.

»Gute Idee«, antwortete sie, und der Wind trug ihm ihre Worte zu. »Danke für den Tipp!«

Hatte er das noch gehört? Er drehte sich nicht um, ging gemächlich den Strand entlang weiter Richtung Süden und schlenkerte dabei seine Bäckertüte unternehmungslustig hin und her. Ein Künstler wahrscheinlich, fiel es Viola ein, die sollte es hier auf der Insel in größerer Anzahl geben, auch im Winter, hatte sie gehört. Interessant war er, ohne Zweifel, aber auch ganz schön vorlaut. Sollte sie ihm öfter begegnen, wollte sie ihm ein wenig mehr Respekt vor der Würde einer Inselärztin beibringen. Andererseits, Viola musste lächeln, konnte seine unbekümmerte Art eine nette Abwechslung zu den reservierten und wortkargen Inselbewohnern sein. Wenn sie es denn wirklich waren.

Aber nun wollte sie sich ihr Frühstück kaufen, also drehte Viola sich um und machte sich mit festen Schritten auf den Heimweg. Jetzt hatte sie den Wind im Gesicht und kam nur langsam vorwärts.

Im Bäckerladen standen zwei Frauen vor ihr, eine ältere mit tief in die Stirn gezogenem Kopftuch über ihrem schmalen runzligen Gesicht, die andere stämmig, die Haare straff im Nacken verknotet, eine geflochtene Tasche am Arm. Sie begrüßten Viola mit freundlichem Nicken und mit dem eindeutigen Ausdruck in der Miene: ah, unsere neue Ärztin.

Alle wussten schon, wer sie war, daran würde sie sich gewöhnen müssen.

»Guten Tag, Frau Doktor«, sagte die Verkäuferin, eine adrette Frau mit frisch gelegten Löckchen. »Schön, dass Sie da sind. Hoffentlich halten Sie es hier länger aus als Ihr junger Vorgänger.«

Ein alter Mann mit Strickmütze, der gerade gehen wollte, blieb stehen und sah Viola unter dichten weißen Augenbrauen hervor durchdringend an. Seine Haut war von Wind und Wetter gegerbt.

»Hei wier ein'n Klaukschieter«, brummelte er in seinen Bart.

»Er hat nicht so recht hierhergepasst«, übersetzte die Bäckersfrau eilig. »Es war für ihn nur ein vorübergehender Aufenthalt, bis er die moderne Praxis in Rostock kaufen konnte. Na, nun sind ja Sie da, und wir sind alle froh darüber. Was darf ich Ihnen einpacken?«

Viola nahm vier Rosinenbrötchen. Sie musste nicht einmal bezahlen. »Zum Einstand«, meinte die Bäckersfrau, »um Ihnen den Anfang zu versüßen.«

Kurze Zeit später betrat Viola ihre Wohnung, ohne funkelnde Regentropfen-Diamanten, ohne leuchtenden Bernstein, aber mit einer wärmenden Papiertüte, die vier Rosinenbrötchen enthielt.

Und außerdem, das Meer ist da, wann immer ich es besuchen möchte, dachte sie. Was kann man sich mehr wünschen?

6

NACH DEM FRÜHSTÜCK STIEG Viola wohlgemut ins Erdgeschoss des Arzthauses, um sich die Praxisräume anzusehen. Kater Pauli begleitete sie neugierig. Die Treppe mündete in den Vorraum hinter der Haustür. Links befand sich der Eingang zum Wartezimmer. Es war eingerichtet mit bequemen Stühlen in einem Blau wie das Meer, einem Mitteltisch, auf dem verschiedene Zeitschriften lagen, und einer wunderschönen alten Standuhr in der Ecke.

Rechts ging es ins Vorzimmer mit Schreibtisch und Karteischränken, und von da aus ins Sprechzimmer. An der Tür blieb Viola stehen, und ihr Herz machte einen kleinen Freudensprung. Der vertraute Geruch nach Desinfektionsmitteln und frisch polierten Fußböden begrüßte sie. An der rechten Wand stand eine große alte Untersuchungsliege, daneben ein Glasschrank mit Verbandsmitteln, ein Regal mit Büchern, hinten im Zimmer weitere Schränke in Weiß mit sauber blitzenden Glastüren für alle möglichen Instrumente, ein Medikamentenschrank, ein Schreibtisch aus hellem Holz mit einem braunen Stuhl dahinter und zweien davor für die Patienten.

Ganz langsam betrat Viola den Raum. Er erinnerte sie an die einfache Landarztpraxis in der Nähe von München, in der sie fast ein Jahr lang mitgearbeitet hatte, bevor sie noch einmal in die Klinik musste. Sie hatte sich dort sofort wohl gefühlt. Ja, das war ihre Welt, egal, was Jochen ihr immer wieder auseinandergesetzt hatte.

»Mein Gott, Viola«, hörte sie ihn sagen, »wieso willst du in einer abgelegenen Gegend versauern? Mit deiner guten Ausbildung! Du kannst es in einer Klinik weit bringen, du hast das Zeug dazu.«

Wenn er sie jetzt sehen würde! Auf einer Insel ganz am Ende der Welt! Sie lachte und schüttelte den Kopf. Dann ließ sie sich mit einem Aufseufzen auf dem Schreibtischstuhl nieder. Immer wieder war sie überrascht, wie sicher sie sich fühlte mit all diesen bekannten Geräten. Auch mit ihrer eigenen Arzttasche war es so. Sobald sie diese in der Hand hatte, gab es keine Zweifel mehr, sie wusste einfach, was zu tun war.

Pauli landete mit einem Satz auf ihrem Schoß. »Wir beide werden es schon schaffen, nicht wahr?«, versicherte sie ihm. »Wir werden unser Schiff auch durch stürmische Zeiten zusammen steuern, und wir werden nicht kentern, das verspreche ich dir.«

Neben dem Sprechzimmer befanden sich noch eine Toilette und ein kleines Labor, und von da aus gelangte man in eine Art Abstellraum. Eigentlich war es ein helles, gemütliches Zimmer, aber es schien nicht benützt zu werden.

Nirgends war ein Computer zu sehen, alles wurde noch von Hand dokumentiert. Es gab auch keine modernen Geräte wie Ultraschall, dafür sauber sterilisierte Päckchen mit der Aufschrift: »Nähen«. Man war hier also noch ein Allround-Mediziner mit Handbetrieb. Kein Wunder, dass der junge aufstrebende Arzt schnell wieder verschwunden war.

Später am Vormittag machte sich Viola daran, ihre Kartons auszupacken. Die leeren stapelte sie mit der Öffnung nach vorne übereinander, so konnte sie sie als Regal benutzen, bis sie eigene Möbel hatte. Ihr Laptop kam ins Arbeitszimmer, auf den alten Schreibtisch, der wahrscheinlich schon einige Generationen Inselbewohner mitgemacht hatte.

Paulis Katzenklo stellte sie in den Flur, sein Schlafkorb fand seinen Platz im Wohnzimmer.

So, und was konnte man nun machen?

Bisher, hatte Lisa ihr mitgeteilt, war dreimal in der Woche eine Ärztin aus Rügen herübergekommen. Sie hatte die Vertretung hier übernommen und eine Art Notbetrieb gewährleistet. Monika Blum hieß sie. Sie war auch mal über Nacht geblieben und hatte dann gegenüber bei ihrer Schwägerin gewohnt. Mit ihr würde Viola sich an den Wochenenden abwechseln können.

»Diesen Samstag und Sonntag ist sie leider nicht da«, hatte Lisa erklärt, »aber wir haben unsere gut ausgebildeten Sanitäter mit ihrem Rettungswagen, die können auch die Notfälle übernehmen. Um diese Jahreszeit ist es sowieso ruhig, weil kaum Gäste da sind. Sie haben also noch zwei Tage Schonfrist.«

Dann ist jetzt ein Erkundungsgang durch Vitte fällig, dachte Viola, am liebsten allein, so kann ich in aller Ruhe diesen Ort kennenlernen. Das war ihre Art, sich mit einem neuen Ort vertraut zu machen. Zuerst der nähere Umkreis, dann die weitere Umgebung. Pauli hielt es ähnlich. Morgen würde sie ihn zum ersten Mal aus dem Haus lassen. Hoffentlich kam er dann auch wieder.

Das Telefon schrillte, und Viola schrak zusammen. War das für sie? Natürlich, es musste für sie sein, außer ihr wohnte niemand hier. Vielleicht ihre Mutter.

Der Apparat stand im Flur, ein bequemer Stuhl daneben, sehr praktisch. Sie nahm den Hörer ab.

»Viola Herz.«

»Frau Doktor«, Lisas kräftige, klare Stimme erklang, »es

tut mir leid, Sie schon stören zu müssen, aber meine Nachbarin macht sich Sorgen um ihre Tochter. Sie hat Angst, es wäre der Blinddarm. Und die Sanitäter meinten, Sie könnten vielleicht einmal danach sehen, wo Sie doch schon da sind. Es ist nicht weit, nur ein paar Schritte das Süderende hinunter.«

Was, jetzt schon die erste Patientin? Darauf war Viola eigentlich noch gar nicht gefasst. Und dann auch noch eine Blinddarmentzündung.

»Ich komme und hole Sie ab«, fuhr Lisa fort, »und die Karteikarte und den Arztkoffer auch. Es ist alles drin, was Sie brauchen.«

Viola setzte sich auf den Stuhl. So hatte sie sich den Anfang nicht vorgestellt! In ihrer Phantasie stand sie mit weißem Kittel bekleidet in der Tür ihres Sprechzimmers und sagte: »Der Nächste bitte.«

Aber dann schüttelte sie den Kopf. Ob sie nun heute anfing oder morgen oder übermorgen, im weißen Kittel oder in Jeans und Pullover, sie war jetzt die Inselärztin, und sie musste nach dem Kind schauen. Sie war gut ausgebildet und hatte Erfahrung, und jetzt wartete eine Mutter mit ihrer Tochter auf sie. Also los, was gab es da zu bedenken?

»In Ordnung«, antwortete sie, »aber ich habe meine eigene Tasche, und die ist griffbereit und gut gefüllt.«

»Wunderbar, dann also bis gleich«, entgegnete Lisa erfreut.

Das junge Mädchen war ungefähr zwölf Jahre alt, lag mit blassem Gesicht im Bett und sah Viola unwillig an, als sie sich zu ihr an den Bettrand setzte.

»Du hast mich mitten im Auspacken erwischt«, sagte Viola, »aber wenigstens ist mein Kater schon eingerichtet. Und du willst deinen Blinddarm loswerden? Wie heißt du denn?«

»Britta, und ich will nichts anderes, als heute Abend zu meiner Freundin gehen. Sie hat Geburtstag und macht eine

Disco im Keller. Ich will keine Blinddarmentzündung!«, sagte sie aufgebracht.

»Na, dann schaue ich mir das mal an«, meinte Viola beruhigend. Sie schlug die Bettdecke zurück. »Wann haben die Bauchschmerzen denn angefangen?«

»Gestern Abend«, antwortete Britta abweisend.

»Britta ist sonst nicht wehleidig«, erklärte die Mutter, die danebenstand und ihre Tochter besorgt ansah. »Da muss schon viel kommen, dass sie nicht aufsteht.«

»Gut, dann leg dich mal gerade auf den Rücken, und wenn es geht, entspann dich ein wenig.«

Viola ließ sich die Stelle zeigen, an der die Schmerzen am stärksten waren. Sie drückte aber nicht sofort darauf, sondern fing erst auf der anderen Seite an, wo es Britta nicht weh tat. Das war wichtig, damit sich das Mädchen nicht gleich verkrampfte, und Viola konnte sich langsam an den schmerzenden Punkt herantasten.

Die Diagnose war ziemlich schnell klar: deutlicher Druckschmerz im rechten Unterbauch, Loslassschmerz, die blasse Haut … Es war nicht einmal ein Blutbild zur Sicherung nötig. Das Mädchen musste ins Krankenhaus.

Britta wehrte sich mit Händen und Füßen dagegen, aber Viola ließ keine Diskussion zu. Schließlich fing die Kleine an zu weinen.

Was machte man mit einer Zwölfjährigen, die zu einer Disco eingeladen war und stattdessen ins Krankenhaus musste? Viola fühlte sich überfordert. Sie kannte Britta nicht und überlegte, wie sie das Mädchen trösten konnte.

Während Lisa nach dem Hubschrauber telefonierte, packte Brittas Mutter einige Sachen zusammen.

»Schau«, meinte Viola und versuchte, sich an die Zeit zu erinnern, als sie selbst so alt gewesen war, »ein entzündeter

Blinddarm ist keine harmlose Erkältung, der muss im Krankenhaus behandelt werden. Und du hast ja auch ziemliche Schmerzen, nicht wahr? Vielleicht könnt ihr, wenn du wieder zu Hause bist, eine zweite Disco veranstalten, zur Feier deiner Genesung. Deine Mutter hätte sicher nichts dagegen.«

Doch Britta ließ sich nicht so leicht beruhigen. Sie drehte sich zur Wand und schob die Fäuste vors Gesicht.

Erst als ihre Mutter kam und ihr versprach, sie würde, wenn sie wieder daheim sei, die langersehnte Spielkonsole für den Fernseher bekommen, hörte sie auf zu wüten.

Die Teenies sind auf der Insel auch nicht anders als auf dem Festland, dachte Viola lächelnd. Und die Mütter ebenfalls nicht.

Britta setzte sich auf, um einen Pullover überzuziehen. Dann wollte das Mädchen genau wissen, was mit ihr passieren würde. Viola versuchte, es ihr in einfachen Worten zu erklären.

»Und wann kann ich dann wieder nach Hause?«

»In einer Woche, und du wirst nie wieder einen entzündeten Blinddarm haben«, versprach Viola ihr.

Brittas Gesicht zeigte ein erstes Lächeln. Dann sah sie zum Fenster. »Ich bin noch nie mit einem Hubschrauber geflogen!«

»Ich auch nicht. Erzählst du mir später, wie es war?«

Britta sah sie erstaunt an. »Ich dachte, alle Ärzte fliegen bei Notfällen mit.«

»Zum Glück nicht!«

»Haben Sie Angst davor?«

»Ja, und wie«, gestand Viola. Und da war sie ganz ehrlich.

»Ich nicht«, erwiderte Britta, und die verpasste Disco rutschte in den Hintergrund. Ein Hubschrauberflug, da konnte sie ihren Freundinnen später etwas erzählen!

Alles lief wie am Schnürchen. Viola stellte fest, dass es hier tatsächlich ein gut eingespieltes Team gab. Warum auch nicht? Eine Insel war kein weißer Fleck auf der Landkarte. Komisch, dass man mit Insel immer Einsamkeit und Abgeschiedenheit verband und Füchsen und Hasen, die sich gute Nacht sagten.

Donnernd kündigte sich der Helikopter an. Ganz in der Nähe fand er einen Landeplatz. Mit dem Rettungswagen fuhren Britta und ihre Mutter zum Hubschrauber, und schon war er wieder auf dem Weg nach Bergen auf Rügen ins Sana-Krankenhaus. In knapp zwanzig Minuten würde er landen.

Die Herren vom Krankenwagen kamen noch einmal zurück und hießen Viola mit einem kernigen Handschlag willkommen.

»Auf gute Zusammenarbeit«, sagte der ältere der beiden, und fast sah es so aus, als ob er salutierte.

»Das war ein erfolgreicher Einstieg«, meinte der jüngere anerkennend. »Ich glaube, wir werden gut miteinander auskommen.«

Später saßen Lisa und Viola zusammen im Sprechzimmer und erledigten die nötige Schreibarbeit.

»Na, nun sind Sie schneller in den Stiefel hineingekommen als geplant«, meinte Lisa und klappte mit einem energischen Knall die Karteikarte zu. »Einen Computer haben wir nicht, wie Sie sehen«, erklärte sie, »und der junge Doktor wollte kein Geld investieren, solange er nicht wusste, ob er bleiben würde. Unser alter Arzt, der über vierzig Jahre hier tätig war, kam auch ohne aus. Bei ihm war alles noch solide Handarbeit, auch die Untersuchungen. Er hatte außerordentlich viel Erfahrung und war sehr beliebt. Jetzt genießt er sein Rentnerdasein auf Rügen. Sie werden ihn sicher bald kennenlernen. Übrigens hängt hier eine Liste von allen Ärzten, die auf der

Insel gearbeitet haben. Auch Sie werden darauf verewigt werden.«

Sie zeigte auf eine Tafel an der Wand, auf der eine stattliche Reihe ehrenwerter Doktoren verzeichnet war: Sie fing im Jahr 1903 an, und als Letzter war Doktor Roth verzeichnet mit vierzig Jahren Tätigkeit. Keiner war so lange geblieben wie er.

»Warum hat er Hiddensee denn verlassen, nachdem er so lange hier lebte?«

»Er wollte seinem Nachfolger nicht im Weg sein. Die Menschen hier lassen Altbekanntes nicht gern los, sie hätten ihn weiterhin aufgesucht mit ihren Problemen. Sie werden schon sehen, als Ärztin werden Sie auf der Insel an allererster Stelle die Frau Doktor sein, und erst dann eine ganz normale Frau. Und so ist er nach Rügen umgezogen, wo die Leute ihn nicht kennen. Dort kann er in aller Ruhe sein Privatleben genießen. Übrigens stammt seine Frau von da, das war auch ein Grund.«

Viola lächelte in sich hinein. Sie wusste, was es hieß, auf dem Land ganz weit weg von aller Welt zu wohnen. Die ersten Jahre ihrer Kindheit hatte sie in einem kleinen Nest in der Nähe von Hamburg verbracht, wo der Pfarrer, der Lehrer, der Doktor und der Bürgermeister die absoluten Respektspersonen waren. Aber das war eine Weile her, und sie hätte nicht gedacht, dass das hier immer noch so war.

Diese Mischung aus hinter dem Mond und zeitgemäß fing an, ihr Spaß zu machen. Langweilig würde es ihr auf Hiddensee auf keinen Fall werden, das ahnte sie schon. Vielleicht war das tatsächlich der Platz, der für sie der richtige war. Die nächsten Wochen und Monate würden es zeigen. »Eine Pflanze wächst langsam und braucht ihre Zeit«, sagte ihre Mutter immer. Das konnte Viola gut nachfühlen, und sie empfand es als sehr beruhigend.

7

ZUM MITTAGESSEN KOCHTE VIOLA sich Nudeln mit Tomatensauce, danach spielte sie noch ein wenig mit Pauli und legte sich für eine Stunde aufs Sofa. Den Gang durchs Dorf hatte sie verschoben, und sie hatte auch Lisas Angebot ausgeschlagen, zum Abendessen zu ihr zu kommen. Sie wollte allein sein, noch einmal ans Meer, die feuchte frische Luft einatmen und die Stille und Weite auf sich wirken lassen. So konnte sie sich hier am besten eingewöhnen.

Am Nachmittag hörte der Regen auf. Schnell ziehende Wolken ließen immer wieder die Sonne durch, und Viola beschloss, zum Strand zu gehen, um das Meer bei Sonnenschein zu besichtigen.

Das Seegras in den Dünen warf lange Schatten auf den Sand, der golden schimmerte, das Wasser leuchtete blau und grün, und am Horizont im Westen hing der orangerote Ball der Sonne, die ihre letzten Strahlen üppig über Meer und Land verstreute. So ist es richtig auf einer Insel, dachte Viola zufrieden. Dann musste sie über sich selbst und ihren Traum von heiler Welt lachen. Aber warum auch nicht. Träumen war erlaubt, solange man sich auch wieder davon lösen konnte und die Realität anpackte.

Schließlich wurde es dämmerig, alle Farben verblassten zu Grau, und am hohen Himmel erschienen die ersten Sterne. Die Tage waren hier oben im Norden noch kurz, die Nächte lang.

Das Telefon blieb ruhig, und Viola machte sich mit Pauli einen gemütlichen Abend vor dem Fernseher.

Am Sonntagmorgen rief Lisa an und fragte, wie es ihr gehe.

»Danke, gut.« Viola hatte keine Lust auf ein langes Gespräch. »Ich mache mich gerade fertig für eine Inselumrundung. Na ja, mal sehen, wie weit ich komme.«

»Dann passen Sie nur auf, dass Sie nicht ins Vogelschutzgebiet geraten. Unser Herr Biologe, der dort in seiner Hütte haust, kann da ziemlich unangenehm werden.«

»Er wird mich schon nicht fressen«, antwortete Viola. »Ein einzelner Spaziergänger wird seine wertvollen Vögel sicher nicht stören.«

»Darüber denkt er anders, aber das werden Sie dann schon sehen. Und am Montag um neun Uhr ist die Begrüßung beim Bürgermeister, Sie denken doch dran?«

»Aber ja, keine Sorge«, erwiderte Viola ein wenig ungeduldig.

»Übrigens, der kleinen Britta geht es gut, sie ist noch gestern Abend operiert worden. Der Blinddarm war hochakut. Ihre Diagnose war absolut richtig.«

Sehr gut, nun konnte sie ihren Inselgang aus vollem Herzen genießen. »Das freut mich«, antwortete sie. »Bis morgen dann, Lisa.«

Pauli strich um Violas Füße, als sie sich den Mantel überzog und zur Tür ging.

»Ja, du darfst heute auch raus«, sagte sie. »Aber geh nicht zu weit, damit du wieder nach Hause findest.«

Der Kater rannte ihr voraus die Treppe hinunter. Unten blieb er kurz an der offenen Haustür stehen, dann machte er sich auf den Weg, die Umgebung zu erkunden, und verschwand hinter einem Gebüsch.

Der Himmel war bewölkt, ein kalter Wind pfiff von Nordosten, und Viola zog ihre Mütze tief in die Stirn und den Schal übers Kinn. So würde sie vielleicht auch nicht so schnell als die neue Inselärztin erkannt werden. Sie begegnete nur einer jungen Frau mit einem Hund, genau wie sie dick vermummt, die ihr freundlich zunickte. Als sie die Straße verließ und auf den schmalen Fußweg Richtung Strand einbog, hörte sie das Meer rauschen, lauter als am Vortag, und dann sah sie die weißen Schaumkronen auf den Wellen. Heute hatte die See keine gute Laune. Die Wellen spritzten und klatschten heftig an die Buhnen. Ein Glück, dass ich nicht auf ein Schiff muss, dachte Viola.

Am besten kam man nah am Wasser vorwärts, wo der Sand fest war und man nicht bei jedem Schritt einsank. Zudem roch es wunderbar nach Meer und Tang und Muscheln. Da nahm Viola es gerne in Kauf, ab und zu von einem Schwall zerstäubender Wassertropfen getroffen zu werden.

Mit zügigen Schritten marschierte sie in Richtung Süden, die Längsseite der Insel entlang. Der Strand dehnte sich schnurgerade und endlos vor ihr aus, rechts sah man weit übers Meer, links auf die Dünen mit ihrem Kurzhaarschnitt aus dichtem, niederem Gebüsch. Immer wieder wurden sie von Sandpfaden durchquert, die zum Dorf oder verstreut liegenden Häuschen führten.

Ab und zu waren auf dem Dünenkamm auch dichte Heidekrautbüsche zu sehen. Sie waren noch grünbraun und ohne Blüten, aber im Sommer musste es ein sehr schöner Anblick sein.

Dann tauchten Kiefern auf, dunkelgrün über dem hellen Dünengras, ein richtiger Wald!

Viola war nun schon angenehm warm geworden. Ihrer Schätzung nach war sie fünf oder sechs Kilometer gegangen und nur wenigen Menschen begegnet. Einige Urlauber gab es aber sogar jetzt, Ende Februar.

Bisher hatte sie den Wind immer im Rücken gehabt, und der Rückweg versprach, anstrengender zu werden. Sollte sie umdrehen? Nein, nur noch ein Stückchen, es war einfach zu verlockend.

Mehrere Wegzeiger wiesen nach links auf Neuendorf hin, das hinter dem Dünenkamm lag, dann wurde es wieder einsamer. Sie lief und lief. Kam nun bald das Inselende?

Und dann stand da auf einmal ein kleiner Leuchtturm mitten zwischen Kiefern oben in den Dünen, ein niedriger Ableger des großen am anderen Ende der Insel. Viola stapfte durch den Sand hinauf und umrundete ihn. Eine Außentreppe führte auf halbe Höhe. Es waren nur wenige Stufen, aber von hier aus konnte sie die Insel weit übersehen. Lieber Himmel, die letzten Kilometer war sie ganz schön schmal geworden! Schlank und zerbrechlich, das hatte man vom Strand aus gar nicht gesehen. Viola konnte erkennen, dass sie immerhin durch einen Damm aus Steinen und Erde vor einer Überschwemmung geschützt war. Sehr beruhigend.

Sie stieg die Metalltreppe wieder hinab und setzte ihren Strandspaziergang fort. Am Himmel tat sich inzwischen Erfreuliches, einige weiße Wolken jagten noch von Norden kommend Richtung Süden, meinten es aber nicht mehr ernst, und dazwischen hatte die Sonne genügend Zeit, sich immer mehr zu zeigen. Der Wind blies ziemlich heftig, aber Viola nahm jetzt doch einmal die Mütze ab, um ihn in den Haaren zu spüren.

Blauer Himmel, dunkelgrüner Wald, goldener Sand, dachte sie, was noch? Sie zog eine der wild flatternden Strähnen ihres Haares vor die Augen: rehbraune Locken mit rötlichem Schimmer. Jochen hatte sich darüber immer lustig gemacht. »Blond hatte ich schon in Hell und Dunkel, Schwarz auch, aber Rot, das ist neu, das ist etwas ganz Besonderes.«

Viola mochte solche Sprüche nicht. Sie wusste, dass er eine bewegte Vergangenheit hatte, nicht mal seine Ehe hatte ihn von weiteren Eroberungen abgehalten. Und dann begegnete er Viola und teilte ihr voller Ernst und Überzeugung mit, sie sei die Frau, nach der er immer gesucht habe. Endlich habe er sie gefunden. Und sie war ihm in die Arme gefallen wie Schneewittchen ihrem Prinzen und war ihm auf sein Schloss gefolgt.

»Dööskopp«, rief sie in den Wind, »Schoapskopp!« Ausdrücke, die sie schon als Kind gelernt hatte. Sie wusste nicht, ob sie ihn damit meinte oder sich selbst. Auf jeden Fall konnte man auf Platt herrlich schimpfen, sie musste es nur wieder üben.

Sie schüttelte sich. Hier gab es weit und breit keinen Jochen. Die Jahre mit ihm waren vorbei. Gute Zeiten, schlechte Zeiten – sie gehörten hinter die Kulissen, und da sollten sie auch bleiben. Endgültig.

Hier gab es Weite und in der Ferne Schwärme von Vögeln, kleine, große, in der Luft und am Boden. Zugvögel wahrscheinlich, also kam sie in die Nähe des Schutzgebietes.

Ohne es zu merken, war Viola immer schneller gegangen. Nun blieb sie stehen, um Atem zu holen und sich umzusehen.

Der Strand war unübersichtlicher geworden. Sie musste über angeschwemmte Baumstämme und Äste steigen, an denen grüner Tang hing wie Lametta am Weihnachtsbaum, über Steine und einige nasse Balken.

In einiger Entfernung stand ein Schild, und als sie näher kam, konnte sie es entziffern: »Naturschutzgebiet, bitte nicht betreten, um Störungen der Vögel beim Brüten zu vermeiden«.

Aha, das Vogelreservat. Und irgendwo dort hinten musste eine Hütte stehen mit einem unfreundlichen Biologen.

Die Dünen waren hier niedriger und erstreckten sich bis zum Horizont. In der Ferne wurde die Landschaft noch flacher. Wiesen und kleine Wasserflächen, Schilf und Gebüsch wechselten sich dort ab. Ganz hinten helle Sandbänke.

Möwen schaukelten in der Luft, ein schmaler Pfad wand sich durch die Büsche. Kein grimmiger Biologe zu sehen. Viola konnte nicht widerstehen und folgte dem Weg. Sie war nun schon zwei Stunden unterwegs, irgendwann musste sie umdrehen, aber noch war sie neugierig, was es zu entdecken gab.

Nach etwa zehn Minuten tauchte hinter einem Hügel ein kleines geducktes Haus auf. Sein Reetdach wirkte wie eine tief über die Ohren gezogene warme Mütze. Auf der Südseite war ein Solarmodul montiert, auch hier hatte also die Technik Einzug gehalten.

Nicht weit von dem Häuschen entfernt befand sich eine Plattform. Eine Holztreppe führte hinauf.

Von oben hatte Viola einen herrlichen Blick über das Vogelschutzgebiet. Es erstreckte sich über eine weit ausgedehnte Fläche, viel weiter, als Viola vermutet hatte. Dahinter konnte man das Meer sehen, und am Horizont wohl auch einen Streifen vom Festland. Als Viola zurückschaute, sah sie ganz in der Ferne Vitte und Kloster liegen, dahinter die Erhebung des Dornbuschs mit dem Leuchtturm. Und weiter vorne, vielleicht vier Kilometer entfernt, die weißen Häuser von Neuendorf und Plogshagen, die eigentlich nur ein einziger kleiner Ort waren mit einem älteren Teil und einem jüngeren. An diesem Dorf war sie vorbeigelaufen, ohne es vom Strand aus zu sehen, nur die Wegweiser hatte sie bemerkt.

Plötzlich flogen Hunderte von Vögeln auf, kreisten eine Weile in der Luft und ließen sich dann irgendwo wieder nieder. Auf einigen Baumstümpfen und Pfosten im Wasser saßen große schwarzgefiederte, im Meer schwammen Schwäne.

Außer Möwen, Schwänen und Enten kannte Viola keine Seevogelart. Das soll sich ändern!, beschloss sie, als sie die knarrende Treppe wieder nach unten stieg.

Sie umrundete das Haus. Es war niemand da, die Haustür verschlossen, der Herr Biologe also unterwegs.

Durch eines der Fenster konnte sie eine heimelige Küche erkennen mit einem Holzofen. Töpfe und Pfannen waren fein säuberlich an der Wand aufgehängt. Durch ein anderes Fenster erspähte Viola ein kleines Zimmer mit Schlafsofa, Tisch und einer Arbeitsecke. Dort stand ein Laptop, an den Wänden mehrere Regale voller Bücher und Fotos mit Vögeln. Das war es dann auch schon. Ziemlich bescheiden, die Behausung.

Als Viola auf die Uhr sah, erschrak sie. Der Heimweg würde bestimmt zwei Stunden dauern. Es wurde Zeit.

Eine halbe Stunde später hatte Viola einen Wanderweg erreicht, der teilweise auf einem Damm entlanglief. Sie wollte nicht wieder direkt am Strand zurückgehen.

Nach einer Weile erreichte sie Neuendorf und Plogshagen, die sie bisher immer nur von weitem gesehen hatte, vom Schiff aus und von der Aussichtsplattform im Vogelgebiet.

Malerisch standen dort mitten in den Wiesen mehrere kleine, weiß gestrichene Häuser, alle mit Reetdach. Einige waren sehr hübsch renoviert, bei vielen die Läden geschlossen. Das mussten die alten denkmalgeschützten Fischerkaten sein, die südlichsten Häuser auf der Insel. Die meisten wurden im Sommer vermietet. Vor den bewohnten flatterte Wäsche auf der Leine, früher hatten hier wahrscheinlich die Fischer ihre Netze getrocknet. So änderten sich die Zeiten.

Eins der Häuschen schien älter als die anderen zu sein, es stand etwas erhöht auf dem Wiesendamm und war aus Ziegelsteinen erbaut. Rauch stieg aus seinem Schornstein, die Außenwände waren schon ziemlich verwittert.

Als Viola vorbeiging, öffnete sich die Haustür, und ein alter Mann trat heraus, eine Pfeife im Mund. Es war der Alte, den sie am Vortag in der Bäckerei gesehen hatte. Sie grüßte freundlich, aber er sah sie nur mit unbewegtem Gesicht an. Dann wandte er den Blick dem Strand zu. Unten joggte ein Mann vorbei, in ruhigem Tempo, einen kleinen Rucksack auf dem Rücken. Seine dunklen Haare wehten im Wind. Auch ein Bekannter: der Künstler, dem Viola beim ersten Gang zum Meer begegnet war. Ein sportlicher Künstler also. Er lief und lief, bis er ihren Blicken entschwand.

»Hei löppt as'n Haas«, hörte sie den Alten brummen, dann schüttelte er den Kopf und trat wieder in sein Haus. Er ging gebückt, mühsam, ein Bein zog er nach, wie Viola besorgt bemerkte. Einer ihrer neuen Patienten vielleicht? Ob er wohl demnächst in die Sprechstunde kommen würde?

Der Rückweg nach Vitte war mühsam, immer hart am Wind, wenn auch auf einer befestigten schmalen Straße. Viel Landschaft rechts und links, ein paar Ferienhäuser, ein geschlossenes Restaurant, kaum eine Menschenseele.

Müde, aber angenehm warm und durchgeblasen betrat Viola am Nachmittag wieder ihre Wohnung. Pauli war sofort gekommen, als er sie durch den Vorgarten gehen sah. Sie warf sich aufs Sofa, der Kater sprang neben sie und kuschelte sich an ihre Seite.

Hier ließ es sich aushalten.

Es war schön hier.

Nein, es war traumhaft hier, sogar im Winter. Und bald wurde es Frühling. Wie die Insel dann wohl aussah?

8

DAS RATHAUS ERWIES SICH als zweistöckiger Bau mit sympathischen Sprossenfenstern und war von hohen, noch winterkahlen Bäumen umgeben. Vor dem Haus flatterte die Inselfahne in Blau und Gelb im Wind, und aus dem grauen Ziegeldach ragte auch wieder ein Giebel mit Fenster, wie sie überall auf den Gebäuden hier zu finden waren.

Vielleicht befindet sich dahinter das Zimmer des Bürgermeisters, kam es Viola in den Sinn, der dort oben mit Blick über sein Reich die Amtsgeschäfte erledigt und mit »anluven« und »abfallen« und »Schiff ahoi« dafür sorgt, dass sein Gemeindekutter alle Klippen erfolgreich umsteuert.

Der Empfang ihr zu Ehren war zum Glück nicht so feierlich und steif, wie Viola es befürchtet hatte.Ungefähr fünfzehn Personen nahmen daran teil, die sie später hoffentlich noch genauer kennenlernen würde. Bürgermeister Lükke, ein großer blonder Mann in Pullover und Kordhose und mit klaren hellen Augen, hieß sie freundlich willkommen und erzählte einiges über die Inselgeschichte. Viola behielt nur, dass Hiddensee von allen möglichen Menschen vereinnahmt worden war: von Mönchen, von preußischen Herzögen, von den Schweden, dann kamen Kaufmänner, die Hiddensee mit Mann und Maus und Fisch erworben hatten, und die armen Einwohner mussten immer dafür sorgen, dass die Besitzer gut leben konnten.

»Heute gehört die Insel uns, und wir müssen keine Fische oder Schilf oder Korn mehr abliefern«, erklärte er, »und der Arzt wird auch nicht mehr mit Naturalien bezahlt.« Er lachte Viola zu. »Dafür müssen wir im Sommer mit Schwärmen von Gästen fertig werden, aber das sind wir gewohnt, und davon leben wir ja schließlich. Und nun zeigen wir Ihnen die Hauptstadt.«

Damit meinte er Vitte mit seinen 600 Einwohnern. Aber immerhin, es gab ein kleines Lebensmittelgeschäft, eine Buchhandlung, die Bank, das Zeltkino, eine Schule und drei oder vier Hotels. Alle Gebäude präsentierten sich ansprechend und mit gemütlichen Walmdächern, Erkern, Türmchen und Giebeln. Kein einziger Betonklotz.

Das Wetter war schön, und so beschloss man, gemeinsam die zwei Kilometer nach Kloster zu wandern. Dort sahen sie sich die Kirche an, und Viola war entzückt von den Hunderten von Rosen vor blauem Himmel an der gewölbten Decke im Inneren und von dem goldenen Engel, der darunter schwebte.

Den Friedhof, auf dem ihr Großvater seine letzte Ruhe hatte antreten wollen, würde sie einmal in aller Stille allein besichtigen und ihm dann davon erzählen. Vielleicht schaute er ja ab und zu herunter und freute sich über seine Enkelin, die nun hier gelandet war.

Von den vielen Berühmtheiten, Malern, Dichtern, Schauspielern, die einmal auf der Insel gewohnt oder Urlaub gemacht und ihre Spuren hinterlassen hatten, behielt sie nur die Namen Gerhart Hauptmann und Albert Einstein. Viel wichtiger waren ihr die ganz normalen Menschen, die jetzt hier lebten.

Sie lernte den Postbeamten Jensen kennen, Lisas Ehemann, den Inselpastor Busche, den sie bald einmal besuchen wollte, den Zeitungsausträger Mertens, einen Onkel von Doris, die Krankengymnastin, eine Nichte des Bürgermeisters, die Hebamme und diverse andere wichtige Personen. Die meisten waren untereinander per du, Insel eben.

Nach einem anstrengenden, aber interessanten Vormittag kehrte Viola in ihr Arzthaus zurück. Für den frühen Nachmittag hatte sich Frau Doktor Blum angesagt, die Ärztin aus Rügen, die sie an ihren freien Wochenenden vertreten würde. Nun saß sie mit ihr in ihrer Küche und konnte endlich alle ihre Fragen anbringen.

»Dass ich jetzt eine Kollegin hier habe«, sagte Monika Blum fröhlich und strich sich die blonden Haare hinters Ohr, »das gefällt mir. Mal etwas anderes nach all den Männern. Ich bin gespannt, wie die Hiddenseer darauf reagieren werden. In den letzten Wochen habe ich versucht, die Stellung zu halten, aber einige sind schon nach Rügen abgewandert. Man ist mit dem Schiff ja schnell drüben. Nun bin ich jedenfalls froh, dass ich wieder mehr Zeit für mich habe. Ich bekomme demnächst das erste Enkelkind.«

Frau Blum als Oma? Diese schmale lebhafte Frau mit den Lachfältchen um die Augen und der Figur eines jungen Mädchens? Vielleicht hatte sie früh geheiratet.

»Ja«, sie schien Violas Gedanken an ihrem Gesicht abzulesen, »ich war Mitte zwanzig, als meine erste Tochter kam. Ich habe in Rostock studiert und da auch meinen Mann kennengelernt. Mit ihm bin ich dann in Gingst auf Rügen gelandet. Ich hatte nie eine eigene Praxis. Ich war schon immer der Einspringer, habe Wochenenddienste und Urlaubsvertretungen gemacht. Und viel dabei gelernt. Vor allem über niedergelassene Ärzte. Da gab es manchmal ganz schön komische Typen.« Sie schüttelte den Kopf, und ihre Augen blitzten.

»Hoffentlich zähle ich nicht dazu«, meinte Viola vorsichtig.

»Wir werden sehen. Aber nun fragen Sie, was Sie noch wissen wollen. Und keine Sorge, wir sind hier nicht auf der Rückseite des Mondes.«

Viola hatte sich eine Liste gemacht, die sie nun abhakte. Wann und wohin konnte man abgenommenes Blut ans Labor schicken, welches Krankenhaus war am schnellsten zu erreichen, wie gestalteten sich die Wochenenden, welche Fachärzte saßen wo, wie ging die Abrechnung vor sich? Die Ärztin beantwortete alles klar und kurz. Als sie fertig waren, sah sie Viola von der Seite nachdenklich an. »Angst?«, fragte sie mit warmer Stimme.

Viola überlegte, dann antwortete sie: »Nicht vor dem medizinischen Bereich, da fühle ich mich sicher. Auch nicht vor fehlenden Schaufensterbummeln oder Großstadtunterhaltung. Eher davor, dass hier jeder jeden kennt, dass ich nicht einfach anonym sein kann, wenn ich das Bedürfnis habe, allein und ungestört am Strand entlangzulaufen. Das wird bald nicht mehr möglich sein.«

»Das muss aber nicht unbedingt Enge bedeuten«, gab ihr Frau Blum zu bedenken. »Es kann auch ein Gefühl von Geborgenheit geben.«

»Genau das möchte ich herausfinden: Ob dieses begrenzte Stück Erde mich erdrückt oder ob ich hier leichter und freier leben kann als in einer Stadt.«

»Entwärrer geiht datt gaut un wi koam dörch orrer datt geiht scheif un wi versup'n, sagen die alten Fischer, wenn sie in einen Sturm geraten,« antwortete Monika Blum mit einem Lächeln in den Augen.

Viola holte tief Luft. »Ich hoffe, dass es gaut geiht und ich nicht versupe«, antwortete sie belustigt. »Aber das passt zu diesem Menschenschlag hier, dieses pragmatische Annehmen des Schicksals. Ich könnte mir denken, dass hier ein guter Boden ist für tief verwurzelte Lebensweisheiten. Und ich glaube, es gibt noch viel für mich zu entdecken.«

9

AM DIENSTAGMORGEN LAG EINE blendend weiße Schicht Schnee über Hiddensee. Passend dazu stand Viola dann wirklich zum ersten Mal in Weiß in der Tür zum Wartezimmer und sagte: »Der Nächste bitte.« – so, wie sie es sich vorgestellt hatte.

Zu dieser Jahreszeit war es auf einer Insel genau wie auf dem Festland: Die Grippe ging um.

Und so fand Viola ein gut gefülltes Wartezimmer mit hustenden und niesenden Patienten vor. Allerdings waren da nur Frauen und Kinder. Das hatte sie sich schon gedacht: Die Männer schickten erst einmal eine Vorhut, bevor sie selbst kamen.

Das Stethoskop war pausenlos im Einsatz. Die ausgestellten Rezepte wurden gesammelt, von Lisa oder Doris am Hafen der Fähre mitgegeben, in der Apotheke in Gingst wurden die Medikamente zusammengestellt und meist noch am selben Tag geliefert, wenn es der Fahrplan erlaubte. An der Ausgabestelle am Süderende konnte die verschriebene Medizin dann abgeholt werden. Alles war bestens eingespielt.

Es klappte fast immer, außer wenn im Winter das Wasser im Bodden, wie die See zwischen Hiddensee und Rügen genannt wurde, gefroren war. Aber im Arzthaus waren auch alle wichtigen Arzneien vorrätig.

Allerdings hatte Viola den Verdacht, dass einige der Inselbewohner recht munter aussahen. Sie waren wohl mehr aus Neugier gekommen und wollten die neue Ärztin besichtigen. An ihren Status als wichtige Person in diesem kleinen Universum musste sie sich erst noch gewöhnen.

Lisa wusste zu jedem Patienten einiges zu sagen, sie kannte eine Menge Hintergründe und Geschichten.

»Frau Schwarz schwört auf Homöopathie«, erklärte sie, als sie Viola die Karte vorlegte. »Sie weigert sich, irgendetwas anderes zu nehmen.«

»Der kleine Jakob ist ein schneller Junge. Wenn eine Impfung fällig ist, ist er weg wie nichts. Einmal mussten wir ihn durchs ganze Haus verfolgen.«

Familie Gann hatte einen Bernhardiner, erfuhr Viola, man durfte bei ihnen nicht so einfach durchs Gartentörchen eintreten, sonst lief man Gefahr, gebissen zu werden.

Überhaupt, der Name Gann käme hier häufig vor, auch Schenk, man müsse aufpassen, dass man niemanden verwechsele.

Nach einer Weile wurde es Viola dann doch zu viel, und sie teilte Lisa freundlich, aber klar mit, dass sie so viele Informationen nur verwirren würden und sie genug Zeit habe, die Patienten genauer kennenzulernen. Sie wolle sich selbst ein Bild machen.

Danach legte ihr Lisa die Karteikarten, die Dr. Roth, der langjährige Vorgänger, sehr sorgfältig angelegt und geführt hatte, stumm auf den Schreibtisch. Aber lange hielt sie das nicht durch. Lisa war nicht nachtragend und hatte ein heiteres, wenn auch manchmal etwas lautes Gemüt.

Nur beim letzten Patienten an diesem Tag konnte sie es sich nicht verkneifen, noch einmal ihre Meinung zu sagen: »Das ist Herr Sommer, Herr Doktor Georg Sommer, er hat in Bergen auf Rügen eine Fachbuchhandlung und wohnt hier in einem Häuschen im Dorf, das er und seine Schwester von einer Tante geerbt haben. Die Schwester wollte es an Feriengäste vermieten, aber er meinte, er wolle lieber selbst drin wohnen, bevor fremde Leute alles ruinierten. Mehr weiß man von ihm nicht, er ist nicht besonders zugänglich. Meist ist er sowieso nur am Wochenende da. Und«, setzte sie mit funkelten Augen hinzu, »man munkelt, er sei durch eine unglückliche Liebesgeschichte so abweisend geworden.«

Viola musste unwillkürlich in sich hineinlachen. Lisa hatte wohl auf Granit gebissen bei dem Versuch, die Lebensumstände dieses Herrn zu erkunden.

Georg Sommer, ein gutgebauter Mann, 45 Jahre alt, wie Viola mit einem Blick auf die Karte feststellte, kam mit festen Schritten zur Tür herein. Seine dichten braunen Haare waren von einem kurzen Seitenscheitel aus nach hinten gekämmt, in den blauen Augen lag ein besonnener und ernsthafter Ausdruck, der Mund verriet Entschlossenheit. Er trug ein weißes Hemd und einen weichen dunklen Pullover. Ein Hauch von Uralt Lavendel wehte Viola entgegen, als er sich setzte.

»Georg Sommer«, sagte er. »Willkommen auf Hiddensee, Frau Doktor.« Seine Augen ruhten eine kleine Weile auf ihr. Er schien Gefallen zu finden an dem, was er sah.

Viola blickte auf die Karte. Nur zwei Termine waren eingetragen.

»Ich brauche einen Überweisungsschein für den Internisten«, erklärte er. »Die Vorsorgeuntersuchung ist fällig, und mein Hausarzt in Bergen fährt Ski in Davos.«

Ach, deshalb hatte er sich gleich am ersten Tag hierhergewagt! Bei einer Überweisung konnte nichts schiefgehen, und außerdem konnte man einen ersten Blick auf die neue Ärztin werfen.

»Das hätten Sie auch bei meiner Sprechstundenhilfe im

Vorzimmer bekommen können«, entgegnete Viola freundlich. Er sah überhaupt nicht leidend aus, weder an einer Liebesgeschichte noch an einer Krankheit. Amüsiert fragte sie sich, welchen Vorwand er noch für seinen Besuch bringen würde.

»Und meinen Blutdruck könnte man auch mal wieder messen, zur Vorsicht.«

Viola lachte und zog den Apparat zu sich heran. Der Blutdruck machte keinerlei besorgniserregende Sprünge. Alles in Ordnung, wie sie es erwartet hatte. Sie sah hoch und direkt in sein aufmerksames Gesicht.

Viola lehnte sich in ihrem Stuhl zurück. Auf einmal fühlte sie sich gar nicht mehr wie eine Frau Doktor, auf einmal war sie einfach eine junge Frau im Gespräch mit einem attraktiven Mann. Er sah das wohl auch so, denn mit einem leichten Lächeln bemerkte er: »Sie kommen ursprünglich aus Hamburg, habe ich gehört? Und waren die letzten Jahre in München? Halten Sie das überhaupt aus auf so einer kleinen Insel?«

Aha, er hatte also auch ihren Lebenslauf im Rathaus studiert!

»Ich hoffe es«, sagte Viola. »Und wenn es einmal schwierig werden sollte, gibt es ja noch Rostock und Stralsund.«

»Und Bergen«, setze er hinzu. »Eine schöne Stadt. Überhaupt ist Rügen eine interessante Insel. Ich könnte Ihnen einige sehr sehenswerte Stellen zeigen.«

»Wollen Sie mich abwerben?«, fragte Viola lächelnd.

Er lachte und legte seinen Kopf dabei ein wenig zurück. »Nicht so öffentlich«, versicherte er, »ich hätte dann bestimmt an die tausend Inselbewohner gegen mich. Ihre ruhmreiche erste Tat mit der kleinen Blinddarmpatientin hat Ihnen ja schon die ersten Lorbeeren eingebracht. Sogar ich habe davon gehört. Aber im Ernst, warum sind Sie nicht nach Rügen gegangen? Es gibt auch dort freie Arztpraxen, und in Bergen müssten Sie nicht auf jede Kultur verzichten.«

»Ich habe gehört, dass es hier sehr viel Kultur gibt. All die Berühmtheiten, die schon auf der Insel waren ...«

»Alte Zöpfe! In Putbus, das ist ganz nahe an Bergen, gibt es das schönste Theater von Mecklenburg-Vorpommern. Sie haben alles im Programm, was man sich wünschen kann, Oper, Klassikkonzerte, Schauspiel, auch Kabarett und Musicals. In Bergen kann man ins Kino gehen oder ins Museum, und man ist viel schneller in Rostock oder Stralsund als von hier aus. Hier haben Sie abends nur die Wahl zwischen dem Fernseher und einem guten Buch.«

»Nicht zu vergessen die Sonnenuntergänge.«

»Nun ja, auch die werden mit der Zeit langweilig. Auf jeden Fall ist es gut, dass Sie im Winter hier anfangen und nicht in der Hochsaison, so können Sie sich langsam einarbeiten. Und ich kann Sie vielleicht doch einmal nach Rügen entführen.«

»Ist hier im Sommer wirklich so viel los?«, erkundigte sich Viola.

»Sehr viel. Die ganzen Inselgäste, die hier wohnen, und dann noch die Tagesbesucher, die von Rügen oder vom Festland kommen. Das ist ziemlich lästig. Da werden Sie alle Hände voll zu tun haben.«

»Gerade dann, wenn es warm wird und man baden kann«, seufzte Viola. »Man hat mich zwar schon gewarnt, aber so richtig ernst habe ich es nicht genommen.«

»Ich hoffe, Sie werden trotzdem Zeit zum Baden finden. Im Übrigen habe ich mein Auto drüben in Schaprode am Hafen stehen, also vergessen Sie nicht: Ausflug nach Bergen! Mit Fünf-Sterne-Essen auf Hiddensee zum Abschluss, Kochen ist nämlich meine große Leidenschaft.«

Eine Leidenschaft hatte er also auch, der Herr Buchhändler.

»Ich werde darüber nachdenken«, versprach Viola, hob den Kopf und strich sich eine Locke aus der Stirn.

»Und ich kann Ihnen jedes medizinische Fachbuch besorgen, das Sie brauchen.«

»Auch darüber werde ich nachdenken«. Sie blickte ihn erheitert an und überreichte ihm seinen Überweisungsschein.

Er erhob sich, um sich zu verabschieden. So unnahbar war er gar nicht, fand Viola, vielleicht nur ein wenig zurückhaltend hier in dieser kleinen Welt. Er wollte sein Privatleben für sich behalten, und das gelang ihm wohl auch. Außerdem spielte es sich vor allem auf Rügen ab, das im Vergleich zu Hiddensee schon fast Festland war.

Immerhin, es gab hier ganz unterschiedliche Menschen, die Erfahrung hatte sie jetzt schon gemacht. Es konnte also noch interessanter werden, als sie erwartet hatte.

Als Georg Sommer gegangen war, fand Lisa Viola lächelnd an ihrem Schreibtisch sitzen. »Er war ja richtig beschwingt, als er aus Ihrem Sprechzimmer kam«, erklärte Lisa munter, »so habe ich ihn noch nie gesehen. Mehr als guten Tag hat er nie zu jemandem hier gesagt. Was haben Sie mit ihm gemacht?«

»Nichts Besonderes. Vielleicht ist er gar nicht so ein Eisblock, wie Sie meinen«, erwiderte Viola. »Aber er wollte mich abwerben, nach Rügen.«

»Du liebe Zeit, das werden Sie sich doch gut überlegen, nicht wahr? Herr Sommer ist eigentlich kein Mensch für eine kleine Insel, er wohnt hier nur wegen dieses Hauses. Unter der Woche bleibt er sowieso meist in Bergen, er hat sich dort direkt über seinem Geschäft eingemietet. Am Samstag kommt er dann mit der Mittagsfähre und fährt Montag früh wieder. Ich kann mir schon vorstellen, dass er Sie lieber dort sähe, vielleicht denkt er, Sie versauern hier und sprechen eines Tages nur noch Platt.«

Viola musste lachen. »So schlecht fände ich das gar nicht! Aber im Ernst, jetzt bin ich erst einmal hier, da will ich nicht gleich wieder umziehen.«

»Wir werden es Ihnen so schön wie möglich machen«, antwortete Lisa. »Keine Chance für Georg Sommer!« Sie verabschiedete sich aufgeräumt und eilte zur Tür. Dann wandte sie sich noch einmal um. »Das war schon einmal ein guter Anfang heute, nicht wahr?«

»Ja, das denke ich auch«, stimmte Viola ihr zu. »Kommen Sie gut nach Hause!«

Sie blieb noch eine Weile sitzen. Sie fühlte sich nun doch etwas erschöpft und war froh, dass sie nur eine Treppe hochsteigen musste, um in ihre Wohnung zu kommen. Dort wärmte sie sich eine Suppe vom Vortag auf.

Georg Sommer, dachte sie, der Hobbykoch, würde eine Tütensuppe sicher für einen Fehltritt halten. Aber was macht er mit einem selbstgekochten anspruchsvollen Essen? Einfach allein genießen? Sie konnte jetzt jedenfalls ein ganzes Menü vertilgen, hatte aber keine Lust zum Kochen. Und ins Restaurant wollte sie auch nicht, sie brauchte ein wenig Ruhe.

Und was macht er abends in Bergen?, überlegte sie. Er hatte schon recht, hier konnte man im Winter weder ins Kino gehen noch ins Theater, fast alle Inselattraktionen waren geschlossen. Und in der Hochsaison, wo es immerhin das Zeltkino gab, war es bestimmt gedrängt voll. Ob er es ernst gemeint hatte mit seinem Angebot, ihr Rügen zu zeigen?

»Das wäre schon ein verlockendes Programm«, sagte sie zu Kater Pauli, der auf dem Fensterbrett saß und sie beobachtete. »Zuerst Bergen besichtigen, dann noch nach Rappin fahren und Großvaters altes Pfarrhaus besuchen, mit dem Auto alles kein Problem, und zum Schluss hier noch ein leckeres Essen? Nicht zu verachten!«

Pauli sprang auf den Stuhl und maunzte aufmunternd. »Ja, ja, du hast recht, auch der Mann gefällt mir, nicht nur sein Angebot. Vielleicht melde ich mich wirklich mal bei ihm. Aber was unternehme ich heute Abend noch? Ausgehen? Nein, ich glaube, ich werde es mir lieber mit dir gemütlich machen, Pauli.«

Sie hob den Kater hoch, ging mit ihm ins Wohnzimmer und ließ sich dort aufs Sofa sinken.

Es gab eine Kneipe in Vitte, die übers ganze Jahr geöffnet war und sehr gemütlich sein sollte, wie Lisa erzählt hatte. »Bei Ottilie« hieß sie, wahrscheinlich der Name der Inhaberin. Viola nahm sich vor, sie in den nächsten Tagen einmal zu besuchen. Ob sie Georg Sommer da treffen würde? Ziemlich sicher nicht. Und seinetwegen wollte sie auch gar nicht hingehen, sagte sie sich energisch. Wenn er sie wiedersehen wollte, wusste er ja, wo sie zu finden war.

10

IN DEN NÄCHSTEN TAGEN kam Viola kaum dazu, die Insel weiter zu erforschen. Nicht, dass die Praxis so überlaufen gewesen wäre, die Leute schienen es sich schon genau zu überlegen, ob sie sich auf die neue Ärztin einlassen sollten. Und viele hatten sich in den letzten Monaten tatsächlich nach Rügen orientiert, wie Monika Blum vermutet hatte.

Aber das machte Viola kein Kopfzerbrechen.

Nein, vorerst war sie damit beschäftigt, ihre Siebensachen weiter auszupacken, den Haushalt in Schwung zu bringen, in den Praxisräumen einiges umzustellen und Karteikarten mit den Vorgeschichten ihrer Patienten zu studieren. Außerdem musste sie mit Lisa und Doris vereinbaren, zu welchen Zeiten sie kommen konnten.

Manchmal fühlte sie sich wie jemand, der, ohne lange nachzudenken, ins kalte Wasser gesprungen war. Jetzt musste sie schwimmen.

Und es ging. Hier war alles aufeinander eingespielt, dafür war sie dankbar. Vielleicht konnte man mit der Zeit noch einiges verbessern, Geräte anschaffen, einen Computer vor allem, aber hier tickten die Uhren langsamer, und das war schon mal gut.

Auf jeden Fall wollte sie bald einmal nach Rügen hinüber und sich den Kollegen dort vorstellen. Ohne Georg Sommer. Und sie wollte die Inselhebamme besser kennenlernen, die

Krankengymnastin, die Krankenwagenfahrer und den Pastor, die sie alle bisher nur flüchtig gesehen hatte.

Und dann wollte sie sich nach und nach auch mit der Insel weiter vertraut machen. Aber nicht über Bücher und das Material aus der Touristeninformation – sie wollte sie Stück für Stück kennenlernen, indem sie den einen oder anderen Weg einschlug und sich überraschen ließ.

Deshalb war sie froh, dass Monika Blum angeboten hatte, gleich dieses erste Wochenende zu kommen, sich bei ihrer Schwägerin im Haus gegenüber einzunisten und die Notfälle zu übernehmen. Sehr praktisch! Vielleicht konnte man sich auch zu einem Kaffee zusammensetzen und ein wenig Erfahrungen austauschen, wenn nicht viel zu tun war.

Am Freitagnachmittag, als Viola von einem kleinen Spaziergang nach Hause kam, lag ein Strauß aus Narzissen und Tulpen vor der Tür. Erstaunt hob sie ihn auf. Wer hatte ihr Blumen gebracht?

Ein Briefumschlag steckte dabei, und als Viola die Karte herauszog, las sie: »Für die erste, gut überstandene Woche! Ich hoffe, Sie freuen sich über einen kleinen Frühlingsgruß, Georg Sommer.«

Aber ja, sie freute sich wirklich. Was für eine nette Überraschung. Sie würde morgen Nachmittag bei seinem Haus vorbeigehen und sich bedanken, wenn sie vom Vogelschutzgebiet zurückkam, das sie noch einmal aufsuchen wollte. So langsam begannen immer mehr Zugvögel einzufallen. In den letzten Tagen war es am Himmel ziemlich lebhaft geworden, Kraniche zogen vorüber, Schwäne, Gänse und Enten, aber sie wusste viel zu wenig von der Vogelwelt hier, und vielleicht konnte man sogar den Vogelwart antreffen und sich einiges erklären lassen.

Dann hatte sie vor, dieses Mal am Ostufer der Insel zurückzukehren, der Seite, von der aus es ein Katzensprung bis Rügen war. Die Küste von Rügen war an manchen Stellen so nah, dass man Häuser, Bäume und Autos und mit einem Fernglas sogar Menschen erkennen konnte. Außerdem hatte sie eine kleine Insel gesehen, ganz nah am Ufer, zwei oder drei Häuser waren darauf. Ob da jemand wohnte? So ganz allein?

In der Wohnung stellte sie die Blumen mangels Vase in eine Milchkanne. Wenn das Herr Sommer wüsste! Aber es sah wirklich gut aus. Eigentlich gefiel Viola dieses Arrangement fast besser als ein richtiges Blumengefäß. Es passte zum Holzboden und den gewebten Vorhängen.

Manchmal brachten solche Notlösungen schönere Ergebnisse als das Gewohnte, man musste nur offen bleiben und sich nicht an einer Variante festbeißen. So hatte sie immer argumentiert, wenn sie bei Jochen etwas Neues ausprobiert hatte. Er mochte es nicht, wenn sie Möbel verschob oder Vorhänge anders drapierte. Aber hier war kein Jochen, der über einen Strauß in der Milchkanne murrte. Fast war Viola froh darüber.

Sie trat ans Giebelfenster und sah hinaus. Der Schnee von Anfang der Woche hatte nur noch kleine Pfützen und Nässe hinterlassen und sich in Nebel verwandelt. Die kahlen Zweige im Vorgarten sahen aus wie zarte dunkle Pinselstriche vor grauem Hintergrund, von den gegenüberliegenden Häusern konnte sie nur verschwommene Schatten erkennen. Aber es war wieder kalt draußen, und auf den Wegen hatte sich Eis gebildet. Hoffentlich waren die Inselbewohner vorsichtig, wenn sie das Haus verließen. Bei diesem Wetter war es schwierig, mit dem Hubschrauber zu landen.

Viola musste lachen. Noch vor kurzer Zeit hatte sie sich keine Gedanken über Hubschrauberlandungen bei Nebel gemacht und über unvorsichtige Mitmenschen. Begann die Insel schon, sie zu verzaubern? Nach einer Woche?

Und wenn ja, war es ein guter Zauber? Nun, man würde sehen.

Jetzt musste sie erst einmal ein Problem lösen: Pauli brauchte eine Katzenklappe in der Hintertür des Hauses und in ihrer Wohnungstür. Wer konnte das machen? Sie würde Lisa fragen und sich dann beim Bürgermeister eine Erlaubnis holen, denn das Haus gehörte der Gemeinde. Die hatte es 1914 gebaut, also musste man es mit aller Ehrfurcht behandeln.

Aber einen eigenen Ein- und Ausgang für Pauli würde es schon verkraften. Er würde der Erste sein, der hier standesgemäß einzog. Und irgendwann einmal musste auch sie sich vernünftig einrichten.

Etwas unschlüssig setzte sich Viola zu ihrem Kater aufs Sofa.

»Pauli, was soll ich heute Abend machen? Ich habe die Wahl zwischen Fernsehen und Lesen. Aber mir ist nach Gesellschaft zumute, und du bist zwar ein netter Kerl, aber das reicht mir im Moment nicht.«

Pauli räkelte sich auf dem Kissen und legte sich auf den Rücken, alle viere von sich gestreckt. Viola kraulte ihn eine Weile nachdenklich. Dann kam ihr »Bei Ottilie« in den Sinn. Entschlossen sprang sie auf. Solche Vorhaben musste man sofort ausführen. Wenn sie es sich zu lange überlegte, würde sie tausend Gründe finden, nicht allein hinzugehen. Und der erste Grund würde sein, dass eine Inselärztin abends nicht in Kneipen ging.

Aber die Neugier siegte. Eine Gaststätte auf einer kleinen Insel im Spätwinter konnte vielleicht ganz gemütlich sein.

Vor allem, wenn die Kneipenwirtin Ottilie hieß.

11

ES WAR BEREITS DUNKEL, als Viola das Haus verließ. Aber umso intensiver konnte man die feuchte Luft genießen, die nach Meer und Sanddornbüschen und Kiefern und Heide roch. Zumindest meinte Viola, alle diese Düfte zu riechen. Die Magie der Insel ließ vielleicht auch die Nase feinfühliger werden.

Es herrschten Windstille und knackige Kälte, Nebel verhüllte den Ort, und auf dem Weg glitzerte Eis. Viola steckte die Hände tief in die Taschen und ging vorsichtig das Süderende entlang Richtung Dorfmitte. Oder Richtung Hauptstadtmitte – eine Hauptstadt, die gerade mal acht oder zehn verschiedene Straßen hatte und auf denen der Gegenverkehr aus Fahrrädern, Pferdewagen und Spaziergängern bestand.

Am Ende der Straße fand sie auf der rechten Seite das mit Reet gedeckte, langgezogene Haus mit dem Schild »Bei Ottilie«. Es hatte eines der tief angesetzten Walmdächer, die so viel Geborgenheit verhießen. Aus mehreren Bogenfenstern, die bis auf den Boden reichten und jeweils in acht kleine Scheiben unterteilt waren, fiel Licht in einen Vorgarten. Viola konnte gut besetzte Tische erkennen, Musik erklang. Nun zögerte sie doch ein wenig. Hier gab es sicher nur Einheimische, würde sie da nicht stören? Wollten sie unter sich bleiben? Aber dann gab sie sich einen Ruck und trat ein.

Hinter der Tür blieb sie stehen. Ein niedriger, aber großzügiger Raum mit Holzdielen und dicken, dunklen Balken an der Decke lag vor ihr. Die Tische waren aus poliertem Holz, blank, ohne Tischdecke, daran braune Stühle, ebenso dunkel glänzend und mit geschwungener Lehne. Mehrere schöne alte Kupferlampen verströmten ein warmes Licht.

Etwa die Hälfte der Tische war besetzt, einer mit älteren Männern, die vor ihren Biergläsern saßen, der Stammtisch vielleicht. Teils waren die Gäste noch beim Essen, eine Gruppe junger Leute unterhielt sich eifrig.

An einer Wand neben dem Tresen hingen alte Bilder von Schiffen und Fischern, die ihre Netze flickten. Sie meinte sogar, auf einem Foto den Alten mit der Pfeife aus den Dünen zu erkennen, und trat näher.

Hinter dem Tresen stand eine Frau, an die sechzig Jahre alt, stämmig und mit vielen kleinen Falten im Gesicht. Sie hatte lebendige, scharfe Augen und dichtes graues Haar. Viola stellte sie sich unwillkürlich auf einem Kutter vor, am Steuer, hoch aufgerichtet Wind und Wellen trotzend.

»Das ist der alte Jehann«, erklärte sie und trat zu Viola. »Er wohnt unten im Süden und könnte Ihnen viel über die Insel erzählen. Wenn er wollte«, setzte sie hinzu. »Er redet nicht mit jedem. Und guten Abend auch, Frau Doktor.« Sie hatte eine tiefe, weiche Stimme, in der jetzt ein leises Lachen mitschwang.

Einige Leute drehten sich um und nickten Viola zu; ein paar davon kannte sie bereits vom Sehen. Mehr Beachtung schenkte man ihr aber nicht, und Viola seufzte erleichtert auf.

Ottilie wies auf einen runden Tisch direkt vor dem dicken Kachelofen, der neben der Theke stand, und Viola zog ihren wattierten Anorak aus und setzte sich. Herrlich warm war es hier!

Erst jetzt bemerkte sie, woher die Musik kam. Nicht aus einem Lautsprecher. Hinten im Raum, auf einem kleinen Podium, das nur von einer Wandlampe seitlich beleuchtet wurde, stand ein Mann, und dieser Mann spielte auf einer Klarinette. Er spielte offensichtlich auswendig und mehr für sich als für die Gäste; im Moment eine perlende, jazzige Melodie mit Variationen.

Live-Musik. Wunderschöne Klänge, die eigentlich zu schade waren, um als Hintergrundmusik zu dienen, aber das schien ihn nicht zu stören.

Ottilie kam hinter dem Tresen hervor. »Was darf ich Ihnen bringen?« Mit gedämpfter Stimme fügte sie hinzu: »Ich freue mich so, dass Sie hier sind! Der vorige junge Herr Doktor ist nie gekommen. Dabei hätte ich ihn bestimmt nicht aufgefressen.« Sie stand da, zu Viola gebeugt, eine Hand auf ihrer Stuhllehne, und blickte sie freimütig an.

»Danke! Einen heißen Tee hätte ich gerne«, sagte Viola. »Irgendwie gehört auf einer Insel im Winter immer ein heißer Tee dazu.«

»Mit einem tüchtigen Schuss Rum«, nickte Ottilie aufmunternd.

»Vielleicht nicht ganz so tüchtig«, bat Viola, »sonst komme ich nicht allein nach Hause.«

»Darüber müssen Sie sich keine Gedanken machen«, antwortete Ottilie. »Wir haben schon öfter einen unserer Gäste im Bollerwagen heimgefahren.«

»Lieber Himmel, nein, wie würde ich denn dann als Inselärztin dastehen!«

»Ärzte sind auch nur Menschen«, erklärte die Wirtin bestimmt, »das sollten Sie nicht vergessen.« Und damit ging sie zum Tresen zurück und begann, den Tee vorzubereiten.

Viola sah zu dem Mann mit dem Instrument hinüber. Er war groß und schlank, in Jeans und Pullover und hatte lange dunkle Haare. Er hielt die Augen halb geschlossen und wiegte sich im Takt.

Den kannte sie doch! Sie hatte ihn schon zweimal gesehen. Gleich am ersten Tag war er ihr am Strand begegnet: dieser dunkelhaarige Kerl, der sie so erschreckt hatte, dann aber sehr freundlich gewesen war. Der Künstlertyp. Und später hatte sie ihn vorbeijoggen sehen, als sie von ihrem langen Spaziergang zurückkam. Und der alte Jehann hatte irgendetwas von einem Hasen gesagt.

Der Hase spielte also abends in Ottilies Kneipe auf einer Klarinette. Und das auch noch sehr gut. Wer hätte das gedacht!

Viola lehnte sich zurück und betrachtete ihn. Jung sah er aus, Ende zwanzig vielleicht. Und ganz versunken in sein Spiel.

Aber nach einer Weile sah er hoch, und als sein Blick auf sie fiel, leuchtete Erkennen in seinen Augen auf, und er grüßte sie mit den Augenbrauen. Sie lächelte, senkte den Kopf, nahm ihre Tasse auf und trank in kleinen Schlucken von ihrem Tee.

»Das tut gut, nicht wahr?«, sagte Ottilie mit ihrer angenehmen Stimme.

»Ja, und dazu die Gelassenheit hier und die schöne Musik, das ist genau das Richtige nach dieser turbulenten ersten Woche.«

»All Anfang is schwer, saa dei Deib un nehm den'n Schmitt sie'n Amboss mit«, bemerkte Ottilie mit ernster Miene, aber ihre Augen blinzelten Viola dabei warm zu.

Was hatte das nun geheißen? Trotz Hamburg und dem Großvater aus Rappin konnte Viola schnell gesprochenes Platt nicht immer verstehen. Sie ärgerte sich darüber, was man ihr wohl ansah.

»Machen Sie sich nichts draus«, beruhigte sie Ottilie, »das

können hier auch bloß noch die Alten. Aber manchmal ist es ganz gut, wenn die Jungen nicht alles verstehen, was wir Alten sagen.«

Die Klarinette verstummte, und der Musiker kam zielstrebig an Violas Tisch.

»So sieht man sich wieder«, sagte er, setzte sich ihr einfach gegenüber und bestellte ebenfalls einen Tee mit Rum. »Schon einen Bernstein gefunden?«, erkundigte er sich dann interessiert.

»Nein, dazu hatte ich wirklich keine Zeit. Aber es gab ja inzwischen auch keinen richtigen Sturm.«

»Sehr gut aufgepasst«, lobte er.

»Danke«, meinte sie belustigt. »Spielen Sie öfter hier?«

»Immer freitags, und an diesem Abend ist Skatklopfen oder lärmende Unterhaltung verboten. Darauf achtet Ottilie, und sie kann sehr streng sein, wenn nötig.«

»Ottilie gefällt mir«, gestand Viola. »Der Freitagabend ist für mich also in Zukunft schon vorprogrammiert, sehr gut.«

»Und spiele ich dabei auch eine kleine Rolle?«, wollte der Hase wissen.

»Nun ja, ich könnte es erwägen«, erwiderte sie mit gespieltem Ernst.

»Wunderbar! Dafür dürfen Sie sich das nächste Mal auch ein Lied aussuchen. Sie haben eine Woche Zeit, darüber nachzudenken.«

So ging es noch eine Zeitlang weiter, dann erhob er sich, um wieder an sein Instrument zu gehen. Von unterwegs warf er ihr noch augenzwinkernd eine Kusshand zu. Seine schwarzen Locken glänzten im Licht der Kupferlampe.

Ein netter Kerl, dachte Viola, mit dieser typischen Haltung: Hier bin ich, was kostet die Welt? Wie er sich da so einfach und ohne zu fragen zu ihr an den Tisch gesetzt hatte. Und diese unwiderstehlich funkelnden braunen Augen ... Unwiderstehlich natürlich nur für ein junges Mädchen, korrigierte sie sich, aber nicht für eine gestandene Inselärztin. Die konnte sich an ihm erfreuen, ohne sich gleich in seinen Netzen zu verfangen. Wie lange er wohl auf der Insel blieb? Vielleicht für längere Zeit, wenn er regelmäßig bei Ottilie spielte?

Viola blieb noch eine Weile sitzen, aber irgendwann spürte sie die Müdigkeit nach einem langen Tag und verabschiedete sich.

Und dann dachte sie nur noch an Pauli und ihr Bett.

12

AM SAMSTAGMORGEN HATTEN NEBEL und Kälte der vergangenen Nacht die Welt verzaubert. Die Sonne schien von einem unwahrscheinlich blauen Himmel herab. Und alles war mit einer glitzernden Reifschicht überzogen, die Dächer, die Bäume, das Gras. So schnell hatte sich das neblige Grau vom Vortag in Farbe verwandelt! Es war eisig kalt, also musste der dicke Anorak her, ein Schal und die Mütze aus weicher grauer Wolle, die so gut zu Violas Augen passte.

Monika Blum war bereits eingetroffen, um in den nächsten Stunden die Stellung zu halten.

»Lassen Sie sich nur Zeit«, meinte sie, als Viola ihr entgegenkam, »ich bin von meinem Mann beurlaubt bis heute Abend. Sie können also ordentlich ausschreiten.«

»Wunderbar.« Viola stülpte sich ihre Mütze auf den Kopf. »Hoffentlich ist nicht allzu viel los.«

»Wenn ich schon hier bin, kann ich auch was tun«, entgegnete Frau Blum. »Meine Schwägerin hat sich übrigens erboten, einen Kuchen zu backen, da bleibt bestimmt etwas für Sie übrig.«

Traumhaft, eine Kuchen-versprechende Praxisvertretung, die bald Oma wurde – was konnte man sich mehr wünschen?

Unternehmungslustig trat Viola aus dem Haus. Sie hatte einen Rucksack dabei und machte sich gutgelaunt auf den Weg zum Naturschutzgebiet auf dem Gellen.

Ein böiger Wind kam vom Meer, das tiefblau in der Sonne leuchtete, und schäumte das Wasser zu weißen Wellenkämmen auf. Immer wieder spürte Viola feine Spritzer im Gesicht. Eine kostenlose Meerwasserbehandlung, dachte sie fröhlich, und dazu noch Sonne pur! Heute Abend werde ich Farbe im Gesicht haben, trotz der Kälte, und dann rufe ich in Hamburg an, bei den Eltern. Das war schon längst überfällig, aber nach ihrem langen Spaziergang würde sie in der richtigen Stimmung dazu sein, ausgeruht, durchgeblasen und zufrieden.

Je weiter sie den Strand entlang nach Süden ging, desto mehr Tang lag auf dem Sand, auch Äste und halbe Baumstämme. Der Wind hatte in den letzten Tagen ganze Arbeit geleistet. Ein zerzaustes Stückchen Erde war das hier, passend zu ihrer Frisur. Sie hatte die Mütze abgenommen, um die Sonne auf den Haaren zu spüren, und nun kringelten sie sich in der Feuchtigkeit nach allen Seiten. Aber als ihre Ohren eisig wurden, zog sie die Mütze schnell wieder über.

Bis zu dem Schild, das das Vogelschutzgebiet auswies, war Viola nur drei Menschen begegnet. Sie kannte sie nicht, man begrüßte sich aber immer freundlich. Es war ja auch Anfang März noch keine Saison. Ihr war es recht; im Sommer würde am Strand und in der Praxis Hochbetrieb herrschen. Doch bis dahin war noch viel Zeit.

Sie stapfte den kleinen sandigen Hang hoch, der vom Strand aus in die Dünen führte. Überall glitzerte der Reif auf den Gräsern, Sträuchern und Bäumen, und alle möglichen Vögel tummelten sich in der Luft, mehr noch als vor einer Woche. Sie schwammen auf dem Wasser und saßen auf den Sandbänken in der Ferne, sie schrien und pfiffen durcheinander, jeder in seiner eigenen Sprache. Man konnte meinen, man sei auf dem Fischmarkt in Hamburg.

Viola folgte dem kaum sichtbaren Pfad durch dichtes bereiftes Seegras. Hoffentlich war der Vogelwart zu Hause, vielleicht würde er sich über einen Besuch freuen in seiner Einsamkeit hier draußen. Kurze Zeit später erblickte sie das Reetdach. Aus dem Schornstein kam eine schmale Rauchfahne, die sofort im Wind zerstob.

Er schien also da zu sein.

Viola zögerte ein wenig, und gerade, als sie das niedrige Gebäude vorsichtig umrunden wollte, öffnete sich die Tür.

Und der Klarinettenspieler stand vor ihr.

Aber dieses Mal machte er ein finsteres Gesicht, ein sehr finsteres sogar.

»Wie kommen Sie hierher?«, fragte er mit Unheil drohender Stimme. »Haben Sie das Schild nicht gelesen?«

»Schon, aber jetzt ist doch noch keine Brutzeit, oder?«, verteidigte sich Viola ärgerlich. Er konnte ja schließlich ein wenig höflicher sein, auch wenn er zornig war.

»Das Verbot gilt nicht nur für die Brutzeit, sondern für das ganze Jahr! Einige Vögel sind jetzt schon auf der Suche nach einem Brutplatz, und da sind sie besonders empfindlich. Aber davon haben Sie wohl nicht viel Ahnung.«

»Und Sie haben wohl nicht viel Ahnung vom höflichen Umgang unter Menschen«, gab Viola heftig zurück.

»Mit Höflichkeit komme ich in solchen Situationen nicht weit, die Erfahrung habe ich schon gemacht. Ein deutliches, klares Wort, und alle haben mich sofort verstanden«, erwiderte er. Er trug einen dicken, gestrickten Pullover, seine schwarzen Haare wehten im Wind, die Hände steckten in den Taschen seiner Jeans.

Jetzt, bei Tageslicht, sah Viola wieder, wie braun er im Gesicht war, trotz der Jahreszeit. Er war sicher viel draußen. Seine dunklen Augen funkelten grimmig, keine Spur war da mehr von der träumerischen Versunkenheit beim Spiel gestern Abend, auch kein unwiderstehlicher Blick und keine Freude über ihren Besuch. So also konnte man sich täuschen.

»Und nun?«, fragte Viola mit erhobenen Augenbrauen.

»Nun gehen Sie wieder nach Hause zurück, diesen Weg hier«, machte er ihr kurz angebunden klar und zeigte auf den Pfad, den sie gekommen war. »Wenn Sie sich rechts von den Kiefern halten, stoßen Sie auf den offiziellen Wanderweg, der nach Plogshagen und Neuendorf führt. Auf dem können Sie gehen, so weit Sie wollen, nur keinesfalls wieder umkehren, dort steht nämlich ebenfalls ein Schild. Und das gilt auch für die Frau Doktor!«

»Ich kenne den Weg«, platzte Viola heraus, »ich war schon einmal hier.«

»Umso schlimmer! Und warum haben Sie das Verbot ein zweites Mal missachtet?«

»Ich dachte, wenn ich Sie hier antreffe, könnte ich vielleicht einiges über Seevögel erfahren.« Herausfordernd fügte Viola hinzu: »Wenn Sie darüber schon so gut Bescheid wissen.«

»So, eine Privatunterrichtung für die Frau Doktor? Da haben Sie sich aber getäuscht! Ab Mai mache ich Führungen, daran können Sie teilnehmen. Sie erfahren das alles übers Rathaus.« Breitbeinig stand er vor ihr, als müsse er eine ganze Schar völlig verschüchtertes brütendes Federvieh verteidigen.

Viola sah ihn noch einen Augenblick an. »Klaukschieter«, murmelte sie dann, das hatte der alte Jehann in der Bäckerei auch gesagt, und *das* hatte sie sehr gut verstanden.

Der Klaukschieter schien nicht zu wissen, was das hieß, denn er rührte sich nicht. Mit erhobenem Kopf wandte Viola sich um und ging mit festen Schritten zurück. Der Wind kam jetzt schräg von hinten und schob sie durch das wellige Gelände wie ein Schiff. Nach einer Weile drehte sie sich noch einmal um. Der Klaukschieter grinste von einem Ohr zum anderen, und ein Schwarm Möwen wiegte sich über ihm im Wind und stieß laute Schreie aus.

Noch immer verärgert, kam Viola an dem Wanderweg an, der an dem schmalen Waldstück entlangführte. Die Kiefern und kahlen Laubbäume links waren immer noch dick mit Reif überzuckert, rechts dehnten sich weite Wiesen aus, das Gras war gelb, nur die Spitzen ebenfalls weiß.

Der Anblick war heute ganz anders als letzte Woche, als sie hier gewandert war. In der klaren Luft leuchteten die Farben um sie in Weiß, Blau und Gold. Es schien eine völlig neue Landschaft zu sein. Wie es wohl im Sommer und im Herbst hier aussah?

Nachdem sie den Deich passiert hatte und zwischen den Fischerhäusern in Neuendorf hindurchgelaufen war, stieß sie am kleinen Hafen an der Ostseite auf die befestigte Straße, die nach Vitte führte, das etwa fünf Kilometer entfernt lag. Auch sie kannte sie schon von ihrer letzten Wanderung. Schließlich kam sie in die Dünenheide, an dem hübschen Gasthaus vorbei, das da so einsam lag und leider immer noch geschlossen war, und dann an einer Ansiedlung mit lauter gleichförmigen Ferienhäusern, die alle ebenfalls noch Winterschlaf hielten.

Dann führte sie eine Abzweigung nach rechts zum Boddenufer auf der Ostseite der Insel, die sie vom Schiff aus gesehen hatte.

Hier gab es keinen Sandstrand, nur sumpfige Wiesen, auf denen der Reif in der Sonne taute. An so einem herrlichen Tag hatte sie in München ihre Bewerbung geschrieben. Welten lagen dazwischen.

Das Schilf am Ufer leuchtete golden in der Sonne. Irgendwann einmal würde es auf einem Dach landen und den Regen abhalten.

Und keine zweihundert Meter übers Wasser lag die kleine Insel, die sie ebenfalls auf der Fahrt hierher schon bemerkt hatte, sozusagen am Bauch des Seepferdchens. Ein Schild verkündete: »Anlegen und Betreten verboten, Vogelschutzgebiet«. Wieder so ein Tabu-Gelände. Drei Häuser lugten zwischen den kahlen Büschen hervor, und soweit Viola sehen konnte, gab es dort nichts außer viel Gestrüpp, Wachholder, Wildnis.

Nun, dort konnte sie beim besten Willen nicht unbefugt eindringen, dazu brauchte man ein Boot oder musste schwimmen, und sie hatte auch keine Lust, noch mal einen Streit anzufangen.

Eigentlich hatte er ja recht, der Herr Vogelschützer. Warum sollte es für sie eine Ausnahme geben? Aber ein wenig netter hätte er schon sein können.

Doch bei diesem strahlenden Sonnenschein konnte man nicht lange böse sein, und Viola reckte ihr Gesicht gegen den Himmel, um die Wärme voll auszukosten. Sie wollte braun werden. Nicht so dunkel, wie der Klarinette spielende Einsiedler dort hinten, aber doch so, dass alle ihre Freunde und Bekannten sie um ihre bezaubernde Insel beneideten.

Als Viola nach einer langen Wanderung schließlich in Vitte am Hafen vorbeikam und die Fischkutter sah, überfiel sie plötzlich Hunger. Fisch hatte sie schon immer gern gemocht, und hier gab es den ganz frisch.

Eines der Gasthäuser am Kai hatte geöffnet, und sie trat ein. Aufatmend setzte sie sich an einen Tisch in der Gaststube und rieb sich die Hände warm. Außer ihr war nur ein Ehepaar da, das machte die Sache noch gemütlicher. Zehn Minuten später hatte sie eine kräftige Fischsuppe vor sich stehen und war mit sich und der Welt zufrieden. Der unwirsche Herr der Dünen war vergessen, die stattliche Wirtin der Hafenschenke hatte sie erfreut begrüßt, sie sofort als die neue Frau Doktor identifiziert, die ihre Nichte vor zwei Tagen so gut behandelt hatte. Sie bot ihr gleich ein Glas Wein an auf Kosten des Hauses und setzte sich eine Weile zu Viola.

»Ja, der Florian Jung«, sagte sie, nachdem Viola ihr von der Begegnung mit dem Vogelwart erzählt hatte, »der hat schon oft Leute vor den Kopf gestoßen. Der nimmt seine Arbeit ernst. Aber das ist schon recht so. Seit sie die Vögel hier beobachten und schützen, sieht man einige, die selten geworden waren, nun wieder öfter. Er hat mich einmal mitgenommen und mir einen Säbelschnäbler gezeigt, die kommen ab Ende März hierher, brüten ihre Küken aus und sammeln sich dann im Juli, August zum Abflug. Die waren viele Jahre lang ganz verschwunden.«

Florian Jung hieß er also, der musikalische Biologe, und er konnte auch freundlich sein und jemanden mitnehmen in sein Hoheitsgebiet. Aber vorerst war Viola nicht mehr nach Naturkunde zumute, davon hatte sie heute genug. Im Moment genoss sie lieber noch ein wenig die Wärme und die gute heiße Suppe in der gemütlichen Gaststube.

13

GESTÄRKT UND AUSGERUHT TRAT Viola aus der Hafenschenke.

Gerade legte die »Vitte«, das Fährschiff aus Schaprode, am Steg an. Einige Leute stiegen aus, darunter Georg Sommer. Was für ein Zufall, dachte sie beglückt, und wir haben auch noch denselben Weg.

Georg Sommer war mit zwei vollen Baumwolltaschen beladen. Als er Viola sah, kam er schnell auf sie zu und zog erfreut seine Mütze.

»Wie schön, Sie zu sehen!«, sagte er. »Und ganz ohne Arztkittel und Schreibtisch.«

»Den hat heute Frau Dr. Blum an«, entgegnete sie. »Vielen, vielen Dank für den wunderbaren Strauß übrigens! Das war eine nette Überraschung gestern. So ein Hauch Frühling im Wohnzimmer macht alles gleich viel heller und freundlicher.«

Er nickte zustimmend. »Ja, der Winter kann hier sehr kalt sein, und ich dachte, Sie ertragen ihn vielleicht besser mit ein paar bunten Blumen.«

»Oh, ich habe gerade eine Wanderung zum Gellen ins Naturschutzgebiet hinter mir, in Sonne und eiskalter, klarer Luft, und danach habe ich eine warme Fischsuppe gegessen – so etwas kann nur der Winter bieten. Nach Trübsinn ist mir zum Glück nicht zumute.«

»Stimmt, die Fischsuppe, die machen sie hier wirklich gut,

vor allem, wenn sie mit Räucherlachs und frischen Kräutern verfeinert ist.«

Viola wusste nicht, ob sie die verfeinerte Version gegessen hatte, es hatte einfach sehr gut geschmeckt.

»Ich habe Besorgungen gemacht«, fuhr er fort, während sie langsam den Wallweg entlanggingen. »Samstags fahre ich immer nach Rügen oder Stralsund zum Einkaufen. Ich brauche ab und zu ein paar spezielle Lebensmittel, die es hier nicht gibt, vor allem in dieser Jahreszeit.«

»Und was haben Sie heute erstanden? Gibt es ein raffiniertes Samstags-Menü?« Einen kochenden Mann fand sie um einiges unterhaltsamer als einen aufgebrachten Vogelschützer.

»Ente aus dem Wok ist geplant«, teilte er ihr mit, »mit Austernpilzen, Möhren, Frühlingszwiebeln und Sojasoße. Gewürzt mit einer Spur Sambal Manis und meiner selbstgemachten Curry-Spezialmischung.« Er sagte das, als würde er von Nudeln mit Tomatensauce sprechen.

Viola war beeindruckt.

Offensichtlich sah er es ihrem Gesichtsausdruck an. Ohne zu zögern, fügte er hinzu: »Ich lade Sie gern demnächst mal zum Essen ein, wenn Sie möchten. Den Rügen-Ausflug machen wir dann später, wenn der Frühling da ist. Haben Sie nächstes Wochenende Zeit? Sie dürfen sich auch etwas wünschen.«

Das war nun schon der zweite Mann, von dem sie sich etwas wünschen durfte, von Florian ein Musikstück, von Georg ein Abendessen ... Lag das an der Insel?

Allerdings würde sie keinen Cent darauf setzen, dass Florian sein Versprechen wahr machen würde, nach ihrem Zusammenstoß heute. Aber das Angebot von Georg war ein gleichwertiger Ersatz.

»Das klingt gut«, erwiderte sie. »Manchmal habe ich ehrlich gesagt schon große Lust auf etwas, das nicht in meinem Repertoire liegt. Und das beschränkt sich leider auf Tiefkühltruhe und Suppenpäckchen.«

Georg hob den Kopf und lachte. »Dann habe ich bei Ihnen ja auf jeden Fall schon einen Pluspunkt! Ich melde mich Mitte der Woche, dann haben Sie bis dahin Zeit zu überlegen, was Sie gerne essen wollen und wann Sie kommen können. Und ich, um alles Nötige zu besorgen.«

Inzwischen waren sie bei Violas Haus angekommen, und Georg blieb stehen.

Er zog wieder die Mütze. Seine braunen Haare flogen im Wind, und der sonst so sauber gezogene Scheitel war zerzaust, wie Viola belustigt feststellte.

Nachdenklich sagte er: »Ich könnte zum Beispiel mal wieder gefüllte Lachsforelle mit Salzkartoffeln und Fenchelgemüse machen.«

Warum nicht?, dachte Viola. So muss ich mir nichts überlegen, und er hat dieses Rezept ohnehin in seinem Programm. »Das klingt gut. Abgemacht!« Sie ging zur Haustür, wandte sich noch einmal um und winkte ihm zu.

»Ich freue mich«, rief er, dann drehte er sich um und ging mit festen Schritten die Süderende hinab.

Ich freue mich auch, dachte Viola, sagte es aber nicht laut.

»Pauli«, fragte Viola den Kater, als sie sich zu Hause auf dem Sofa ausstreckte, das Gesicht brannte von der vielen frischen Luft und der Sonne, und die Beine waren angenehm schwer, »Pauli, mögen wir gefüllte Lachsforelle?«

Pauli schnurrte. Gefüllt oder nicht gefüllt, Lachsforelle war immer gut.

14

AM SONNTAGMORGEN HOLTE SICH Viola das Telefon ans Bett. Nun war sie bereit für ein längeres Gespräch mit ihren Eltern.

»Viola, endlich!« Ihre Mutter war sofort am Apparat. »Ich habe schon so auf deinen Anruf gewartet! Ich wollte dich nicht stören an deinen ersten Tagen, sonst hätte ich dich ja auf dem Handy erreichen können. Aber jetzt erzähl doch, wie geht es dir?«

»Gut! Die erste Woche war allerdings recht anstrengend. Es gibt so viel Neues, das ich erkunden und mir merken muss; so eine Praxis zu führen ist doch viel aufwendiger, als ich dachte. Ich habe zwar zwei sehr tatkräftige Helferinnen, aber letzten Endes muss ich doch alles auch selbst können: den Notkoffer in Ordnung halten, den Medikamentenschrank auffüllen, die Kartei und den Terminkalender führen, die Laborproben wegschicken und so weiter. Die beiden sind nur zu den Sprechzeiten da und wechseln sich ab, und wenn ein Anruf außerhalb dieser Zeit kommt, muss die Frau Doktor selbst ans Telefon.«

»Das hättest du hier einfacher haben können«, meinte die Mutter ein wenig vorwurfsvoll. »Du weißt ja, dass Vater dir eine gute Stelle in seiner Klinik freihält. Verdienst du auf deiner Insel denn wenigstens genügend?«

»Ich habe keine Ahnung. Das wird sich erst in ein paar Wochen herausstellen.«

»Na, deine Stimme klingt ja nicht gerade bedrückt«, stellte die Mutter mit einem Seufzer der Erleichterung fest. »Du bist also nicht mehr so unglücklich?«

»Wenn du Jochen meinst: Ab und zu tut es schon noch weh, vor allem, wenn ich höre, dass er jetzt fest mit dieser Dame zusammen ist, die ›bloß ein Ausrutscher, Viola, nichts Ernstes‹ war. Aber meine Entscheidung, auf die Insel zu gehen, bereue ich bis jetzt noch nicht. Und Jochen ...«, sie machte eine nachdenkliche Pause. »Wenn ich nicht daran rühre, nicht daran denke, dann ist es gut.«

»Weißt du noch, als ich diese Prellung am Rücken hatte und zu dir sagte, jedes Mal, wenn ich draufdrücke, tut es weh? Und du sagtest ziemlich trocken: Dann drück eben nicht drauf! Tut mir leid, dass ich von Jochen angefangen habe. Hast du denn schon nette Hiddenseer kennengelernt? Außer den Patienten?«

Viola ließ sie in Gedanken Revue passieren, die ›netten‹ Hiddenseer, von Jehann, dem alten Fischer, über Ottilie bis hin zu Georg und Florian. Eine bunte Mischung.

»Oh ja«, sagte sie, »drei Männer und eine Frau.«

»Drei nette Männer? Das ist aber erfreulich.«

»Ja, nicht wahr? Einer ist Ende achtzig und spricht nicht mit jedem, einer spielt Klarinette und jagt Spaziergänger aus dem Schutzgebiet, und einer will für mich am nächsten Wochenende gefüllte Lachsforelle kochen.«

»Dann halte dir den warm, der kochen kann«, sagte ihre Mutter sofort, und man hörte deutlich das Lachen in ihrer Stimme.

Viola erzählte noch von ihrer Wohnung und der provisorischen Einrichtung, von Pauli und ihrem langen Spaziergang, dann legte sie auf und sann darüber nach, was sie in der Wohnung noch ein- und umräumen wollte. Heute durfte sie keine große Wanderung machen: Sie hatte ihrer Kollegin Monika Blum gestern beim gemütlichen Nachmittagskaffee erklärt, sie könne am Sonntag selbst die Notfälle versorgen, sie wolle sich das Dorf Vitte einmal genauer anschauen. »Da bin ich über mein Handy erreichbar und schnell in der Praxis, wenn es nötig ist.« Und Frau Blum war sofort damit einverstanden gewesen.

Das Telefon klingelte.

»Hast du noch etwas vergessen?«, fragte Viola in den Hörer.

»Frau Doktor?« Die Stimme einer Frau war am Apparat. »Es tut mir leid, Sie am Sonntagmorgen zu stören, aber mein Sohn hat ziemlich starke Ohrenschmerzen. Der kleine Pascal. Wir waren am Freitag bei Ihnen in der Sprechstunde, er hatte Schnupfen und Halsschmerzen.«

Viola brauchte ein paar Sekunden, um von Tochter auf Ärztin umzuschalten.

»Ja, ich erinnere mich. Jetzt ist es also auf die Ohren übergegangen? Können Sie mit dem Kind herkommen?«

»Ja, kein Problem«, sagte sie erleichtert. »Er weigert sich, zum Ohrenarzt nach Rügen zu gehen, er will sich nur, wenn überhaupt, von Ihnen in die Ohren schauen lassen. Und mit einem brüllenden Kind unterwegs nach Rügen zu sein ist ohnehin nicht gerade angenehm.«

Aber mit einem brüllenden Kind zu mir zu kommen, dachte Viola, das ist wohl angenehmer? Sie konnte sich sehr gut an den kleinen dreijährigen Kerl erinnern. Er wollte sich nicht in den Hals sehen lassen, aber als er dann den Mund zum Schreien öffnete, hatte sie schnell zugepackt und konnte so die geröteten Mandeln erkennen. Leider würde das bei den Ohren nicht so leicht gehen. Sie musste die Mutter dazu bringen, seinen Kopf eisern festzuhalten. Na, viel Glück, Viola, du hast es so gewollt.

»Kommen Sie in einer halben Stunde«, sagte sie, dann sprang sie mit einem Satz aus dem Bett.

Sie duschte, zog sich an, eilte dann in die Praxis hinunter und suchte den Ohrenspiegel. Eventuell brauchte sie auch Nasentropfen für das Kind und im schlimmsten Fall ein Antibiotikum.

Viola hatte es sich zur Gewohnheit gemacht, das Private und das Berufliche auch in der Kleidung zu trennen, soweit das möglich war. Während der Sprechzeiten trug sie immer eine helle pflegeleichte Hose und einen weißen Kittel, wie es sich gehörte. Jeans in der Praxis mochte sie nicht, und es war ihr auch angenehmer, sich den Beruf und alle Probleme, die er mit sich brachte, zusammen mit der Kleidung abzustreifen, wenn der letzte Patient gegangen war. Sie wusste genau, wie wichtig es war, abschalten und nur noch Viola sein zu können. In der Klinik hatte sie das leicht fertiggebracht, da konnte man einfach die Tür hinter sich zumachen und nach Hause gehen.

Auf der Insel würde das viel schwieriger sein, das war ihr klar. Für umso wichtiger hielt sie es, die beiden Bereiche auch durch die Kleidung zu trennen.

Also stand die Frau Doktor auch am Sonntagmorgen in Weiß an der Tür, als es klingelte.

Der kleine Pascal war ein aufgewecktes Kind, blond, mit einem charmanten Lächeln – wenn er wollte. Aber im Moment wollte er nicht. Er hatte eine dicke Mütze auf und sah darunter feindselig hervor. Viola schlug der Mutter, die ihn besorgt an der Hand hielt, vor, ihn auf den Schoß zu nehmen. Dann holte sie den Ohrenspiegel.

»Schau, das ist eine Taschenlampe fürs Ohr«, erklärte sie ihm. »Ich leuchte jetzt erst einmal in deine Hand. Siehst du diesen kleinen hellen Kreis? Genauso hell wird es in deinem

Ohr, wenn ich damit hineinsehe. Es kitzelt ein wenig und ist vielleicht auch etwas kalt, und am besten ist es, wenn du schön stillhältst. Kannst du das?«

Er nickte verständnisvoll, und Viola gratulierte sich schon zu ihrem psychologischen Feingefühl. Aber als sie den Ohrenspiegel hob, witschte er mit einem Rutsch vom Schoß der Mutter, rannte zum Wandschirm an der Liege und versteckte sich hinter ihm.

Also wurde ein zweiter Versuch unternommen, diesmal ohne Psychologie.

Die Mutter war zum Glück eine resolute Person. Sie schnappte sich ihren brüllenden Sohn und kehrte zum Stuhl zurück.

»Sie müssen ihn gut festhalten«, erklärte Viola, »ich kann sonst nichts erkennen. Es ist wichtig, dass ich das Trommelfell sehe.«

Pascals Mutter packte ihn. Er schlug mit den Armen um sich, doch sie drückte sie mit einer Hand zusammen, und mit der anderen presste sie seinen Kopf an ihre Brust. Nun saß er fest.

Gut so. Pascal war so erstaunt über seine energische Mama, dass er kurz stillhielt, und Viola konnte sich das gute Ohr ansehen. Alles in Ordnung.

Jetzt wurde es schwieriger: Das schmerzhafte Ohr war an der Reihe.

Viola holte eine Einmalspritze und gab sie ihm. »Die darfst du auspacken, und zu Hause kannst du Wasser einfüllen und spritzen. Na, ist das nicht toll?«

Das Kind fand das auch, aber es wollte sofort Wasser haben.

Fragend sah die Mutter Viola an. Sie nickte. »Na gut, aber nur ganz wenig. Wir legen die Spritze hier auf den Tisch, und du kannst sie dir nehmen, wenn wir fertig sind.«

Dann kam noch einmal der Schraubstock in Aktion, und, Gott sei Dank, der Junge wehrte sich nicht.

»Das Trommelfell ist ziemlich gespannt, aber es ist noch keine Mittelohrentzündung«, erklärte Viola aufatmend. »Wir müssen es auf jeden Fall weiter beobachten. So, und nun wollen wir überlegen, was zu tun ist. Haben Sie Paracetamol zu Hause?«

»Ja, als Saft, er hat heute Morgen schon einen Löffel bekommen.«

»Gut. Außerdem muss Wärme aufs Ohr. Wissen Sie, wie man ein Zwiebelpäckchen macht? Oder Sie zerquetschen einfach eine heiße gekochte Kartoffel, wickeln sie in ein Tuch und legen es auf. Es darf aber nicht zu heiß sein.«

»Zwiebelpäckchen hat mir meine Mutter auch schon empfohlen, aber ich wollte zuerst Sie fragen. Na, da wird sie aber stolz sein, wenn ich ihr erzähle, dass sie recht gehabt hat.«

Der Kleine sah Viola mit großen Augen an. »Zwiebel stinkt!«, sagte er.

»Ja, aber deinem Ohr tut es gut«, erwiderte Viola. »Kommst du morgen wieder?«

Er nickte. Dann lief er zur Tür und feuerte seine Spritze ab. Ein Kubikzentimeter Wasser geriet aufs Holz, aber darüber war niemand böse.

Viola gab der Mutter noch Nasenspray mit, dann setzte sie Pascal eigenhändig seine dicke Wollmütze auf und geleitete sie hinaus.

Eigentlich musste sie für diese Behandlung einen Kleinkindbonus dazubekommen. Aber es war auch lustig gewesen. So hätte mein erster Sohn mit Jochen aussehen können, dachte sie bedauernd. Eigene Kinder waren nun wieder in weite Ferne gerückt.

Sie erledigte die notwendige Schreibarbeit, desinfizierte den

Trichter des Ohrenspiegels und wischte das Wasser aus Pascals Spritze von der Tür. Mit dieser guten Tat hatte sie sich nun ein ausgiebiges Frühstück verdient, mit Toast und Marmelade und einem weichen Ei.

Ob heute noch mehr Leute kommen würden? Zum Glück waren die Straßen frei, und der Inselbus fuhr. Da konnte sie die Patienten hierherbestellen und musste nicht selbst los. Es war immer noch eiskalt, aber klar. Hoffentlich schneite es nicht noch einmal wie im Dezember, da hatte Monika Blum sich mit ihrem Wagen durch Schneewehen kämpfen müssen, wie sie erzählt hatte.

15

TATSÄCHLICH KAMEN AN DIESEM Sonntag noch vier Patienten mit Fieber und Erkältung, ein Mann mit verstauchtem Fuß und eine Frau mit einem steifen Nacken. Dazu der kleine Pascal mit den Ohrenschmerzen, das waren sieben Patienten an einem Sonntag. Das konnte man verkraften. Und die Wohnung sah nun mit weiteren Regalen aus leeren Kartons ganz lustig aus und vor allem aufgeräumt. So konnte man es aushalten, und wenn ihre Eltern irgendwann einmal zu Besuch kommen würden, hatte sie bestimmt schon eigene Möbel. Über Kartonregale wären sie sicher entsetzt.

Am Nachmittag hatte Viola einen kleinen Rundgang durch Vitte gemacht. Er war allerdings weniger im Kreis, als vor allem von Nord nach Süd verlaufen, da die Insel an dieser Stelle sehr schmal war. Auf nicht einmal fünfhundert Meter schätzte Viola die Entfernung zwischen dem Hafen an der Ostküste und dem Strand im Westen. Richtung Kloster wurde Hiddensee breiter, Richtung Neuendorf ebenso.

Vitte war gut mit Deichen geschützt. Doris hatte ihr erzählt, dass vor über hundert Jahren eine Sturmflut alles überschwemmt habe. Die Häuser hätten im Wasser gestanden, die Wiesen seien versunken gewesen. Ihre Urgroßmutter sei damals ein kleines Kind gewesen, und noch lange danach sei sie bei Sturm weggerannt und habe sich in der höher gelegenen Kirche in Kloster versteckt.

Heutzutage würde so etwas hoffentlich nicht mehr passieren.

Die Geschäfte hatten geschlossen, nicht nur weil Sonntag war: Viele öffneten erst in der Sommersaison. Die »Blaue Scheune«, über die Viola schon gelesen hatte, konnte man auch nur von außen ansehen. Dieses tief unter ein gewaltiges Reetdach geduckte Haus war an zwei Außenseiten leuchtend blau angemalt, kornblumenblau, meerblau, eine auffallende, wunderschöne Farbe. Außerdem hatte es Geschichte. Deshalb stand es da so breitbeinig und stolz. Nach dem Ersten Weltkrieg hatte es sich nämlich vom Bäckerhaus zum Haus des »Hiddenseer Künstlerinnenbundes« gemausert, die dort ihre Bilder ausgestellt hatten, und wem der Name Henni Lehmann etwas sagte, der blieb ganz ehrfurchtsvoll davor stehen.

So wie Viola.

»Das ist im Privatbesitz«, erklärte eine Stimme hinter ihr. Viola drehte sich um und sah die gepflegte Bäckersfrau, die sie nun schon gut kannte. Sie trug einen dunkelgrünen Lodenmantel und eine sehr schöne Fellmütze und strahlte Viola an. »Das Haus gehört einem Maler, der hier viele Jahre wohnte und arbeitete, er ist vor kurzem gestorben. Aber seine Witwe öffnet im Sommer weiterhin das Atelier und die Wohnräume zweimal in der Woche für Besucher.«

Hier spielte sich so ziemlich alles im Sommer ab, das war Viola nun schon klar geworden.

»Gleich daneben steht das eigentliche Henni-Lehmann-Haus, das ist ganzjährig geöffnet. Henni Lehmann war ja eine bekannte Malerin, sie hat hier gewohnt und in der ›Blauen Scheune‹ gearbeitet. Übrigens hat sie im Jahr 1913 den Inselbewohnern mit einem Darlehen zum Bau des Arzthauses verholfen, Sie stoßen also auch dort auf ihre Spuren.«

Eine interessante, sozial engagierte Künstlerin ist diese Frau gewesen, dachte Viola, ich werde mir demnächst einmal Literatur über sie besorgen.

»Ihr Wohnhaus ist jetzt das Haus des Gastes«, fuhr die Bäckersfrau fort, »in ihm finden viele Veranstaltungen und Ausstellungen statt, und eine Bibliothek gibt es da auch.« Sie zeigte auf das freundlich aussehende Gebäude mit dem tief herabgezogenen roten Ziegeldach und den blauen Fensterrahmen.

»Wunderbar«, freute sich Viola, »das werde ich mir gleich einmal anschauen und mich mit Büchern eindecken.«

»Im März leider nur montags, dienstags und freitags geöffnet«, teilte die Frau ihr mit, und ihre Augen lachten. »Ja, so ist das bei uns. Dafür kommen über den Sommer so an die fünfzigtausend Urlauber und dazu noch dreihunderttausend Tagesgäste. Das ist fast wie eine Sturmflut. Aber davon leben wir ja schließlich.«

Die Arztpraxis werden sie auch überschwemmen, dachte Viola. Na dann, viel Vergnügen!

Aber noch war es nicht so weit.

Am Montag saß Pascal wieder mit seiner Mutter im Wartezimmer, und als Lisa die beiden hereinführte, rief sie Viola zu: »Keine Schmerzen mehr und keine Angst vor der Frau Doktor. Wenn das mal kein Erfolg ist!«

Der Kleine schwenkte freudig seine Spritze und ließ sich dieses Mal ohne weiteres ins Ohr schauen.

Frau Lenkow mit dem steifen Nacken hatte dagegen keine so guten Nachrichten: Die Schmerzen waren trotz Tabletten nicht besser geworden, sie konnte den Kopf kaum bewegen.

Viola fand harte, verkrampfte Nackenmuskeln, vielleicht vom kalten Wind am Samstag. Sie hatte das selbst einmal erlebt, als sie im Sommer bei einer längeren Autofahrt das Fenster weit offen gelassen hatte.

»Ein Zug?« Frau Lenkow nickte. »Ja, das könnte sein. Ich hab das Holz hinter dem Haus umgestapelt, geschwitzt und dann die Jacke aufgemacht. Außerdem hat der Orthopäde vor einiger Zeit eine beginnende Arthrose der Halswirbel festgestellt. Da wird man vielleicht empfindlicher für so was.«

Viola überlegte: eine Spritze? Etwas zum Einreiben? Massage, Fangopackungen?

Lisa kam herein. »Vielleicht quaddeln? Impletol unter die Haut injizieren?«, schlug sie vor.

Bevor Viola finster schauen konnte, weil sie nicht selbst darauf gekommen war, fuhr Lisa fort: »Das hat unser alter Doktor Roth immer gemacht, und der hatte eine Menge Erfahrung.«

Viola schluckte ihren Ärger herunter. Schließlich war die Idee gut. Der Landarzt bei München, bei dem sie gearbeitet hatte, machte das auch. Trotzdem grollte sie noch innerlich, als Lisa ihr die Spritze mit der feinen Nadel reichte. Musste sie sich von ihrer vorlauten Sprechstundenhilfe sagen lassen, was zu tun war? Und dann auch noch vor einer Patientin? Kein Respekt vor ihrem Doktortitel! Aber bald lauerte schon wieder ein Lächeln in ihren Augen. Wenn das ihr Vater wüsste. Der würde sie sofort von der Insel holen. Oder Lisa ein für allemal ins Vorzimmer verbannen. Aber hier war eben alles anders. Hier war Insel.

»Kommen Sie morgen noch einmal, Frau Lenkow«, teilte sie der Patientin mit, als sie fertig war. »Wir können das Quaddeln dann wiederholen.«

»Danke.« Frau Lenkow erhob sich. »Ich glaube, es wird schon besser.«

Viola lachte. »Na, dann bis morgen.«

»Glaube versetzt Berge«, hörte sie ihre Mutter sagen, und da war durchaus etwas Wahres dran. Warum sollte man sich das in der Medizin nicht zunutze machen? Schon allein der Glaube an die Wirkung eines Medikaments konnte Besserung bringen.

Versonnen saß Viola an ihrem Schreibtisch. Manchmal brauchte sie eine kurze Atempause. Jochen hatte immer gesagt, sie träume vor sich hin. Aber mit Träumen hatte das nichts zu tun, sie hing nur einfach ihren Gedanken nach.

Und manchmal kam sogar etwas Gutes dabei heraus.

Wie jetzt zum Beispiel. Der alte Jehann fiel ihr ein, der ganz allein draußen in der Fischersiedlung Plogshagen in seinem Häuschen wohnte. Er musste dringend besucht werden, er litt seit Jahren unter erhöhtem Blutzucker und hatte offene Wunden an den Beinen. Doris, die vormittags als Dorfpflegerin arbeitete, gab ihm regelmäßig seine Spritzen, aber die Beine verband er sich selbst, und wer weiß, was er sich draufschmierte. Viola griff nach dem Telefon.

Doris meldete sich sofort. »Wir könnten gleich nach dem Mittagessen zu Jehann fahren«, sagte Viola, »ich hätte es fast vergessen. Ist das in Ordnung?«

»Ich hole Sie ab«, antwortete Doris erfreut mit ihrer weichen, angenehmen Stimme. Sie sprach langsam und überlegt, und meist nur das Nötigste, aber sie war sorgfältig und aufmerksam, und sie sah viel mehr, als man dachte. Ein Kind der Insel, hier geboren, mit vielen Fischern unter ihren Vorfahren. Sie wohnte bei ihrer Oma, die Eltern hatte es nach der Wende in den Westen gezogen. »Jehann wird wahrscheinlich nicht sehr begeistert sein, aber das hilft ihm nichts«, bemerkte sie.

»Wir werden ihn schon überreden können, uns seine Beine zu zeigen. Ich habe ihn neulich vor seinem Haus gesehen, er schien ziemliche Schmerzen zu haben.« Sie verabredeten sich für 14 Uhr, und Viola legte auf.

Lisa öffnete die Tür. »Kann ich den Nächsten schicken?«

»Aber sicher. Wer ist denn dran?«

So würde es in den kommenden Tagen und Wochen weitergehen, und Viola würde nach und nach die Bewohner von Hiddensee kennenlernen.

Und die Leute würden sich auch von ihr ein Bild machen, über den Aushang im Rathaus hinaus, der sowieso nur einige unwichtige Lebensdaten enthielt.

16

DORIS UND VIOLA HATTEN je eine dicke Tasche bei sich, als sie sich auf den Weg zum ehemaligen Fischer Jehann machten. Sie fuhren mit Violas Auto auf der schmalen Straße nach Neuendorf; zweimal mussten sie anhalten, weil ihnen eine Kutsche mit dampfenden Pferden entgegenkam.

Neuendorf mit dem älteren Ortsteil Plogshagen, der gerade mal aus einem Dutzend Häuser bestand, hatte nur diese eine Straße, die an dem kleinen Hafen endete. Links und rechts zweigten schmale Wege ab, an denen die weißgekalkten Häuschen mit den Reetdächern einfach auf der Wiese standen, ohne Zaun oder Garten, genau wie früher, als alle Bewohner noch Fischer waren. Auch heute flatterte vor einigen Häusern die Wäsche im Wind, das gehörte vielleicht zum Flair des kleinen denkmalgeschützten Ortes.

Viola parkte am Straßenrand, und sie gingen das restliche Stück zu Fuß weiter. Die Wiese war steinhart gefroren.

»Wie wird das denn im Sommer gemacht«, erkundigte sich Viola bei Doris, »wenn das Gras wächst? Muss man sich da einen Weg schneiden?«

»Sie werden es nicht glauben, aber es gibt bei uns sogar Rasenmäher«, antwortete diese mit unterdrücktem Lachen.

»So habe ich das nicht gemeint.« Viola warf ihr einen gutgelaunten Blick zu. »Ich weiß ja, dass die Insel nicht hinter dem Mond liegt.«

»Ein wenig ist das schon so, hier gehen die Uhren noch langsamer als anderswo, und wir sind sogar stolz darauf. Das haben auch die vielen Künstler und Berühmtheiten gemerkt, die hier gelandet sind in den letzten hundert Jahren. Die haben auch die Ruhe genossen.«

»Gerhart Hauptmann«, erwiderte Viola schnell.

»Albert Einstein, Asta Nielsen, Günter Grass, Thomas Mann, Käthe Kruse, Joachim Ringelnatz und noch viele mehr.«

»Du lieber Himmel, was haben die alle hier gemacht?«

Doris überlegte. »Sich erholt, nachgedacht, auf gute Ideen gekommen ... Zu so etwas ist Hiddensee immer gut.«

»Ja, ich könnte mir denken, dass sie im Sommer aus den Großstädten geflohen sind und sich hier mit anderen zum Gedankenaustausch getroffen haben. Das ergab dann vielleicht so eine Art intensive kreative Aura.«

»Na ja, nicht nur kreativ, meine Oma regt sich heute noch über das lockere Völkchen auf. Sie haben nämlich auch das Nacktbaden erfunden.« Doris zog bedeutsam die Augenbrauen hoch. »Da sind Welten aufeinandergeprallt, und Neuem gegenüber sind die Hiddenseer immer sehr zurückhaltend.«

»Na, dann wollen wir mal nach Jehann schauen, hoffentlich fällt uns etwas ein, damit er mich an seine Beine lässt.«

Und dann waren sie auch schon an seinem kleinen Fischerhaus mit dem Wind und Wetter trotzenden Reetdach, das sicher schon viel miterlebt hatte in den vergangenen Jahrzehnten.

Doris klopfte an und öffnete die Tür. »Jehann, wir sind es, die Frau Doktor und ich«, rief sie ins Dunkel.

Von innen kam ein Brummen, und Doris wandte sich nach links zur Wohnstube.

Der alte Mann saß in einem tiefen Ohrensessel und sog an einer Pfeife. Seine grauen Haare standen nach allen Richtungen ab, wie aus alter Gewohnheit nach so vielen Jahren mit Sturm und Wind. Der Bart und die buschigen Augenbrauen ließen nicht viel von seinem Gesicht erkennen, nur die hellen Augen blickten den Eintretenden schmal und misstrauisch entgegen.

»Die Frau Doktor möchte sich einmal deine Beine ansehen, Jehann.« Doris stellte ihre Tasche auf den Tisch in der Mitte des Zimmers. Zwei kleine Fenster nach der Südseite ließen ungetrübte Sonnenstrahlen ein, alles war sehr einfach eingerichtet und schon ziemlich abgenutzt.

Jehann nahm die Pfeife aus dem Mund, sagte aber nichts, sondern schaute Viola nur an.

»Er raucht ja gar nicht richtig«, sagte sie erstaunt.

»Schon lange nicht mehr«, erklärte Doris, »aber er hat es gern, wenn er sie im Mund spürt.«

Sie ging vor Jehann in die Hocke. »Ich wickle jetzt deine Binden ab, Jehann«, sagte sie freundlich, aber bestimmt. »Die Frau Doktor ist extra deswegen mit herausgekommen. Sie will schauen, was die Wunden machen.«

Er zögerte und murmelte dann etwas, das Viola nicht verstand.

Doch schließlich winkte er ihr zu, einen Hocker zu holen, der am Tisch stand, und legte ächzend das Bein drauf.

»Na, denn kiekt ji man«, brummte er.

»Na also«, sagte Doris freundlich. »Du kannst dir ruhig einmal helfen lassen von uns.«

Viola bemerkte, dass der alte Fischer in keinem guten Zustand war. Ausgetrocknet, zu mager, auch die Wohnung sah verwahrlost aus. Offenbar hatte er keine Verwandten, die nach ihm schauten.

Doris hatte inzwischen die Binde vom rechten Bein entfernt. Der Unterschenkel war geschwollen und rot, und an einer ovalen, mehrere Zentimeter langen Wunde blieb der Verband hängen.

»Was haben Sie draufgemacht?«, fragte Viola vorsichtig. Sie wollte ihn nicht unnötig aufbringen, egal, mit welchem Mittel er sich eingerieben hatte.

»Honig«, antwortete er in reinstem Hochdeutsch.

»Oh!« Darauf war Viola nicht vorbereitet. Honig, deshalb klebte es so.

Vorsichtig löste Doris die Binde und säuberte die Stelle. Viola holte ein Päckchen mit Salbengitter aus ihrer Tasche und öffnete es. Sie legte das Gitter auf die Wunde und ein steriles Mullviereck darüber. Dann reichte sie Doris eine frische Mullbinde. Darüber kam noch ein Kornährenverband; Doris wickelte ihn mit großem Können und Vergnügen.

Jehann begutachtete das Werk erst argwöhnisch, aber dann nickte er. Er war ganz offensichtlich zufrieden.

»Haben Sie noch Honig da?«, erkundigte sich Viola. »Es ist vielleicht besser, wenn Sie ihn essen, als ihn auf die Wunde zu schmieren, sonst klebt der Verband immer fest. Aber Sie haben es bisher ganz gut gemacht.«

Wieder nickte er. »Honig ist gut, datt is nich so'n niemoodschen Kroam, wi dei junge Dokter mi inräd'n wull.«

Doris lachte. »Der niemoodsche Kroam war ein Antibiotikum, das unser Kurzzeitdoktor damals aufgeschrieben hatte. Außerdem wollte er Jehann ins Krankenhaus einweisen, aber damit hat er es sich ein für allemal mit ihm verdorben.«

»Wir kriegen das schon wieder hin«, beruhigte Viola den Alten, »auch ohne Krankenhaus.«

Das andere Bein war ebenfalls geschwollen, aber nicht offen. Es wurde genauso sorgfältig bandagiert, dann nahm Doris den Hocker wieder weg und stellte ihn an seinen Platz zurück.

»Wir werden Ihre Beine jetzt abwechselnd jeden Tag frisch wickeln, einmal Doris und einmal ich, und ich hoffe, die Wunde heilt dann bald wieder zu, und Sie haben keine Schmerzen mehr beim Gehen.« Viola stand auf und schloss ihre Tasche.

Das Nicken war Jehann nun wohl schon zur Gewohnheit geworden. Ein Glück, dachte Viola, er wird langsam zutraulich. Wenn man ihn nicht mit etwas überfährt, das er nicht versteht, kann man sicher ganz gut mit ihm auskommen. Vielleicht erzählt er mir eines Tages seine Geschichte, ich könnte mir denken, dass er einiges erlebt hat und viel weiß über die Insel.

»Dass Sie ihm den Honig nicht schlechtgemacht haben, hat ihn so beeindruckt, dass er sogar fast Hochdeutsch gesprochen hat«, sagte Doris mit einem Lächeln, als sie wieder draußen waren. »Ich denke, wenn Sie das nächste Mal allein kommen, wird es keine Probleme geben.«

»Wer sorgt denn eigentlich für ihn?«

»Niemand, er will es nicht. Er kocht selbst, aber der Himmel weiß, was er da so zusammenbraut. Mich lässt er die Insulin-Injektionen machen, aber sonst nichts. Es geht ihm nicht gut.« Sie seufzte.

»Ich werde mich darum kümmern«, versprach Viola, »aber erst muss er Vertrauen zu mir fassen. Ich will nichts überstürzen. Vielleicht bringe ich ihm Malzbier mit, das ist ein gutes Aufbaumittel. Auch für stillende Mütter übrigens.«

Doris lachte. »Erzählen Sie ihm das ruhig. Er hat viel Humor, das wird ihm gefallen.«

Bevor sie zum Auto gingen, wollte Viola gerne noch einen kleinen Abstecher zum Strand machen. Doris war gleich dafür zu haben.

Schon von oben, von den Dünen aus, konnte Viola drei

Männer erkennen, die in brusthohen Wathosen im Wasser standen und mit Käschern nach etwas fischten.

»Was ist denn das?«, fragte sie erstaunt. »Gibt es hier Krabben oder Ähnliches?«

»Aber nein, das sind Bernsteinfischer.« Doris sagte es völlig selbstverständlich.

Bernsteinfischer. Richtige Bernsteinfischer!

Viola hatte schon von ihnen gelesen und immer so eine Art Ehrfurcht empfunden. Bernsteinfischer, das klang wie Goldwäscher oder Perlentaucher, Diamantenschürfer, Schatzsucher. Und nun standen sie leibhaftig da unten im kalten Wasser.

Sie lief die Dünen hinunter, Doris ihr hinterher.

»Habt ihr schon etwas gefunden?«, rief Doris ihnen zu. Sie war richtig lebhaft geworden, so hatte Viola sie bisher noch nicht erlebt. Vielleicht hatten ihr die Zusammenarbeit beim alten Jehann und das Lob von Viola gutgetan.

Einer der Bernsteinfischer, ein älterer Mann mit braunem zerfurchten Gesicht, hatte sich umgewandt und kam nun aus dem Wasser heraus. Er hielt ihnen die offene Hand hin. Dort lagen zwischen grünen Algenschlieren zwei kleine gelbe Steine, unscheinbar und trübe.

An Violas Miene sah er, dass sie enttäuscht war. »Wenn die geschliffen sind, leuchten sie golden«, erklärte er ihr, »wie es sich gehört. Möchten Sie einen?«

»Danke, nein, ich möchte selbst einen finden«, erwiderte sie schnell.

Er sah sie aufmerksam an. »Ach, und sich dann etwas wünschen, ich weiß. Aber es klappt nur einmal mit dem Wunsch. Sonst wären wir alle hier schon reiche Leute.« Er blinzelte ihr zu und steckte die Steine in einen kleinen Beutel.

»Es gibt übrigens nicht nur goldenen Bernstein, sondern

auch roten, braunen und weißen. Die meisten Leute suchen nach gelbem und übersehen dann die anderen, achten Sie darauf.« Er watete wieder zurück ins Wasser.

»Was machen die mit dem Bernstein?«, fragte sie Doris.

»Ins Bernsteinatelier bringen und im Sommer an die Touristen verkaufen«, war die lakonische Antwort.

Viola seufzte. Bernsteinfischer sind auch nur Menschen, würde Ottilie sagen. Trotzdem, ein besonderer Zauber haftete diesen Männern schon an, wenn sie nach einem heftigen Sturm ins Meer wateten, egal, wie kalt es war, und nach dem Gold der Ostsee suchten.

17

DIE NACHMITTAGSSPRECHSTUNDE VERLIEF OHNE Probleme, und auch in den nächsten Tagen kam Viola gut zurecht. Sie fühlte sich schon richtig heimisch in der Praxis, konnte, ohne lange zu suchen, nach Verbandsmitteln, Medikamenten, Vordrucken und allen möglichen Instrumenten greifen, kannte einige ihrer Patienten bereits mit Namen und war immer wieder erstaunt, mit wie viel Wissen und Erfahrung der alte Doktor Roth auch ohne moderne Geräte hier praktiziert hatte.

Vormittags half ihr Lisa, und an den drei Nachmittagen in der Woche, an denen die Praxis geöffnet war, war Doris da, deren Mitarbeit Viola als sehr angenehm empfand. Sie wusste sie mehr und mehr zu schätzen.

Die beißende Kälte in den vergangenen Tagen war wohl ein letztes Aufbäumen des Winters gewesen, denn am Freitag fühlte sich die Luft auf einmal so lau und warm an, dass Viola nachmittags schon eine Weile auf dem Balkon in der Sonne sitzen konnte, in eine Decke eingewickelt, windgeschützt und vor den Blicken der Inselbewohner verborgen.

Unten im Vorgarten blühten die Krokusse in Violett und Gelb und blaue Szilla, die grünen Spitzen der Tulpen und Narzissen schauten bereits weit aus der Erde, am Kätzchenbaum wurden die samtenen Knospen schon dick, und in der Luft schrien die Möwen.

Und dann kamen hoch oben im Formationsflug Zugvögel vorüber, mit lautem Rufen. Florian Jung hätte ihr jetzt sicher genau erklären können, welche Art das war, aber vielleicht ärgerte er sich noch immer über ihr Eindringen in seine kostbare Vogelwelt.

Heute Abend würde sie trotzdem wieder bei Ottilie hereinschauen, nahm sich Viola vor. Sie freute sich schon darauf. Und nicht nur auf Ottilie, musste sie sich eingestehen, fast noch mehr auf Florian, trotz der Standpauke in den Dünen.

Sie kuschelte sich tiefer in ihre Decke und schloss die Augen. Florian war so ganz anders als ein gewisser Oberarzt in München …

Unten vor dem Haus waren aufgeregte Stimmen zu hören, jemand kam im Laufschritt auf die Haustür zu und klingelte Sturm. Aus das Träumen, das galt ihr.

Viola fuhr hoch, warf die Decke ab, lief durchs Wohnzimmer und rannte die Treppe hinunter.

Ein Mann stand draußen, aufgeregt, atemlos. »Frau Doktor, ein Unfall, der junge Fred ist mit dem Fahrrad gestürzt, er ist bewusstlos!«

Die Handgriffe bei einem Notfall liefen bei Viola schon lange wie von selbst ab. Sie schnappte ihre Tasche und den roten Koffer und sprang ins Auto, das neben dem Haus stand. Der Mann setzte sich auf den Beifahrersitz und dirigierte sie ein Stück Richtung Norden, dann in einen Seitenweg hinein. Schon von weitem konnte sie mehrere Leute erkennen, die sich um einen am Boden liegenden Jungen scharten.

Als Viola ankam, machten sie Platz. Noch im Gehen hatte sie sich die Handschuhe übergestreift, jetzt kniete sie neben ihm nieder.

Der Junge blutete aus der Nase. Seine Gesichtshaut war

blass, die Lippen blau, der Herzschlag zum Glück spürbar, stellte Viola erleichtert fest, aber die Atmung schien blockiert.

Sie öffnete seinen Mund. Die Zunge war nach hinten in den Gaumen gerutscht. Mit der rechten Hand holte sie sie nach vorne, streckte die linke aus und sagte: »Das Beatmungsgerät aus dem Koffer bitte.« Jemand reichte ihr die Maske mit dem Beutel, sie schob den Unterkiefer des Kindes nach vorne, setzte die Maske auf und hielt sie fest. Dann drückte sie den Beutel zusammen. Die Brust des Jungen hob sich leicht, die Lippen bekamen wieder Farbe.

»Ich übernehme das«, sagte eine Stimme neben ihr. Eine kundige Hand griff nach der Maske, die andere nach dem Beutel, und Viola machte sich daran, vorsichtig weiter zu untersuchen. Arme und Beine schienen in Ordnung zu sein, keine Knochenbrüche, keine tiefen Wunden, nur ein paar Abschürfungen.

»Hat jemand den Hubschrauber angefordert?«, fragte sie.

»Schon unterwegs«, war die Antwort.

Sie atmete auf. Trotzdem war noch keine Entwarnung angesagt. Es konnten innere Verletzungen vorhanden sein. Sie wollte gleich eine Nadel legen und eine Flasche anhängen, außerdem war damit ein schneller Zugang zum Blutkreislauf für den Notarzt geschaffen. Mit ruhiger Hand nahm sie die Blutdruckmanschette, legte sie um den schmalen Oberarm des Jungen und nahm den kleinen Eingriff vor, den sie so oft schon gemacht hatte. Er war Routine und doch jedes Mal anders.

»Er atmet wieder von selbst«, sagte die Stimme neben ihr.

Viola sah auf die Brust des Jungen. Sie hob und senkte sich leicht, die Maske war von seinem Gesicht entfernt worden, sein Kopf lag seitlich. Jemand hatte ihm ein Kissen untergeschoben, jetzt breitete eine Frau zwei Decken über ihn.

»Danke«, sagte Viola. »Wir sollten ihn nicht weiter bewegen, nur beobachten, bis der Rettungsarzt kommt.«

Nun erst sah sie auf und genau in die Augen von Florian Jung, der das Atemgerät noch in den Händen hielt.

»Gut gemacht«, sagte er leise und lächelte.

»Danke, gleichfalls«, erwiderte Viola. Sie legte ihre Hand leicht auf die Brust des Kindes und sah es aufmerksam an. Dann wandte sie sich wieder Florian zu.

»Sie kennen sich gut aus mit Erster Hilfe.«

»Während des Studiums in Bremen war ich beim Rettungsdienst, da habe ich viel gelernt. Ich hätte sogar beinahe Medizin studiert. Aber dann hat doch die Biologie gesiegt.« Er sah sich um und stand auf. »Der Rettungswagen ist da.«

Das Auto stoppte hinter ihnen, und die Sanitäter sprangen heraus. Sie brachten eine Silberdecke mit und holten die Trage heraus, einer legte das EKG-Gerät an, und dann hörte man auch schon den Hubschrauber in der Luft.

Er landete in der Nähe. Alles ging nun sehr schnell, der Notarzt machte eine Injektion und intubierte, eine Halsmanschette wurde angelegt, und dann war Fred schon unterwegs nach Rügen.

Die Zurückbleibenden standen stumm nebeneinander. Ein Mann hob das Fahrrad auf, ließ es aber gleich wieder fallen, setzte sich auf den Boden und schlug die Hände vors Gesicht.

»Der Vater des Jungen«, flüsterte jemand Viola zu, »Max Pagel.« Sie ging zu ihm hin.

»Er ist schwer verletzt«, sagte sie. Sie wollte nichts beschönigen, ihm jedoch auch nicht alle Hoffnung nehmen. »Aber er ist in guten Händen, und sein Kreislauf ist stabil, außerdem atmet er selbst, das sind alles gute Zeichen. Er hat auch keinen großen Blutverlust, und ich denke, wir haben alle Berechtigung anzunehmen, dass er wieder gesund wird.«

Der Mann sah hoch. Er stand langsam auf. »Er ist immer

freihändig gefahren auf dieser Strecke, der Lausebengel, und er hatte mal wieder keinen Helm auf«, murmelte er. »Er wollte kurz zu einem Freund, nur ein paar hundert Meter weiter. Ich muss meiner Frau Bescheid sagen, sie ist nach Kloster gefahren, zu ihrer Mutter.«

Er hob das Fahrrad hoch. »Vielen Dank, Frau Doktor! Wenn der Junge durchkommt, hat er es auch Ihnen zu verdanken.« Mit schweren Schritten ging er davon.

Viola sammelte ihre Sachen ein. Sie verstaute das Blutdruckmessgerät in der Tasche, steckte die Handschuhe und die gebrauchten Mulltupfer in eine Tüte, und das Beatmungsgerät verschwand im Koffer.

Florian stand am Rand des Wegs und sah ihr zu. »Soll ich Sie nach Hause fahren?«, fragte er besorgt. Viola sah ihn überrascht an, er konnte also auch fürsorglich sein.

»Nein danke, nicht nötig«, antwortete sie. Sie wollte jetzt kein Mitgefühl, sie brauchte keines, sie hatte nur ihre Arbeit getan, wie schon so oft. Damals auf der Notfallstation, wo sie ein halbes Jahr lang gearbeitet hatte, ging man auch immer schnell wieder zur Tagesordnung über, man musste es, man durfte auf keinen Fall mit jedem Unglück mitleiden. Und das sollte hier nicht anders sein.

Gerade hier, wo sie viel mehr Gefahr lief, mit dem Herzen beteiligt zu sein. Hätte sie den Jungen gut gekannt, hätte sie vielleicht nicht so ruhig handeln können. Das war ein Dilemma, um das sie wusste. In der Klinik konnte man das vermeiden, aber hier …

Florian trug ihr den Koffer zum Auto. »Die ersten Zugvögel sind da«, sagte er, das Thema wechselnd, als ahnte er, was in ihr vorging. »Irgendwann einmal in den nächsten Wochen werde ich Sie ins Allerheiligste mitnehmen und Ihnen diese Wunderwelt zeigen.«

Viola atmete tief durch. »Wird Ihre Wunderwelt durch mich denn nicht entweiht?«, fragte sie schnippisch.

»Wenn ich Sie führe und Ihnen zeige, wie man sich verhalten muss, nicht.«

»Na dann, Florian Jung, bis später einmal«, erwiderte Viola. Sie stieg ins Auto und fuhr los, winkte aber noch einmal zurück. Dieser junge Mann war nun schon für einige Überraschungen gut gewesen, sie wusste gar nicht so recht, in welche Schublade sie ihn einordnen sollte. Ein charmanter Herzensbrecher? Ja, das bestimmt. Ein überzeugter Naturschützer? Auch das. Ein begabter Klarinettist, und nun auch noch ein ausgebildeter Rettungshelfer mit sicheren Handgriffen. Beeindruckend fand Viola ihn und anziehend. Wenn sie an seine dunklen Augen dachte …

Offensichtlich hatte er nicht vor, die Insel in nächster Zeit zu verlassen, das war schon mal gut.

18

VIOLA SASS WIEDER AUF ihrem Balkon. Vor einer Stunde, dachte sie, habe ich auch hier gesessen, und es gab nichts anderes als laue Frühlingsluft, blühende Krokusse und Ruhe, Meeresrauschen und Möwen.

Und während ich hier saß, ist ein Junge mit seinem Fahrrad gestürzt und hat sich schwer verletzt. Tod und Leben so nah beieinander … Aber ist es nicht immer so? Nur, dass man es in manchen Bereichen stärker wahrnimmt und in anderen weniger.

Als sie auf der Frauenstation arbeitete, war sie jedes Mal entzückt gewesen, wenn ein Neugeborenes auf die Welt kam. Ein Kind, das in neun Monaten im Bauch entstanden war, mit allem, was dazugehörte. Ein ganzer, hochkomplexer Körper mit unzähligen differenzierten Vorgängen, von denen man noch lange nicht alles wusste. Und mit einer Seele. Natürlich, denn wie konnte ein Körper funktionieren, wenn ihm nicht jemand seinen Atem eingehaucht hätte? Die Ehrfurcht vor dem Leben, sei es von Mensch, Tier oder Pflanze, war etwas, das Viola tief im Herzen trug.

Pauli kam an und sprang mit einem Satz auf ihren Schoß. Er hatte sich ohne Schwierigkeiten in die neue Umgebung eingewöhnt und fühlte sich bereits wohl auf der Insel, vielleicht sogar mehr als in München, wo nebenan eine laute Straße gewesen war und er bei jedem Auto erschrocken ins nächste Gebüsch hatte rennen müssen.

Er legte sich auf Violas Bauch zurecht, und sie spürte seine Wärme und das leichte Vibrieren, wenn er schnurrte.

Was er wohl dachte? Oder fühlte? Ob er nur deswegen an ihr hing, weil sie ihn regelmäßig fütterte? Oder war da mehr?

Viola war jedes Mal froh, wenn sie auf Fragen stieß, auf die sie keine Antwort wusste, auf die niemand eine Antwort wusste. Eine völlig durchschaubare Welt stellte sie sich furchtbar vor. Ein Kater war ein Kater, und er lebte so, wie er es für richtig hielt. Sie musste nicht wissen, warum er tat, was er tat.

»So, und jetzt wird Abendessen gemacht«, erklärte sie ihm resolut und stand auf. Pauli sprang auf den Boden und sah sie vorwurfsvoll an. »Und danach werde ich noch ein Stündchen zu Ottilie gehen, und du wirst sicher einen Nachtspaziergang unternehmen. Also werden wir beide einen schönen Abend haben und danach hoffentlich gut schlafen können.«

Als Viola später zu Ottilie ging, war die Luft immer noch warm. Im Westen leuchtete ein schmaler, heller Streifen der untergehenden Sonne. Alles war rötlich überhaucht: Abendstimmung auf Hiddensee im März. Dazu der Geruch nach Meer und feuchtem Gras, ein paar schläfrige Möwenschreie und ein reetgedecktes Haus, aus dessen Fenstern Lichtschein fiel und die Klarinette zu hören war.

Viola trat ein. Ihr Platz neben dem Kachelofen war frei. Schon ein Stammplatz?, dachte sie belustigt. Ottilie brachte einen Tee mit Rum, und Florian begrüßte sie mit einem aufmerksamen Blick. Viele Leute an den Nachbartischen nickten ihr zu. Sie meinte sogar, eine gewisse Anerkennung in ihren Augen zu lesen.

Irgendwie war es hier wie in einem gemütlichen Zuhause. Man konnte sich fallenlassen, nichts tun, nicht grübeln, nur in dem heißen Glas rühren, der Musik lauschen und sich wohl fühlen.

Nach einer Weile trat Florian an ihren Tisch. »Sie haben noch einen Wunsch frei«, sagte er. »Pop, Rock, Jazz, Soul, Chanson, Klassik – was darf es sein?«

»Oh.« Viola hatte überhaupt nicht mehr daran gedacht. Was würde sie jetzt gern hören? Etwas Langsames, Romantisches, zum Träumen, zum Entspannen, zum Mitsummen.

»›Plaisir d'amour‹, kennen Sie das?«

»Aber sicher, eine wunderschöne Melodie«, erwiderte er. »Habe ich schon oft gespielt.«

Er ging zurück auf die kleine Bühne, und schon bei den ersten Tönen wusste Viola, dass es ein Fehler gewesen war, sich ausgerechnet dieses Lied zu wünschen.

Ihr Lieblingslied mit Jochen, um Himmels willen, wie konnte sie nur! Sie hatte sich doch vorgenommen, diese Geschichte nie wieder aufleben zu lassen.

Sie starrte in ihr Teeglas. Wie oft hatten sie zu diesem Lied einen langsamen Walzer getanzt, Jochen amüsiert, weil er nicht wusste, ob er ihre romantische Seite lieben oder über sie lachen sollte. Und sie verträumt und auf Wolke sieben.

In einer Ecke ihres Herzens war Viola schlicht und einfach sentimental, und das gestand sie sich auch ohne weiteres ein.

Es gab Lieder, in denen sie sich verlieren konnte.

Aber jetzt war nicht der Zeitpunkt dafür, weder für Verträumtheit noch für Kummer, vor allem nicht unter den Augen von Florian, die mit einem eigenartigen Blick auf ihr ruhten.

Ruckartig stand sie auf und verließ den Raum. In der Toilette lehnte sie sich ans Waschbecken und sah in den Spiegel. Ihre großen Augen verrieten alles.

Nein, so wollte sie nicht wieder zurück, zuerst musste dieser Ausdruck verschwinden.

Sie ließ sich kaltes Wasser übers Gesicht laufen. Ja, schon

war es besser. Dann atmete sie tief durch. Sie war hier die Inselärztin und nicht eine kleine Assistentin, die unglücklich in den Oberarzt verliebt war.

Nach einer Weile straffte sie sich und ging ins Gastzimmer zurück. Ihre Mutter hatte immer gesagt: »Mach eine fröhliche Miene, dann wird auch dein Herz fröhlich.« Also machte sie wenigstens eine gleichgültige Miene, und es half tatsächlich.

Jetzt war Florian sicher wieder ärgerlich, weil sie mitten in dem Lied, das er extra für sie gespielt hatte, verschwunden war. Aber sie merkte ihm nichts an, und er hatte in der Zwischenzeit auf eine flotte Melodie gewechselt, die sie nicht kannte. Niemand hatte ihr etwas angesehen, gut so.

An Violas Tisch saß Doris und blickte ihr erwartungsvoll entgegen.

»Ich habe im Krankenhaus angerufen«, sagte sie. »Fred ist zwar noch ohne Bewusstsein, aber es geht ihm auch nicht schlechter.«

»Danke«, entgegnete Viola. »Kennst du ihn gut?«

»Ich kenne alle hier«, erwiderte Doris einfach. »Fred ist der Sohn einer Freundin von mir. Sie bleibt im Krankenhaus, bis er aufwacht.«

Ganz unwillkürlich hatte Viola sie geduzt. »Wollen wir beim Du bleiben?«, fragte sie ihre Helferin und hob das Teeglas.

»Gern.« Doris hatte ebenfalls einen Tee vor sich. »Ich soll auch einen Gruß von Jehann bestellen. Er hat dich ins Herz geschlossen, und das ist gar nicht so selbstverständlich.«

»Erzähl mir ein wenig von ihm«, bat Viola. So würde sie auf andere Gedanken kommen.

19

»JEHANN IST AUF DER Insel aufgewachsen. Er ist hier zur Schule gegangen und dann Matrose geworden«, berichtete Doris. »Seine Eltern hatten in Neuendorf eine Bauernkate, aber er wollte raus aufs Meer. Zwei Jahre lang ist er auf einem großen Segelschiff halb um die Welt gefahren, dann ist er zurückgekommen und Fischer geworden. Er hat immer gesagt, man muss nicht unbedingt um den halben Globus reisen, um Erfahrungen zu machen und weise zu werden. Das kann man auch hier auf Hiddensee. Und ich meine, er hat recht. Er war verheiratet, seine Frau ist vor zehn Jahren gestorben. Seitdem lebt er allein in seiner Kate. Um ihn herum haben die anderen Fischer ihre Häuser ausgebaut und modernisiert, sie werden jetzt teilweise als Ferienhäuser vermietet. Seines ist noch wie früher. Was meinst du, wie oft Jehann im Sommer, wenn er vor seinem Haus sitzt und seine Pfeife im Mund hat, von den Touristen fotografiert wird?« Sie lachte. »Deswegen hat er sich in den letzten Jahren seinen Bart nicht mehr stutzen lassen. Ja, und nun gibt es ein Problem.«

Viola sah Doris an. »So viel auf einmal habe ich dich bisher noch nicht reden hören«, meinte sie.

»Na ja, bei Lisa kommt man schließlich kaum zu Wort. Nicht einmal du.«

»Da hast du recht. Was ist das denn für ein Problem?«

»Die Gemeinde und vor allem der Bürgermeister wollen am Rand von Neuendorf ein Wellness-Zentrum errichten, im Stil durchaus angepasst, einzelne weißgetünchte Reetdachhäuser, aber eben ziemlich modern und weiträumig. Das bedeutet für uns natürlich mehr Touristen und neue Arbeitsplätze, was viele befürworten. Aber die andere Hälfte der Inselbewohner ist dagegen. Florian ist ein erbitterter Gegner der Pläne, da er um sein Vogelschutzgebiet besorgt ist. Er hat schon gedroht, dann einen Stacheldraht zu ziehen.«

»Das sähe ihm ähnlich! Und Jehann ist auch dagegen?«

»Er ist nicht nur dagegen, er ist der Grund, dass die ganze Sache vorerst auf Eis liegt. Sein Häuschen steht auf dem Stück Land, das sie dafür brauchen, und das gehört ihm.«

»Gibt es deswegen böses Blut auf der Insel?«

»Teilweise schon, Inselbewohner sind auch nur Menschen.«

»Hat Jehann eigentlich Verwandte?«, erkundigte sich Viola.

»Nur einen Neffen, er kommt ihn ab und zu besuchen.«

»Na, wenn der das erfährt ...«

»Der weiß es, aber was soll er machen? Er kann das Grundstück des alten Jehann nicht ohne dessen Zustimmung verkaufen.«

Viola machte sich Sorgen um Jehann. Sie hatte sowieso schon darüber nachgedacht, wo man den alten Fischer unterbringen konnte, damit er besser betreut wäre. Das offene Bein heilte zwar ab, und Doris kam jeden Morgen zu ihm, aber sein Allgemeinzustand besserte sich nicht. Er war viel zu gebrechlich, um allein zu leben. Nur sein Sturkopf war stark.

»Und du, hast du keine Lust, Hiddensee eines Tages zu verlassen?«, fragte Viola nach einer Weile.

Doris sah auf. »Nein«, sagte sie entschieden, »ich möchte an keinem anderen Ort der Erde leben. Obwohl ich noch nicht viel von der Welt gesehen habe.« Sie lachte. »Ich bin hier geboren und groß geworden und habe meine Ausbildung im Sana-Krankenhaus in Bergen gemacht. Meine Eltern leben jetzt in Dortmund, und meine Mutter will immer, dass ich zu ihnen komme. Aber das habe ich nicht vor. Außerdem möchte ich meine Oma nicht allein lassen. Und Großstadt ohne Meer, das halte ich keine zwei Wochen aus!«

»Ja«, Viola nickte, »es gibt Orte, mit denen fühlt man sich auf Anhieb seelenverwandt. Bei mir ist es ein kleines Dorf in der Nähe von Hamburg, und wer weiß, vielleicht werde ich einmal dort im Kreis meiner Enkel alt und grau und zufrieden unter meiner Lieblingseiche in der Sonne sitzen.«

»Das kannst du auch hier! Und von den Eichen aus kannst du sogar übers Meer blicken. Oben auf dem Dornbusch stehen einige, die sind uralt.«

»Das ist natürlich ein gutes Argument«, erwiderte Viola und hob ihr Glas. »Auf die alten Eichen in aller Welt.«

»Woher kennst du deine Lieblingseiche denn?«, erkundigte sich Doris.

»Wir haben früher lange Zeit in diesem Dorf gelebt, und dort steht sie, mit weit ausladenden, starken Ästen und herrlich kühlem Schatten darunter. Dann wurde mein Vater zum Klinikchef in Altona ernannt. Ich wollte nicht fort, aber wir mussten alle mit, meine ältere Schwester, mein Bruder und ich, das Nesthäkchen. Aber ich habe diesem Baum versprochen, einmal wiederzukommen. Und das tue ich auch. Und ich war immer sicher, meinen endgültigen Platz nicht in einer Großstadt zu finden, auch als ich in München war und mich in Jochen verliebt hatte. Darüber gab es immer wieder Streit; er wollte nicht aufs Land. Aber dieses Problem hat sich ja nun gelöst, nur leider nicht so, wie ich es mir vorgestellt hatte.«

»Da kam Hiddensee ja gerade recht, was für ein Glück!«, stellte Doris erfreut fest.

»Es war mir eigentlich egal, wo ich lande, es sollte nur möglichst weit weg sein. Aber als ich Hiddensee in der Anzeige gelesen habe, hat es etwas in mir bewegt, und jetzt bin ich hier. Wenn ich nicht zurechtkomme, kann ich jederzeit zu meinem Vater an sein Krankenhaus in Hamburg.«

»Na, ich hoffe, du bleibst! Wir hoffen es alle.«

»Ich habe mir ein Jahr gegeben, um mir darüber klarzuwerden, und es ist noch viel Zeit, um mich hier häuslich einzurichten. Im wahrsten Sinn des Wortes: Die Wohnung ist noch immer provisorisch möbliert.«

»Nur dein Kater ist schon richtig eingezogen. Er hat seine Katzenklappe und seinen Schlafkorb, und er hat entschieden, dass es ihm hier gefällt. Er überlegt nicht so lange wie du. Aber wenn du eines Tages anfängst, dir eigene Möbel zu kaufen, dann ist das ein gutes Zeichen, nicht wahr?«

»Möglich«, stimmte Viola zu.

Sie saßen noch eine Weile beieinander, dann stand Viola auf. »Ich bin müde«, sagte sie und gähnte. »Wir sehen uns dann am Montag, spätestens, man läuft sich hier doch immer wieder über den Weg.« Nach kurzem Zögern fragte sie: »Bist du öfter bei Ottilie?«

Doris nickte: »Meist am Freitagabend.«

»Könnte eine nette Gewohnheit werden.«

»Das finde ich auch«, pflichtete Doris bei.

Viola verabschiedete sich noch von Ottilie, winkte Florian zu und ging hinaus.

Es war sternenklar. Vom Meer kam ein leichter Wind, irgendwo in einem Garten raschelte es – vielleicht ein Igel, der schon aufgewacht war? Der feine Sand, der auf der Straße lag, knirschte unter ihren Schuhen.

Ein langer Tag, ein aufwühlender Tag ging zu Ende. Wie weit der Himmel hier war, auch nachts! Den Blick in die Ferne störten nur ein paar niedrige Hausdächer. Ganz hinten segelte ein halber Mond, man konnte sich vorstellen, er sei ein kleines Schiff auf dem Meer.

Und der Leuchtturm schwenkte seinen hellen Arm hoch oben im Kreis. Sie hatte sich schnell daran gewöhnt, er gehörte schon richtig dazu, der Bewacher der Insel.

Irgendwo im Wasser oder am Strand lag jetzt sicher ein Bernstein, der in den nächsten Tagen oder Wochen von ihr gefunden werden würde. In Violas Augen trat ein Lächeln. Ein eigenartiger Gedanke, dass ihr Bernstein schon existierte, nicht erst dann, wenn sie ihn fand. Ein eigenartiger Gedanke auch, dass es vielleicht irgendwo einen Mann gab, mit dem sie einmal glücklich werden würde. Sie wünschte es sich sehr. Sie war nun 34 Jahre alt, und so langsam wollte sie wissen, wohin sie gehörte, nicht nur beruflich.

Ob sie für den Rest ihres Lebens auf der Insel bleiben würde? Keine Ahnung, dachte Viola, und so weit muss ich auch nicht vorausplanen. Aber die nächsten Jahre vielleicht schon. Sie schloss die Haustür auf, und Pauli kam mit einigen langen Sätzen auf sie zugerannt. Ach, hatte er es gut! Für ihn gab es nur diesen Tag und diese Stunde, und seine Futterschüssel und das weiche Sofa.

Manchmal, aber nur manchmal, wäre es ganz gut, ein Kater zu sein, dachte Viola.

20

AUF DEM ANRUFBEANTWORTER BLINKTE das rote Licht. Viola stöhnte, sie wollte ins Bett. Aber so war das nun einmal in einer Praxis. Hoffentlich nichts Schlimmes. Sie drückte auf den Wiedergabeknopf.

»Frau Doktor«, ertönte die Stimme einer jungen Frau, »ich weiß nicht, ob ich mir umsonst Sorgen mache, aber ich bin im siebten Monat, und das Kind, das abends sonst immer lebhaft ist, hat sich seit Stunden nicht bewegt. Kann ich vielleicht vorbeikommen? Ich habe solche Angst.«

Dann noch eine Nachricht: »Viola, denken Sie an morgen Abend? So gegen 18 Uhr? Ich würde mich freuen, wenn Sie die gefüllte Lachsforelle mit mir essen würden. Georg.«

Georg und seine Lachsforelle. Eigentlich hätte sie sich ja etwas aussuchen dürfen, aber von Pfannkuchen mit Nutella wäre er sicher nicht begeistert gewesen. Und sie konnte sich ruhig ein wenig verwöhnen lassen von ihm. Noch nie hatte ein Mann Lachsforelle für sie gekocht. Und er? War sie die erste Frau, der er das anbot? Mit seinen 45 Jahren sicher nicht. Aber dafür war er mit 45 auch kein Luftikus mehr, sondern ein Mann mit klaren Vorstellungen.

Doch jetzt musste sie sich erst einmal um diese junge Frau kümmern.

Viola wählte die Nummer der Patientin. Als die Frau sich

meldete, sagte sie: »Viola Herz. Ich bin jetzt daheim, wann können Sie da sein?«

»In einer halben Stunde, ich wohne ganz oben in Grieben.«

»Sie haben doch sicher kein Auto, oder?«

»Nein, aber ich kann mit dem Inselbus fahren, wenn ich ihn anrufe.«

»Bleiben Sie zu Hause, ich komme zu Ihnen. Sagen Sie mir nur, wie ich das Haus finde.«

Man hörte der Frau die Erleichterung an, und fünf Minuten später startete Viola ihren Kombi und fuhr durch Kloster hindurch nach Grieben.

Die Häuser dieses kleinsten Ortes der Insel lagen an der Ostküste, unterhalb der welligen Hügel, die sich bis zum Dornbusch hochzogen. Es war gerade mal ein halbes Dutzend, und sie standen etwas erhöht entlang der einzigen schmalen Straße. Ein leichter Nebel hing in der Dunkelheit über den Wiesen, die sich bis zum Boddenufer senkten. Irgendwo schrie ein Käuzchen. Gab es hier überhaupt Käuzchen? Schade, dass nicht viel zu sehen war. Den kleinen Ort mit den paar Häusern hatte Viola noch nicht besichtigt, aber das würde sie nachholen, nahm sie sich vor.

Ein kräftiger Mann mit einer Laterne in der Hand und wehenden Haaren stand vor einem Haus und winkte. Viola begrüßte ihn. Sein kantiges Gesicht drückte Besorgnis aus. Viola trat ein. In der hellen Wohnstube kam ihr seine Frau entgegen. Die fortgeschrittene Schwangerschaft war ihr deutlich anzusehen; runde Linien zeichneten sich unter ihrem langen Pullover ab. Die braunen Haare trug sie kurz, und sie hatte ein sympathisches, gutmütig wirkendes Gesicht. Sie drückte sich die Hände ins Kreuz.

»Ich weiß nicht, vielleicht habe ich Sie umsonst geholt, aber es ist unser erstes Kind. Wir sind seit acht Jahren verheiratet, und jetzt endlich bin ich schwanger. Ich bin 38 Jahre alt, der Frauenarzt hat das schon als Risikoschwangerschaft bezeichnet.«

Ja, die biologische Uhr tickt auch bei mir, dachte Viola, und ich bin noch nicht einmal verheiratet.

»Wir werden gleich sehen, was da los ist«, meinte sie beruhigend. »Legen Sie sich aufs Sofa, dann suche ich nach den Herztönen.«

Sie holte ihr Stethoskop aus der Tasche und drückte es vorsichtig auf den Bauch der Schwangeren, erst auf der einen Seite, dann auf der anderen.

»Da haben wir sie!«, rief sie erleichtert. »Einen Moment, ich möchte ganz sichergehen.« Sie fühlte am Handgelenk nach dem Puls der Frau. »Eindeutig ein anderer Rhythmus, etwas schneller als Ihrer.«

»Und Sie meinen, es fehlt ihm nichts?«, fragte die Frau. Es war ihr deutlich anzusehen, dass ihr ein Stein vom Herzen gefallen war.

»Nein. Vielleicht hat es sich gedreht, da strampeln sie vorher ziemlich viel und legen dann eine Ruhepause ein. Sie nehmen jetzt am besten ein warmes Bad, dann wird es wieder munter. Wann haben Sie die nächste Vorsorgeuntersuchung beim Frauenarzt?«

»In einer Woche.«

»Und sind Sie bei der Hebamme hier angemeldet?«

»Ja, ich konnte sie aber nicht erreichen, deshalb habe ich Sie angerufen.«

»Das ist schon in Ordnung, so haben wir uns jetzt wenigstens kennengelernt«, erwiderte Viola. »Ich bin bisher noch nicht so weit in den Norden gekommen. Haben Sie auch Sandstrand hier an der Ostseite?«

Der Ehemann, der die ganze Zeit über schweigend danebengestanden hatte, meldete sich zu Wort: »Aber nein, hier gibt es vor allem Wiesen und Schilfrohr. Man kann zum Alten Bessin rübersehen, das ist das nördliche Vogelschutzgebiet. Ein Wanderweg geht da durch, und unsere Naturschützer sind darüber gar nicht erfreut. Wenn Sie mal Zeit haben, schauen Sie es sich an. Möglichst mit jemandem, der Ahnung hat.«

Da wüsste ich schon einen, dachte Viola, einen schwarzhaarigen Klarinettenspieler, der sehr grimmig, aber auch sehr einnehmend blicken kann.

»Ja, das werde ich tun. Ich lasse mir Zeit, die Insel kennenzulernen, ich glaube, das ist sie wert.«

»Genau«, bestätigte der Mann. »Im Sommer kommen hier täglich Hunderte von Tagesgästen, die fahren mit dem Rad einmal rauf und runter, und abends haben sie so viel gesehen, dass sie sich gar nicht mehr an alles erinnern können. Und dann schauen sie sich zu Hause die Fotos an und staunen, wo sie überall gewesen sind.«

Viola lachte und packte ihr Stethoskop ein.

»Sprechen Sie mit Ihrer Hebamme, wenn Sie sich Sorgen machen wegen des Kindes«, wandte sie sich an die Frau, »und wenn ich Ihnen helfen kann, tue ich es natürlich auch. Ich bin allerdings keine Fachärztin. Zur Not könnte ich zwar einem Kind auf die Welt helfen, aber viel Übung habe ich darin nicht. Und eigene Kinder auch nicht.« Sie merkte, dass ihre Stimme beim letzten Satz leise und bekümmert geklungen hatte.

»Sie haben noch viele Jahre Zeit«, sagte die Frau, die das wohl gespürt hatte. »Sehen Sie, ich hatte die Hoffnung schon aufgegeben, und dann sind wir vor zwei Jahren nach Hiddensee gezogen, und nun hat es geklappt. Vielleicht ist es die klare Luft hier oder die Ruhe, ich weiß nicht. Oder das Kind wollte unbedingt auf einer Insel geboren werden.« In ihre Augen trat ein warmer Schimmer.

Ob mir die klare Luft und die Insel auch den richtigen Mann bescheren?, dachte Viola. Oder sind sie damit überfordert? Rein rechnerisch war die Suche nach einem Ehemann hier nicht sehr erfolgversprechend, bei 1200 Einwohnern. Georg Sommer hatte schon recht, auf Rügen oder in Rostock gab es sicher nicht nur mehr Kultur, sondern auch mehr geeignete Kandidaten.

»Ich muss jetzt los«, sagte sie. »Vergessen Sie das warme Bad nicht.«

»Ich werde gleich Wasser einlassen, vielen Dank!«

Viola verabschiedete sich und ging zu ihrem Auto. In der letzten Zeit wurde sie doch tatsächlich immer richtig neidisch, wenn sie eine werdende Mutter sah. War es denn so wichtig, eigene Kinder zu haben? Ja, es war ihr wichtig, egal, was manche ihrer Kolleginnen in der Klinik dazu sagten, die ganz in ihrem Beruf aufgingen. Sie wollte beides! Beruf und Familie.

Langsam rollte sie durch die Nacht. Am liebsten hätte sie die Scheinwerfer ausgemacht, um in der Dunkelheit das Meer zu sehen. Noch lieber wäre sie zu Fuß gegangen, doch das Auto konnte sie nicht stehenlassen.

Sie fuhr langsam durch Kloster, einige Häuser hatten noch Licht. Dann ging die schmale Straße ein Stück ganz nah am Strand vorbei. Viola hielt kurz an und schaltete nun doch das Licht aus. Sie konnte den hellen Sand erkennen und dahinter das dunkle Meer. Ein Strandspaziergang bei Nacht, das wäre auch einmal eine Möglichkeit fürs Abendprogramm. Aber jetzt war sie zu müde. Das Bett rief.

Als sie an ihrem Haus ankam und ausstieg, die schwere Tasche in der Hand, grüßte jemand: »Noab'nd, Dokting, mi dücht, Sei sünd'n bäten tau loat.«

Viola drehte sich um. Eine kleine, sehr alte Frau stand da direkt unter der Laterne, den Rücken gebeugt und ein Kopftuch um die Haare gebunden. Zwei schmale Augen blinzelten Viola an. Sie hatte einen Hund an der Leine, irgendetwas Struppiges mit Dackel im Blut. Sie lächelte munter, und ihre vielen Falten im Gesicht wurden tiefer. Diese Frau hatte bestimmt schon über 80 Jahre Inselgeschichte mitgemacht und konnte einem eine Menge erzählen. Auch von den vielen »Doktings«, die gekommen und gegangen waren.

»Ich war noch in Grieben«, erklärte Viola.

»Dor bün ick geburn«, bemerkte sie freundlich. Dann schnupperte sie in die Luft. »Datt Wärer kloart up. Morg'n hänn'n wi den'n hell'n Sünnschien.«

»Wie gut!« Viola blieb neben ihr stehen. »Morgen ist Samstag, und da habe ich keine Sprechstunde.«

»Wat moakt dei lütt Fred?«, fragte die Alte.

Die Neuigkeit von dem Unfall des Jungen hatte sich ganz offensichtlich herumgesprochen.

»Es geht ihm nicht schlechter, aber auch nicht besser, hat mir Doris berichtet, und es können immer noch Komplikationen auftreten«, antwortete Viola bekümmert. »Aber die Ärzte in Bergen tun bestimmt alles, was möglich ist. Die Medizin kann heute sehr viel mehr als früher.«

Die Frau sah sie von der Seite her an. »Datt letzte Wuurt hät ümmer noch dei Meister«, sagte sie dann einfach.

Zuerst verstand Viola nicht, was sie meinte, aber dann wusste sie auf einmal, was die Frau ihr nahelegen wollte. Etwas Ähnliches hatte ihr Großvater auch immer gesagt, wenn jemand schwer krank war.

Ja, dachte Viola, eigentlich sollte man das nie vergessen. Dass die Medizin viel vermochte, sehr viel, führte dazu, dass man in die Versuchung kam zu denken, man sei Herr über

Gesundheit und Krankheit, über Leben und Tod. Wenn man jemanden retten konnte, war man stolz, wenn man jemanden verlor, war es eine persönliche Niederlage, und man überlegte, was man falsch gemacht hatte.

Es wurde immer weitergeforscht, und das war auch ganz richtig so. Aber das letzte Wort ... Die Frau hatte recht, und wenn man das bedachte, schrumpfte man von einem Halbgott in Weiß wieder zu einem ganz normalen Menschen. Und das war hier viel leichter als in der Klinik.

Man war ein Mensch, der mitten in der Nacht auf der Dorfstraße einer kleinen Insel stand, im Wind, und einer alten Frau lauschte und dem Rauschen des Meeres. Hier spürte man, dass man nur ein kleines Rädchen war im großen Weltgetriebe, und begnügte sich damit, so wie auch der alte Jehann sich fast all seine Jahre begnügt hatte mit Fischen und Nach-dem-Wetter-Schauen, und trotzdem wusste er, dass er an seinem Platz wichtig war.

»Kann ich Sie heimfahren?«, fragte Viola. »Wohnen Sie immer noch in Grieben?«

»Nee, ick bün noah Vitt tau mien Lening träckt, koam's eis noah mi tau Huus, ick bün Wanda, all dei Lüüh kann'n mi.«

Trotz ihrer Müdigkeit musste Viola lachen. Jeder kannte hier jeden, das musste man ihr nicht mehr erklären.

»Ich komme gern einmal«, versicherte sie, »und gute Nacht miteinander!« Damit meinte sie auch den Hund, der sie die ganze Zeit über genau betrachtet hatte.

War das ein Tag gewesen! So völlig anders als in der Klinik. Anstrengend, das schon, aber sie hatte auch etwas bekommen: die Freundschaft mit Doris, eine Einladung von Georg, ein wohltuendes Gespräch mit einer schwangeren Frau und deren Mann, die Bekanntschaft mit der weisen Wanda und ihrem Hund, und nicht zuletzt einen sehr freundlichen und anerkennenden Blick von Florian, als er ihr bei Fred geholfen hatte. Was konnte sie sich mehr wünschen?

In dieser Nacht schlief Viola so tief und fest wie schon lange nicht mehr. Sie merkte nicht einmal, dass Pauli sich in ihr Bett schlich und an ihren Rücken kuschelte.

21

TATSÄCHLICH WURDE VIOLA AM nächsten Morgen von »dei helle Sünnschien« begrüßt.

Sie hatte keine Pläne für dieses Wochenende gemacht, sie wollte einfach abwarten, was auf sie zukam. Außerdem musste sie für ihre Patienten erreichbar sein. Mit dem Handy ging das ganz bequem. Und wenn sie zu Hause war, konnte sie das Arzttelefon auf ihre Wohnung umschalten. Im Moment war sie noch nicht überarbeitet, und die Kollegin Blum hatte gemeint, sie sei froh, dass Viola nicht jedes Wochenende ihre Unterstützung brauche. Samstags und sonntags kamen zudem bisher nur wenige Kranke, und der Rettungsdienst war ja auch noch da.

Kurz nach dem Frühstück klingelte es an der Haustür.

Du hast es so gewollt, Mädchen, sagte sie zu sich selbst und öffnete.

Eine junge Frau mit schulterlangen blonden Haaren, eilig übergeworfener Strickjacke und besorgter Miene stand im Eingang, neben ihr ein etwa vierjähriger Junge, der mit der linken Hand seinen rechten Arm fest an den Bauch presste.

Spuren von Tränen waren noch auf seinen Wangen zu sehen.

»Was ist denn mit dir passiert, Jakob?«, fragte Viola und beugte sich zu ihm hinunter.

»Ich weiß es nicht genau«, antwortete die Mutter für ihn.

Sie schien verärgert und ängstlich zugleich zu sein. »Sie haben gerauft, alle drei, und auf einmal hat Jakob geschrien und sich den Arm gehalten. Ich hoffe, es ist nichts gebrochen. Können Sie ihn sich einmal anschauen und mir sagen, ob wir in die Klinik müssen zum Röntgen?«

»Aber ja, kommen Sie herein.« Viola kannte den Kleinen bereits, er war ungeheuer schnell im Rennen, wenn er eine Impfung bekommen sollte. Jetzt machte er nicht den Eindruck, als könne er davonlaufen.

Viola öffnete das Sprechzimmer. Sie trug noch nicht ihre Arztkluft, sondern Jeans und einen dicken Pullover, die Haare hatte sie hochgesteckt. Ich sehe bestimmt aus wie ein junges Mädchen, nicht wie eine respektable Ärztin, dachte sie.

Der Junge fand das wahrscheinlich auch, denn er kam zwar zögerlich, aber ohne sich nach einer Fluchtmöglichkeit umzusehen, mit ins Zimmer.

»Wie ist das denn zugegangen, bist du auf den Arm gefallen?«, wollte Viola wissen.

»Nein, die Johanna hat mich von der Annika weggezogen!«

»So, und musste sie da kräftig ziehen?«

»Ja, ich habe die Annika festgehalten, sie hat mir mein Überraschungsei weggenommen!«

»Na, das war ja auch nicht richtig«, stimmte Viola zu. »Und die Johanna hat dich am Arm gezogen?«

»Erst an den Haaren, aber dann hat sie losgelassen und den Arm genommen.«

Eine richtige, handfeste Rauferei unter Geschwistern, dachte Viola belustigt. Der Erzählung nach konnte es eigentlich kein Knochenbruch sein. Das wäre auch viel schmerzhafter. Oder war der kleine Kerl ein Indianer, der keinen Schmerz kannte?

Wenn es das war, was sie vermutete, konnte sie mit einem Handgriff die ganze Sache in Ordnung bringen. Das war immer wieder ein Effekt, der die Eltern ins Staunen brachte.

»Ich sehe mir den Arm jetzt einmal an«, erklärte sie dem Jungen. »Lass ihn los, ich bin vorsichtig, aber ich muss ihn ein wenig bewegen, damit ich ganz genau feststellen kann, wo er weh tut.«

Jetzt verließ den kleinen Rabauken doch der Mut, und er sah sich nach seiner Mutter um.

»Nehmen Sie ihn auf den Schoß«, schlug Viola vor. Dann untersuchte sie den Arm. Die Schmerzen waren im Ellbogen lokalisiert, der Arm ließ sich nur wenig bewegen, es fühlte sich an, als würde etwas klemmen.

Viola war sich sicher, dass das Ellbogenköpfchen aus seiner Halterung herausgerutscht war. Sie wusste, wie man es wieder einrenken konnte. Kurz überlegte sie, ob eine Röntgenaufnahme nötig war, entschied sich dann aber dagegen.

Sie hätte das Kind mit seiner Mutter ins Krankenhaus schicken können, aber dort mussten sie eine lange Wartezeit in Kauf nehmen, und dann würde doch nichts anderes herauskommen als das, was sie jetzt schon vermutete. Nein, das war nicht nötig. Das Risiko, dass auch der Knochen verletzt war, war sehr gering. Jetzt würde sie erst einmal das Ellbogenköpfchen wieder an Ort und Stelle bringen, und dann konnte man weitersehen.

Mit geübtem Griff, denn genau das hatte sie schon mehrmals gemacht, drückte sie auf einen bestimmten Punkt, streckte und drehte den Arm leicht, es gab einen kleinen Knack, und schon ließ er sich wieder bewegen.

Jakob schaute verdutzt an sich hinunter. »Es tut gar nicht mehr weh«, sagte er nach einigem Zögern.

»Ja, und du darfst auch morgen wieder alles damit machen, aber nicht raufen, das ist streng verboten. Versprochen?«

»Ich hab gar nicht gerauft, es war Johanna«, verteidigte sich Jakob.

Viola wandte sich an die erleichterte Mutter. »Das kommt bei Kindern öfter vor«, sagte sie und erklärte ihr, was passiert war. »Und es kann wieder auftreten, bis sich die Bänder gefestigt haben. Sie sollten darauf achten, dass niemand Jakob ruckartig oder fest am Arm zieht. Und sollte er morgen noch Schmerzen haben, kommen Sie bitte wieder. Aber ich gehe davon aus, dass er bis dahin nichts mehr spürt.«

Jakob war im Sprechzimmer inzwischen auf Entdeckungstour gegangen.

»Kann ich eine Spritze haben? Wie Pascal?«, fragte er.

»Sicher, du warst ja schließlich sehr tapfer.« Viola holte eine Plastikspritze aus der Schublade. Er nahm sie mit der rechten Hand, als hätte er nie eine Verletzung in diesem Arm gehabt. Viola sah es mit Befriedigung. Wenn nur alles so leicht zu heilen wäre, dachte sie.

»Na, da hast du aber Glück gehabt!«, stellte seine Mutter fest. »Er ist unser Jüngster«, erklärte sie Viola, »aber so etwas habe ich bei den zwei Großen noch nicht erlebt.«

»Allzu oft kommt das auch nicht vor. In der Klinik habe ich so eine Luxation mehrmals gesehen und behandelt. Die Kinder kommen mit schmerzendem, unbeweglichem Arm an und haben Angst, und kurze Zeit später rennen sie beide Arme schwenkend wieder aus dem Sprechzimmer. Das tut einem selbst richtig gut, und die Eltern glauben fast an ein Wunder, dabei ist es nur Gewusst-wie.«

»Vielen Dank jedenfalls, Frau Doktor! Es ist nur gut, dass wir Sie hier haben. Hoffentlich machen Sie es nicht wie Ihr Vorgänger und verschwinden nach zehn Monaten wieder.«

»Nein, gewiss nicht«, Viola schüttelte den Kopf, dann bekam sie einen Schreck über ihre eigene Antwort. So gewiss war das nun auch wieder nicht. Ihr Probejahr hatte ja eben erst begonnen.

22

NACH DEM FRÜHSTÜCK, ALS Viola gerade zu einem Spaziergang nach Kloster aufbrechen wollte, klingelte das Telefon. Der Nächste bitte, dachte Viola, so ist das nun einmal hier. Allzeit bereit. Sie nahm ab und seufzte erleichtert auf. Es war ihr Vater.

Gut so! Sie war in bester Stimmung, und es gab keinen Grund, ihm etwas vorzujammern, damit er sagen konnte, ich habe es dir ja gleich gesagt. Diese Genugtuung gönnte sie ihm auf keinen Fall.

»Wie viele Patienten hast du denn inzwischen?«, überfiel er sie gleich mit der ersten Frage.

»Ich weiß es nicht. Ist das denn wichtig?« Das war typisch für ihn: Ein Arbeitsplatz, an dem man sich nicht krumm schuften musste, zählte nicht. Er selbst war als Chefarzt kaum zu Hause. Schon immer war das so gewesen. Viola und ihre Geschwister hatten ihn nicht oft gesehen. Sie wollte auf keinen Fall so werden wie er. Und doch hatte sie Medizin studiert.

Immerhin konnte sie ihm nun zeigen, dass es auch andere Wege gab, als Ärztin erfolgreich und glücklich zu sein.

»Reich wirst du dort in der Pampa sicher nicht«, meinte er unverblümt.

»Bevor ich am Hungertuch nage, komme ich zu dir betteln.«

Er lachte. Er hatte begriffen, dass er zu weit gegangen war.

»Du kannst immer noch die Stelle bei mir bekommen, wenn du auf deiner Insel nicht zufrieden bist. Was machst du denn in deiner Freizeit?«

»Bis jetzt habe ich noch nicht einmal die Hälfte der Insel erkundet. Heute will ich an den Strand und Bernstein suchen.« Das war ihr gerade eben eingefallen, vielleicht imponierte es ihm ja.

Es schien nicht so, denn er stöhnte. Er hätte wohl zu gerne mit »meine Tochter, die Oberärztin« angegeben.

»Papa, ich habe mich immerhin selbständig gemacht, und du bist nur angestellt, ist dir das eigentlich klar?«, sagte sie auftrumpfend.

»Du bist schon immer ein vorlautes Mädchen gewesen«, erwiderte er streng.

»Vielleicht kommt ihr mich im Sommer einmal besuchen, dann könnt ihr meine Praxis besichtigen. Alles noch Handarbeit, wir haben bisher noch nicht einmal einen Computer. Aber ich lerne hier viel. Intuition, Erfahrung – ich kann hier ein gutes Gespür für die Menschen und ihre Krankheiten entwickeln. Und so ganz am Rande der Welt sind wir natürlich auch nicht. Zwiebelpäckchen und Antibiotikum, so läuft das bei uns.«

»Wie bitte?«

»Bei Ohrenschmerzen. Ich habe letzte Woche Zwiebelpäckchen verordnet, und sie sind dem kleinen Jungen gut bekommen. Und bei Bedarf hätte ich auch ein Antibiotikum eingesetzt.«

»Ich bin kein Ohrenarzt, aber egal, ich hoffe nur, dass du es eines Tages nicht bereust, dich dort verkrochen zu haben.«

Viola wechselte das Thema. »Wenn ihr kommt, du und Mama, dann müsst ihr mitgehen zum Bernsteinsuchen. Man darf sich etwas wünschen, wenn man einen findet.«

»Das ist mehr etwas für deine Mutter«, wehrte er ab. »Na,

wenn du merkst, dass du dich vergaloppiert hast mit dieser Insel, dann ist hier wie gesagt immer eine Stelle für dich zu haben. Nur für alle Fälle.«

Viola wusste, dass ihr Vater von seinen Überzeugungen nur ungern abging, und es war nun einmal sein Standpunkt, dass eine Praxis auf einer kleinen, abgelegenen Insel nicht das Richtige für seine jüngste Tochter war. Er würde es nie einsehen. Diese Haltung hatte sie schon immer verunsichert. Es konnte ja auch sein, dass er recht hatte. Aber nun war sie hier, und zum Glück hatte es keine heftigen Grabenkämpfe mit ihm gegeben. Sie hatte ihm ihren Entschluss erst mitgeteilt, als alles bereits festgemacht war.

Ihr Bruder Dirk hatte stürmischere Auseinandersetzungen überstehen müssen, nachdem er sein Medizinstudium abgebrochen hatte und zur Kunst übergewechselt war. Immerhin hatte er nun einen Lehrauftrag und stellte seine Bilder aus. Die waren gar nicht mal schlecht und verkauften sich recht gut. Vielleicht sollte er hier einmal Künstlerluft schnuppern und Möwen malen.

Als sie das Telefonat beendet hatte, blickte sie auf die Uhr. Jetzt wollte sie aber los, der halbe Vormittag war schon vorbei. Sie steckte das Handy ein, stellte Kater Pauli frisches Wasser in die Küche und sah auf das Außenthermometer an der Wand. Drei Grad über null, blauer Himmel und Sonne, Westwind vom Meer her, also Schal und Mütze anziehen. Was konnte es Schöneres geben, als einfach loszugehen auf einer Insel, die sicher noch so einige Überraschungen barg?

Und manchen würde Viola heute begegnen, daran zweifelte sie nicht.

Am Strand ging sie dieses Mal nach Norden, immer am Ufer entlang, das klare, strahlend blaue Wasser links, eine schmale Dünenkette, hinter der Vitte lag, rechts.

Durch den Sand zu stapfen war ziemlich anstrengend. Sie hätte auch den Weg auf dem Dünenkamm nehmen können, aber sie wollte möglichst nah an den Wellen sein. Morgen würde sie bestimmt Muskelkater haben.

In der Ferne konnte man schon die Häuser von Kloster erkennen, dem Ort unterhalb des Hochlandes. Die Bäume, die jedes einzelne Haus umgaben, waren noch kahl. Hinter Kloster sah Viola Kiefernwald, und von ganz weit hinten grüßte der Leuchtturm.

Heute waren schon mehr Menschen unterwegs; Gäste, die außerhalb der Hochsaison kamen. Ein Maler hatte eine Staffelei aufgestellt. Ob er wohl dieses einzigartige Licht mit seinen sanften Farben einfangen konnte, das über Hiddensee lag?

Ein Steinwall direkt am Wasser lud zum Balancieren ein. Wahrscheinlich sollte er die Wellen bändigen, die hier die Insel zu gern angeknabbert hätten.

Auf der Höhe von Kloster sah Viola immer wieder Wegweiser: zum Heimatmuseum, zur Lietzenburg, zum Gerhart-Hauptmann-Haus.

Ihr könnt warten, dachte Viola. Innenbesichtigungen kann man auch bei schlechtem Wetter machen, ihr lauft mir nicht davon.

23

UND DANN BEGANN DIREKT hinter Kloster die Steilküste!

Ein schroffer Abfall, bis zu 70 Meter hoch, erhob sich vor Viola. An manchen Stellen waren riesige Gesteinsmassen auf den Strand herabgestürzt und hatten Buschwerk und Bäume mitgerissen. Wie eine Wunde sahen diese Lücken aus, eine gelbe sandige Wunde. Viola stand mit Staunen davor.

Dichtes Gestrüpp bedeckte die Flanken des Abbruchs, wo er nicht so steil war. Nirgends konnte man hier hochklettern, also ging sie neugierig am Strand weiter. Er wurde immer schmaler und war mit Geröll und Zweigen übersät.

Immer wieder blieb Viola stehen, um nach Muscheln zu suchen oder Bernstein oder sonstigen Kostbarkeiten, aber mit der Zeit wurde das Weitergehen ziemlich mühsam. Gerade als sie umdrehen wollte, weil ihr die Gegend nun doch zu wild wurde, kam eine Holztreppe in Sicht, die an einer Stelle, wo die Steilküste nicht so hoch war, nach oben führte. »Zum Klausner« ging es da, was immer das auch war, und zum Leuchtturm.

Das klang nach einer zivilisierteren Gegend, also hinauf! Vielleicht kam man von da aus auch schneller wieder nach Hause zurück, denn allzu lange wollte sie die Praxis nicht allein lassen. Immerhin, das Handy hatte bis jetzt geschwiegen.

Wald wuchs rechts und links, Kiefernwald mit dichtem Gebüsch, umgestürzte Bäume lagen herum, eine richtig schöne

Wildnis. Hier kam sicher keiner auf die Idee, vom Weg abzugehen.

Der »Klausner« entpuppte sich als Restaurant und Pension mit mehreren kleinen, gemütlichen Holzhäusern zwischen den Kiefern. Sie waren alle noch geschlossen. Von hier aus hatte man einen atemberaubenden Ausblick aufs Meer. Am Horizont war ein Hauch von Land, Viola tippte auf die Halbinsel Darß. Oder Zingst?

Inzwischen hatte sich auch Violas Magen bemerkbar gemacht. Jetzt eine Fischsuppe essen! War überhaupt geöffnet?

Ja, es war. Hier ließ es sich leben!

Aber dann gab es keine Suppe, sondern Schmoraal, und das war fast noch besser als Fischsuppe. Georg musste sich schon sehr anstrengen am Abend, wenn er damit konkurrieren wollte. Und natürlich war sie auch hier als die neue Ärztin erkannt und begrüßt worden, das gehörte nun zu ihrem Leben dazu.

Nach dieser Pause rief der Leuchtturm. Er stand ganz oben auf dem höchsten Punkt des Dornbuschs. Das Telefon schwieg beruhigend, die Inselbewohner hatten an diesem Samstagvormittag wohl anderes zu tun, als krank zu werden.

Noch einmal ging es bergauf, über Wiesen mit kurzem, noch wintergelbem Gras. Von mehreren Seiten führten mit Holzgeländern eingezäunte Wanderwege zum Turm auf seinem kleinen Hügel. Weiß ragte er auf in den blauen Himmel, das markante Dach rot, der Fuß von dichtem Gebüsch umgeben; im Sommer sah das bestimmt aus wie ein grünes Nest, wenn man von oben herabschaute. An der Tür befand sich ein Schild: für Kinder erst ab sechs Jahren gestattet. Nun, sie war über sechs, allerdings nicht schwindelfrei. Sollte sie?

Die Tür stand offen, und auf der Plattform über sich sah Viola zwei Besucher.

Sie nahm allen Mut zusammen, trat ein und bezahlte. 20 Meter Höhe waren zu überstehen, zur Not musste sie die Treppe eben sitzend wieder hinunterrutschen.

Sie zwang sich, gleichmäßig und tief zu atmen. 102 Stufen waren es, hatte sie gelesen, aber sie zählte nicht mit. Schließlich kam sie außer Puste auf der Plattform an.

Das Paar, das schon oben war, nickte ihr freundlich zu. Inselgäste? Es sah so aus, vielleicht wohnten sie im »Klausner«. Jedenfalls kannten sie Viola nicht, und wenn sie tatsächlich auf allen vieren nach unten kriechen musste, würde niemand die Geschichte der vor Angst schlotternden Inselärztin verbreiten.

Aber nach den ersten vorsichtigen Schritten Richtung Plattform war Viola so von der Aussicht fasziniert, dass sie alle Furcht vergaß. Da lag sie vor ihr, die Insel in der Form eines Seepferdchens! Sie stand ungefähr an dem Punkt, wo es sein Auge hatte. Südöstlich sah sie den Alten und Neuen Bessin, zwei Neulandbildungen. Sie waren der lange Schnabel des Seepferdchens, der Kopf war der Dornbusch, auf dem sie sich befand. Am schmalen Hals lagen Kloster und Vitte, und dann verbreiterte sich die Insel zum wohlgefüllten Bauch mit ausgedehnter Heidelandschaft und Waldstrichen. Am Beginn des langen Schwanzes ganz weit hinten konnte man gerade noch die weißen Fischerhäuser von Neuendorf und Plogshagen ausmachen, und danach den flachen Gellen, wo Florian residierte und seine Vögel zählte, wenn er nicht gerade bei Ottilie Musik machte oder beim Bäcker Rosinenbrötchen holte.

Am Fuß der hügeligen Wiesen lag Grieben mit seinen Spielzeughäuschen, Rügen war ganz nah, und in weiter Ferne lag Stralsund mit seinen hohen Türmen.

Und man konnte Meer sehen, so viel man wollte! Am nördlichen Horizont meinte Viola sogar die Erdkrümmung zu erkennen.

Der Wind war hier oben ziemlich stark, und bald stieg sie wieder nach unten, aufrecht und ohne Furcht.

Wem konnte sie heute Abend von ihrem heldenhaften Mut berichten? Georg natürlich! Ja, in Georg würde sie bestimmt einen aufmerksamen Zuhörer finden. Und vielleicht konnte er ihr auch noch einiges über die Geschichte der Insel erzählen. Wie war er überhaupt nach Rügen gekommen? Stammte er von dort? Und warum war er nicht verheiratet? Schließlich war er ein attraktiver, sympathischer Mann mit Bildung und in den besten Jahren.

Vor zwei Tagen hatte Viola ganz beiläufig Lisa gefragt: Eine Frau Sommer gab es nicht, aber Näheres wusste auch sie nicht. Wenn es eine Freundin gab, dann in Rügen, hatte sie gesagt, hier habe man ihn jedenfalls noch mit keiner gesehen. »Und die Geschichte von der unglücklichen Liebe habe ich von einer Bekannten aus Bergen«, vertraute sie Viola an, »aber das ist schon zwei Jahre her. Zu der Zeit kam er auf die Insel und hat das Haus seiner Tante übernommen. Und niemals war eine Frau dabei, wenn es um das Umbauen oder Einrichten ging.«

Nun, heute Abend würde sie ihn bestimmt ein wenig näher kennenlernen, und der Gedanke daran ließ Viola mit Schwung auf dem Weg zum Wald hinunter ausschreiten.

Irgendwoher hörte sie eine Glocke schlagen. Lieber Himmel, wie viel Uhr war es? Sie musste zusehen, dass sie auf dem kürzesten Weg nach Hause kam.

Diesmal ging Viola direkt oben auf dem Dornbusch zurück, durch eine Wildnis mit dunklen Kiefern, die alle aussahen wie nach Osten gebürstet vom stetigen Wind. Überall wuchs dichtes Gebüsch, das sie jetzt aber noch nicht eindeutig identifizieren konnte. Weidenkätzchen, das war klar, Haselnuss mit den braunen Würstchen, Weißdorn vielleicht, Mehlbeere, Vogelkirsche, Heckenrose? Egal, im Sommer würde sie es erkennen.

Viola wanderte wie durch einen Urwald. Ab und zu kam eine Lücke mit Ausblick übers Meer, blau mit einigen winzigen Segelschiffen, zauberhaft! Am liebsten wäre sie stundenlang dort stehen geblieben.

Und schließlich ging es wieder bergab nach Kloster.

Den Ort selbst wollte sie ein anderes Mal erkunden. Jetzt ging sie zügigen Schrittes hindurch, allerdings nicht ohne immer wieder »Guten Tag, Frau Doktor« zu hören. Sie grüßte freundlich zurück, ließ sich aber nicht aufhalten.

Und dann waren da wieder die Süderende und ihr Haus mit der Praxis.

Zwei Anrufe blinkten auf dem Telefon, sie rief zurück und teilte mit, sie wäre in einer halben Stunde im Sprechzimmer.

Erhitzt, müde und glücklich stellte sie sich unter die Dusche.

Dann versorgte sie die zwei Patienten: eine ältere Frau mit Blasenentzündung und einen beleibten freundlichen Mann, der sich Sorgen um seinen Blutdruck machte.

Später klingelte noch ein junges Mädchen. Sie brauchte dringend ein neues Rezept für die Pille, hatte es total vergessen.

Dann musste Viola nur noch ein Problem lösen: Was ziehe ich heute Abend an?

24

GEORGS KLEINES HAUS, DAS er allein bewohnte, war in zehn Minuten von der Praxis aus zu erreichen. Es lag im Norden von Vitte, ein schmuckes weißgetünchtes Inselhaus. Lisa hatte erzählt, dass es nach dem Tod von Georgs Tante ziemlich heruntergekommen war, aber das sah man jetzt nicht mehr.

An der Wand neben der Haustür fiel ihr eines der Zeichen auf, die sie schon öfter an Haustüren und Gartenpfosten bemerkt hatte: eingeritzte Pfeile mit kleinen Querbalken, sternförmige Figuren, spitze Haken mit Schrägstrichen, fast wie Runen sahen sie aus. Georg würde ihr das sicher erklären können.

Kaum hatte sie geklingelt, da öffnete er schon mit Schwung die Tür und strahlte sie an.

»Wie schön, dass Sie so pünktlich sind«, sagte er und nahm ihr den Mantel ab. »Sie sehen fabelhaft aus. Kommen Sie herein.«

Also war es richtig gewesen, ein Kleid auszusuchen, dachte Viola. Es war aus einem weich fließenden Jerseystoff gewebt, in gedecktem Gelb, wie der Sand in den Dünen, mit einem meerblauen Gürtel und weitem Rock. Ihre kastanienbraunen Haare hatte sie mit einem Haarwaschmittel ganz leicht rotgolden getönt. Sonnenuntergang am Meer hatte sie diese Farbkombination vor dem Spiegel übermütig genannt, und als Pauli sie mit großen Augen angestarrt hatte, hatte sie ihm beruhigend erklärt: »Keine Angst, ich bin im Dienst und völlig nüchtern, sonst hätte ich mich vielleicht für die rosa Bluse und die hellgrüne Hose entschieden, passend zum Lachs an Fenchelgemüse.« Pauli war daraufhin aufs Fensterbrett gesprungen und hatte sich gähnend gestreckt.

Auch Georg hatte sich feingemacht, mit hellblauem Hemd und Fliege. Im Moment trug er noch eine weiße Küchenschürze über der dunklen Hose.

Er geleitete Viola direkt ins Wohnzimmer, bat sie, in einem der beiden bequemen Sessel Platz zu nehmen, und schenkte ihr ein Glas Weißwein ein.

»Ich muss noch einmal kurz in die Küche«, teilte er ihr mit. »Sie können sich inzwischen in aller Ruhe ein wenig umsehen.«

Ja, das war gut, neugierig genug war sie. Das Zimmer war groß und nahm fast das gesamte Erdgeschoss ein. Zwei schöne alte Schränke standen an den Wänden, ein Regal, überbordend mit Büchern, wie es sich für einen Mann der Literatur gehörte. Das Sofa und die zwei Sessel leuchteten unter der Stehlampe in einem warmen Dunkelgrün. In der südlichen Wand befand sich ein Erker, dessen Fenster von langen grünweißen Vorhängen verdeckt wurden. Viola stand auf und schob sie beiseite. Dahinter befanden sich große Fenster mit grünen Rahmen, die von schmalen weißen Holzstegen in kleinere Scheiben unterteilt wurden. Waren Grün und Weiß seine Lieblingsfarben?

Halb im Erker stand der runde Esstisch. Er war sorgfältig für zwei Personen gedeckt, inklusive Kerzen und einem kleinen Rosenstrauß, wie Viola gerührt bemerkte. Den hatte Georg bestimmt aus Bergen mitgebracht.

Und als er jetzt feierlich hereinschritt und eine silberne Platte auf den Tisch setzte, lächelte sie ihn an.

»So viel Vorbereitung für eine Inselärztin, die meist von Fertiggerichten lebt! Ich bin sehr beeindruckt.«

»Das sind Sie wert«, erwiderte er. Er schenkte sich ebenfalls ein halbes Glas Weißwein ein und hob es hoch. »Und ich meine, wir könnten vom steifen Sie auf das einfachere Du übergehen, das macht alles gemütlicher. Oder sind Sie anderer Meinung?«

Viola war etwas überrascht, dass Georg so schnell mit diesem Vorschlag kam, aber das Du passte auf die Insel und zu diesem Abend wirklich besser.

»Aber nein, ich habe nichts dagegen, und wenn wir schon beim Du sind, können Sie mir – kannst du mir«, verbesserte sie sich rasch, »auch gleich noch das Geheimnis der wunderbar duftenden Füllung in diesem Fisch verraten.«

»Weißbrot, Estragon, Gouda, Mandeln, Senf und Crème fraîche«, erklärte er. »Man muss sie mit Andacht genießen, die Forelle.«

Und genau das taten sie dann auch. Es schmeckte himmlisch.

»Wie kommt denn ein Fachbuchhändler nach Bergen auf Rügen?«, fragte Viola, nachdem sie den Fisch gebührend gelobt hatte. »Kann man auf dieser Insel davon leben?«

»Ich habe die Buchhandlung vor acht Jahren übernommen und auf Versandhandel spezialisiert, das läuft sehr gut. Als mir ein Bekannter erzählt hat, dass der Besitzer in den Ruhestand geht, habe ich sofort zugeschlagen. Eigentlich komme ich aus Greifswald. Ich bin dort aufgewachsen und habe nach einer Buchhandelslehre noch Germanistik studiert. Bücher waren schon immer meine Leidenschaft.«

»Und kochen.«

Er lachte ihr zu. »Und kochen. Wenn ich meine Mutter besuche, die jetzt in Kiel bei meiner jüngeren Schwester lebt, verbanne ich sie immer aus der Küche, aber was ich ihr dann vorsetze, findet schließlich doch ihren Beifall. Auch wenn es für ihre Begriffe manchmal etwas exotisch ist.«

»Und nun fährst du mit Schiff und Auto zur Arbeit.«

»Ja, aber nicht täglich, das wäre zu lästig. Ich bleibe unter der Woche meist in Bergen, in einer kleinen Mietwohnung über dem Laden. Am Wochenende bin ich hier. Solange das Haus ausgebaut und renoviert wurde, kam ich auch häufiger. Das Haus ist übrigens 1923 errichtet worden, es hat zuerst einem Bauern von der Insel gehört, dann einem Herrn aus Berlin, der immer nur im Sommer da war. Und dann haben es mein Onkel und meine Tante gekauft, als Ruhestandsdomizil. Meine Tante hat bis zuletzt darin gewohnt, auch als ihr Mann schon gestorben war. Sie sind beide hier auf dem Friedhof begraben.«

Viola hätte gern gewusst, ob Georg schon einmal verheiratet war, traute sich aber nicht zu fragen. Im Wohnzimmer gab es keine Fotos von einer Frau. Vielleicht war er geschieden? Und diese ominöse unglückliche Liebesgeschichte, von der Lisa erzählt hatte, wie konnte sie darüber etwas erfahren?

Als sie aufblickte, waren Georgs blaue Augen auf sie gerichtet. Hatte er ihre Gedanken erraten?

Hoffentlich nicht.

»Und du, wie kommst du hierher?«, erkundigte sich Georg.

»Das stand alles in meinem Lebenslauf, der im Rathaus hing, den hast du doch gelesen.«

»Das schon, aber ich frage mich, wieso du dich ausgerechnet für Hiddensee entschieden hast.«

Viola überlegte. Sollte sie ihm von Jochen erzählen? Und von ihrem Großvater? Vielleicht würde er dann auch mit seiner Geschichte herausrücken.

»Ich wollte weit weg von einem Mann«, sagte sie und schnitt sorgfältig ihr Fenchelgemüse in kleine Stücke.

»Das macht man, wenn man verletzt wurde«, bemerkte Georg. »Seitensprünge?«

Viola runzelte die Stirn und überlegte. »Es waren nicht die Affären an sich«, meinte sie dann, »sondern die Lügen, die Ausflüchte, das Hintergehen. Wie kann ich mich für einen Mann entscheiden, den ich nicht kenne? Von dem ich nichts weiß? Wenn ich Klarheit habe, kann ich sagen, ja, ich bleibe trotzdem mit dir zusammen, oder nein, ich gehe. Ich fühlte mich betrogen, im wahrsten Sinne des Wortes, weil er mir etwas vorgemacht hat.« Sie schüttelte den Kopf. »Es ist so, als würde man ein neues Auto kaufen, und dann stellt sich heraus, dass es nur überlackiert ist und unter der Farbe rostet.« Jetzt konnte sie schon wieder lachen.

»Das ist ein interessanter Vergleich«, sagte Georg bedächtig. »So habe ich es noch nie gesehen.«

»Nun ja, wenn ein Auto Rostflecken hat, sollte man es ihm auch ansehen. Es kann trotzdem ein gutes Auto sein für denjenigen, den es nicht stört.«

Georg sah sie warm an. »Ich bin ihm fast dankbar, dem überlackierten Herrn, immerhin bist du so hierhergekommen.«

»Ja, und meine ganze Lebensplanung lag in Trümmern. Das war bitter.«

»Du warst noch nie verheiratet?«

»Nein.«

»Ich auch nicht.«

»Willkommen im Klub«, antwortete Viola und lächelte ihn an.

Erst beim Nachtisch, einer Schoko-Bananen-Creme mit Sahnehäubchen, rückte Georg wie nebenbei damit heraus, dass seine letzte Beziehung in die Brüche gegangen war, weil die Kollegin, mit der er in Bergen liiert gewesen war, »letztlich zu schwierig« gewesen sei. »Irgendwann hat sie angefangen, ständig alles in Frage zu stellen, was von mir kam. So etwas geht auf die Dauer nicht gut. Aber das ist inzwischen schon zwei Jahre her«, fügte er hinzu. »Ich hoffe, mit ihrem Neuen ist sie jetzt zufrieden.«

»Ihr habt nicht zusammengewohnt?«

»Nein, ich hatte noch nie eine gemeinsame Wohnung mit einer Frau«, erklärte er ernst. »Es hat sich einfach nicht ergeben.«

Dann erzählte er Viola noch, dass sein Vater früh verunglückt sei. Er war gerade zehn Jahre alt geworden, und die Mutter musste die beiden Kinder allein großziehen. »Meine Schwester ist sechs Jahre jünger als ich. Ich habe zuerst die Lehre im Buchhandel gemacht und eisern gespart, um noch studieren zu können. Es ist nicht immer einfach gewesen, aber nach der Wende ging es auf einmal aufwärts, und seit ich diese Buchhandlung besitze, läuft alles bedeutend besser«, erklärte er stolz. »Jetzt kann ich mir einiges leisten.«

Und genau das musste Viola nun bestaunen und tat es gerne. Den großen Flachbildfernseher, eingebaut in einen alten Schrank, die Rollläden, die sich automatisch öffneten und schlossen, wenn Georg seine Tage in Bergen verbrachte, die raffinierte Beleuchtung, die man je nach Bedarf variieren konnte. Eine gemütliche, geschmackvoll eingerichtete Wohnung, der man diese modernen Gepflogenheiten nicht ansah.

Schließlich zeigte er Viola die Küche und räumte nebenher auf.

Viola war sprachlos. Hier herrschte sichtbar Hightech. In der Mitte stand eine Kochinsel, drum herum hellblaue Schränke mit weißer Umrandung und allen Geräten, die man sich denken konnte. Induktionsherd, Backofen und Mikrowelle hatten weder Knopf noch Schalter, sondern waren mit Touchscreen zu steuern. Und der Kühlschrank wusste angeblich sogar, wann die Milch zur Neige ging.

Während Viola sich umsah, räumte Georg die Spülmaschine ein. Er machte das genauso fürsorglich und ordentlich wie alles, was er tat. Sicher fand er auch immer alle Dinge wieder und verlegte nichts. Und mit großer Wahrscheinlichkeit hatte er auch keine unordentlichen Frauengeschichten. Dazu war er viel zu ehrlich.

Nebenher erklärte er Viola, dass man am Strand nicht nur Bernstein finden konnte, sondern auch Hühnergötter: Steine mit einem durch Auswaschung entstandenen Loch. Außerdem gab es Donnerkeile, Versteinerungen uralter Tiere in Keilform, nur wenige Zentimeter groß.

»Wir könnten einmal zusammen ins Heimatmuseum in Kloster gehen«, schlug er vor. »Da ist auch eine Kopie des Wikingerschatzes ausgestellt, der hier vor über hundert Jahren nach einem Sturm angeschwemmt wurde. Du wirst staunen, Viola.«

Ja, das würde sie gerne mit ihm machen. Und noch einiges mehr.

Als sie aus der Haustür traten, fiel Viola wieder das Zeichen an der Wand daneben auf.

»Was ist das?«, fragte sie. »Wirkt das gegen böse Geister?«

»Nein«, Georg lachte, »das ist eine alte Hausmarke. Früher haben die Bewohner hier alles, was ihnen gehörte, mit solchen Zeichen markiert, das Haus, die Gerätschaften, die Tiere, die Kähne. Die nächste Generation hat diese Marke übernommen und einen Strich dazugesetzt, und so wurden sie immer komplizierter. Ich kann dir mal auf dem Friedhof die alten Grabsteine zeigen; auf denen sind auch solche Marken eingeritzt. Keine Name, kein Datum, nur die Marke. Und jeder wusste, wer darunterliegt.«

»Und deine Marke stammt noch vom ehemaligen Bauern?«

»Genau, aber sie ist nie verändert worden, er hatte keine Kinder.«

»Was es auf dieser Insel alles gibt«, staunte Viola. »So klein und so viel Interessantes.«

»Ja, aber auf Rügen könnte ich dir noch viel mehr zeigen.«

»Nicht mehr heute Abend. Ich bin müde, satt, zufrieden und glücklich, und dazu hast du einen großen Teil beigetragen. Danke, Georg! Jetzt möchte ich nur noch in mein Bett und weiterträumen.«

»Das sollst du auch. Und ich sorge dafür, dass du gut nach Hause kommst.« Georg zog ihren Arm in seinen. Es war windstill und so ruhig, dass man nur ihre Schritte hörte. Hinter den Häusern lag das Meer und schlief, nur der Leuchtturm wachte mit seinem Strahl über Insel und See, Mensch und Tier und beschützte sie vor Klippen und Untiefen. Viola fühlte sich so zuversichtlich und sicher wie schon lange nicht mehr.

Als sie an ihrer Haustür angelangt waren, sah Georg sie mit ernster Miene an. Er legte seinen Arm um ihre Schultern und zog sie kurz an sich. »Ich wünsche dir eine ruhige Nacht ohne Notfall, Viola«, sagte er. »Und wenn du auch ein wenig von mir träumen würdest, hätte ich nichts dagegen.« Dann ließ er sie los und wartete, bis sie die Haustür aufgeschlossen hatte.

»Gute Nacht, Georg«, erwiderte sie lächelnd und schloss die Tür mit sanftem Druck.

Als Viola in ihre Wohnung kam, blinkte der Anrufbeantworter. Hoffentlich kein Patient mehr!, bat sie und drückte auf den Knopf.

»Ich wollte dir nur mitteilen, dass der kleine Fred aus dem Koma aufgewacht ist. Die Ärzte sagen, er sei über den Berg«, erklang die Stimme von Doris.

Viola warf sich aufs Sofa, Tränen schossen ihr in die Augen. Konnte man vor Erleichterung weinen, wenn man sehr müde war und glücklich und sehr viel erlebt hatte an einem einzigen Tag?

»Das macht der Wein«, sagte sie zu Pauli, der neben ihr schnurrte. »Das macht nur der Wein.«

25

ANFANG APRIL KAMEN DIE Ostergäste auf die Insel und mit ihnen ein tagelanges Sturmtief mit heftigen Regengüssen. Die armen Urlauber saßen in ihren Pensionen und Hotels fest und Viola in ihrer Wohnung.

Zum ersten Mal, seit sie hier war, versank sie in Trübsinn. Ernste Zweifel kamen auf, in ihrem Gemüt herrschte Land unter.

In den ersten Wochen war alles noch so neu und sie viel zu beschäftigt gewesen, um Katzenjammer zu bekommen. Georg bemühte sich liebevoll um sie und kochte ihr jeden Samstag seine Spezialmenüs, und am Freitagabend ging sie zu Ottilie. Allerdings war Florian zurzeit verschwunden, seine Vögel brauchten ihn jetzt dringender als Ottilies Gäste. Auch hatte bisher jedes Mal ein Spaziergang zum Meer gereicht, um Ärger oder Traurigkeit im Wind und dem Rauschen der Wellen loszuwerden.

Nun saß sie in ihrem Wohnzimmer und starrte auf die Kartonregale an der Wand. Was konnte man tun, wenn so stürmisches Wetter war, dass man draußen nicht mal gerade gehen konnte?

Sie konnte Papierkram erledigen, in ihren medizinischen Büchern etwas nachschlagen, sich vor den Fernseher setzen, ein Buch lesen und dabei in eine andere Welt eintauchen. Sie konnte mit Pauli spielen, Georg anrufen und sich von ihm ins

Gerhart-Hauptmann-Haus führen lassen, oder sie konnte an Florian denken, der fünfzehn Arten von Möwen kannte, wie Ottilie behauptet hatte, und der jetzt da draußen einsam in seinem Häuschen saß und vielleicht auch Trübsal blies. Vielleicht. Aber all das war wenig Hilfe.

Die Inselbewohner nahmen das Wetter zum Anlass, ihre neue Ärztin aufzusuchen, und so waren die Sprechstunden voll und Viola schon in den Mittagspausen hundemüde.

Sie dachte daran, dass Hiddensee der Ort in Deutschland war, der mit den meisten Sonnenstunden aufwarten konnte. Demnach befand sie sich auf der Sonnenseite des Lebens. Aber im Moment merkte sie nichts davon. Der Gedanke an ein Leben in Hamburg kam ihr auf einmal doch ganz verlockend vor; dort hätte sie jetzt mit einem Schirm in der Hand einen Bummel im Einkaufszentrum machen und sich vielleicht etwas sündhaft Teures, aber auch sündhaft Schönes kaufen können als Trost.

Irgendwann in diesen Tagen hielt sie es einfach nicht mehr aus. Im Inselmarkt erstand sie einen »Friesennerz«, die berühmte gelbe, wasserdichte Regenjacke mit Kapuze, und ein Paar Gummistiefel dazu, und dann machte sie sich auf an den Strand.

Der Wind blies sie fast um, die Regentropfen peitschten ihr schmerzhaft ins Gesicht, aber so konnte man wenigstens mit etwas kämpfen und dabei Frust und schlechte Laune loswerden.

Das Meer war zornig, hohe Wellen überspülten die Buhnen und klatschten an den Strand, weiße Gischt schäumte auf. Wie in der Geschichte vom Fischer und seiner Frau.

»Mantje, Mantje, Timpe Te, Buttje, Buttje in der See, mine fru, de Ilsebill, will nich so, as ik wol will«, rief Viola in den Sturm hinein. »Die Ilsebill, das bin ich, und ich bin selbst gekommen, und ich will Frühling und einen Bernstein, der mir einen Wunsch erfüllt! Und ich will nicht auf einer einsamen Insel herumhängen ohne einen wunderbaren Mann und wunderbare Kinder!«

Sie sah sich um. Ein Glück, weit und breit war niemand zu sehen.

Hoffentlich hatte der Butt sie verstanden. Wenn sie jetzt nach Hause kam, würde da ihr Traummann im Wohnzimmer sitzen und ihr mit ausgebreiteten Armen entgegengehen. Er würde ihr ins Ohr flüstern, dass er sie liebe, nur sie allein und für immer und ewig, und draußen würden wie auf Kommando die Wolken aufreißen, ein warmer Frühlingswind durch die Luft säuseln und die Blumen anfangen zu blühen.

Viola kämpfte sich ein Stück am Strand entlang, kehrte aber bald wieder um. Zum Glück hatte sie auf dem Heimweg den Sturm im Rücken. Er blies sie wieder nach Hause.

Der Butt hatte nicht richtig zugehört, denn als Viola ihre Wohnung betrat, war alles noch so, wie sie es verlassen hatte. Sie seufzte. Immerhin musste sie nicht in einem »Pissputt« leben, sondern hatte es warm und trocken, auch wenn ihr Wohnzimmer nur spärlich möbliert war mit den Kartonregalen. Sie setzte sich in der Küche auf einen Stuhl und zog die nassen Sachen aus.

Der Gang zum Meer hatte gutgetan. Und es gab auch Erfreuliches, das durfte sie nicht vergessen. Der kleine Fred mit dem Fahrradunfall war auf dem Weg der Besserung. Er würde wieder ganz gesund werden, hatten die Ärzte im Krankenhaus gesagt. Und Britta mit der Blinddarmentzündung war ihr vor zwei Tagen begegnet und hatte sie angestrahlt.

»Ich bin schon lange wieder zu Hause«, hatte sie ihr entgegengerufen. »Ich darf nur noch nicht turnen, aber in die Schule muss ich schon wieder.«

»Das ist ja wunderbar! Und wie war es im Krankenhaus?«

»Ach, ganz nett. Die Schwestern haben sich um mich gekümmert, und ein anderes Mädchen, auch mit Blinddarm, lag mit im Zimmer. Wir hatten viel Spaß miteinander.«

»Kein Kummer mehr wegen der ausgefallenen Disco?«

»Die ist verschoben worden, extra wegen mir, und wissen Sie was, Frau Doktor? Hubschrauberfliegen ist überhaupt nicht gefährlich, Sie brauchen wirklich keine Angst zu haben!«

Na, wenn Britta das sagte, würde es wohl stimmen.

Viola kuschelte sich auf ihrem Sofa ein und seufzte. Nächstes Wochenende würde sie da sein müssen, Monika Blum hatte frei. Es sah so aus, als würde viel Arbeit auf sie zukommen. Die Osterurlauber überschwemmten bereits die Insel, und aus Ärger über das Wetter würden sie bestimmt alle krank werden.

Vor allem wegen dieser Ostergäste hatte sie zum ersten Mal eine Samstagabend-Einladung von Georg abgelehnt. Ein Essen, das dauernd durch das Telefon unterbrochen wurde, wäre nicht gerade erholsam gewesen.

Aber vergangenen Sonntag hatten sie zusammen das Heimatmuseum in Kloster besucht. Viola musste lächeln, als sie daran dachte. Inselgeschichte war angesagt gewesen, und Georg konnte sehr anschaulich und interessant von Hiddensee erzählen.

In Kloster hatte natürlich einmal ein Kloster gestanden, dem die ganze Insel gehört hatte, samt den armen Fischern in ihren Torfkaten.

»Danach war sie immer wieder mit Mann und Maus an diesen oder jenen Herzog oder reichen Kaufmann veräußert worden, so dass die Bewohner immer unfrei und arm blieben«, erklärte Georg. Stimmt, das hatte der Bürgermeister bei dem Empfang auch schon gesagt. Himmel, wie lang war das schon her!

»Dazu wurden sie häufig von Freibeutern ausgeraubt«, fuhr Georg fort, »und dann kam Wallenstein und fackelte den ganzen Wald auf dem Dornbusch ab. Nur ein einziger Busch blieb noch lange Jahre stehen, daher der Name.«

Als sie alte Fotos betrachteten, meinte Viola staunend: »Kaum zu glauben, was sich in den letzten hundert Jahren hier verändert hat! Lauter saubere, frisch gestrichene Häuser, neue Dämme, drei Häfen, Fähren, ein dichter Wald und jede Menge Sommergäste.«

»Ja, aber dafür gibt es auch fast keine Fischer mehr. Leider. Die hat die Not in den schweren Zeiten damals fest zusammengeschweißt. Die Alten kennen das noch, da war einer für den anderen da gewesen. Nicht wie heute, wo jeder möglichst seine eigenen Schäfchen ins Trockene bringen will. Man könnte es fast bedauern, dass diese Zeiten vorbei sind.«

»Nun, ich glaube nicht, dass jemand hier wieder so ärmlich wie vor hundert Jahren leben möchte, auch wenn es jetzt öfter mal Meinungsverschiedenheiten mit dem Nachbarn gibt«, erwiderte Viola. »Und ich persönlich bin froh über Zentralheizung, Strom und fließend warmes Wasser, zumindest im Winter. Auf offenem Torffeuer könntest du auch keine Lachsforelle zusammenbrutzeln, Georg, da würde dir der Induktionsherd doch sehr fehlen!«

»Ja, natürlich. Ich meine ja auch nur die gegenseitige Hilfsbereitschaft, die vermisse ich oft. Ich weiß, wie wichtig das ist. Als ich studierte und meine Mutter und einige Bekannte mich dabei unterstützten, obwohl sie selbst nicht viel hatten, habe ich dies sehr zu schätzen gelernt. Mein Vater hat damals ja schon lange nicht mehr gelebt.«

Viola betrachtete die Bilder dieser alten Häuschen, in denen Menschen, Kühe und Schweine zusammen unter einem dürftigen Schilfdach gewohnt hatten. Ohne Kamin, weshalb sie immer nach Rauch gerochen hatten.

»Du hast es wirklich nicht leicht gehabt, Georg. Umso mehr kannst du stolz sein auf das, was du erreicht hast.«

»Ja, das bin ich auch, Viola«, antwortete Georg warm und zog sie an sich.

Später stand Viola bewundernd vor dem tausend Jahre alten Goldschmuck der Wikinger, der im 19. Jahrhundert bei einer Sturmflut angeschwemmt worden war.

»Goldschmuck und Torfkaten ... Es gab hier wohl schon immer völlig verschiedene Welten«, meinte sie kopfschüttelnd. »Aber wunderschön ist er, dieser Schmuck. Unglaublich, was die alten Wikinger damals schon konnten.«

Auf dem Heimweg lud Georg Viola dann wieder zum Abendessen am kommenden Samstag ein. Mediterranes Kartoffelgulasch hatte er im Angebot.

Viola seufzte. »Georg, meine Schonzeit ist vorbei. Einen schönen Abend mit dir möchte ich in Ruhe genießen, nicht mit Unterbrechungen durchs Telefon. Die Gäste sind da, die Inselbewohner werden zutraulicher ... Können wir das aufs übernächste Wochenende verschieben, wenn Monika Blum mich vertritt? Dann kann ich mich auch noch eine Woche länger darauf freuen.«

Georg blickte sie aufmerksam an. »Das gefällt mir an dir so gut, Frau Doktor, dass du selbst an unangenehmen Dingen immer etwas Positives entdeckst. Natürlich, das mediterrane Kartoffelgulasch bleibt auf dem Speiseplan, versprochen.«

26

AM FREITAGNACHMITTAG KLARTE DER Himmel plötzlich auf. Die Sonne kam hervor, das Meer beruhigte sich, und die Wetterfrösche sagten ein erstes warmes, sonniges Wochenende voraus.

Viola hätte am liebsten den Butt aus dem Meer gezogen und ihm tüchtig die Meinung gesagt. Musste er die ersten Frühlingstage ausgerechnet dann schicken, wenn sie zu arbeiten hatte?

Am Samstagvormittag war das Wartezimmer tatsächlich voll, trotz des schönen Wetters. Warum fuhren die Menschen in den Urlaub und traten dort in eine scharfe Muschel, bekamen Kopfschmerzen, verdarben sich den Magen, holten sich eine Blasenentzündung im kalten Wasser oder einen Hexenschuss im fremden Bett? Und ging man wegen einer harmlosen Schürfwunde gleich zum Arzt? Konnten sie sich kein Pflaster besorgen?

Die Inselbewohner wiederum hackten Holz und bekamen Splitter in den Finger, hatten sich bei dem schlechten Wetter eine Erkältung geholt oder spürten gerade am Samstag wieder einmal ihr Rheuma.

Das Leben war ungerecht und der Butt ein riesiger Schwindel.

Der Sonntagvormittag verlief ruhiger, aber Viola wollte keinen langen Spaziergang machen. Man wusste nie, was die

Urlauber anstellten, die mit ihren Rädern die Insel unsicher machten und die Fußgänger anrempelten und mit den Pferdefuhrwerken zusammenstießen. Sie legte sich auf den Balkon in die Sonne, schaute in den tiefblauen Himmel und hütete das Telefon. Nicht einmal mit Florian konnte sie streiten. Sie hatte ihn seit Wochen nicht mehr gesehen, wahrscheinlich saß er bei seinen Vögeln im Gras und sah ihnen beim Brüten zu.

Lisa war an beiden Tagen einige Stunden da, erzählte ihr den neuesten Klatsch und bemutterte Viola in ihrer lauten, herzlichen Art, die nicht immer zu ertragen war.

Am Sonntagnachmittag kam Viola gerade von einem Hausbesuch in Grieben zurück, als vor ihrer Haustür eine junge Frau von ihrem Fahrrad stieg. Sie trug Jeans und einen hellen Pullover, ein dicker Zopf hing ihr über den Rücken und ein paar Löckchen kringelten sich ums Gesicht.

»Guten Tag, Frau Doktor«, sagte sie. Viola hatte sie noch nicht gesehen, aber nach diesen paar Wochen konnte man schließlich nicht alle Bewohner von Hiddensee kennen.

»Ich wollte fragen, ob Sie nicht nach meiner Mutter schauen könnten, es geht ihr nicht gut.«

Viola ging mit der Frau ins Sprechzimmer. Lisa war noch da, suchte, ohne nach dem Namen zu fragen, gleich die richtige Karte heraus und reichte sie Viola mit einem vielsagenden Blick, aber ohne Kommentar.

Als Viola sah, was da stand, erschrak sie. Die Patientin war vor einem halben Jahr operiert worden, Darmkrebs, aber bereits in einem unheilbaren Stadium. Vor zwei Monaten hatte sie ihren 50. Geburtstag gefeiert. Den nächsten würde sie nicht mehr erleben.

»Meine Mutter ist gestern aus der Klinik entlassen worden«, sagte die junge Frau. »Sie war noch einmal dort, weil der künstliche Ausgang verlegt werden musste. Und ich habe sie nun ganz zu mir nach Hause geholt, sie wohnt eigentlich in Gingst. Sie ist zum Sterben gekommen, wir wissen es beide.«

Für Viola stand es außer Frage, dass sie gleich mit der Tochter zu ihr fahren würde.

»Sie hat Schmerzen, und ich glaube, die Medikamente sind nicht mehr stark genug«, erklärte die junge Frau.

Viola nahm ihre Tasche. »Wo wohnen Sie?«

»In Kloster, es ist nicht weit, zwei Kilometer.«

»Kommen Sie, wir nehmen meinen Wagen.«

Die Wohnung der Frau lag am Westrand des Ortes. Inzwischen war alles geöffnet, mehrere Pensionen und ein Hotel, einige Souvenirläden, die Werkstatt, die Bernstein verarbeitete, und mindestens drei Restaurants. Entsprechend viele Menschen liefen auf der Straße herum. Wie würde das nur in der Hochsaison im Sommer aussehen?

In einer Seitenstraße hielt Viola an. Zwischen den Dünen war der breite Strand zu sehen. Die Inselgäste lagen hier bereits im Sand oder saßen in den Strandkörben, beneidenswert. Lisa, die mitgekommen war, ging zielstrebig auf eines der schmucken weißen Häuser zu. Sie war ganz schweigsam geworden.

Die Patientin lag in einem hellen Zimmer. Die Sonne schien herein, draußen flogen die Möwen in Scharen vorbei, und durch das geöffnete Fenster kam frische Meeresluft. Der Gegensatz zwischen der gesunden Umgebung und der kranken Frau traf Viola fast schmerzlich. Die Patientin war abgemagert, ihr Gesicht blass, die Knochen deutlich unter der dünnen Haut zu sehen. Trotzdem versuchte sie ein Lächeln zur Begrüßung.

»Die neue Frau Doktor von Hiddensee«, flüsterte sie.

Viola beugte sich über sie. »Sie haben Schmerzen?«

»Ja, sehr, können Sie mir etwas geben? Ich weiß, ich habe erst vor drei Stunden eine Tablette bekommen, aber ich brauche jetzt öfter etwas.« Das Reden strengte sie sichtlich an.

Viola sah sich das Papier aus dem Krankenhaus an, auf dem alles dokumentiert war. Sie runzelte die Stirn.

»Hat der Arzt keine Ampullen aufgeschrieben? Wir müssen von Tabletten auf Injektionen übergehen, das hilft viel schneller und hält länger an.«

»Nein, er meinte, wir sollen diese Entscheidung dem Hausarzt überlassen«, erklärte die Tochter.

»Gut, aber da gibt es nichts zu überlegen«, erwiderte Viola. Lisa hatte bereits den Arztkoffer geöffnet und zeigte auf eine Ampulle. Viola nickte.

Diese Frau lag im Sterben, und da war nur eines wichtig: ihr jeden Wunsch zu erfüllen, vor allem den Wunsch nach Schmerzmitteln, sooft sie es wollte.

Manche Kollegen zögerten, wenn sie Morphium aufschreiben mussten. Viola hatte in Fällen wie diesem keine Bedenken.

»Sie bekommt alles, was sie möchte«, wandte sie sich an die Tochter, die sichtlich erleichtert wirkte. »Ich lasse Ihnen zwei Ampullen da, morgen soll die Fähre eine neue Packung mitbringen. Und Sie können mich jederzeit anrufen, wenn Ihre Mutter weitere Spritzen braucht.«

»Oder mich«, warf Lisa ein, »ich wohne ganz in der Nähe.«

»Gut.« Viola sah ihre Sprechstundenhilfe dankbar an. Wenn es auch manchmal Ärger mit ihr gab, man konnte sich auf sie verlassen, und Viola wusste ihre Erfahrung, die sie sich in den vielen Jahren, in denen sie ihren Beruf schon ausübte, erworben hatte, durchaus zu schätzen.

»Sie meinen, sie kann immer etwas bekommen, wenn sie es will?«, fragte die Tochter.

»Aber ja. Was kann man denn jetzt noch falsch machen?« Das klang nicht sehr feinfühlig, und Viola merkte es sofort, als sie die Worte ausgesprochen hatte.

Aber die Tochter nickte nur. »Genau das denke ich auch, aber ich habe mich nicht getraut, es dem Arzt zu sagen.«

Als Viola der Patientin die Injektion machte, deutete diese auf die Infusion.

»Sie möchte keine mehr«, übersetzte die Tochter, »und ich glaube auch nicht, dass man sie gegen ihren Willen weiter mit Infusionen behandeln sollte. Sie hat sich von uns bereits verabschiedet, ich weiß, dass sie bereit ist zu gehen.«

»Soll ich die Flasche entfernen?«, fragte Viola die Patientin. Sie nickte, und als Viola die Nadel gezogen hatte, signalisierte sie mit den Augen danke.

Die Tochter ging hinaus, kam kurze Zeit später mit einer Kanne und zwei Tassen wieder und stellte sie auf einen Tisch. »Darf ich Ihnen etwas anbieten? Es ist ein leichter Schwarztee. Sie waren wohl das ganze Wochenende auf den Beinen?«

»Danke. Ja, es war mein erster richtig anstrengender Dienst hier. Aber es ging alles ganz gut.«

Viola blickte auf die Frau im Bett, die jetzt schlief, und setzte sich dann zu der Tochter. Es war eigenartig, draußen hörte man fröhliche Stimmen vom Strand, überall wurden jetzt Ferienwohnungen und Zimmer hergerichtet. Der Frühling kam mit aller Macht, man konnte richtig zusehen, wie die Knospen an den Bäumen und Büschen von Tag zu Tag dicker wurden und aufplatzten. Über Nacht erschienen Farben, die ganz anders waren als im Winter, Goldgelb, Weiß, Hellgrün, Rosa ... Und das alles vor einem strahlend blauen Himmel.

Und hier lag eine schwerkranke Frau, die sich bereits verabschiedet hatte. War das Sterben an so einem Tag leichter? Oder schwerer?

Die Sonne stand bereits tief im Westen, als Viola ihre Wohnung betrat. Sie setzte sich erschöpft aufs Sofa. Eine kleine Pause, und dann musste sie noch zu einem Mann mit einer Gallenkolik, zum Glück gleich nebenan.

Das Gute war, dass solche Krämpfe mit einer Injektion in der Regel sehr schnell besser wurden und Patient und Ärztin sich zufrieden wieder trennen konnten.

Bei diesem Mann war sie allerdings nicht zum ersten Mal. Er musste sich dringend seine Steine entfernen lassen und hatte es ihr auch hoch und heilig versprochen. Aber dann fühlte er sich wieder wohl, und immer war etwas anderes wichtiger.

Eigentlich hätte ich ihn ein wenig länger leiden lassen sollen, dachte sie später auf dem Heimweg, damit er morgen wirklich die Klinik anruft. Wenn es ihm nach der Spritze wieder gutgeht, schiebt er es bestimmt wieder hinaus. Sie kannte diese Menschen, die vor dem Krankenhaus mehr Angst hatten als vor der nächsten Kolik. Meistens Männer.

Und um ganz ehrlich zu sein, sie selbst gehörte auch dazu.

Wenn man als Arzt selbst Patient wurde, war man unausstehlich.

27

VIOLA HATTE AN DIESEM Abend nicht gleich einschlafen können und war am Montagvormittag entsprechend schlecht gelaunt. Eigentlich hätte sie sich nach diesem Wochenende einen freien Tag verdient gehabt, mit Sonnenbad am Strand und nackten Füßen in den Wellen. Das war ja beinahe so wie in der Klinik!

Zu allem Unglück kündigte ihr Lisa auch noch eine Frau Bertram an mit den Worten: »Das ist eine harte Nuss, nicht leicht zu knacken. Wenn sie nach einer Viertelstunde immer noch bei Ihnen ist, komme ich rein und sage, Sie müssten dringend weg. So habe ich es bei dem jungen Doc auch immer gemacht, und er war dankbar dafür.«

Aber jetzt packte Viola der Ehrgeiz. Sie würde mit dieser Frau schon zurechtkommen, egal, worum es ging, und egal, wie fest sie am Stuhl klebte.

Frau Bertram war eine ältere, chic in Beige und Dunkelblau gekleidete Frau, mit Goldkette und randloser Brille. Sie begrüßte Viola mit den Worten: »Wie schön, eine neue, junge Ärztin, und im medizinischen Bereich sicher auf dem aktuellen Stand. Ich war schon bei so vielen Ärzten, keiner konnte mir helfen. Doch ich gebe die Hoffnung nicht auf.«

Aha, Viola kannte diese Falle. Ihr erster Reflex war, sich zu sagen, da scheint diese arme Frau aber bei einigen ziemlich unfähigen Kollegen gelandet zu sein. Bei mir ist sie richtig, sie soll sich nicht umsonst Hoffnungen gemacht haben.

Doch dann erinnerte sie sich an eine Freundin, die Psychologin war und immer gesagt hatte, bei den Worten »kein Arzt konnte mir bisher helfen«, da muss es bei dir klingeln; dann liegt das mit ziemlicher Sicherheit nicht an den Ärzten, sondern an der Patientin selbst.

»Was haben Sie denn für Beschwerden?«, fragte Viola.

»Ich hatte vor fünf Jahren einen Autounfall, mein Mann ist gefahren, und ich erlitt einen Knöchelbruch. Seither habe ich in diesem Knöchel Schmerzen. Ich kann nicht gehen, nur in der Wohnung, deshalb haben wir auch eine Ausnahmegenehmigung: Ich darf hier ein Auto haben, ein Elektroauto, ich kann ja sonst nicht aus dem Haus.«

»Und was ist bisher unternommen worden?«

»Oh, alles, was man sich denken kann. Ich war zweimal in Kur, bei mehreren Spezialisten, immer heißt es, wir können nichts finden. Ich denke, ein Nerv ist eingeklemmt, nur, was man da machen könnte, das weiß niemand.«

Ausführlich erzählte sie Viola von allen ihren Krankenhausaufenthalten, bis Viola sie schließlich unterbrach. »Frau Bertram«, sagte sie, »ich muss mir die Befunde durchsehen und darüber nachdenken, kommen Sie doch bitte Ende der Woche wieder. Aber eines möchte ich Ihnen gleich sagen: Wir werden hier nicht in erster Linie über Ihre Schmerzen reden, sondern über alles andere, worüber Sie wollen, und auch nie länger als zehn Minuten. Mehr kann ich für Sie wahrscheinlich nicht tun.«

Verblüfft schaute die Frau Viola an, dann stand sie wortlos auf und wandte sich zur Tür. Dort drehte sie sich noch einmal um. »Ich werde darüber nachdenken«, sagte sie kühl. Dann ging sie.

Viola holte tief Luft. Die Frau war so alt wie ihre Mutter, da war es ihr nicht leichtgefallen, so klare Worte zu sprechen. Aber die Psychologie-Freundin hatte auch gesagt: »In einem Gespräch ist es wichtig, dass du dich wohl fühlst. Wenn du dich langweilst oder dein Gegenüber dich nervt, dann ist es Zeit zum Eingreifen.«

Viola sah aus dem Fenster. Frau Bertram stieg in ihr Auto, das sie direkt vor dem Haus geparkt hatte. Fahren konnte sie also. Nicht, dass sie diese Schmerzen einfach erfunden hätte – Viola war sicher, dass sie sie wirklich spürte, aber sie glaubte nicht einen Moment lang an einen eingeklemmten Nerv.

»Na, alle Achtung!« Lisa kam herein. »Zwölf Minuten, und sie ist freiwillig gegangen. Meinen Sie, sie kommt wieder?«

»Ich weiß es nicht. Ich hoffe.«

»Auf solche Leute können wir verzichten«, brummte Lisa. »Diese Frau hat einfach zu viel Zeit zum Nachdenken. Sie lebt in einer Villa unten in der Nähe vom Hafen, hat einen Mann, der nie da ist und viel Geld verdient, und fährt jeden Meter hier mit dem Auto.«

Viola setzte sich wieder an ihren Schreibtisch. »Psychosomatische Beschwerden sind auch Krankheiten«, erwiderte sie, »und diese Menschen haben dazu noch das Pech, dass sie uns auf die Nerven gehen und nicht besonders sympathisch sind.« Sie seufzte. »Aber einmal in der Woche zehn Minuten, das können wir doch aushalten, Lisa, oder?«

Lisa lachte. »Dann schreiben Sie ihr wenigstens eine anständige Rechnung, sie ist nämlich Privatpatientin.«

Viola entspannte sich. Zum ersten Mal seit Tagen spürte sie wieder diese Leichtigkeit, die das Ende von »Land unter« anzeigte.

»Das werde ich, und dann gehen wir alle drei essen, Doris, Sie und ich.«

28

AM DIENSTAGABEND RIEF DIE Tochter der krebskranken Frau an und teilte Viola traurig, aber gefasst mit, dass ihre Mutter gestorben sei. Viola war am Nachmittag bei ihr gewesen, aber da hatte sie geschlafen.

»Sie ist noch einmal kurz aufgewacht«, sagte die Tochter, »und da hatte sie keine Schmerzen. Es war eine schwierige Zeit für uns. Ich habe sie fast täglich drüben in Gingst besucht und betreut. Sie wollte so lange wie möglich zu Hause sein, erst jetzt am Schluss hat sie eingewilligt, zu mir zu kommen.«

»Es tut mir so leid«, sagte Viola. »Auch wenn es schwer für Sie beide war, sie wird Ihnen fehlen. Sind Sie jetzt ganz allein?«

»Ja, ich bin nicht verheiratet, und Kinder habe ich auch keine. Aber ich habe diese kleine Pension hier, und ab Mai sind eigentlich immer Gäste da. Bis dahin tut mir eine Ruhepause vielleicht sogar ganz gut.«

Viola stieg aufs Fahrrad und fuhr in der Dunkelheit nach Kloster, um die nötigen Papiere auszufüllen und noch einmal mit der Tochter zu sprechen. Trennungen sind immer schwer, dachte sie, egal aus welchem Grund. Ob von dem Mann, den man geliebt hat, oder von der Mutter, die stirbt – man fühlt sich danach erst einmal verlassen. Und doch kommen wieder Tage, an denen man glücklich ist und dankbar. Vielleicht konnte sie das der jungen Frau vermitteln, ohne ihr die Traurigkeit ausreden zu wollen.

»Wenn es Ihnen schlechtgeht, dann kommen Sie bei mir vorbei. Manchmal fällt man nach so einer intensiven Pflege in ein Loch«, sagte sie, als sie sich wieder verabschiedete.

»Ja, das werde ich tun«, versicherte die junge Frau, und ein klein wenig Erleichterung war aus ihren Worte zu hören.

Am Mittwochnachmittag kam Viola nach langen arbeitsreichen Tagen endlich wieder einmal dazu, zum Meer hinunterzugehen, über den Strand zu laufen und ihr Gesicht in den Wind und die Sonne zu halten.

Diese letzten fünf Tage mit strahlendem Sonnenschein und voller Wärme hatten die Landschaft so schnell verändert, dass man es kaum glauben konnte. Vor allem Viola nicht, deren Inneres in dieser Zeit nicht gerade Sonne pur erlebt hatte. Aber nun war ihr Gemüt wieder im Hoch und »binnen un buten«, drinnen und draußen, stimmten wieder überein.

Auf den Wiesen zeigte sich überall dichtes samtiges Grün, die Kätzchen waren gelb geworden, die Schlehenbüsche trugen weiße Blüten. In den Gärten sah man Tulpen und Forsythien. Vor dem Gerhart-Hauptmann-Haus, das sie immer noch nicht besichtigt hatte, leuchtete die Wiese über und über blau von Szilla, mit flammend roten Tulpen dazwischen. Die Salweiden um den See bei Kloster waren die ersten Bäume, die stolz ein ganz helles Grün vorführten, danach kamen die Birken, und bald mussten auch die Obstbäume anfangen zu blühen, zartrosa, vor hellblauem Himmel.

Oben auf dem Dornbusch sollte es ab Mai blühenden Ginster geben. Die ganzen Hänge färbe er golden, hatte Ottilie erzählt. Viola brauchte eigentlich dringend ein paar freie Tage, um nichts zu verpassen.

Aber an diesem Nachmittag am Meer kam sie nicht weit.

Die Sonne schien so warm, dass sie Schuhe und Strümpfe auszog und sich nach einer Weile an einer windgeschützten Stelle in den Sand setzte. Die Urlauber, die schon länger hier waren, hatten bereits den ersten Sonnenbrand im Gesicht. Ansonsten trugen sie die Strandtracht, die an sonnigen Tagen mit noch kühlem Wind üblich war: Pullover, Schal und bloße Füße. Die Sturm- und Regentage waren vergessen, die Insel wieder der vielgepriesene Urlaubsort.

Eine Menge Treibholz, Tang und Muscheln bedeckte weite Teile des Strandes. Die Kurverwaltung ließ diese Meeresschätze nur ganz vorne am Badestrand entfernen, der Rest blieb naturbelassen. Viola gefiel das. Die ausgelaugten und rundgeschliffenen Hölzer und Äste hatten oft ganz eigenartige Formen, und mit einiger Phantasie konnte man Gesichter, Fratzen, Kobolde oder Tiere darin entdecken.

Viola ließ sich den warmen Sand durch die Finger laufen und stocherte ein wenig mit einem Stock herum. Auf einmal schrie sie leise auf. Ein gelber Stein hatte sich in den Algen verwickelt, er war pflaumengroß, rundlich, und an einer Seite glänzte er honigfarben.

Ein Bernstein!

Ein richtiger Bernstein, kein abgeschliffenes Glas dieses Mal. Gerade jetzt, wo sie nicht einmal nach einem gesucht hatte!

Sie befreite den Stein vorsichtig von seinem Unrat und rieb ihn sauber.

»Gratuliere«, sagte eine Stimme hinter ihr.

Florian. Endlich! Ihr Herz machte einen freudigen Satz. Er war so lange untergetaucht gewesen. Sie hatte gehofft, ihm irgendwann einmal zu begegnen, aber er war wie vom Erdboden verschluckt gewesen seit dem Abend, an dem er ihr Wunschlied gespielt hatte. Aber Ottilie sagte, bei ihm im Gellen sei jetzt Hochbetrieb. Und Viola konnte ja nicht einfach in sein Hoheitsgebiet eindringen und ihn besuchen.

Aber nun war er da und stand neben ihr: tiefbraun, die dunklen Haare zum Pferdeschwanz gebunden, jung, voller Lebendigkeit, lachend – ein Bild von einem Mann.

Und nun sollte er erst einmal ihren Fund bewundern.

Viola hielt ihm strahlend den Stein entgegen. »Schauen Sie, ist der nicht schön?«

Florian ließ sich schwungvoll neben sie in den Sand fallen. Er nahm ihr vorsichtig den Stein aus der Hand. »Wunderschön! Wollen Sie ihn schleifen lassen?«

»Ich weiß noch nicht, wahrscheinlich schon. Jetzt habe ich einen Wunsch frei, nicht wahr? So sagt man doch.«

»Ja, Sie dürfen ihn nur nicht laut aussprechen.«

»Da muss ich erst nachdenken«, erklärte Viola und schloss die Augen.

»Aber nicht wieder den falschen Wunsch.«

Viola sah ihn unbehaglich an. Hatte er gemerkt, wie sehr sie an jenem Freitagabend bei Ottilie ihr Wunschlied bereut hatte?

Ja, er hatte.

»Ihre Augen haben Sie verraten«, sagte er. »Ich wusste sofort, dass Sie mit diesem Lied keine schönen Erinnerungen verbinden.«

Sie senkte den Kopf. »Doch, viel zu schöne Erinnerungen.«

»Ich verstehe«, erwiderte Florian. »Und jetzt, chagrin d'amour?«

»Manchmal noch«, gab Viola zu, »aber ganz selten. Und eines Tages werde ich auch wieder zu ›Plaisir d'amour‹ tanzen können.«

Die Sonne zauberte einen rötlichen Schimmer auf ihre kastanienbraunen Haare, ihre Haut war bereits leicht gebräunt, die Jeans und die Füße voller Sand. Viola fühlte Florian ganz nah neben sich. Seine Hand berührte ihre, als er ihr den Stein zurückgab, und sie spürte seine Schulter an ihrer.

»Haben Sie Lust, mit mir einen Abstecher zu den Brutplätzen zu machen? Und haben Sie Lust, vom Sie zum Du überzugehen?«, fragte Florian und weckte sie aus ihrer Versunkenheit.

Viola sah ihm in die braunen Augen. »Das Betreten des Schutzgebietes ist für Unbefugte verboten.«

»Ich bin befugt, und ich kann Sie mitnehmen, wenn Sie brav sind und sich an meine Anweisungen halten«, entgegnete er mit funkelnden Augen.

»Kann ich dann auch die fünfzehn Möwenarten sehen?« Sie musterte ihn mit unschuldigem Blick.

»Wer hat Ihnen denn das erzählt?«, erkundigte er sich erstaunt.

»Ottilie, und sie weiß alles.«

»Ja, es gibt hier fünfzehn Arten von Möwen, doch viele davon sind nur noch selten zu beobachten oder gar nicht mehr. Aber ich könnte mit einer Bekassine dienen, Gallinago gallinago. Ich habe eine brütende entdeckt, und die kommt hier sehr selten vor. Meist ziehen sie bloß durch.«

Viola sah die Begeisterung in seiner Miene.

»Ja, das klingt verheißungsvoll«, antwortete sie erfreut, obwohl sie keine Vorstellung davon hatte, wie eine Bekassine aussah.

»Ja zum Mitkommen oder ja zum Duzen?«

»Zu beidem, wenn schon, man kann nicht eine Bekassine miteinander beobachten und dann Sie zueinander sagen, oder?« Ihre Augen strahlten.

Florian lachte und sprang auf, dann zog er Viola hoch und hielt ihre Hand fest.

»Wie alt bist du eigentlich?«, fragte er unvermittelt. »Oder ist das ein Geheimnis?«

»Aber nein, ich bin stolze 34 Jahre alt. Ich werde demnächst 35. Warum?«

»Manchmal wirkst du jünger und manchmal älter, ich kann dich schwer einordnen.«

»Ach, und wie ist es mit dir? Lass mich raten.«

»Ich habe zuerst Musik studiert, zwei Jahre lang, in Bremen, da leben auch meine Eltern. Und dann, weil ich nun mal kein musikalisches Genie bin, habe ich auf Biologie umgesattelt, und das war dann das Richtige. Studiert habe ich in Ulm, Wien und Zürich, und seit drei Jahren bin ich im Beruf. Ein Jahr davon war ich bei Greenpeace, mit denen bin ich ziemlich in der Welt herumgekommen, und seit letztem Sommer bin ich hier. Du kannst es dir also ausrechnen.«

»Zwischen 29 und 33, also noch ein richtiger Frischling.«

»Im Dezember bin ich 30 geworden, um genau zu sein. Zufrieden?«

»Na, junger Mann, da war ich ja schon längst aus den Windeln raus, als du auf die Welt gekommen bist.«

»Wenn dich der Gedanke freut – mir soll es recht sein«, antwortete er lächelnd.

29

ES WURDE EIN SCHÖNER Nachmittag. Viola hatte ihr Handy in der Tasche, aber es hielt Ruhe, und niemand störte sie.

Florian war mit dem Fahrrad da, und Viola holte ihres ebenfalls. Dann radelten sie nach Süden, so weit es ging, ließen die Räder stehen und gingen zu Fuß weiter. Florian führte sie an den Rand des Schutzgebietes mit seinen unzähligen Brutvögeln, Viola kannte sich nun schon aus. Sie gingen langsam und vorsichtig, um sie nicht aufzuscheuchen.

Florian nannte ihr so viele Vogelarten, dass sie lachend meinte, sie würde demnächst selbst anfangen zu gurren, zu zwitschern und zu pfeifen.

Große Schwärme zogen immer wieder über sie hinweg, gingen auf den Sandbänken weit draußen nieder und flogen wieder auf. Das waren die Zugvögel auf dem Weg nach Norden und Osten, die hier Rast machten. Oft konnte man sich bei dem Lärm der Tiere kaum unterhalten.

Aber es war faszinierend mit anzusehen, und als sie dann in Florians Heim ankamen, das genau genommen dem Naturschutzbund gehörte, und er ihr später am Computer seine Aufzeichnungen zeigte, war er in ihrer Achtung deutlich gestiegen. Die Bekassine hatte sich übrigens als ein großer, aber etwas unscheinbarer Vogel mit langem Schnabel erwiesen, von dem in dem sumpfigen Gras kaum etwas zu erkennen gewesen war. Trotzdem, Viola war stolz darauf, diesen seltenen Vogel gesehen zu haben.

Und dann waren mehrere Austernfischer aufgetaucht. Deren Name war ihr immerhin schon bekannt gewesen. Männchen und Weibchen sahen gleich aus, schwarzweiß das Federkleid und rot die Schnäbel und Beine. Sie brüteten abwechselnd, mal er, mal sie. Emanzipation bei Vögeln, Viola fand sie sofort sympathisch.

Und die Möwen, die konnte man wirklich kaum unterscheiden, aber Florian hatte ihr die Feinheiten gezeigt, an denen man die einzelnen Arten erkennen konnte. Einige waren ziemlich aggressive Genossen, und es kam immer wieder zu Streit mit anderen Vögeln.

Florian kochte auf seinem Gasherd einen Tee. Mit schwungvollen Griffen hantierte er in der winzigen Küche. Die Sonne fiel durchs Fenster auf seine dunklen Locken, und er sah aus wie ein Pirat aus der Südsee. Es fehlte nur die Augenklappe.

»Woher stammt eigentlich deine Familie?«, fragte Viola. »Wie ein helles Nordlicht siehst du ja nicht gerade aus.«

Er drehte sich um und stellte eine dicke Henkeltasse vor sie auf den Tisch.

»Mein Großvater war Italiener, ein Seefahrer und Abenteurer, der die halbe Welt gesehen hat. Dann hat er sich eines Tages unsterblich in ein blondes Mädchen aus Bremen verliebt, als er dort an Land ging, und war von Stund an sesshaft und glücklich mit seiner Elisabeth. Sie hatten drei Söhne. Mein Vater ist auch dunkel, na ja, und ich habe es ebenfalls geerbt. Ich bin übrigens ein Sandwich-Kind«, teilte er ihr mit erhobenem Zeigefinger mit. »Ich habe noch eine große und eine kleine Schwester. Sandwich-Kinder haben zwei Vorzüge: Sie sind verantwortungsbewusst wie die Erstgeborenen und Sonnenscheinchen wie die jüngsten. Das sieht man mir doch an, nicht wahr?«

»Eine gewagte Theorie!« Viola warf ihm einen lachenden Blick zu. »Danach wäre ich ja auch ein Sonnenschein. Ich bin nämlich eine jüngste.«

»Genau, das habe ich sofort gemerkt, als ich dich zum ersten Mal am Strand gesehen habe, im Sand buddelnd und Muscheln sammelnd«, antwortete Florian mit einem undefinierbaren Ausdruck seiner Augen. War das nun lustig oder ernst gemeint? Auf einmal wusste sie nicht mehr, was sie sagen sollte.

»Ich muss gehen«, bemerkte sie nach einer Weile. »Es wird spät.«

»Ich begleite dich ein Stück«, sagte Florian, »damit du mir meine Vögel nicht in Verwirrung bringst.« Jetzt war seine Miene wieder so heiter und unbeschwert wie zuvor. Er sprang auf und zog sie mit sich. »Komm. Ich zeige dir noch mein Kraftwerk.« Es entpuppte sich als die Solaranlage auf dem Reetdach, die Viola schon beim ersten Besuch bemerkt hatte. Er brauchte den Strom eigentlich nur für seinen Rechner, erklärte er ihr. Wenn es kalt war, heizte er ein Holzöfchen ein, und Licht gab es aus Petroleumlampen. Ein echtes Kontrastprogramm zu Georgs modernem Haus, dachte Viola, vor allem die Küche. Aber es war ja nur ein vorübergehendes Domizil. Schade eigentlich. Wie lange er wohl noch hier auf der Insel blieb?

»Es ist nicht ganz stilecht, mit diesen Platten auf dem Schilfdach«, meinte Florian, als sie auf dem schmalen Weg zurückgingen, »aber umweltfreundlich, und ohne Computer läuft heute nun mal nichts.«

»Altbewährtes und Modernes«, stimmte Viola zu, »wie so vieles hier auf der Insel.«

»Aber das Moderne droht das Altbewährte zu verdrängen«, stellte Florian mit finsterem Gesicht fest. »Hast du schon von diesem Unsinn mit dem geplanten Wellness-Zentrum gehört?«

»Ja. Meinst du, es bedeutet keine Aufwertung für Hiddensee?«

»Es bedeutet jede Menge blasierter Gäste, die das Schild vom Vogelschutzgebiet ignorieren.«

»Wie ich auch.«

»Genau, und die zutiefst beleidigt sind, wenn ich ihnen das klarmache. Und dann lässt mich unser Herr Bürgermeister antreten und erklärt mir, ich solle ein wenig freundlicher sein und die Gäste nicht vergraulen.«

»Ich kann mir nicht denken, dass es so schlimm wird«, versuchte Viola, ihn zu besänftigen.

»Ich schon«, meinte Florian grimmig. »Vor allem wird Jehann bedrängt, dass er sein Grundstück dazu hergibt. Zum Glück ist er ein alter Sturkopf und hat sich bis jetzt erfolgreich widersetzt. Und ich werde schon aufpassen, dass er dabei bleibt.«

Florian berichtete, dass diese Pläne schnell umgesetzt werden mussten, da Hiddensee in die große Nachbarinsel Rügen eingemeindet werden sollte. »Und dann ist es vorbei mit ehrgeizigen Plänen. Also muss Jehann nur noch ein oder zwei Jahre durchhalten. Und du kannst dafür sorgen, dass er so konsequent und sturköpfig bleibt wie bisher.«

»Das werde ich tun«, versicherte Viola. »Außerdem mag ich ihn. Ich besuche ihn manchmal einfach so, privat, und wenn ich auch nicht immer alles verstehe, was er sagt, so weiß ich doch, dass er sehr viel Lebensweisheit hat.«

Am Abend saß Viola müde, aber glücklich und zufrieden mit Pauli auf ihrem Sofa. Sie hatte sich schon lange nicht mehr so unbeschwert gefühlt und so viel gelacht wie heute in den Stunden mit Florian. Er war fast fünf Jahre jünger als sie!

»Aber weißt du«, sagte sie zu Pauli, »dieses angenehm prickelnde Gefühl, wenn ich bei ihm bin, seine Aufmerksamkeit und sein offensichtliches Gefallen an meiner Gegenwart, das tut mir ausgesprochen gut. Ja, ja, ich weiß, er ist ein Abenteurer wie sein Großvater, und sicher hat er in jedem Hafen eine Braut. Wenn es ernst für mich werden sollte, löse ich die Leinen, versprochen.«

»Und übrigens, Pauli«, setzte sie nach einer Weile hinzu, »Vögel sind ab jetzt tabu, sonst komme ich wieder in Konflikt mit Florian. Zum Glück sind wir weit weg vom Schutzgebiet, aber trotzdem, keine Vögel mehr, klar?«

Pauli schnurrte nur.

30

ENDE DER WOCHE SASS Frau Bertram wieder im Wartezimmer.

»Ich dachte, sie kommt nicht mehr«, sagte Lisa mit gedämpfter Stimme, als sie die Karte auf den Schreibtisch legte.

»Vielleicht hat sie einfach Langeweile«, meinte Viola, »oder braucht jemanden zum Reden. Ich glaube nicht, dass ich großen Eindruck auf sie gemacht habe, aber immerhin hat sie mir meine deutlichen Worte das letzte Mal nicht krummgenommen.«

Frau Bertram machte ein freundliches Gesicht, als sie hereinkam. Sie sah wieder aus wie aus dem Ei gepellt in ihrem dunklen Hosenanzug mit hellgelber Bluse. Die Haare waren frisch gewellt, ein leichtes Make-up betonte ihre fein geschnittenen Züge.

»Ich habe eine Erkältung«, teilte sie Viola mit. »Ich brauche etwas gegen den Husten. Vor allem nachts plagt er mich. In dieser Jahreszeit bin ich immer anfällig.«

Viola erhob sich und nahm ihr Stethoskop vom Schreibtisch.

»Ich werde Sie abhorchen und Ihnen dann etwas verschreiben«, erwiderte sie, »aber eigentlich sollte hier in dieser guten Meeresluft niemand eine Erkältung bekommen, sondern abgehärtet sein.«

»Das hat mir vor Jahren auch schon ein Arzt gesagt, und

darum sind wir hierhergezogen und haben das »Hotel Seeblick« übernommen, unten am Hafen. Sie haben es sicher schon gesehen. Aber es hat nichts genützt. Ja, wenn ich normal gehen könnte ... Aber mit diesen Schmerzen komme ich kaum aus dem Haus.«

Viola seufzte innerlich. Ist sie wieder bei ihrem Lieblingsthema angekommen, dachte sie unwillig. Sie hat sich sowieso schon viel zu sehr auf diesen eingeklemmten Nerv versteift, man darf sie da nicht auch noch bestätigen.

»Die Lunge ist frei«, versicherte sie Frau Bertram nach der Untersuchung. »Sie führen also das Hotel? Können Sie sich wenigstens bei Sonne in eine warme Decke einwickeln und auf die Terrasse legen? Man kann die Luft ja auch im Ruhen genießen.«

»Das kann ich bei meinen Gästen nicht tun«, wehrte Frau Bertram ab, »die kommen doch dauernd an mit irgendwelchen Anliegen. Und als Hotelbetreiberin ist es nicht angebracht, einfach am helllichten Tag in der Sonne zu liegen.«

»Und Ihr Mann, ist er nicht auch für die Gäste da?«

Sie hob den Kopf. »Mein Mann ist meist in Bergen oder Stralsund, dort haben wir noch zwei weitere Hotels.«

Viola machte große Augen. »Da gibt es sicher viel Arbeit«, sagte sie. Von Langeweile konnte also keine Rede sein, vielleicht eher Überlastung?

»Wir haben zum Glück gutes Personal, aber ich muss trotzdem immer präsent sein. Manchmal wünsche ich mir, ich könnte einfach einmal einen Tag lang davonlaufen, immer am Strand entlang. Unsere Urlauber sind oft stundenlang unterwegs.«

»Wie viele Zimmer haben Sie denn?«

»Fünfzehn, aber wir vermieten nur an Paare ohne Kinder. Die meisten sind ältere Herrschaften. Wir haben sehr viele

Stammgäste, die ihre Ruhe wollen, und im Sommer sind wir immer ausgebucht.«

Viola runzelte die Brauen. Kinderfeindlich also auch noch, dachte sie. Was ist mit dieser Frau nur los, dass sie so wenig Lebensfreude hat, so verhärtet wirkt, so ohne jede positive Ausstrahlung, wie ein trüber Tag im Herbst? War sie schon immer so gewesen?

Leider gab es keinen Hebel, den man einfach umlegen konnte, um Patienten wie Frau Bertram wieder zum Strahlen zu bringen. Manchmal wünschte sich Viola, sie könnte zaubern, oder es gäbe einen Tee, der allen Kummer und alle Schwierigkeiten wegschwemmen würde. Aber Ottilie würde sagen: Ärzte sind keine Zauberer, Ärzte haben auch ihre Grenzen.

Frau Bertram erhob sich. »Die zehn Minuten sind um«, bemerkte sie mit einem feinen, leicht spöttischen Lächeln.

Viola spürte Röte in ihrem Gesicht aufsteigen. »Kommen Sie wieder, wenn der Husten nicht besser wird«, sagte sie etwas verlegen.

»Aber ja, keine Sorge, mich werden Sie so schnell nicht los«, war die anzügliche Antwort.

Lass dich nicht verunsichern, ermahnte Viola sich selbst, als sie wieder an ihrem Schreibtisch saß. Hotelbesitzerin hin oder her, diese Frau ist ganz bestimmt nicht glücklich mit ihrem Leben. Und heute Abend bin ich bei Ottilie und werde sie fragen, was sie mir über Frau Bertram erzählen kann.

Ottilies Menschenkenntnis hatte ihr schon in manchen Angelegenheiten geholfen. Nicht die Lebensumstände waren es, die kannte Lisa alle bestens. Ottilie sah andere Dinge, die nicht so leicht zu bemerken waren.

Nach dem letzten Patienten blieb Viola noch eine Weile am Schreibtisch sitzen. Es war später Nachmittag. Vor dem offenen Fenster führten einige Amselmännchen ein Abendkonzert auf, in der Ferne schrien die Möwen. Ein Pferdewagen fuhr vorüber, hier gab es keinen Autolärm, keinen Benzingestank, keine Hektik, alles ging ein wenig geruhsamer vor sich als andernorts. Wenn man seine Wege zu Fuß oder mit dem Fahrrad machen musste, nahm man sich einfach mehr Zeit, um ans Ziel zu kommen.

Allerdings musste Viola hier auch rund um die Uhr präsent sein, außer wenn Monika Blum sie ablöste. Bevor sie ins Bett ging, legte sie ihre Kleider immer in der richtigen Reihenfolge auf den Stuhl, um möglichst schnell hineinschlüpfen zu können, wenn sie in der Nacht rausmusste. Es war zum Glück noch nicht oft vorgekommen; die Inselbewohner waren nicht verwöhnt und holten ihren Arzt nicht wegen Kleinigkeiten aus dem Bett.

Viola reckte sich, holte tief Luft und sah sich um. Nach zwei Monaten auf der Insel hatte sie noch keine ernsthaften Fluchtgedanken, und die Klinik in Hamburg war in weiter Ferne und sollte es auch bleiben. Außerdem, sie stand auf und trat ans Fenster, wurde es von Tag zu Tag schöner hier. Alles schien intensiver, die klare Luft, die Farben über dem Meer, die Stille in den Nächten – diese Insel war etwas Besonderes, sie hatte einen Zauber, der sogar bei schlechtem Wetter und im Winter spürbar war, und jetzt kamen Frühling und Sommer. Der Ginster würde bald blühen, die Obstbäume hatten schon dicke Knospen angesetzt, und im Herbst duftete ganz Hiddensee nach den orangeroten Sanddornbeeren, hatte Lisa erzählt.

Und dann waren da ja auch noch Georg und Florian …

In diesem Moment klingelte das Telefon. Viola griff nach dem Hörer. »Hallo, kleine Schwester!« Es war Ina, und als könne sie Gedanken lesen, fragte sie: »Wie geht es dir? Isst du jeden Tag Fisch? Und wie viele attraktive Männer hast du bereits um dich geschart?«

»Also, von Scharen kann keine Rede sein, und wenn du meinst, dass ich deswegen hierhergekommen bin, irrst du dich. Männer für eine Ärztin im mittleren Alter könnte ich in Hamburg sicher leichter finden, die sind hier so rar wie Bernstein.«

»Jetzt sei nicht stumm wie eine Muschel, Viola, Mama hat mir schon zugeflüstert, dass sich bereits zwei in deinen Netzen verfangen haben.«

»Aha, das hätte ich mir denken können.« Viola überlegte, was sie Ina erzählen sollte. Aber dann entschloss sie sich, nicht lange um den heißen Brei herumzureden. Ina konnte man sich anvertrauen.

»Also, der eine heißt Georg, und er hat mir gleich in den ersten Tagen einen wunderschönen Frühlingsblumenstrauß geschenkt. Und als ich bei ihm zum Essen war, habe ich ihm von Jochen erzählt, und warum die Geschichte schiefgegangen ist, das hat mich selbst gewundert. Aber ich hatte von Anfang an so ein Gefühl von Vertrautheit bei ihm. Er hat etwas sehr Anziehendes, mir gefällt seine fürsorgliche Art, und wenn er mich anschaut mit seinen ernsthaften Augen ...«

»Ernsthafte Augen?«

Viola zögerte kurz. »Ja, ernsthaft, gesammelt, manchmal auch lächelnd. Ich weiß nicht, er gefällt mir, er ist kein Jochen, der sich nimmt, was sich ihm bietet.«

»Das klingt ja richtig gut! Du trauerst Jochen also nicht mehr nach?«

»Ich trauere noch meinen Wünschen, meinen Hoffnungen nach, vor allem dem Wunsch, eine Familie zu haben, zu jemandem zu gehören und mit einem geliebten Mann alt zu werden. Altmodisch, oder?«

»Nein, überhaupt nicht! Sehr ehrlich! Und was ist mit der Nummer zwei?«

»Das ist Florian, ein Vogelschützer. Er ist jung, spontan, streitlustig und charmant. Ein Globetrotter und für jede Frau unter dreißig unwiderstehlich.«

»Und da du ja schon weit über dreißig bist, kann er bei dir natürlich nicht ankern.«

Mit einem Seufzer antwortete Viola: »Dummerweise fühle ich mich in seiner Gegenwart wie unter dreißig. Aber keine Sorge, ich habe nicht vor, mein Alter zu vergessen. Außerdem ist er nur vorübergehend auf der Insel.«

»Zwei so verschiedene Männer, und meine kleine Schwester dazwischen! Welcher von den beiden ist denn nun dein Favorit?«

»Keiner von beiden. Alle zwei. Ina, ich weiß es nicht. Manchmal denke ich, Georg ist wie ein gut gelagerter, aromatischer, kostbarer Rotwein. Und Florian, der prickelt wie Sekt. Ja, du lachst, aber wenn man beides mag ...«

Ina zog es vor, dazu keinen Kommentar abzugeben, und wechselte das Thema.

Sie plauderten lange, und irgendwann sah Viola auf die Uhr. »Ina, ich muss Schluss machen, Ottilies Kachelofen ruft. Lass dich nicht von deinen Rangen auffressen, ich brauche dich noch.«

Dann stand sie auf, zog ihren weißen Kittel aus und war nur noch Viola Herz, die sich aufs Ausgehen freute.

31

KURZE ZEIT SPÄTER HATTE Viola wieder ihren Stammplatz inne. Florian machte gerade Pause und saß bei Bekannten am Nebentisch. Er hatte ihr strahlend zugewunken. Ottilie setzte sich zu Viola, und sie wusste tatsächlich noch einiges über das Ehepaar Bertram zu sagen.

»Die Bertrams«, erklärte sie, »das sind sozusagen unsere oberen Zehntausend. Frau Bertram fährt des Öfteren nach Bergen oder Stralsund zum Einkaufen, aber ansonsten sitzt sie hier auf der Insel fest und hat ein Auge auf ihre Gäste. Früher waren sie im Winter immer in St. Moritz, aber sie kann ja nicht mehr außer Haus gehen seit ihrem Unfall, was soll sie also da im Schnee im Gebirge. Ihre Gäste sind meist ebenfalls gut betuchte Herrschaften, nicht besonders kinderfreundlich, leider, aber wir haben eben auch hier die unterschiedlichsten Menschen. Wir sind kein Biotop für auserlesene Lebewesen.« Sie zwinkerte Viola zu. »Trotzdem ist diese Insel etwas ganz Eigenes, und ich möchte an keinem anderen Ort der Welt wohnen, nur hier.«

»Das kann ich nachvollziehen. Es gibt Orte, an denen fühlt man sich von Anfang an wohl.«

»Ja, aber Frau Bertram nicht.«

»Warum nicht?«

»Ich weiß es nicht. Sie weiß es wahrscheinlich selbst nicht. Aber vielleicht bekommst du es mit der Zeit heraus.« Vor einiger Zeit waren sie zum Du übergegangen.

Jetzt schwieg Viola. Wenn das alles nur nicht so kompliziert wäre.

»Und du? Ist Hiddensee ein Ort, an dem du Wurzeln schlagen könntest?«, erkundigte sich Ottilie.

Viola überlegte. »Ich bin hierhergekommen, um möglichst weit weg von München zu sein, und ich muss nun zuerst mit viel Neuem fertig werden, aber ich habe durchaus das Gefühl, dass die Insel mich mag. Ich meine nicht die Menschen, sondern die Insel. Klingt komisch, nicht?«

»Ich weiß, was du meinst. Es ist gar nicht so abwegig, und ich bin froh, dass du das sagst. Hast du deine Wohnung schon eingerichtet?

»Nein, keine Zeit bisher.«

»Oder keine Lust, weil du noch nicht sicher bist?«

»Ja, das auch, aber eines Tages wird sich das hoffentlich ändern.«

Ottilie sah sie an, sagte aber nichts. Nach einer Weile blickte sie sich nach Florian um. »Komm her, Musiker, und erzähle unserer Frau Doktor, was du im Sommer am Samstagabend so treibst.«

Florian kam gut gelaunt an ihren Tisch. Er setzte sich Viola gegenüber und betrachtete sie mit amüsiertem Blick.

»Muss ich das? Dann ist mein guter Ruf bei ihr dahin.«

»Ist es so schlimm?«, fragte Viola mit erhobenen Augenbrauen.

»Wie man es nimmt.« Er machte eine wirkungsvolle Pause, dann neigt er sich zu ihr hinüber: »Ich spiele Klavier, auf einem teuren Flügel, im ›Hotel Seeblick‹ bei Frau und Herrn Bertram. Und manchmal«, jetzt flüsterte er ganz leise, »singe ich sogar dazu.«

Viola sah ihn entgeistert an, dann brach sie in Lachen aus. »Nein, wirklich? Und was spielst du da so?«

»Alles Mögliche für die meist älteren Herrschaften, von Udo Jürgens bis Elvis, von Freddy Quinn bis Placido Domingo. Ich werde sehr gut bezahlt dafür. Ein armer Biologe hat hier kaum sein Auskommen.«

»Er spielt ausgezeichnet, und er singt auch gut«, sprang ihm Ottilie bei. »Seine Klavierabende sind im Hotel sehr begehrt. Du musst es dir einmal anhören, Viola, wenn wieder Saison ist. Ab und zu gibt es sogar einen Spezialabend mit Shantys und Inselliedern. Oder einen Wunsch-Abend.«

»Kann ich mir dann auch noch mal ein Lied wünschen?«, fragte Viola voller Heiterkeit.

»Was sollte es denn sein?«

»›Ganz in Weiß‹ von Roy Black, das kommt mir immer in den Sinn, wenn ich in der Tür meines Sprechzimmers stehe und sage: Der Nächste bitte.«

Florian lachte, dann fing er leise an zu singen: »Ganz in Weiß, mit einem Blumenstrauß, so siehst du in meinen schönsten Träumen aus …«

Er hatte eine weiche, volle Tenorstimme, und Viola konnte es sich gut vorstellen, dass dieser charmante Junge bei den älteren Gästen gut ankam.

»Übrigens heißt Herr Bertram auch mit Vornamen Bertram, also Bertram Bertram, so wie die Bekassine Gallinago gallinago. Wenn ich ihn sehe, denke ich immer an diesen Vogel.«

Dieser Abend bei Ottilie wurde sehr unterhaltsam. Nach und nach kamen auch einige andere Gäste an den Tisch neben dem Kachelofen. Lisa mit ihrem mutigen Ehemann, der es gewagt hatte, sich eine waschechte Rheinländerin ins Haus zu holen. Doris, das Inselkind, war da mit einer Freundin, auch der Inselpastor Busche, ein großer, dunkelhaariger humorvoller Mann, den sich Viola immer unter seiner Rosendecke in der Kirche vorstellte. Ob er da wohl wie Hildegard Knef summte: »Für mich soll's rote Rosen regnen«? Herr Boding gesellte sich noch zu ihnen, ein älterer Herr mit markantem Gesicht und raspelkurzen Haaren, Bauleiter von Beruf und eine angesehene Persönlichkeit, und es entstand eine gemütliche Runde. Geschichten von der Insel wurden erzählt, auch Anekdoten über die bisherigen Ärzte.

Eines Tages werde ich vielleicht selbst ein Stück Geschichte dieser Insel sein, überlegte Viola. War das nun erfreulich oder nicht? Aber lange dachte sie darüber nicht nach. Florian erklärte ihr nämlich, wie die Insel Hiddensee zu ihrem Namen kam.

»Es geschah vor langer Zeit«, sagte er, »und es ist immer dasselbe, auch heute noch: Zwei Männer kämpfen um eine Frau, eine wunderschöne Frau.«

»Ein Glück, dass wir normalen Weiber das nicht mitmachen müssen«, warf Lisa ein, »denn die zwei haben sich am Schluss gegenseitig erstochen.«

»Lass Florian weitererzählen, Lisa!«, sagte Ottilie energisch. »Du kriegst einen Maulkorb, wenn du das Ende schon im Voraus verrätst.«

Lisas Ehemann, der Postbeamte, lachte und legte den Arm um seine Frau.

Florian fuhr fort: »Der Königssohn Hithin verliebte sich also in die schöne Hilde und bekam sie auch zur Frau, aber irgendein anderer Ritter, der die Dame ebenfalls gerne gehabt hätte, flüsterte ihrem Vater Högin ein, Hithin habe sie schon vor der Ehe verführt. Das war damals nämlich verboten.«

»Gute alte Zeiten!«, murmelte Lisa, sah ihren Mann dabei aber geheimnisvoll lächelnd an.

»Deshalb«, erklärte Florian, »trafen sich Högin, der Vater, und Hithin, der Ehemann von Hilde, auf einer einsamen Insel vor Rügen. Dort, ganz oben am Enddorn, kämpften sie miteinander. Und ja, Lisa hat recht, sie töteten sich gegenseitig. Die arme Hilde hatte nun keinen mehr von beiden, und um nicht ganz allein zu sein, holte sie die beiden mit einem Zauberspruch immer wieder zurück ins Leben, um zu kämpfen. Und in mondhellen Nächten kann man, wenn man den richtigen Spruch kennt, sehen, wie die beiden oben auf den Hügeln vom Dornbusch miteinander ringen.

Hilde bekam zum Trost ein Kind, einen Sohn, und den nannte sie Hithinsoe, der Sohn von Hithin, und daraus wurde dann Hiddensee. Übrigens war Hithin groß und blond, wie es sich gehört. Aber Hilde war schwarzhaarig, mit dunklen Augen und heißem Blut. Deshalb gibt es hier auch ab und zu solche Typen wie mich.« Er blinzelte Viola mit seinen braunen Augen an, bis sie den Kopf schüttelte und meinte: »Du hast mir erzählt, dass deine Vorfahren aus Italien stammen, erzähl uns also nichts von wegen Königssohn, bitte schön.«

»Mir hat er erklärt, er stamme von mexikanischen Cowboys ab«, berichtete Ottilie, »aber ich glaube eher, dass deine Vorfahren Seeräuber waren, junger Mann, und irgendwann hat einer sich hier im Norden niedergelassen, was meinst du?«

Florian grinste nur. »Was Seeräuber betrifft, da kenne ich doch einige Geschichten, in denen die Hiddenseer gestrandete Schiffe plündern, was natürlich nicht erlaubt war. Und das gar nicht so selten!«, erwiderte er honigsüß. »Man denke nur an den Sunlicht-Dampfer mit der vielen Seife. Nie waren die Inselleute so sauber wie damals …«

»Oder an diese dänische Schute«, warf der Pastor ein. »Da waren die Hiddenseer gründlich, von der blieb nichts anderes übrig als der Rumpf. Aber es sei ihnen verziehen, sie waren immer arm wie Kirchenmäuse.«

Von den Seeräubern kam man auf den Hiddenseer Goldschmuck, der eines Tages nach einem Sturm an Land gespült worden war und den Viola schon im Heimatmuseum bewundert hatte, und dann zu den Kirchenschätzen des alten Klosters, die irgendwo auf der Insel vergraben sein sollten, was Florians Augen glitzern ließ. Schließlich gelangte man in der Neuzeit an.

Herr Boding entfachte eine Diskussion über das geplante Wellness-Zentrum, und Florian bekam glühende Ohren, als er sich für seine Vögel einsetzte.

Es war schon spät, als Viola Ottilies Kneipe verließ. Florian begleitete sie durch den Ort. In einigen Häusern brannte noch Licht, ein leichter warmer Wind blies Violas Haare durcheinander. Florian wickelte sich eine ihrer Locken um den Finger.

»Gefangen«, sagte er und blieb neben ihr stehen.

»Oh, so einfach ist das nicht«, antwortete Viola und warf den Kopf zurück.

Florian strich ihr mit dem Finger langsam über die Nase bis zu den Lippen. Dann nahm er ihr Gesicht in beide Hände und küsste sie auf den Mund. »Doch, so einfach ist das«, erwiderte er dann.

Viola wurden die Wangen heiß, aber zum Glück konnte man das in der Dunkelheit nicht sehen. Noch bevor sie reagieren konnte, ließ Florian sie los, und mit einem leisen, lachenden »Gute Nacht, Frau Doktor« verschwand er Richtung Strand.

Was wünschst du dir eigentlich, Viola?, fragte sie sich, als sie zu Hause auf ihrem Sofa saß. Dass er dich im Galopp auf sein Pferd nimmt und auf sein Schloss entführt? Wo ihr miteinander glücklich seid bis an euer Lebensende? Küssen war einfach, aber Miteinander-glücklich-Werden war es bestimmt nicht.

Als Viola gerade ins Schlafzimmer gehen wollte, klingelte

es an der Haustür. Müde ging sie hinunter und öffnete. Niemand war zu sehen, aber auf der Stufe stand ein Büschel dunkelvioletter Veilchen, mit Moos, Wurzeln und Erde, in ein Stück alte Zeitung eingepackt. »Viola adorata für Viola« stand auf dem Zettel, der darunterlag. Viola hob sie auf. Sie dufteten süß. Lächelnd ging sie wieder in ihre Wohnung hinauf.

32

AM NÄCHSTEN MORGEN, EINEM Samstag, klingelte es um acht Uhr Sturm im Arzthaus.

Verschlafen und erschrocken warf Viola sich den Bademantel über und rannte hinunter zur Haustür.

Doris stand davor, aufgeregt, ihre Tasche in der Hand. Sie musste schnell gefahren sein mit ihrem Fahrrad, denn sie war ziemlich außer Atem.

»Jehann ist weg!«, stieß sie hervor. »Ich bin gerade bei seinem Haus gewesen und wollte ihm seine Insulinspritze machen. Die Tür war verschlossen, aber ich habe ja einen Schlüssel. Er ist nicht da.«

»Kann es sein, dass er nur einen kleinen Morgenspaziergang gemacht hat?«, fragte Viola stirnrunzelnd. Sie konnte sich nicht vorstellen, dass der alte Mann einfach so verschwand.

»Nein! Ich habe nachgesehen, von seinen Kleidern fehlt der größte Teil, auch sein Insulin ist nicht mehr im Kühlschrank. Die Wohnung ist aufgeräumt, nichts steht mehr herum. Er ist fort, irgendjemand muss ihn mitgenommen haben!«

»Komm herein«, forderte Viola sie auf und geleitete Doris hoch in die Küche, wo sie ihr einen Stuhl hinschob.

Doris setzte sich und holte erst einmal Luft. Ihre blonden Haare standen nach allen Seiten ab, und sie strich sie sich hinter die Ohren. »Es kann nichts Schlimmes passiert sein, ich meine, kein Unglück. Man packt nicht erst einmal seine Sachen ein und stürzt dann irgendwo hinunter. Aber dass er einfach wegfährt, ohne uns etwas zu sagen, das ist auch nicht seine Art. Abgesehen davon, dass er nicht gut gehen kann und es allein mit Koffer gar nicht bis zum Hafen schafft. Jehann ist in den letzten 30 Jahren kaum von der Insel heruntergekommen, außer auf seinem Fischkutter. Und ein paar Mal nach Stralsund in den Hafen, wenn dort die Segler waren. Aber nie allein.«

»Hat er Verwandte? Könnte er dort sein?«

»Er hat nur diesen Neffen, der ihn ab und zu besucht. Vor ein paar Wochen war er das letzte Mal da, wenige Tage, bevor du hier angekommen bist. Ich glaube, der hat ihn geholt, etwas anderes kann ich mir nicht vorstellen. Aber keiner der Nachbarn hat Jehann weggehen sehen.«

Viola stellte Tassen auf den Tisch und eine Kanne heißen Tee.

»Und kannst du dir denken, warum? Was sollte der Neffe denn mit seinem alten Onkel anfangen? Zu einem Ausflug einladen?«

»Nein.« Doris schüttelte bedrückt den Kopf. »Der bestimmt nicht. Aber er ist der einzige Erbe, und ich könnte mir vorstellen, dass er Jehann umstimmen will, das Grundstück zu verkaufen, oder sonst etwas Undurchsichtiges vorhat.«

Ihr standen Tränen in den Augen. Jehann war für Doris wie ein Großvater, ein Mann, der wenig redete, aber umso mehr verstand. Wenn Doris ihn besucht hatte, waren oft nicht mehr als zwei oder drei Sätze gefallen, aber immer hatte er etwas für sie bereitgehalten, eine Muschel, eine Feder, oder auch einfach einen warmen Händedruck und ein aufmunterndes Augenzwinkern. Die »lütte Deern«, wie er sie nannte, war auch ihm ans Herz gewachsen.

»Wie heißt der Neffe? Weißt du, wo er wohnt?«, fragte Viola, als Doris sich beruhigt hatte.

»Er heißt Norbert Storm und arbeitet in Stralsund, das ist das Einzige, was ich weiß. Aber Jehann muss etwas in seiner Wohnung haben, seine Anschrift oder seine Telefonnummer, irgendetwas, und ich wollte dich fragen, ob du mitkommst, suchen.«

»Sollen wir die Polizei informieren?«

Doris überlegte. »Nein«, sagte sie dann zögernd, »das würde zu viel Aufruhr verursachen. Und Jehann würde das sicher auch nicht wollen. Gehen wir zuerst noch einmal zu seinem Haus.«

Viola zog sich schnell an, steckte das Handy in die Tasche und stieg auf ihr Fahrrad. Auf der Straße nach Neuendorf waren bereits einige Radler und Wanderer unterwegs. Die Sonne schien über die Wiesen und Kiefern am Weg, und der Nordwind blies die Wolken nach Süden.

Es war so, wie Doris berichtet hatte. Jehanns wichtigste Sachen waren eingepackt worden, das Bett gemacht, nichts lag herum. Die Wohnung sah aus, als wäre er in Urlaub gefahren.

»Ich glaube, er ist schon gestern Abend abgeholt worden«, sagte Viola. »Vielleicht, als es schon dunkel war. Sonst hätte ihn doch jemand sehen müssen. Und da er sein Haus so gut wie nie verlässt, außer er geht zum Strand oder fährt mit dem Inselbus nach Vitte, wäre das aufgefallen.«

»Sie müssen mit dem Wassertaxi aufs Festland gefahren sein«, sagte Doris niedergeschlagen. »Wenn sie auf die Fähre gegangen wären, hätte sie mit Sicherheit jemand erkannt, und die halbe Insel wüsste schon, dass Jehann fort ist.«

»Das können wir leicht nachprüfen. Ich rufe nachher in der Zentrale an«, entschied Viola.

Sie fanden keine Adresse oder sonstige Hinweise auf den Neffen, deshalb schloss Doris das Haus wieder ab und machte sich schweren Herzens auf den Weg, ihre restlichen pflegebedürftigen Patienten zu besuchen.

»Ich werde es überall erzählen, vielleicht hat doch jemand etwas gehört«, meinte sie, als sie sich trennten. »Das ist das Gute an so einem abgeschiedenen Ort, dass jeder jeden kennt.«

»Ja, in so einem Fall ist das wirklich nicht schlecht«, sagte Viola. »Wenn alle zusammen helfen, finden wir ihn am schnellsten.«

Doris nickte, dann ging sie langsam zur Hauptstraße zurück. Man sah es ihrem Rücken an, wie besorgt sie war.

Schon eine Stunde später bekam Viola die Auskunft, dass am späten Freitagabend ein Wassertaxi mit einem Mann zum Hafen von Neuendorf gefahren war. Er war so um die Mitte vierzig gewesen und recht füllig, hatte kurze braune Haare gehabt und war sehr entschlossen aufgetreten. Und er hatte einen dieser sündhaft teuren wetterfesten Outdoor-Anoraks in Blau und Schwarz getragen, bemerkte der Fahrer des Bootes. Im Gegensatz dazu hatte er allerdings heftig um den Fahrpreis gefeilscht.

»Er sagte, er würde in einer halben Stunde wiederkommen, ich solle warten«, erklärte er. »Und dann brachte er einen bärtigen Alten mit, der ziemlich gebrechlich aussah und einen Koffer dabeihatte. Unterwegs redete er die ganze Zeit auf den alten Mann ein. Der hat nur ein paarmal genickt und ist dann mit Mühe am Hafen in Stralsund ausgestiegen. Dort sind sie zu einem Auto gegangen. Der alte Mann hat aber nicht den Eindruck gemacht, als wäre er gezwungen worden mitzukommen«, setzte er noch hinzu.

So, das bezeugte also schon einmal klar, dass es der Neffe

gewesen sein musste, der Jehann abgeholt hatte. Aber was bezweckte er damit?

Als Doris am späten Vormittag wieder zu Viola kam, brachte auch sie eine Erfolgsmeldung. Die alte Anna aus Vitte, die Jehann nach dem Tod seiner Frau lange Zeit den Haushalt besorgt hatte, kannte die Adresse des Neffen. Jehann hatte sich eigentlich immer gut mit ihm vertragen. Einige Male war er mit ihm nach Stralsund gefahren, um im Hafen die alten Schiffe anzuschauen, die dort immer wieder ankerten. Jehann war jedes Mal begeistert zurückgekommen. Diese alten Windjammer waren seine große Liebe, seit er als junger Kerl zwei Jahre mit so einem Schiff gesegelt war.

Wortlos holte Viola das Telefonbuch. Norbert Storm, Bahnhofstraße 34, Stralsund, hatte einen eingetragenen Anschluss. Sehr gut.

Aber der Versuch, ihn anzurufen, erbrachte nichts, Herr Storm meldete sich nicht. Vielleicht waren sie gerade im Hafen unterwegs? Und Norbert Storm wollte seinem Onkel mal wieder eine Freude machen?

»Aber wenn er mit seinem Onkel nur einen kleinen Ausflug unternehmen wollte, dann hätte er doch kurz Bescheid sagen oder wenigstens einen Zettel hinterlassen können, damit sich niemand Sorgen macht«, sagte Doris bedrückt. »Wozu braucht er für eine Übernachtung überhaupt einen ganzen Koffer? Und warum hat er die Küche so sauber aufgeräumt, wenn es nur für ein Wochenende geplant war?«

Viola blätterte schon wieder im Telefonbuch und wählte dann die Nummer des Hafenmeisters.

Fünf Minuten später blickte sie Doris eindringlich an. »Die neu renovierte ›Gorch Fock‹ ist vor ein paar Wochen zur Besichtigung im Hafen freigegeben worden«, sagte sie. »Bestimmt sind sie dort.«

Doris drehte sich um und lief zum Fenster. Sie starrte kurz hinaus, dann kam sie zurück. Ihr Gesicht drückte Entschlossenheit aus.

»Ich fahre rüber«, erklärte sie. »Das gefällt mir nicht. Jehann geht es nicht gut, das ist für ihn zu anstrengend. Außerdem braucht er seine Insulin-Injektionen, und die Blutzuckerkontrollen müssen regelmäßig gemacht werden. Das kann der Neffe doch gar nicht. Dazu noch die Aufregung! Auch wenn Jehann sich freut, das alte Schiff zu sehen, ist er einfach nicht mehr kräftig genug für solche Unternehmungen.« Sie wollte noch etwas hinzufügen, schwieg dann aber mit zusammengezogenen Augenbrauen.

»Ich komme mit«, antwortete Viola sofort. Allerdings hatte sie weniger die Sorge um Jehann zu dieser spontanen Entscheidung gebracht, sondern vor allem die Vorfreude darauf, wieder einmal von der Insel herunterzukommen. Ich fahre nach Stralsund, ich schnuppere Stadtluft, sagte sie sich, wenigstens für ein paar Stunden.

33

UND DANN HATTE VIOLA eine Idee. »Georg!«, sagte sie. »Er kann uns helfen. Am schnellsten sind wir drüben, wenn wir nach Schaprode übersetzen, dort sein Auto nehmen und nach Stralsund fahren. Außerdem kennt er sich in der Stadt gut aus. Und er ist heute nicht in seinem Laden. Ach, er will ja am Abend kochen. Na, egal, ich bin sicher, dass er uns trotzdem hilft.«

Auf dem kurzen Weg zu Georg genoss Viola trotz ihrer leichten Beunruhigung wegen Jehann das wunderbare Wetter. Überall in den Vorgärten blühte es, und die Vögel sangen ihre Frühlingslieder. Es gab hier tatsächlich auch ganz normale Meisen, Spatzen, Finken und Amseln, nicht nur Möwen und Bekassinen. Und sogar Sprosser, so nannte man hier die Nachtigallen, fühlten sich auf der Insel heimisch, das hatte Florian ihr schon berichtet. Auf jeden Fall waren das ganz heimatliche Töne, die Viola kannte. Sie sah und hörte dies alles auf einmal wieder bewusst, holte tief Luft und freute sich darüber. Schon wurden alle Probleme kleiner.

Vielleicht macht sich Doris zu viele Gedanken, überlegte sie, vielleicht ist Jehann jetzt auf der »Gorch Fock« und freut sich, wieder einmal auf einem Segelschiff zu stehen. Und der Herr Neffe kümmert sich um ihn. Er hat ja auch das Insulin mitgenommen, er kennt seinen Onkel und wird schon auf ihn aufpassen. Aber ich werde auf jeden Fall mitfahren.

Monika Blum war schon unterwegs, um den Tagesdienst zu übernehmen. Es passte alles, und beinahe hätte sie einen Freudensprung gemacht.

Georg war sofort bereit mitzukommen. Er wollte sowieso noch einkaufen, und die Fähre fuhr in einer halben Stunde von Neuendorf über den Bodden nach Schaprode.

Auf dem Schiff war jeder mit seinen eigenen Gedanken beschäftigt. Georg prüfte noch einmal seinen Einkaufszettel und dachte über das Essen nach, das er am Abend kochen wollte, und Viola freute sich an der Weite des Meeres, den glitzernden Wellen, der klaren Luft und dem Umstand, so unerwartet zu einem Ausflug zu kommen. Das klein wenig schlechte Gewissen über ihre Freude an der Fahrt störte sie nicht. Sie waren ja für Jehann unterwegs, und sie hielten sich nicht mit anderen Dingen auf. Und durfte man sich nicht auch einmal freuen, ein paar Stunden von der Insel herunterzukommen? Man durfte, jawohl!

Doris blieb während der Weiterfahrt mit dem Auto von Schaprode über den Rügendamm zum Festland sehr still. Nur einmal sagte sie: »Er wird bestimmt wieder versuchen, Jehann zum Verkauf des Grundstücks zu überreden, und vielleicht wird er ihm sogar drohen.«

»Sie meinen mit Altenheim oder einem Betreuungsverfahren?«, fragte Georg.

»Ja, Jehann hat mir erzählt, dass er so etwas schon einmal vorgeschlagen habe. Er hätte gesagt, Jehann könne seine eigenen Angelegenheiten nicht mehr überblicken und keine wichtigen Entscheidungen treffen. Aber Jehann hat damals kurz und bündig abgelehnt.«

»Dazu braucht es auch das Vormundschaftsgericht«, bemerkte Viola.

»Ja, und ich werde es zu verhindern wissen!«, sagte Doris.

Ihre Miene war besorgt, aber entschlossen, die Hände lagen fest in ihrem Schoß.

Sie wird sich mit aller Energie für Jehann einsetzen, wenn der Neffe tatsächlich so etwas plant, dachte Viola. Und wenn es wirklich stimmt, werde ich sie dabei unterstützen. Dieser Herr Storm wird uns noch kennenlernen. Aber zuerst müssen wir die beiden finden.

Während sie durch Stralsund fuhren, schaute sich Viola mit wachen Augen um. Die Hansestadt sah ja fast so aus wie ihre eigene Hansestadt Hamburg, stellte sie fest. Als sie vor Wochen hier angekommen war, bei schlechtem Wetter, müde und in Eile, um die Fähre nicht zu verpassen, hatte sie nur einen kurzen Eindruck von der Stadt bekommen. Aber damals schon waren ihr die vielen Kirchtürme, die hohen gotischen Giebelhäuser aus Backstein und die schönen alten Brücken aufgefallen. Die Stadt war nach der Wende an allen Ecken und Enden renoviert worden. Jetzt konnte Viola ihren Anblick zum ersten Mal so richtig genießen. Und das tat sie auch.

Georg hielt am Passagierhafen, einem der drei Stralsunder Seehäfen. Das Meer leuchtete blau in der Sonne, und in seinem Wasser spiegelten sich die Giebel der hohen alten Speicher und die Türme einiger Kirchen.

»Kann ich euch noch behilflich sein?«, fragte er, als Viola und Doris ausgestiegen waren.

»Nein danke. Wir suchen am besten zuerst auf der ›Gorch Fock‹ und fahren später in die Bahnhofstraße, wenn Jehann nicht auf dem Schiff ist«, antwortete Viola.

»Wenn er bis heute Abend nicht auftaucht, solltet ihr doch die Polizei informieren«, meinte Georg. »In der Stadt einen alten Fischer suchen, das können sie besser. Ich warte auf jeden Fall mit der Rückfahrt auf euch.«

In seinen Augen lag Mitgefühl, und Viola dankte es ihm, indem sie ihm zulächelte. Er würde da sein, wenn sie ihn wieder brauchten, da war sie sicher, übers Handy war er zu erreichen. Georgs Zuverlässigkeit beruhigte sie, und als sie mit Doris eine halbe Stunde später an der Anlegestelle des Hochseeseglers angelangt war, vergaß sie über dem Anblick dieses strahlend weißen Schiffes fast, warum sie hier waren.

Der schöne alte und jetzt neu renovierte Windjammer erhob sich riesig vor ihr, drei Masten reichten in schwindelnde Höhen. Viola musste den Kopf weit zurücklegen, um an ihnen hochzusehen. Du liebe Zeit, da kletterten die Matrosen hinauf, und das bei Sturm und Regen? Unvorstellbar.

Eine Menge Besucher befanden sich auf dem Schiff, es war gar nicht so leicht, durch das Gedränge zu kommen. Viola trennte sich von Doris, und jede suchte eine Seite des Schiffes ab.

Aber sie konnten weder Jehann noch seinen Neffen finden.

Viola blieb viel zu wenig Zeit, sich umzuschauen. Es wurden Führungen gemacht, und das wenige, das Viola aufschnappen konnte, klang sehr interessant. Das Schiff war über achtzig Meter lang und hatte ein bewegtes Leben hinter sich. 1933 war es gebaut worden, bei Kriegsende hatte man es versenkt, dann war es wieder gehoben und der sowjetischen Marine übergeben worden. Sie wollte unbedingt noch einmal in Ruhe hierherkommen.

Aber Jehann war jetzt wichtiger, und Doris auch. Diese schüttelte bekümmert den Kopf, als sie sich am Kai wiedertrafen. Eine Turmuhr schlug 15 Uhr, und an einer Imbissbude holten sie sich schnell gebratene Scholle.

»Wir fahren jetzt zu seiner Wohnung«, schlug Doris vor. »Irgendjemand muss die beiden doch gesehen haben.«

Das Mehrfamilienhaus in der Bahnhofstraße 34 sah gepflegt aus: hellgelber Anstrich, dunkelrote Ziegel, davor ein kleiner Garten mit blühenden Narzissen.

Norbert Storms Klingel befand sich unten, er wohnte also im Parterre.

Man hörte einen melodischen Klang, als Viola den Knopf drückte, aber es rührte sich nichts.

Was konnte man denn jetzt noch tun?

Georg meldete sich auf dem Handy. Er war mit seinen Einkäufen fertig und wollte wissen, ob sie Jehann gefunden hätten und wo er sie abholen sollte.

Doris und Viola setzen sich auf eine Bank in der Nähe, während sie auf Georg warteten und nachdachten. Doris war ihre Unruhe deutlich anzumerken. Sie wollte nicht so schnell aufgeben, und schließlich erhob sie sich, um noch bei den Nachbarwohnungen zu läuten. Vielleicht wusste jemand, wo Norbert Storm war.

Beim zweiten Versuch hatte sie Glück. Viola sah, wie sie mit einer Frau sprach, die aus dem Fenster schaute und mehrmals mit dem Kopf nickte.

»Er war tatsächlich hier!«, berichtete Doris aufgeregt. »Die beiden sind heute Morgen aus der Wohnung gekommen, Norbert und Jehann, er hat der Frau seinen Onkel sogar vorgestellt. Dann sind sie in sein Auto gestiegen. Den Koffer haben sie mitgenommen. Jehann war offensichtlich ganz munter, er erzählte, sie würden nun zum Hafen fahren und am Abend wieder auf die Insel zurück.« Doris zog die Augenbrauen zusammen und sah nachdenklich zu dem Haus zurück. »Aber wozu dann der große Koffer? Es gefällt mir nicht, es gefällt mir ganz und gar nicht!«, sagte sie düster. »Mit der ›Gorch Fock‹ hat Norbert Storm Jehann sicher leicht überreden können mitzukommen, aber was hat er noch vor, der Kerl?«

Im Moment konnten sie nichts weiter unternehmen, also

warteten sie ungeduldig auf Georg, der kurze Zeit später mir seinem Wagen neben ihnen hielt.

Als er vom Ergebnis der Suche hörte, wiegte er den Kopf. »Soll ich jetzt nicht doch die Polizei anrufen?«, schlug er vor. »Ich kenne einen der Beamten hier.«

»Nein, noch nicht.« Doris sah ihn grimmig an. »Wenn dieser Neffe das vorhat, was ich von Anfang an vermutet habe, wird uns die Polizei nicht helfen können.«

»Und was denkst du? Doch nicht tatsächlich so eine Art Entführung, um an das Erbe zu kommen?«, fragte Viola ungläubig.

»Doch, genau das. Er könnte irgendeine Geschichte erfinden, zum Beispiel, dass er die letzte Fähre nach Hiddensee verpasst hat, und Jehann dann zum Übernachten in einem Altenheim abliefern. Und wenn er schon mal dort ist ... Ich traue diesem Norbert Storm nicht, und wenn Jehann morgen nicht wieder zu Hause ist, komme ich noch einmal hierher!«

»Ist das nicht eine etwas voreilige Unterstellung?«, fragte Georg.

»Es wäre nicht das erste Mal, dass jemand gegen seinen Willen in ein Heim gebracht wird«, erwiderte Doris.

»Da hat Doris leider recht«, bestätigte Viola.

»Gut. Viola, ich werde dir für alle Fälle mitbringen, was ich an Büchern über Vorsorgevollmacht und Betreuung im Laden habe, und dann können wir zusammen überlegen, wie wir vorgehen wollen. Du als Hausärztin hast da schließlich auch noch ein Wort mitzureden.«

»Danke, Georg«, sagte Viola und legte ihm warm die Hand auf die Schulter. Er sah sie lächelnd an. Viola wandte sich um: »Mach dir keine Sorgen, Doris! Falls es wirklich so ist, wie du vermutest, hat Jehann drei fähige Mitstreiter, die ihm beistehen. Wir holen ihn zurück, egal, wo er sich befindet.«

Doris schwieg. Man sah ihr an, dass sie noch lange nicht beruhigt war. Sie sagte, sie wisse, wie umständlich und gewunden die Wege der Bürokratie sein konnten, da könne ein alter Mann schon verzweifeln und sich aufgeben, während ein Gericht noch versuchte, eine Entscheidung zu fällen.

Es musste einen anderen Weg geben, Jehann aus dem Altenheim zu holen, falls er wirklich dort war. Und es musste schnell gehen, ohne Anträge oder Widersprüche.

Es war schon dunkel, als sie wieder am Hafen von Neuendorf ankamen. Georg hatte sich bereits verabschiedet und war mit seinen Einkäufen in den Inselbus nach Vitte gestiegen. Viola und Doris schauten noch bei Jehanns Häuschen vorbei, aber alles war wie zuvor, keine Spur von dem alten Fischer.

Sie beschlossen, zu Fuß nach Vitte zu gehen. Der Mond stand voll über dem Meer und beleuchtete den Weg durch die Heide, es roch nach Thymian und anderen Sträuchern, die den ganzen Tag die Sonne in sich aufgesogen hatten.

»Wenn jemand hier aufgewachsen ist und sein Leben verbracht hat, wie Jehann«, sagte Doris, »dann kann man ihn nicht mehr verpflanzen im Alter. Er würde verkümmern und verdorren.«

»Du liebst diese Insel genau so wie er, nicht wahr?«

»Ja. Kannst du das verstehen?«

»Ich fange an, es zu verstehen«, sagte Viola und breitete die Arme aus. »Ich fange sehr wohl an, es zu verstehen.«

Kurz bevor sie ihr Haus erreichten, wandte sich Viola auf einmal an Doris; ihr war etwas eingefallen.

»Du hast morgen Vormittag doch einige Patienten zu versorgen, und Lisa ist nicht da. Soll ich das übernehmen, damit du noch mal nach Stralsund fahren kannst?«, bot sie Doris an. »Die zwei Insulinspritzen und drei Verbände kann ich gut machen, und zur Not kann ich auch jemandem beim Anziehen helfen.«

»Das würdest du wirklich tun?«, fragte Doris erstaunt. »Zwei Stunden Krankenschwester spielen? Du bist doch Ärztin, ist das nicht unter deiner Würde?«

»Aber nein. Was ist denn schon dabei?«, erwiderte Viola lächelnd. »Ich glaube nicht einmal, dass das irgendwelches Aufsehen erregt. Pastor Busche gibt Segelkurse, euer Lehrer betreibt eine Pension, und Bürgermeister Lükke hilft eigenhändig beim Streichen der Räume im Rathaus. Warum soll ich dann nicht auch mal für zwei Stunden als Krankenpflegerin losziehen? Hier geht vieles, das anderswo Kopfschütteln hervorrufen würde, das habe ich schon bemerkt.«

»Ja, das ist wahr, und es hat bereits ein wenig auf dich abgefärbt, scheint mir. Vielen Dank, Viola, dann fahre ich gleich in der Früh wieder los.« Doris drückte Violas Hand, und zum ersten Mal an diesem Tag sah Viola sie lächeln.

Zu Hause schaute Viola noch schnell ins Sprechzimmer. Monika Blum, die unentbehrliche, einzigartige, unersetzliche Kollegin, hatte neun Karteikarten auf den Schreibtisch gelegt. Viola sah sie rasch durch. Alle Patienten waren wunderbar versorgt worden. Eine Notiz lag dabei: »Es ist wohl unser Schicksal, dass wir uns meist nur über Zettel unterhalten können oder am Telefon. Wie wäre es mit einem undienstlichen Kaffee in nächster Zeit einmal? Gruß, Blum. PS: Ich habe es bisher noch nicht zu einem Doktortitel gebracht und werde es als angehende Oma auch nicht mehr, aber bisher hat es niemanden gestört.«

Mich auch nicht, dachte Viola erheitert, sie ist ein Juwel, auch ohne Titel, und ich hoffe, sie bleibt mir noch lange erhalten.

34

EINE STUNDE SPÄTER SASS Viola bei Georg in der Küche und sah zu, wie er mediterranes Kartoffelgulasch zelebrierte.

Er hatte jedes Gerät, das er brauchte, sofort in der Hand, musste nicht einmal hinsehen, wo es lag oder hing. Alles war an seinem Platz, und Georg war der Zauberer, der damit Wunder vollbrachte.

Er arbeitete konzentriert und mit ganzer Hingabe. Wahrscheinlich führte er genauso seinen Buchladen.

Solange er kochte, durfte man ihn nicht ablenken, das hatte Viola schon gemerkt. Aber das war ihr ganz recht, denn so konnte sie den erfreulichen Anblick genießen, den er bot. Ab und zu lächelte er ihr zu, erklärte ihr kurz, was er machte, oder reichte ihr einen Löffel mit einer Kostprobe.

Erst nach dem Essen, als sie satt und zufrieden im gemütlichen Erker zusammensaßen, kam Viola noch einmal auf Jehann zu sprechen.

»Wenn er nun Jehann dazu bringt, ihm eine Betreuungsverfügung zu geben, dann ist der alte Mann rechtlos, und er kann jederzeit übervorteilt und vielleicht sogar für immer in ein Altersheim gesteckt werden.«

»Du meinst den Neffen?« Georg musste sich erst einmal in Violas Gedankengänge einklinken.

»Ja. So langsam denke ich, dass Doris' Sorge gar nicht so unberechtigt ist. Doris hat ein gutes Gespür für Menschen.

Wenn sie diesem Norbert Storm nicht traut, muss man das schon ernst nehmen.«

»Das ist alles nicht so einfach, Viola. Jehann ist doch geistig noch in Form, hast du gesagt, wie soll der Neffe da an eine Vollmacht kommen? Das müsste Jehann ja selbst wollen und unterschreiben.«

»Er könnte ihn überzeugen, dass es besser sei für ihn. Und eine Betreuungsverfügung muss Jehann nicht mal selbst unterschreiben, da reichen ein Antrag von Storm, ein ärztliches Gutachten und ein Notar, der die Sache mit dem Gericht regelt.«

»Viola«, Georg legte beruhigend seine Hand auf ihre, »kein Arzt und kein Notar wird Jehann auf diese Art und Weise entmündigen, da kann der Neffe noch so viel reden. Jehann ist in vollem Umfang geschäftsfähig, daran besteht doch wohl kein Zweifel.«

»Vielleicht.« Viola war sich da nicht so sicher. »Aber Jehann ist schließlich schon 89 Jahre alt und braucht regelmäßige Betreuung und seine Spritzen. Er ist schon sehr hinfällig, eigentlich sollte er gar nicht mehr allein leben. Das könnte der Neffe anführen. Und es kann sogar sein, dass er in einer fremden Umgebung mit fremden Menschen die Orientierung verliert, oder dass er Medikamente bekommt, die er nicht verträgt und die ihn verwirren. Da kann so ein alter Mensch furchtbar schnell geistig abbauen. Ich darf gar nicht daran denken! Hoffentlich klärt sich bald alles auf. Weißt du, Georg, so ein Mann wie Jehann ist schon etwas Besonderes. Wenn ich in Neuendorf bin und sein Häuschen sehe, vor dem er so oft sitzt und seine Pfeife im Mund herumschiebt, dann bin ich jedes Mal richtig froh. Irgendwie verkörpert er eine Art zu leben, nach der ich mich manchmal sehne. Eine einfache Art zu leben, ohne unnützen Ballast.«

»Aber Viola! Ohne dein Auto und dein Handy und deine

Geräte könntest du ja gar nicht Ärztin sein, wie stellst du dir das vor? Oder willst du anfangen, Kräuter zu pflücken und auf moderne Arzneimittel verzichten?«

»Ich möchte beides, je nach Lust und Laune!« Violas Augen sprühten. »Manchmal mit allen neuzeitlichen Mitteln ausgestattet sein oder, wenn mir danach ist, mich in einer Hütte im Wald verkriechen, das Wasser von der Quelle holen und Beeren sammeln. Du nicht?«

Georg sah sie ein wenig verwundert an. »Nein, ich habe hier doch alles, was ich brauche, meine Wohnung, meinen Beruf, meinen Arbeitsplatz.« Er machte eine Pause. »Und irgendwann werde ich auch eine Frau haben und Kinder, zwei vielleicht. Und ich kann dir versichern, dass diese Frau es bei mir guthaben wird.«

Viola stockte der Atem. Georg hatte das so gelassen gesagt … Meinte er sie damit? Sie hatte schon öfter vorsichtig darüber nachgedacht, wie es wäre, ihr weiteres Leben mit Georg zu verbringen. Eine Ehe mit ihm wäre wahrscheinlich nicht gerade eine Achterbahnfahrt mit Höhen und Tiefen und Unberechenbarkeiten, aber wer wünschte sich schon eine lebenslange Achterbahnfahrt?

Sie sah Georg in die Augen, und er betrachtete sie warm, mit einem Blick, der ihr Herzklopfen machte. Gab es für sie bei Georg wieder dieses Gefühl von Glück, das sie vor langer Zeit irgendwo in München zurückgelassen hatte? Er war liebevoll, fürsorglich, zuverlässig, bei ihm musste man keinen Absturz aus der Achterbahn befürchten. Seine ernste Miene machte sie verlegen. Was erwartete er jetzt von ihr? Ein wenig verwirrt senkte sie den Kopf. Das Besteck glänzte im Schein der Kerzen auf dem edlem Porzellan ihres Tellers. Unwillkürlich kam ihr Florian in den Sinn mit seinen beiden einzigen Tassen und der winzigen Küche. Er kannte Georg nicht, aber sie sah bereits den leicht amüsierten Gesichtsausdruck vor sich, den er aufsetzen würde, wenn er Georg einmal begegnete. Mit welchem Vogel würde er Georg vergleichen? Viola hatte er das letzte Mal eine Ringelgans genannt, wegen ihrer Haare. Und sie hatte gekontert: Trottellumme!

Unwillkürlich begann sie zu lächeln, als sie daran dachte.

»Was erfreut dich so?«, fragte Georg und nahm ihre Hand in seine.

»Ach, mir ist gerade etwas eingefallen, es ist nicht wichtig«, erwiderte Viola. Wie konnte sie nur an Florian denken, wenn Georg sie so eindringlich anblickte!

»Willst du es mir nicht erzählen?«

Sie zögerte. »Ein Vogelschützer hat mich mit einer Ringelgans verglichen«, antwortete sie dann. »Meine Frisur hat ihn dazu inspiriert.«

»Ein dir gut bekannter Vogelschützer?«

»Nein, nicht sehr gut.«

»Das sollte er auch bleiben«, gab Georg zurück und zog ihre Hand an seinen Mund.

Und dann dachte Viola nicht mehr an Florian.

Es war schon spät, als Georg Viola nach Hause begleitete.

»Morgen werde ich also als Dorfpflegerin die Arbeit von Doris machen«, sagte Viola, als sie Arm in Arm durch die stille Nacht schritten. »Das wird eine neue Erfahrung sein. Lisa ist bei ihrer Schwester im Rheinland. Ab und zu braucht sie heimatliche Luft. Was sie wohl sagen wird, wenn sie von Jehann erfährt? Sie ist sonst immer als Erste über alles informiert, ich weiß nicht, wie sie das macht. Wahrscheinlich über ihren Mann, den Briefträger.« Viola lachte. »Manchmal ist mir das zu viel, und ich muss sie in ihre Schranken weisen, aber sie nimmt es mir nicht übel. Im Grunde ist sie eine herzensgute Frau.«

»Viola«, Georg drückte ihren Arm, »du bist wunderbar, weißt du das? Du kommst mit den Menschen hier so gut zurecht, und sie sind bestimmt nicht immer einfach. Und auf so einer kleinen Insel die einzige Ärztin zu sein, dazu gehört schon eine Menge Mut. Hast du denn schon Zukunftspläne, weißt du, wie lange du bleiben willst?«

»Nein, ich weiß es nicht«, erwiderte Viola nachdenklich. »Es gibt Tage, da denke ich, nein, immer in dieser Abgeschiedenheit leben? Bestimmt nicht. Es ist wunderschön hier, aber immer hier leben, in Sommer und Winter? Und wenn ich die Insel ganz erkundet habe, was mache ich dann? Aber an anderen Tagen wieder gibt es nichts Schöneres für mich, als meine Hausbesuche zu machen, mit den Menschen zu reden, am Strand entlangzugehen, das Meer zu sehen, es zu riechen und zu spüren, und dann fühle ich mich wohl und geborgen. Ich brauche noch Zeit. Im Moment lebe ich für den Augenblick, eines Tages werde ich vielleicht sicher wissen, wohin ich gehöre.«

»Könnte Rügen für dich interessanter sein? Dort gibt es alles, Land und Meer und Stadt. Bergen ist sehr schön, hat 14 000 Einwohner, und man kann ausgehen und einkaufen und ist nicht so eingeengt wie hier. Und es gibt ein sehr gut ausgestattetes Krankenhaus, das weißt du ja, außerdem ist man auch immer schnell in Stralsund. Ich habe schon gesehen, dass du heute in Stralsund ganz helle Augen bekommen hast. Wir könnten demnächst einmal dort essen gehen, ich kenne ein Lokal, in dem du dich sicher sehr wohl fühlen wirst.«

Viola schaute lächelnd zu ihm auf. »Ich weiß, du hast mir schon mehr als einmal von Rügen vorgeschwärmt. Und du, warum wohnst du nicht auf deiner Trauminsel? Was hast du vor?«

»Im Moment hält mich nur dieses Haus hier. Und neuerdings eine sehr sympathische junge Frau Doktor, da muss ich mir genau überlegen, was ich tue.«

Die Sterne funkelten über ihnen am Himmel, der Leuchtturm sandte seinen Lichtarm über Hiddensee hinweg, dunkel-hell, dunkel-hell, wie ein Versprechen, den richtigen Weg zu weisen. Und Georg, der sie jetzt vor dem Arzthaus in die Arme nahm, gehörte vielleicht dazu, zu diesem Weg.

35

AM SONNTAGVORMITTAG VERSORGTE VIOLA zuerst Doris' Patienten und dann einige weitere in ihrer Praxis. Anschließend machte sie noch einen Besuch bei der alten Anna, Jehanns ehemaliger Haushälterin, die seinen Neffen Norbert schon oft gesehen hatte.

»Wie ist er denn so, dieser einzige Verwandte? Meinen Sie, er hat etwas Unschönes im Sinn?«, fragte Viola.

Anna saß in ihrer Küche und trug einen buntgemusterten Hauskittel über ihrer Kleidung. Die grauen Haare waren am Hinterkopf fest zusammengebunden, viele kleine Falten im Gesicht zeugten von Wind und Wetter auf See. Ihr Mann war Fischer gewesen, und sie war oft mit hinausgefahren.

Ihre Miene verdüsterte sich. »Ich weiß es nicht. Er ist immer gut angezogen, wenn er kommt, Jehann erzählt mir dann bewundernd, wie fein er ausgesehen hat, mit Bügelfalte und weißem Hemd. Höflich ist er auch, und er hat seinen Onkel früher öfter mitgenommen auf einen Ausflug. Er hat auch immer etwas mitgebracht, Rum für Jehanns Tee oder eine Zeitschrift mit den großen Seglern, die Jehann so mag.«

»Er kennt die Pläne mit dem Wellness-Zentrum.«

»Aber ja, schon lange. Er liegt seinem Onkel seither in den Ohren, er solle sein Grundstück verkaufen. Aber Sie kennen ja Jehann. Nicht vor meinem Tod, hat er immer gesagt. Danach mag er machen, was er will.«

»Ich möchte wissen, was er vorhat«, sagte Viola nachdenklich. »Aber so, wie ich den alten Mann kenne, wird er sich nicht so leicht über den Tisch ziehen lassen.«

Anna wiegte den Kopf. »In der letzten Zeit hat er ziemlich abgebaut. Er hat geschwollene Beine bekommen und auch abgenommen, Sie haben es ja gesehen. Er ist richtig gebrechlich geworden und auch ein wenig vergesslich. Sie hätten ihn sehen sollen, als er noch ein stattlicher Fischer war! Gegen den ist niemand angekommen, und wenn es Unstimmigkeiten gab, hat er auch kräftig ausgeteilt. Ein Kerl von einem Mann war er, der Jehann.« Ihre Augen leuchteten auf bei dieser Erinnerung.

»Man kann ihn nicht mehr jung machen«, sagte Viola, »aber wenn er richtig essen würde und jemand sich um ihn kümmert, könnte es durchaus noch einmal besser werden mit ihm.«

»Der Mann ist 89!« Anna schüttelte den Kopf. »Und er ist ein Sturkopf. Er nimmt seine Medikamente nicht regelmäßig, er trinkt jeden Tag seinen Tee mit Rum und zwischendurch einen Korn, und dabei zu wenig Wasser, das hat er nie gemocht. Und bis Doris ab und zu an seine Beine durfte, mussten wir ihn lange überreden. Jetzt, seit Sie da sind, hat man den Eindruck, er erholt sich wieder ein wenig. Er hat mir die Sache mit dem Honig erzählt, das hat ihn sehr beeindruckt. Die ist recht, hat er zu mir gesagt, die weiß, was gut ist. Trotzdem, wir haben uns in letzter Zeit schon öfter Gedanken darüber gemacht, wie lang er noch allein da draußen wohnen kann.«

»Ich hoffe, dass Doris ihn heute Abend wieder mitbringt«, seufzte Viola. »Ich hoffe sehr, dass sie ihn findet. Lieber Himmel, man kann doch seinen alten Onkel nicht einfach entführen, und wenn er zehnmal der Erbonkel ist!«

»Wenn dem Neffen das Wasser bis zum Hals steht, traue ich ihm alles zu«, meinte Anna düster. »Und Jehann ist nicht mehr in der Lage, allein vom Festland wieder auf die Insel zurückzugelangen, wenn dieser Neffe ihn bei sich behalten will.«

Nicht gerade optimistisch gestimmt, kehrte Viola nach Hause zurück. Tief in Gedanken versunken öffnete sie das Gartentor, und plötzlich stand sie vor Florian. Vor einem Florian, der sie zornig und mit gerunzelter Stirn ansah. Sturmflut.

»Was höre ich da von Jehann?«, fragte er aufgebracht. »Er ist verschwunden? Seit Freitagabend! Und niemand hat es für nötig gehalten, mir Bescheid zu sagen? Warum habt ihr nicht alles in Bewegung gesetzt, um ihn zu finden?«

Viola wollte an ihm vorbei, aber er trat ihr in den Weg. »Wo ist er, was ist passiert?«

»Er ist wahrscheinlich in Stralsund. Sein Neffe hat ihn geholt«, erwiderte Viola kühl. »Und Doris ist heute noch einmal rübergefahren, um ihn zurückzubringen.«

Sie wusste, dass das noch gar nicht sicher war und dass bisher nicht klar war, wo Jehann überhaupt steckte. Aber Florian konnte ruhig ein wenig mehr Höflichkeit zeigen.

»Hast du die Adresse von diesem Neffen?«, wollte Florian wissen, nun schon ein wenig gemäßigter.

»Ja, aber in dieser Stimmung lasse ich dich nicht hinterherfahren, da machst du mehr kaputt, als dass du nützt. Wir sollten erst einmal warten, bis Doris wieder da ist. Was hast du denn überhaupt mit ihm zu tun?«

»Er weiß alles über den Vogelflug im Herbst und im Frühjahr, er kennt sich mit den Fischen aus, mit den Strömungen auf dem Bodden. Und er … Kannst du dir vorstellen, dass ich ihn schlicht und einfach ins Herz geschlossen habe? So ist das nämlich! Und dieser Neffe hat nichts Gutes mit ihm vor, das weiß ich. Warum seid ihr so leichtgläubig? Hätte ich sofort von Jehanns Verschwinden erfahren, wäre er jetzt schon wieder hier!« Er fuhr sich durch die Haare, die ihm wild ins Gesicht hingen.

»Erstens«, Violas Stimme wurde nun auch um einiges lauter, »bist du bei deinen Vögeln meist nicht erreichbar, weil du das Handy abschaltest, wenn du sie beobachtest, und zweitens hättest du auch nicht mehr tun können, als wir bis jetzt. Und drittens, führ dich nicht auf wie eine deiner Möwen, die immer auf anderen rumhacken. Wenn du dich wieder benimmst, wie es sich gehört, kannst du mit reinkommen.«

Florians Miene glättete sich ein wenig. »Tut mir leid«, sagte er, »aber Jehann ist nicht so gut drauf, dass er diesem Neffen wirksam Widerstand leisten kann. Ich möchte nur, dass ihm nichts passiert.«

»Das wollen wir alle«, antwortete Viola und ging ihm voran ins Haus.

Sie kochte einen Tee und berichtete Florian alles: die Sache mit dem Koffer, Jehanns aufgeräumte Wohnung, ihr vergebliches Klingeln an der Tür des Neffen und die Erklärung der Nachbarin, dass Jehann einmal übernachtet habe. Florian sah immer finsterer aus.

»Ich gehe zum Hafen«, sagte er und sprang auf. »Wenn Doris mit dem Nachmittagsschiff nicht kommt, fahre ich hinüber.«

Viola sah ihm mit gemischten Gefühlen nach. Unter anderen Umständen hätten ihr Florians sprühende Augen, seine wirren dunklen Locken und sein Temperament ausnehmend gut gefallen. Vor allem, wenn nicht Zorn der Grund gewesen wäre. Er konnte so begeistert sein, so voller Leben.

Aber dann schüttelte sie den Kopf. Florian war ein junger Hitzkopf, er sollte erst einmal erwachsen werden.

36

AM SPÄTEN SONNTAGNACHMITTAG KLINGELTE es an Violas Haustür, und Georg stand davor. Gleichzeitig bogen Doris und Florian um die Ecke, Doris mit verweinten Augen, Florian voller Wut.

Viola stellte sie einander vor, und sie setzten sich in Violas Küche an den Tisch, Florian mit einem skeptischen Seitenblick auf Georg.

Doris hatte Florian auf dem Weg vom Hafen schon das meiste erzählt, und er berichtete in kurzen Worten, was sie ihm mitgeteilt hatte.

Sie hatte an Norbert Storms Haus gewartet, bis er herauskam, und war ihm dann im Taxi, das um die Ecke parkte, nachgefahren. »Wie im Kino«, setzte Florian mit blitzenden Augen hinzu.

Storm war vor einem großen, langgezogenen Gebäude ausgestiegen, das von einer gut gepflegten Parkanlage umgeben war.

»Vor einem Altersheim!«, fiel Doris ein. »Genau, wie ich befürchtet hatte!«

Nach einer Stunde war Storm wieder erschienen. Doris hatte ein wenig Zeit verstreichen lassen und dann am Eingang nach Jehann gefragt.

Sie wurde in ein Zimmer im ersten Stock geführt, in dem Jehann auf dem Bett lag.

»Er war kaum ansprechbar und hat mich nicht erkannt«, berichtete Doris, und erneut liefen ihr die Tränen über die Wangen.

Die Schwester hatte ihr dann erklärt, dass viele ältere Menschen durch die Umstellung erst einmal unruhig seien und verwirrt, dass sie sich aber nach ein paar Tagen immer gut einleben würden.

Jehann war, so hatte Doris noch von einer anderen Schwester erfahren, gestern Nachmittag von seinem Neffen gebracht worden. »Das Zimmer ist vor ein paar Tagen frei geworden, und Jehann war bereits seit Monaten angemeldet!«, sagte sie wutentbrannt.

Der alte Mann hatte sich bei seiner Ankunft kaum auf den Beinen halten können. Er war sehr müde und wurde sofort ins Bett gebracht. In der Nacht wachte er auf, zog sich an, packte seine Kleider in den Koffer und wollte nach Hause gehen.

Die polnische Nachtschwester verstand sein Platt nicht, er nicht ihr Deutsch, und als sie ihn festhalten wollte, hatte er ihr »eine gewischt«, wie Florian es stolz ausdrückte.

Ja, und dann musste der Arzt kommen. Er gab Jehann eine Injektion, worauf dieser wieder ruhig wurde.

»Ruhig! Sagen die!« Florian packte seine Kaffeetasse so fest, dass Viola ihm die Hand auf den Arm legte. »Völlig beduselt muss er gewesen sein, sonst hätten sie ihn nicht wieder ins Bett bringen können!«

Am frühen Morgen dann, also heute, hatte er an seinem Tee gerochen und ihn an die Wand geschleudert. Er hatte weder gegessen noch getrunken, sondern war wieder Richtung Ausgang gelaufen, so gut er konnte, bis sie ihn dort geschnappt hatten.

»Die Schwestern sind freundlich und bemühen sich sehr

um ihn«, sagte Doris, »aber sie können auch nichts anderes tun, als ihm Beruhigungsmittel zu geben. Sie sagen, in ein paar Tagen hat er sich eingelebt.«

»In ein paar Tagen ist das Altenheim Schrott und Jehann in Handschellen«, versicherte Florian sarkastisch.

»Was will der Neffe damit erreichen? Ein Altenheim kostet Geld, und Jehanns Rente reicht dafür sicher nicht«, sagte Viola aufgebracht.

»Na, das ist doch klar«, rief Doris wütend. »Eine Entmündigung, oder eine Betreuungsverfügung, wie es so vornehm heißt, dann das Grundstück verkaufen und das Geld einstecken.«

»So einfach geht das nicht«, meldete sich Georg zu Wort, der bis jetzt nur zugehört hatte. »So ein Verfahren dauert seine Zeit. Aber es ist nicht auszuschließen, dass er damit durchkommt, und das geht am besten, wenn der alte Mann in einem Heim ist.«

»Morgen Nachmittag ist Besuchszeit, da hole ich ihn«, sagte Florian schlicht.

»Und ich fahre mit!«, rief Doris aufgeregt. »Um eins geht die Fähre, da sind wir gegen vier im Altenheim.«

»Wunderbar. Ich mache die Praxis zu und begleite euch!«, verkündete Viola voller Begeisterung.

Georg warf ihr einen schnellen Blick zu. »Auf keinen Fall! Du bist seine Ärztin, das kann für dich schlecht ausgehen, Viola. Florian und Doris kann nichts passieren, sofern Jehann sich nicht wehrt, sondern freiwillig mitgeht und wenn der Neffe noch keine schriftliche Verfügung hat.«

»Das ist richtig«, musste Florian widerstrebend zugeben.

»Ich komme mit meinem Wagen zum Heim«, fuhr Georg fort, »und warte draußen. Ihr solltet aber einen Brief vorbereiten und in sein Zimmer legen, in dem steht, dass ihr Jehann wieder nach Hause gebracht habt, sonst tretet ihr eine Großfahndung los.«

»Georg, das würdest du tun?«, rief Viola. »Danke, dafür hast du einen Orden verdient!«

»Ich werde darauf zurückkommen«, antwortete Georg lächelnd und erhob sich.

Auch Florian sprang auf. »Gut, so kann es gehen. Das wird spannend! Aber jetzt muss ich zu meinen Vögeln«, sagte er. »Wir treffen uns dann morgen um eins an der Fähre.« Trotz aller Sorge um Jehann leuchteten seine Augen schon wieder. »Den Düvel noch mal, eine Entführung, das ist ein Ding!«, stieß er hervor. »Dem Herrn Neffen werden wir es aber zeigen!«

Doris erhob sich ebenfalls. »Viola, kannst du dann gleich zu Anna kommen, wenn er wieder da ist, der Jehann? Ich gehe jetzt zu ihr und bitte sie, ihm eines ihrer Zimmer herzurichten, dann kann er erst einmal bei ihr bleiben.«

»Aber sicher«, stimmte Viola zu. »Ich hoffe nur, dass morgen alles klappt.«

»Wenn er nicht selbst gehen kann, nehmen wir einen Rollstuhl.« Doris hatte jetzt wieder Farbe im Gesicht. Die Aussicht, Jehann schon morgen holen zu können, zusammen mit Florian, dem Draufgänger, und Georg, dem Bedächtigen, gab ihr die Zuversicht wieder. Diese zwei Männer seien eine gute Kombination bei so einem Unternehmen, sagte sie zu Viola, als sie sich verabschiedete.

Was für eine Geschichte!, dachte Viola und ließ sich auf ihr Sofa fallen, als sie wieder allein war. Und ich bin gerade mal ein paar Wochen da!

37

DIE SONNE STAND SCHON im Westen, als Viola ihre festen Schuhe holte und sich den Anorak überwarf. Sie musste unbedingt noch einen zügigen Lauf machen. Sie musste raus an die frische Luft, ans Meer, in den Wind, eine Weile allein sein mit sich und der Einsamkeit in den Dünen nach all der Aufregung.

Es war Ende April, ganz Hiddensee blühte, im Norden der Insel begann der Ginster, sich zu öffnen, leuchtend gelb wie Sonnenflecken an einem klaren Tag. Auf den Wiesen, die schon frisches helles Grün zeigten, blühten Gänseblümchen und Löwenzahn, die Bäume trugen die ersten Blüten. Am schnellsten waren die Kirschen, die Birnen und die Pflaumen, ganz in Weiß, und dann kamen die Apfelbäume, ganz in Rosa.

Noch gab es mehr Einwohner als Touristen. Der Osterschub war vorbei. Als Nächstes kam Pfingsten. Das war in drei Wochen. Man konnte dann zwar noch nicht baden, aber lange Strandspaziergänge machen und durch den Kiefernwald wandern. Nun, das sollten die Gäste ruhig tun, aber jetzt war erst einmal sie dran, und sie hatte den Strand fast für sich allein.

Voller Unternehmungslust wanderte Viola los, zog am Strand Schuhe und Strümpfe aus und ging barfuß ganz nah am Wasser weiter, wo der Sand feucht und fest war. Im Moment wollte sie nichts anderes, als diesen kühlen Sand unter den Füßen spüren, den Wind in den Haaren, die sie zu einem Pferdeschwanz gebunden hatte, die untergehende Sonne im Gesicht und die salzige Luft in der Nase.

Sie fühle sich auf Hiddensee wohl, hatte sie zu Georg gesagt, zumindest sehr oft. Aber für immer hierbleiben?

Nach wie vor hatte sie sich noch nicht richtig daran gewöhnt, an dieses neue Leben. Im Krankenhaus kamen die Patienten und verschwanden wieder. Hier begegnete Viola ihnen auf Schritt und Tritt: Die Bäckersfrau hatte eine Schilddrüsenoperation hinter sich, die Nachbarsleute ein Kind mit häufig entzündeten Mandeln, der Mann, der oft mit seinem Hund spazieren ging, eine Prostatageschichte, einer der Pferdebesitzer einen hohen Blutdruck. Man konnte nicht abschalten, man traf hier nicht nur andere Menschen, sondern auch Patienten, selbst wenn sie gerade gesund waren.

Und bei aller Freundlichkeit und Zuwendung, die sie erfahren hatte, war da immer auch eine gewisse Distanz. Sie war nun einmal die »Frau Doktor«.

Richtig Freundschaft konnte sie eigentlich nur mit Leuten schließen, die nicht ihre Patienten waren. Oder, anders herum: Mit Leuten, die ihre Patienten waren, gab es keine unbekümmerte private Beziehung. Kein Arzt behandelte seine eigenen Kinder gern oder seinen Partner. Die Nähe machte ihn unsicher.

Und da war es wirklich gut, dass sowohl Doris als auch Florian und Georg zu einem Arzt auf Rügen gingen, wenn nötig. Lisa suchte überhaupt keinen Arzt auf. Ohne gehe es ihr besser, sagte sie immer. Auch gut. Aber Viola würde sie ziemlich sicher ebenso nach Rügen schicken, wenn sie krank wurde.

Viola war, während sie ihren Gedanken nachhing, schon

ein ganzes Stück weit nach Norden gekommen; vor sich konnte sie bereits die Steilküste erkennen. Dieses Mal wollte sie aber nicht unten am Ufer weitergehen, sondern hinter Kloster über die Hügel des Dornbuschs bis zum Toten Kerl, dem nördlichsten Ende von Hiddensee.

Inzwischen wusste sie von Florian einiges mehr über diesen Inselabschnitt. Er hatte ihr erzählt, dass die Winterstürme Jahr für Jahr die Wellen mit voller Wucht von Nordwesten her an den Fuß der Klippe trieben und dort Sand und Steine herausspülten, bis ein ganzes Stück Land abbrach und nach unten ins Wasser rutschte. Aber dieser Boden ging nicht verloren, er setzte sich auf der Ostseite der Insel wieder ab und bildete die zwei langen Landzungen, den Alten und den Neuen Bessin, die Schnauze des Seepferdchens. Es waren zwei einmalige Brut- und Aufenthaltsflächen für viele verschiedene Vogelarten, brütende und vorbeiziehende, die Florian auch betreute. Und am Gellen im Süden, wo das kleine Naturschutzhaus stand, wuchs ebenfalls neues Land. Die Insel war also dauernd in Veränderung.

Vielleicht würde sie irgendwann einmal ganz anders aussehen als heute. So gesehen wäre Rügen natürlich sicherer. Rügen behielt die Form und würde niemals in zwei Teile zerbrechen wie Hiddensee vor vielen Jahren, als es die Dämme noch nicht gab.

An diesem Sonntagabend aber konnte man es sich kaum vorstellen, wie Wind und Wetter hier oftmals wüteten. Die Sonne wärmte noch spürbar, obwohl sie schon tief stand. Es war fast windstill, in der Höhe kreischten die Möwen, ein angenehmes Geschrei, es gehörte so zum Meer dazu wie das Rauschen der Wellen und der Geruch nach faulendem Tang.

Hinter Kloster stieg der Wanderweg an, und nach einer

Weile blieb Viola atemlos stehen und sah sich um. Was für ein Anblick!

Grüne Hügel mit Wiesen, Wachholder- und Sanddorngebüsch, so weit das Auge reichte. Dazu Schafe und Kühe, gelber Ginster und Königskerzen, dahinter tiefblau das Meer und der Himmel, ganz in der Ferne wie ein Nebelstreif das Festland. Zwei Fischkutter waren auf der See unterwegs, begleitet von einem Schwarm Vögel, und ein kleiner weißer Segler lag schräg auf dem Wasser.

Erwartungsvoll ging Viola weiter. Sie kam in ein Stück Wald, der nach Harz und Kiefernnadeln duftete. Zwischen den Bäumen spürte Viola die Wärme des Tages, die sie gespeichert hatten.

Es wurde langsam stiller um sie herum. Bis auf ein paar kleine Singvögel war alles verstummt. Eine Meise flog auf, eine Amsel raschelte am Boden, der Weg stieg weiter an.

Und dann, als sie aus dem Waldstück wieder herauskam, lag der Leuchtturm vor ihr auf seiner kleinen Erhebung. Guten Tag, mein Freund, sagte sie, heute gibt es keine Besteigung, heute habe ich etwas anderes vor.

Viola kam dieses Mal von der anderen Seite her, nicht vom Steilufer. Sie umrundete ihn rechts, sie wollte noch weiter nach Norden, bis ans Ende der Welt.

Und eine halbe Stunde später stand sie tatsächlich auf einem Hügel, dem Swantiberg, wie ein Schild sie belehrte, und vor ihr war nur noch Steilabfall und Wasser bis zum Horizont.

Hinter ihr erstreckte sich die Insel. Sie fühlte sich wie vorn auf dem Bug eines riesigen Schiffes. Titanic-Gefühl, Arme ausstrecken, Augen schließen und den Wind in den Haaren spüren. Ohne Mann im Rücken, leider, aber auch ohne Eisberg vor sich und vor allem unsinkbar, wie beruhigend.

Der Himmel über Viola wurde nun schon langsam dunkel. Im Westen sandte die Sonne ihre letzten Strahlen tief über die glitzernde Oberfläche und setzte den Wellen lauter kleine glühende Krönchen auf.

Und dann versank sie langsam im Meer.

Viola stand reglos im Gras. Diesen Augenblick würde sie als Schatz in ihrem Herzen aufbewahren, und wenn es ihr einmal nicht gutging, dann würde sie sich daran erinnern. Immer.

Sobald die Sonne verschwunden war, wurde es spürbar kühler, und obwohl ein Streifen am Himmel noch hell schimmerte, breiteten sich schnell die Schatten aus. Zum Glück dauerte es jetzt schon länger, bis es abends richtig dunkel wurde.

Viola wandte sich um. Mit zügigem Schritt ging sie zurück, wie sie gekommen war, dann bog sie Richtung Grieben ab, wanderte über die sanften Hügel nach unten, durch das Dorf mit seinen wenigen Häusern, in denen schon Licht brannte, grüßte ein paar Leute und kam schließlich durch Kloster wieder zurück nach Vitte.

Über ihr breitete sich inzwischen schon die Nacht mit unzähligen Sternen aus. Dazu der helle Schein des Leuchtturms, der sich im Kreis drehte. Das war ihre Welt.

Viola kam an Ottilies Kneipe vorbei, heute aber wollte sie gleich nach Hause.

Nur wenige Menschen waren noch auf der Straße, ein verspätetes Pferdegespann fuhr vorbei. Sogar die Möwen schliefen schon, genau wie der Wind, und Pauli kam auf leisen Sohlen angehuscht, als sie die Haustür aufschloss.

Viola setzte sich in ihrem immer noch kargen Wohnzimmer aufs Sofa und schloss die Augen. Die Ruhe dieser Nacht breitete sich auch in ihr aus.

Nirgendwo licht so vähl Fräd'n öwert Land as just hier, hatte Jehann einmal gesagt, als sie ihn besucht hatte. Ja, jetzt war Frieden. Aber morgen hieß es dann: auf in den Kampf, damit Jehann wieder auf seine heißgeliebte Insel kam. Krieg und Frieden, alles zu seiner Zeit.

38

IN DER SPRECHSTUNDE AM Montag war vor allem von Jehann die Rede. Die ganze Insel wusste bereits, dass der alte Fischer von seinem Neffen in ein Altersheim gebracht worden war.

Die Empörung war groß, besonders bei den älteren Patienten, die befürchteten, dass ihnen irgendwann ein ähnliches Schicksal blühen könnte.

Lisa hatte vor Aufregung rote Wangen.

»Dieser Norbert Storm«, verkündete sie entrüstet, »hat immer so getan, als wäre er um seinen Onkel besorgt. Beim letzten Besuch hat er doch allen Ernstes behauptet, der alte Mann wäre vernachlässigt, er trinke zu wenig Tee und zu viel Korn, er werde immer vergesslicher und könne nicht mehr allein gelassen werden, und man müsse eine Lösung finden. Aber dass er ihn einfach mitnimmt in ein Heim, ohne mit uns zu sprechen, das hätte ich nie gedacht!«

»Jehann scheint freiwillig mitgefahren zu sein«, gab Viola zu bedenken.

»Ja, weil er ihm das Blaue vom Himmel herunter versprochen hat. Jehann hat oft gesagt, er habe nur noch einen Wunsch, nämlich noch einmal auf einem Windjammer zu stehen, die Planken des Decks unter sich zu fühlen, die Masten in den Himmel ragen zu sehen und den Wind in den Wanten singen zu hören.«

»Ich hätte ihn gern einmal als jungen Kerl auf so einem Schiff gesehen.«

»Hat er Ihnen noch kein Foto von sich gezeigt, hoch oben in den Wanten?«

»Nein, aber ich hoffe, ich bekomme noch eins zu sehen. Lisa, er wird zurückkommen! Selbst wenn der Neffe eine Betreuungsvollmacht haben sollte, kann man die anfechten. Es ist jetzt nur wichtig, dass er wieder in seine bekannte Umgebung kommt, mit Leuten, die ihn verstehen und die er versteht.« Sie sagte nichts davon, dass Doris und Florian am Mittag nach Stralsund fahren wollten, um ihn zu holen. Es war ja noch gar nicht sicher, ob das überhaupt klappte.

»Alte Bäume darf man nicht verpflanzen, und schon gar nicht so einen, der mit dem Meer aufgewachsen ist. Der braucht Wasser und Wind und Möwen, und seinen Tee, mit oder ohne Rum«, schimpfte Lisa vor sich hin.

»Ja, das meine ich auch«, stimmte Viola ihr zu.

Sie hatte es mehrmals erlebt, wie schnell ein alter Mensch seinen Lebenswillen verlieren konnte, wenn er sich abgeschoben fühlte, wenn er nichts mehr zu sagen hatte. Und wenn es keine Anregungen mehr gab, Geist und Körper nicht mehr gefordert waren, die Auseinandersetzung mit anderen fehlte, das Lachen, die Wärme einer Hand, die Freude an einem Kind oder einer Katze. In der Klinik hatte es immer wieder ältere Menschen gegeben, die vom Krankenhaus direkt ins Heim mussten.

Vielleicht war Jehann wirklich zu sehr vereinsamt in seiner Kate am Strand, vor allem im Winter, wenn keine Touristen kamen. Vielleicht hatte der Neffe schon ein wenig recht gehabt mit seinen Vorwürfen. Auf jeden Fall hatte er es schlau eingefädelt, Jehann zuerst einmal auf die »Gorch Fock« mitzunehmen.

Und vielleicht wäre es gut, Jehann ganz nach Vitte zu holen und ihm nahezubringen, nicht nur vorübergehend bei Anna zu bleiben.

Darüber wollte sie mit Anna sprechen, wenn er wieder zurück war. Anna war zwar auch schon Mitte siebzig, aber rüstig und energisch. Sie würde ihn schon dazu bringen, mehr auf sich zu achten.

Zumindest im Winter sollte er bei ihr bleiben, im Sommer konnte er ja dann für ein paar Wochen wieder in seinem Haus leben. Es war besser, wenn er näher bei den Menschen war, die ihn betreuten, bei Anna und Doris, bei seiner Hausärztin und den Nachbarn, die ihn regelmäßig besuchten.

Gegen Nachmittag wurde Viola immer unruhiger. Was, wenn Jehann sich sträubte mitzukommen? Wenn er vielleicht gar nicht ansprechbar war? Wenn er Doris und Florian nicht erkannte? Wenn er schon zu schwach zum Gehen war?

Möglicherweise hatte ihm der Arzt dort eine Magensonde gelegt, wenn er das Essen weiter verweigert hatte. Hätte sie nur mitfahren können!

Um 18 Uhr ging Viola zu Anna, die bereits ein hübsches gemütliches Zimmer im Erdgeschoss hergerichtet hatte, mit einem bunten Webteppich und einem breiten Bett. Und mit Jehanns Ohrensessel und seiner geliebter Sammlung exotischer Muscheln, Hölzer und vom Meer geschliffenen Steinen.

Viola setzte sich in den Sessel und stellte sich vor, wie Jehann dasaß, an seiner kalten Pfeife zog und sagte: »Ick bün wärrer doar!«

Eine Stunde später klingelte ihr Handy. »Viola, wir sind in zwanzig Minuten am Hafen!« Florians Stimme klang aufgeregt, aber triumphierend. »Jehann ist bei uns. Er ist sehr schwach, aber er hat uns erkannt. Anna soll Tee kochen mit einem guten Schuss Rum, er braucht ihn jetzt!«

Viola sprang auf. »Anna«, rief sie, »ich hole Jehann mit dem Auto vom Hafen ab. Vielleicht kann er ein wenig von Ihrer guten Fischsuppe essen? Ach, Anna, hoffentlich haben wir keinen Fehler gemacht und der Neffe verklagt uns nicht.«

»Nein, Frau Doktor, machen Sie sich mal keine Sorgen. Und wenn es doch hart auf hart kommt: Mein Sohn ist Rechtsanwalt, der biegt Ihnen alles wieder gerade.«

Jehann war schwach wie ein Segel ohne Wind. Er konnte nur mit Hilfe von Georg und Florian ins Haus gelangen, aber in seinen Augen glomm Leben auf, als er seinen alten Ohrensessel sah und seine Muscheln.

Die Männer setzten ihn in den Sessel, legten seine Beine hoch, und Anna reichte ihm eine Tasse Tee. Jehann roch daran, und sein Gesicht verklärte sich. Er nahm einen großen Schluck und schloss die Augen.

Viola setzte sich ihm gegenüber. »Jehann«, sagte sie zu ihm, »ich möchte noch einige Untersuchungen durchführen, Blutdruck, Zucker und so. Und dann dürfen Sie ins Bett und ausschlafen. Ohne Medikamente, die Sie rammdösig machen.«

Er lächelte leicht. »Denn man tau«, sagte er heiser.

Der Tee mit Rum und die vertraute Umgebung belebten ihn sichtlich, und von Annas Fischsuppe ließ er sich einen halben Teller einlöffeln. Dann verlangte er noch einmal nach Tee.

»Er ist halb verdurstet, ich müsste ihm eigentlich eine Infusion anlegen«, überlegte Viola.

»Wenn ich ihm, sooft er wach ist, Tee gebe«, meinte Anna, »geht es vielleicht auch ohne. Ich bin nicht sicher, ob er sich nicht die Nadel rauszieht, wenn er aufwacht.«

»Ich schlafe heute Nacht hier«, sagte Florian. »Anna hat bestimmt noch eine Matratze, die ich mir ins Zimmer legen kann.«

»Gute Idee.« Viola nickte ihm dankbar zu.

»'n schöh'n Kröp'l bün ick«, murmelte Jehann.

»Moirg'n is's all bärer«, entgegnete Anna energisch, »aber du musst brav sein und essen, was ich dir koche. Und Tassen an die Wand werfen gibt es hier nicht!«

Diese Sprache verstand Jehann. »Den'n Düwel noch moal, bün ick froh, wärrer tau Huus tau sin'n«, antwortete er, dann lehnte er erschöpft den Kopf an den Sessel.

39

ES WURDE NOCH EIN langer Abend bei Viola in der Küche mit Doris, Georg und Florian.

Sie erzählten, wie sie Jehann vorgefunden hatten.

»Im Rollstuhl im Aufenthaltsraum war er«, berichtete Doris empört. »Festgeschnallt, damit er nicht wieder davonlaufen konnte. Wir gingen in sein Zimmer, um den Koffer zu packen, aber der Schrank war abgeschlossen, weil er ihn immer ausgeräumt hat. Wir konnten seine Kleider nicht mitnehmen.«

»Doris hat er zum Glück gleich erkannt«, sagte Florian, »und als sie um Erlaubnis bat, mit ihm ein wenig nach draußen fahren zu dürfen, hat die Schwester das sofort genehmigt. Sie meinte, frische Luft würde ihn müde machen, dann würde er in der Nacht besser schlafen. Eine sehr hübsche Schwester übrigens.« Florian lächelte in der Erinnerung versonnen vor sich hin.

Georg und Doris fuhren Jehann dann raus und sofort zum Auto, während Florian noch ein wenig mit der jungen Pflegerin schäkerte.

»Immerhin habe ich erfahren, dass sie sich sehr um Jehann bemüht hat. Sie sagte, er sei wie ihr Großvater, ein Sturkopf, aber ein liebenswerter, und sie hat es mit viel Geduld fertiggebracht, dass er etwas gegessen hat. Und der Neffe hat tatsächlich ein Betreuungsverfahren eingeleitet, das hat sie auch erzählt.«

»Dem Kerl geht es doch wirklich nur ums Geld«, sagte Viola fassungslos.

»Jehann kann jederzeit Einspruch erheben«, erklärte Georg, »und das solltet ihr morgen gleich machen, dann hat dieser Norbert Storm keine Chance mehr. Ihr solltet auch die Bank anrufen, bei der Jehann sein Geld hat. Wenn er überhaupt welches hat.«

Doris nickte. »Er hat.«

»Was, von seiner Fischerei? Das reicht doch gerade mal zum Leben«, warf Florian ein.

»Nein«, Doris zögerte und fuhr dann etwas widerstrebend fort. »Seine Großeltern stammen aus Stralsund. Sie waren auch Fischer und hatten dort ein Grundstück, direkt am Meer, ziemlich weit außerhalb.«

»Und inzwischen ist es wahrscheinlich Top-Lage geworden«, stellte Georg fest.

»Genau. Es wurde verkauft und hat Jehanns Sparschwein prall gefüllt.«

Eine Weile herrschte Schweigen, dann erhob sich Georg. »Ich glaube, wir sollten jetzt gehen. Wir müssen alle morgen arbeiten.«

»Ja, und gleich bei Sonnenaufgang raus ins Schutzgebiet.« Florian gähnte. »Hoffentlich macht Jehann heute Nacht keinen Radau.«

Das machte er nicht. Er schlief tief und fest, und als Doris und Viola in der Frühe anrückten, saß er schon gemütlich in seinem Ohrensessel und schlürfte seinen Tee.

Florian war bereits fort, bei seinen Vögeln.

Mit Anna wurde noch besprochen, was sie Jehann kochen sollte, und Doris versprach, zwei- oder dreimal am Tag hereinzuschauen, um die Beine zu wickeln und den Blutzucker zu überprüfen. »Jetzt kann ich einfach mal schnell bei ihm nachschauen, wenn ich vorbeikomme, und muss nicht immer raus ins Fischerdorf. Vielleicht war es ganz gut, dass er auf diese Weise zu Anna gekommen ist und nicht mehr allein dort draußen haust«, sagte sie zu Viola.

Am Nachmittag kam ein wutschnaubender Norbert Storm in die Praxis.

Er wollte sofort zu Viola vorgelassen werden, vor den anderen Patienten, die im Wartezimmer saßen. Aber Lisa hielt ihn unerbittlich im Vorzimmer fest, bis er an der Reihe war.

»Sie können doch nicht einfach jemanden aus dem Altenheim holen!«, schnaubte er, als er ins Sprechzimmer stürmte. »Ich weiß, dass Sie mit der Sache zu tun haben.«

Er trug einen tadellos sitzenden dunklen Anzug und ein weißes Hemd mit Krawatte. Wahrscheinlich sollte dieser Aufzug Viola Respekt einflößen. Er sah aus wie der Vorstandsvorsitzende einer großen Bank und benahm sich auch so, aber in Wirklichkeit hatte er einen Job als Vertreter für Bäckereimaschinen, das wusste Viola inzwischen.

»Und Sie können Ihren Onkel nicht einfach gegen seinen Willen ins Altenheim stecken und noch dazu versuchen, eine Entmündigung zu erreichen«, erwiderte Viola ruhig, aber fest.

»Erstens habe ich das nicht gegen seinen Willen getan, und zweitens ging es ihm hier so schlecht, dass es nötig war, ihm eine gute Pflege zu besorgen. Er ist seit Monaten vernachlässigt geworden, hat übermäßig Alkohol getrunken, sein Blutzucker war aus dem Gleis, er hat nicht richtig gegessen, und er war bereits teilweise verwirrt. Als der Arzt in Stralsund ihn nach Datum und Wochentag fragte, hat er das nicht gewusst. Er ist nachts aufgestanden und wollte weglaufen, und er war aggressiv und hat die Schwestern angegriffen!«

»Ach, aber sobald er wieder auf der Insel war, war er brav

wie ein Lämmchen, hat normal gegessen und getrunken und niemanden angefallen. Und wissen Sie, warum? Weil ihn hier niemand in ein enges Zimmer zwingt ohne Aussicht aufs Meer, weil er hier bekannte Gesichter um sich herum hat und Menschen, die sein Platt verstehen, und weil er hier zu Hause ist. Und bleibt.«

»Sobald das Betreuungsverfahren beim Gericht durch ist, kann ich entscheiden, wo Jehann seinen Lebensabend verbringt«, verkündete Herr Storm großspurig.

»Ich habe ein heute unterzeichnetes Papier von Jehann, aus dem hervorgeht, dass er Beschwerde dagegen einreicht. Und ich kann Ihnen versichern, dass Ihr Onkel bei voller geistiger Gesundheit war, als er es unterschrieb.«

Einen Augenblick lang dachte Viola, der Mann würde platzen vor Wut, aber er sah sie nur mit grimmiger Miene und zusammengepressten Lippen an. »Sie werden noch von mir hören. Das wird Folgen für Sie haben, verlassen Sie sich drauf!«, schleuderte er ihr entgegen, und dann verschwand er. Er musste sich sichtlich zusammenreißen, um nicht die Tür hinter sich zuzuknallen.

Ein großer Abgang.

Viola saß eine Weile hinter ihrem Schreibtisch und sah aus dem Fenster. Müssten die Menschen im Frühling nicht eigentlich friedlich werden und Streit und Gier vergessen vor Freude darüber, dass sich wieder überall das Leben regt und blüht?, dachte sie. Wozu brauchte dieser überfütterte Mensch Jehanns Geld? Ein Drei-Stunden-Marsch über Hiddensee gegen den Wind wäre besser für ihn gewesen. Aber dieser Kerl hatte nicht so ausgesehen, als wäre er damit zufriedenzustellen.

Sie blieb noch kurz sitzen, um sich zu sammeln, dann stand sie auf, schüttelte sich wie ein nasser Kormoran, der aus dem

Wasser kam, und ging zur Tür. »Der Nächste bitte«, wandte sie sich an die letzte Patientin, die im Vorzimmer wartete und entrüstet den Kopf schüttelte.

»Schlecht erzogen, der Herr«, meinte sie energisch, »sehr schlecht erzogen. So einer passt nicht auf unsere Insel.«

»Ich glaube auch nicht, dass er sich hier niederlässt«, erwiderte Viola und lächelte.

40

JEHANN GING ES BEI Annas liebevoller Betreuung Tag für Tag besser, und als er das erste Mal draußen vor dem Haus in der Sonne saß, sah das halbe Dorf bei ihm vorbei und begrüßte ihn wie einen verlorenen Sohn. Und das, obwohl ihn viele schon lange nicht mehr gesehen hatten, weil er in den letzten Monaten kaum aus seinem Haus gekommen war.

Jehann genoss die Aufmerksamkeit, und als dann noch an Pfingsten ein Schub Touristen anrückte, kam er in Hochform. Wenn er vor Annas Haus saß, mit wallendem grauen Bart und dichten weißen Haaren, die Pfeife im Mundwinkel, das Gesicht von Wind und Wetter gezeichnet, darin kleine blitzende Augen, und das Ganze vor einem niedrigen, weißgetünchten Reetdachhaus mit roten Stockrosen im Garten, dann zückte so manch einer die Kamera.

Florian machte sich ab und zu einen Spaß daraus, sich neben ihn zu setzen, seine schwarzen Locken ungebändigt, die Beine weit ausgestreckt, und mit ihm Platt zu reden.

Ja, Florian konnte Platt. Er nahm Unterricht bei Jehann, seit er auf der Insel war. Viola hatte es erstaunt festgestellt, als er einmal abends in der Kneipe mit Ottilie redete. Florian konnte überhaupt viel. Jetzt in den Pfingstferien spielte er tatsächlich samstagabends im »Hotel Seeblick« auf dem schwarzen Flügel, und manchmal sang er dazu.

Vor ein paar Tagen war Viola dort gewesen, nach einem

langen anstrengenden Samstag. Er hatte ihr hauptsächlich Besuche der Tagesgäste gebracht, die sich von Bienen stechen ließen, Sonnenbrand hatten, sich den Magen verdarben oder trotz Pferdeallergie die Zugtiere der Kutschen streichelten. Radfahrer holten sich Schürfwunden, ältere Herrschaften ließen sich den Blutdruck messen, und die vielen verstauchten Knie- und Fußgelenke konnte sie schon gar nicht mehr zählen. Beinahe wünschte sie sich den Winter zurück.

Und dann, es war schon dunkel, aber sie fühlte sich zu unruhig, um ins Bett zu gehen, und Georg besuchte seine Mutter in Kiel, dann fielen ihr Florian und das »Hotel Seeblick« ein. Sie wollte nur einmal sehen und hören, was er dort machte, und sich ganz leise hinten an einen Tisch setzen, ein Glas Wein trinken und wieder gehen.

Sie verließ ihre Wohnung und schlenderte zum Hafen. Es waren noch zahlreiche Urlauber unterwegs, die Luft fühlte sich warm und weich an, ein leichter Wind kam von Süden, und am Himmel leuchteten unzählige Sterne und eine schmale Mondsichel.

Das Hotel der Bertrams lag an der Längsseite des Hafenbeckens, ein verspielter Bau mit kleinen Erkern und Giebeln, Fachwerk in Dunkelbraun und Sprossenfenstern, die so typisch für Hiddensee waren und so schlecht zu putzen.

Viola trat ein. Der Gesellschaftsraum war groß, fast wie ein Saal, die Wände leuchteten in einem warmen Apricot, das von weißen Balken unterteilt wurde. Es gab gemütliche Sitzecken an den Seiten und viele Grünpflanzen, die Beleuchtung schien dezent auf die einzelnen Tische, auf denen weiße Seidentischdecken schimmerten.

Die meist älteren Herrschaften unterhielten sich gedämpft, zwei Paare tanzten zu Florians Melodien, der an seinem schwarzen Flügel saß.

Himmel, sah der Kerl gut aus! Er trug, ganz Herr von Welt, ein weißes Hemd und eine Fliege zum dunklen Anzug. Wenn ihn seine Möwen so sähen, sie würden vor Lachen und Staunen ins Wasser fallen.

Viola setzte sich an einen kleinen Tisch und bestellte einen Rotwein.

Dann betrachtete sie ihn. Er spielte gerade einen langsamen Walzer. Anscheinend hatte er sie noch nicht bemerkt. Seine kräftigen braunen Hände glitten leicht über die Tasten, einmal warf er mit Schwung die Haare aus dem Gesicht zurück, mit einem Fuß wippte er im Takt. Er wirkte entspannt und gut gelaunt, wahrscheinlich dachte er an sein erfreuliches Honorar für diesen Abend.

Nach einer Weile hob er den Kopf und blickte in den Raum, und schon hatte er sie erspäht. Er lachte sie an und zwinkerte ihr zu, als wolle er sagen, nimm es nicht so ernst, ich tue es auch nicht.

Er war gut, und der Spaß, den er beim Spielen hatte, ließ seine Musik lebendig klingen. Kein Wunder, dass ihm die kinderlosen Herrschaften im Hotel gerne zuhörten und lebhaft Beifall spendeten.

Kurze Zeit später legte er eine Pause ein und setzte sich zu Viola an den Tisch.

»Schön, dass du da bist«, sagte er und nahm ihre Hand in seine. »Aber du siehst müde aus.«

»Heute hatte ich viel zu tun. Bei diesem schönen Wetter haben alle dieselbe Idee: Wir könnten doch einmal Hiddensee besuchen!«, erwiderte Viola seufzend.

Florian schaute sie teilnahmsvoll an. »Für dich geht es nun erst richtig los, Frau Doktor, das tut mir leid. Für mich dagegen wird es langsam ruhiger. Der Hauptzug der Vögel nach Norden und Osten in ihre Sommerquartiere ist vorbei, und es kommen Studenten und Praktikanten auf die Insel und übernehmen viele Aufgaben. Aber für die Urlauber ist jetzt Hochsaison. Und das bis Ende September. Dann gehen sie zum Glück wieder, und die Kraniche kommen.«

»Die Kraniche. Davon habe ich schon gehört, das muss ein aufregendes Spektakel sein. Stimmt das?«

»Ja, im Herbst fallen sie zu Tausenden hier ein, bleiben einige Wochen bei uns und fressen sich satt für die weite Reise in den Süden. Kraniche sind ganz besondere Vögel.« Florian bekam leuchtende Augen. »Sie tanzen auf den Wiesen, sie sind verspielt wie Kinder, manchmal schaukeln sie in der Luft und lassen die Beine und die Seele baumeln. Sie trompeten tagsüber so laut, dass man manchmal sein eigenes Wort nicht versteht, nachts schlafen sie im knietiefen Wasser im Stehen, und man hört keinen Ton von ihnen. Aber es gibt etwas, das mir besonders gut an ihnen gefällt.«

»Und das wäre?«

»Wenn sie jung sind«, Florian sah Viola vergnügt an, »amüsieren sie sich mal mit dem einen Weibchen, mal mit dem anderen ...« Er machte eine Pause.

»Aha, hier spricht der Mann, der nichts anbrennen lässt«, konnte sich Viola nicht verkneifen zu bemerken.

»Aber irgendwann einmal«, fuhr Florian fort, »suchen sie sich ihre Traumfrau oder ihren Traummann und bleiben zusammen bis ans Ende. Das ist eine sehr weise Lebenseinstellung, meinst du nicht?«

»Oh ja. Und, ist es auch deine?«, fragte Viola anzüglich. Meinte Florian das mit der weisen Lebenseinstellung ernst, oder machte er sich über sie lustig? Er wusste, dass ihr eine zuverlässige Partnerschaft viel bedeutete. War ihm das zu altmodisch?

»Ich finde, man kann von den Kranichen sehr viel lernen«,

erwiderte Florian, aber das war keine Antwort auf ihre Frage. Es ging ihr oft so bei ihm, sie wusste nicht genau, wann er Spaß machte und wann nicht. Jetzt zum Beispiel hatte er ganz aufrichtig geklungen. Vielleicht hatte sie ihn bisher falsch eingeschätzt?

Florian blieb noch bei ihr sitzen, bis er wieder zum Flügel musste, und Viola genoss diese halbe Stunde mit ihm im eleganten Hotel und das angenehm prickelnde Gefühl, einfach eine junge Frau mit einem attraktiven Mann neben sich zu sein, auch wenn er vier Jahre jünger war als sie. Gerade, weil er vier Jahre jünger war als sie.

41

DIE INSEL VERÄNDERTE SICH von Tag zu Tag.

Wenn Viola durch die Dörfer ging, kam sie aus dem Staunen nicht mehr heraus.

Überall rüstete man sich für die Hauptsaison: Läden wurden geöffnet, Restaurants gelüftet und gereinigt, Pensionen geputzt und die Lebensmittelgeschäfte neu bestückt. Auch die Pferde wurden gestriegelt und vor die Planwagen und Kutschen gespannt.

Nach Pfingsten grassierte eine Magen-Darm-Grippe auf Hiddensee, und Viola war ständig unterwegs.

Eines Freitagabends wollte die Sprechstunde kein Ende nehmen. Der junge Fred, dessen Kopf nach dem schweren Fahrradunfall wieder völlig in Ordnung war, zeigte ihr heulend seinen Zeigefinger. Er hatte ihn sich beim Skaten eingequetscht.

»Na, Fred, was hast du denn jetzt wieder angestellt?«, fragte Viola, als sie die Fingerkuppe betrachtete. Der Nagel fehlte, Blut trat aus einem breiten Riss, das Ganze sah nicht gut aus.

»Ich weiß es nicht.« Fred streckte ihr den Finger vertrauensvoll entgegen. »Ich wollte mich am Rand vom Skateboard festhalten, und auf einmal kam der Finger ins Rad.«

»Das ist jetzt schon der dritte Unfall, seit ich hier bin«, sagte Viola streng. »Vor zwei Wochen hast du dir beide Knie aufgeschürft beim Inlinerfahren ohne Knieschützer.«

»Er ist ein Draufgänger«, seufzte seine Mutter. »Kaum sehe

ich nicht hin, ist er schon auf und davon. Aber wenigstens setzt er einen Helm auf, seit Sie ihm das ganz fest eingebläut haben.«

»Na, immerhin etwas.«

Viola säuberte die Kuppe vorsichtig, dann drückte sie braune Salbe auf einen Mulltupfer und band ihn fest. Mit einer zweiten Binde wickelte sie den Finger an den benachbarten.

»So, fertig«, sagte sie. »So hat er ein wenig Halt, und du kannst ihn nicht zu sehr bewegen.« Zu Freds Mutter sagte sie: »Kinderfinger heilen erstaunlich gut. In vier Wochen ist er wieder wie neu. Und zum Verbinden kommst du morgen wieder, Fred, abgemacht?«

»Bestimmt«, strahlte Fred, und dann hüpfte er an der Hand seiner Mutter zur Tür hinaus.

Viola sah ihm nach. Fred, Pascal, Britta und die vielen anderen Kinder auf der Insel wuchsen ohne Autos auf, ohne Hetze, sie gingen hier in den Kindergarten und in die Schule, die meisten Mütter hatten eine Pension und waren daheim. Trotzdem versäumen die Kinder nichts, dachte sie. Auch hier gibt es Fernseher und Computer. War das nicht ein Paradies für sie? Sie hatten Schafe, Kühe und Pferde, sie wussten, woher die Milch kam und das Fleisch, sie halfen beim Sanddorn-Melken und sahen zu, wie aus dem Saft Gelee und Likör hergestellt wurden, und ab und zu wurden sie mitgenommen nach Stralsund oder Bergen.

Das wäre auch für ihre Kinder ein wunderbares kleines Universum.

Die schwangere Frau, bei der sie vor Wochen war, weil das Kind sich nicht mehr bewegte, hatte ihr inzwischen stolz den kleinen Jona vorgeführt. Eine 38-jährige Mutter mit dem ersten Kind, aber alles war gutgegangen. Das Wort »Risikoschwangerschaft« kam Viola immer in den Sinn, wenn sie an ihre eigenen demnächst 35 Jahre dachte; im August hatte sie Geburtstag. Jedes weitere Jahr machte das Kinderkriegen schwieriger.

Und nun gab es hier zwei Männer, bei denen sich der Gedanke an ein Zusammenleben und Gründen einer Familie immer wieder aufdrängte.

Ausgerechnet auf dieser kleinen Insel war sie diesen beiden begegnet, die so gegensätzlich waren und sie in Verwirrung brachten, weil sie sich von jedem angezogen fühlte. Aber auf sehr unterschiedliche Weise.

Bei Georg kam sie sich wie unter einem Regenbogen vor, beschützt, mit einem Töpfchen voll Glück an jedem Ende. Ein mit dem Zirkel gezogener Halbkreis mit fein abgestuften Farben, dachte sie oft. Man war bei ihm sicher wie unter einem dieser tiefen Reetdächer, kein Sturm konnte es wegblasen, kein Erdbeben zum Einsturz bringen.

Und Florian? Bei Florian dachte sie an ein Feuerwerk. Man wusste nie, was als Nächstes passierte, er konnte eine Nacht erhellen und Blumen an den Himmel zaubern. Und dann verschwand er wieder, ohne sich zu melden. Aber war ein Feuerwerk geeignet für ein ganzes Leben? Und war nicht die Nacht zwischen dem hellen Aufleuchten umso dunkler?

Liebe war mehr als Blumen am Himmel, Liebe war Alltag und miteinander klarkommen und sich vertrauen und respektieren. Und nie wieder wollte sie wie bei Jochen vor lauter Blumen die Realität ausblenden. Hätte sie ihre Augen offen gehalten, hätte sie schon viel früher feststellen können, wohin Jochens Herz und Augen immer wieder abwanderten.

Sie schüttelte den Kopf. Wir sind hier nicht im Märchen, dachte sie, wo der Prinz und die Prinzessin keinerlei Zweifel daran haben, dass sie zusammengehören. Sie gehen einfach gemeinsam auf ihr Schloss und leben da glücklich bis an ihr Lebensende. Wenn es nur so leicht wäre, seufzte sie.

Doris kam herein und unterbrach ihre Gedanken.

»Die letzte Patientin«, sagte sie mit der ihr eigenen Ruhe und legte eine Karte auf den Tisch. »Frau Bertram. Du siehst erschöpft aus, Viola. Ich werde zusehen, dass sie nicht zu lange bleibt.«

42

FRAU BERTRAM SAH WIEDER einmal aus wie frisch aus einem Modejournal entsprungen.

Diesmal trug sie ein helles Kostüm mit einer geblümten Bluse, passend zum Frühling. Und sie duftete wie ein ganzer Rosengarten.

Sie setzte sich Viola gegenüber, und ihre Miene drückte aus, dass Viola es sich hoch anrechnen durfte, wenn sie ihr eine Audienz gewährte. Sie hatte es sich angewöhnt, jeden Freitagabend gegen Ende der Sprechstunde zu kommen. Immer hatte sie irgendwelche Beschwerden: Magendrücken, Kopfschmerzen oder einen steifen Rücken. Und jedes Mal erzählte sie Viola, was sie früher alles unternommen hatte, als ihr noch kein eingeklemmter Nerv das Leben schwergemacht hatte.

Viola war müde und konnte sich nicht mehr richtig konzentrieren. Aber das war nicht schlimm, denn Frau Bertram war ohnehin nicht an Ratschlägen interessiert. Was sie eigentlich wollte, war Viola immer noch unklar.

Im Moment hatte sie den Eindruck, dass es Frau Bertram viel besser ging als ihr selbst, so wie diese Frau dasaß und lebhaft erzählte.

Als Doris dann hereinkam und wortlos anfing aufzuräumen, den Papierkorb leerte, die Fächer mit den Formularen wieder auffüllte und die Karteikarten einsortierte, erhob sich Frau Bertram.

»Nächste Woche kommt ein befreundetes Ehepaar in unser Hotel«, erklärte sie Viola. »Die beiden sind seit fast zwanzig Jahren immer für vier Wochen hier. Ich werde ihnen die neue Inselärztin empfehlen. Und, Frau Doktor, ich glaube, mein Mann hat auch einmal eine Generalüberholung nötig.«

»Dann soll er sich von Lisa oder Doris einen Termin geben lassen«, antwortete Viola zurückhaltend. Wollte Frau Bertram verhindern, dass sie am Hungertuch nagte, indem sie ihr Patienten vermittelte? So weit war es noch nicht, im Gegenteil, die Praxis florierte. Die 1200 Einwohner der Insel und die vielen Urlauber hielten Viola ganz schön auf Trab, und wenn dann noch der große Sommeransturm kam mit Hunderten von Tagesgästen … Viola mochte gar nicht daran denken. Gerade in der schönsten Zeit, in der alle Welt Urlaub machte, hatte sie am meisten zu tun. Und dabei fühlte sie sich selbst bereits urlaubsreif. Wenigstens heute Abend.

Sie wollte frühzeitig ins Bett gehen, nahm sie sich vor, vielleicht fühlte sie sich dann am nächsten Morgen besser.

Doch zuerst standen noch zwei Hausbesuche an, einer im Norden oben in der Griebener Boddenschänke, wo die Mutter der Wirtin eine Injektion gegen ihre Rückenschmerzen brauchte. Die alte, sehr energische Dame stand immer noch mit in der Küche, wenn die Sommersaison begann, und das wollte sie dieses Jahr auch wieder tun.

Ihre Tochter war davon nicht so begeistert. »Frau Doktor«, bat sie jedes Mal, wenn Viola kam, »machen Sie ihr klar, dass sie sich in ihrem Alter wirklich mehr Ruhe gönnen darf.«

Doch die alte Frau lachte nur. »Ruhe habe ich im Grab noch genug, Anita, und unsere Frau Doktor bringt mich doch immer wieder auf die Beine, nicht wahr?«

Das hatte sich schon zu einem richtigen kleinen Ritual entwickelt, und die heiße Fischsuppe danach gehörte inzwischen auch dazu.

Der zweite Besuch war in der Nähe des Hafens zu machen. Ein fünfjähriges Mädchen hatte seit zwei Tagen hohes Fieber, und Viola wollte vor dem Wochenende noch einmal nach ihr schauen.

Die Mutter der Kleinen war die Frau eines Kapitäns, der oft wochenlang auf See fuhr, eine ängstliche, wenig robuste Frau, die schnell in Aufregung geriet, wenn mit ihrer Tochter etwas nicht stimmte. Sie hatte eine Appartementwohnung zu vermieten, in die nächste Woche eine Familie mit zwei Kindern einziehen wollte. Hoffentlich war die kleine Dagmar bis dahin wieder gesund, und hoffentlich war es nichts Ansteckendes.

Viola musste ein wenig lächeln. Sie war nun seit vier Monaten auf der Insel, und wie sehr hatte sie schon das Denken einer Landärztin angenommen, einer Inselärztin, die nicht nur Menschen mit Symptomen sah, sondern Mütter mit Töchtern und Söhnen, Familienväter, Ehepaare, alleinstehende Menschen ... Sie hatte Sympathien und Abneigungen entwickelt, sie hörte Geschichten und Vermutungen und erfuhr von Hoffnung und Kummer. Manchmal kam es ihr vor, als befände sie sich in einem Traum, so anders war ihr Leben hier als noch vor einem Jahr in der Klinik in München. Aber es war kein Traum. Zum Glück! Hiddensee war kein Traum, sondern Wirklichkeit, und meistens sogar eine Wirklichkeit, die ihr sehr gut gefiel.

Als Viola endlich von ihren Besuchen zurückkam und das Gartentor öffnete, war es schon dunkel. Auf der Treppe zur Haustür saß Florian, neben ihm der Kater Pauli, der sich genüsslich im Nacken kraulen ließ.

43

»FLORIAN, DU BIST DOCH nicht krank?«, fragte Viola besorgt.

»Nein, Frau Doktor, aber ich habe zwei Karten für das Varieté morgen Abend in Stralsund, und ich möchte dich dazu einladen.«

Viola setzte sich neben ihn auf die Stufen.

»Ins Varieté? Morgen Abend? Warum?«

»Weil ich denke, dass es dir guttun würde, einmal für ein paar Stunden hier herauszukommen und etwas ganz anderes zu sehen. Mir übrigens auch. Immer nur Vögel, das hält kein Mensch aus. Was meinst du dazu?«

Viola lehnte sich an die Tür und schloss kurz die Augen. Nach Stralsund, Stadtluft schnuppern, Theater, sich wieder einmal richtig schön anziehen und sich fallen lassen, genießen … Nichts entscheiden müssen, nur aufnehmen, was sich einem bot. Und Karten waren auch schon da.

Ein kleiner Urlaub.

»Du musst dann allerdings deinem Georg absagen. Wir wollen nämlich schon mit der Mittagsfähre rüber, einen Schaufensterbummel machen, vielleicht auch etwas kaufen, ganz, wie dir zumute ist. Hinterher gehen wir gepflegt essen und dann ins ›Salto mortale‹.«

»Georg ist nicht mein Georg«, versetzte Viola steif, »und woher weißt du überhaupt, dass ich samstagabends immer bei ihm esse?«

»Das, meine liebe Viola, weiß die ganze Insel. Es muss dich aber nicht bekümmern.«

»Und wenn ich mit dir nach Stralsund fahre? Weiß es dann auch die ganze Insel?«

Florian lachte. »Die halbe«, erwiderte er, und seine Augen blitzten.

Viola überlegte. Ein gemütlicher Abend bei Georg, der sie liebevoll umsorgte, gegen ein Varieté in Stralsund mit Florian. Warum musste man sich immer für das eine oder das andere entscheiden? Warum konnte man nicht beides haben? Beide?

Aber da hörte sie sich schon sagen: »Was soll ich denn anziehen?«

»Du hast doch sicher noch etwas Schickes aus deiner Großstadtzeit im Koffer. Das muss dringend wieder mal an die frische Luft.«

Viola begann, sich für diese Vorstellung zu erwärmen. Seit vier Monaten lebte sie in Jeans und Pullover oder Shirt, anfangs meist noch mit Pudelmütze, außer wenn sie Sprechstunde hatte, da war sie in Doktorkluft. Oder bei Georg am Samstagabend, aber da wurde sie eben nur von Georg bewundert. Ja, es war an der Zeit auszuprobieren, ob ihr die Stadt wirklich fehlte. Und das konnte sie nur, wenn sie sich hineinbegab in den Trubel und das Leben, in die Menschenmassen in den Geschäften, Kinos und Theatern.

Es wäre interessant zu wissen, ob ich danach für die Insel nicht mehr geeignet bin oder ob ich mit Begeisterung wieder zurückkomme, überlegte sie.

Außerdem war Florian ein sehenswerter Begleiter, und Viola hatte Lust, mit ihm einmal so richtig auszugehen. An seiner Seite konnte sie sich wie eine attraktive 34-Jährige fühlen, nach der sich die Männer umdrehten und die nicht nur deshalb Interesse an ihr hatten, weil sie an Husten litten oder an Kreuzschmerzen.

»Ein Glück, dass ich morgen freihabe! Monika Blum kommt endlich wieder, die frischgebackene Oma«, sagte Viola und erhob sich.

»Das ist kein Glück, sondern Berechnung«, antwortete Florian grinsend. »Meinst du, ich hole mir einen Korb, weil du Dienst hast? Ich habe Lisa gefragt«, gestand er.

Viola stöhnte. »Dann weiß es nicht nur die halbe Insel, sondern die ganze, und das schon morgen Vormittag.«

»Macht dir das etwas aus?«

»Na ja, als Inselärztin sollte man keinen lockeren Lebenswandel führen.«

»Ärzte sind auch nur Menschen.«

»Das habe ich doch schon einmal gehört ... Gehst du heute noch zu Ottilie?«

»Ja, Vogelschützer gehen nicht mit den Hühnern ins Bett, falls du das gemeint hast«, vertraute ihr Florian an.

»Kindskopf«, sagte Viola und schloss ihre Haustür auf.

Zum Glück kam in dieser Nacht kein Anruf mehr, und den Samstagvormittag, als Monika Blum bereits im Einsatz war, brachte Viola damit zu, alle möglichen Outfits auszuprobieren. Als sie in ihre Pumps schlüpfte, stellte sie fest, dass sie ihr zu eng geworden waren. Kein Wunder, wenn man nur noch bequeme Joggingschuhe trug. Was diese Insel so alles mit ihr anstellte!

Trotzdem, die Pumps mussten mit, sie würde sie aber erst am Abend anziehen.

Florian klingelte pünktlich um 10 Uhr, und als Viola ihm öffnete, machte sie große Augen.

Er hatte seine dunklen Locken mit einem schwarzen Band im Nacken zusammengebunden, sie glänzten frisch gewaschen. Zu einem perfekt sitzenden blauen Jackett und einer hellen Hose trug er ein beigefarbenes Seidenhemd, allerdings ohne Krawatte. Er zog eine aus der Tasche. »Die kommt erst heute Abend zum Einsatz«, teilte er Viola mit.

Und er duftete umwerfend.

Und dann hefteten sich seine Augen mit einem erfreuten Ausdruck auf Frau Doktor Viola Herz.

Viola hatte sich ihr kornblumenblaues Kleid aufgebügelt, das in einem weiten Rock ausschwang. Die Locken waren hochgesteckt, in den Ohren trug sie zwei kleine Perlen, um den Hals den goldgelben, in eine Ovalform geschliffenen Bernstein, den sie selbst gefunden hatte. Sie hatte ein leichtes Make-up aufgelegt. Ihre hellen Augen strahlten. Aber ihre Füße steckten in Joggingschuhen.

»Willst du in diesen Schuhen ausgehen?«, erkundigte sich Florian neugierig.

»Hier«, Viola zog die Pumps aus der Tasche, »genau wie deine Krawatte.«

»Na, wir sind ja ein Pärchen!« Florian nahm ihren Mantel vom Haken. »Joggingschuhe und Cocktailkleid, das gibt es nur auf unserer kleinen Insel.«

Unternehmungslustig zogen sie los, und Viola fiel es nicht schwer, alles ein paar Stunden hinter sich zu lassen.

Schon die Fahrt mit einem der Schiffe der »Weißen Flotte« empfand sie als berauschend. Vom Vitter Hafen aus ging es das Hiddenseer Ostufer entlang. Vor vier Monaten war sie in entgegengesetzter Richtung gefahren, und es war lausig kalt und bewölkt gewesen. Heute aber schien die Sonne, und nach zwei Stunden näherten sie sich der Stralsunder Skyline und dem Hafen unter blauem Himmel. Die Nikolaikirche grüßte sie mit ihren zwei Türmen, einer trug eine grüne Spitze, der andere war flach. Auch die Marienkirche und die alten Speicherhäuser mit den Backsteinmauern und den gotischen Giebeln nickten ihnen zu.

Florian führte sie zuerst in die Innenstadt, durch ein altes Stadttor und an dicken Mauern vorbei. Man konnte sich gut vorstellen, wie stark befestigt diese Hansestadt zu Zeiten Störtebekers einmal gewesen sein musste.

»Lieber Himmel, Florian«, rief Viola aus, »so hohe Häuser bin ich gar nicht mehr gewöhnt! Ich bekomme fast einen steifen Hals, wenn ich überall hochblicke.«

»Dann würde ich dir raten, mich anzuschauen«, schlug Florian vor. »Ich bin auch nicht so alt.«

»Aber lange nicht so majestätisch wie diese Gotik hier überall.«

Florian ergriff ihre Hand. »Komm, gehen wir einkaufen, hier wird man fast erschlagen von der vielen Geschichte.«

Viola genoss die ganzen Eindrücke, die Menschen, den Lärm, die Farben, die Gerüche, und sie war heilfroh über die Joggingschuhe, auch wenn sie damit vielleicht etwas gewöhnungsbedürftig aussah.

Die Fußgängerzone mit ihren vielen wunderbaren Schaufenstern zog sie an, bis Florian ungeduldig wurde und sie ihn auslachte, weil er so großspurig versprochen hatte, sie dürfe shoppen gehen, solange sie wolle.

»Ich habe Hunger«, beklagte er sich. »Wenn ich nicht bald etwas in den Magen bekomme, bin ich heute Abend nur noch ein Schatten. Willst du mit einem Schatten ausgehen?«

Nein, das wollte Viola nicht, und so setzten sie sich auf die Terrasse eines schönen alten Gasthauses mit Fachwerk und aßen Pizza. Da war zwar so gar nicht passend für Stralsund, aber genau das Richtige für zwei ausgehungerte Insulaner.

Auf einmal sagte Viola: »Komm, wir steigen auf einen dieser Türme und schauen rüber nach Hiddensee, ob es noch da ist.«

Florian war zuerst erstaunt, aber dann lachte er.

»Viola, das Veilchen«, sagte er neckend. »Hast du Heimweh nach den kargen Wiesen? Bist du nicht geschaffen für solch einen bunten Prachtgarten?«

»Anscheinend nicht mehr so recht«, antwortete sie. »Ich glaube, ich bin bereits richtiggehend entwöhnt. Ist das nun gut oder schlecht?«

»Es ist so, wie es ist, aber für unsere Insel ist es gut.«

Der Turm der Marienkirche war insgesamt 104 Meter hoch, und bis zur Aussichtsplattform waren es immerhin ungefähr 90 Meter. »Und 366 Stufen«, sagte Florian mit Nachdruck. »Willst du wirklich da rauf?«

Viola zögerte. Wenn sie die 102 Stufen auf den Leuchtturm geschafft hatte, konnte sie hier mit Florian auch die 366 Stufen bezwingen. Allerdings war das mehr als dreimal so viel. Sie stöhnte.

Aber dann packte sie der Ehrgeiz. Und die Aussicht, einen Blick auf die Insel werfen zu können.

Florian nahm sie an die Hand und ging voraus. Eine warme feste Hand, ohne die sie sofort wieder umgekehrt wäre, aber er ließ nicht los. Unterwegs machten sie eine Pause am Glockenstuhl.

Schließlich waren sie oben.

Und alles, was Viola sich gewünscht hatte, war zu sehen.

Die ganze Stadt lag zu ihren Füßen, ein Häusermeer in Rot, blaues Wasser, grüne Bäume. Türme an allen Ecken und Enden.

Viola wurde ganz still. Sie trat nur vorsichtig auf, wie aus Sorge, dass der Turm sonst ins Schwanken käme. Florians Hand hielt sie fest umklammert, und als sie Rügen und in der Ferne Hiddensee erspähte, die kleine Insel wie hingehaucht, holte sie tief Luft.

»Nicht fortgeschwommen«, sagte sie und lächelte leicht. »Aber lieber sehe ich Stralsund vom Dornbusch aus als den Dornbusch von hier aus. Komm, Florian, lass uns wieder runtergehen, meine Beine werden immer weicher.«

44

GEGEN ABEND WAREN IHRE Beine nicht weich, sondern müde. Viola und Florian hatten die Stadt noch eingehend besichtigt und beschlossen jetzt, sich ganz bequem ein Taxi zu bestellen und zum Hafen fahren zu lassen. Das Varieté befand sich in einem der umgebauten Speicher, und er beherbergte auch eine kleine Imbissstube, die mit Plakaten und Fotos von Veranstaltungen dekoriert war.

»Ein Fünf-Sterne-Menü wäre für mich jetzt verschwendet«, teilte Viola Florian mit. »Ich habe einen Bärenhunger und esse alles, was ich bekommen kann und egal, wie es schmeckt.«

Sie entschied sich dann für Currywurst mit Pommes und Salat. Wenn das Georg gewusst hätte, dass sie ein Essen bei ihm gegen Pommes eingetauscht hatte!

»Ich war einmal am Yukon«, erzählte Florian. »Drei Wochen lang sind wir den Fluss runtergepaddelt, und es gab jeden Tag selbst gefangenen Fisch. Nachher habe ich mir geschworen, nie wieder Fisch zu essen, aber kurze Zeit später hat er mir wieder geschmeckt.«

»Wo warst du eigentlich noch nicht?«, wollte Viola wissen.

»Ach, da gibt es noch vieles, das mich reizen würde. Aber Kanada, das könnte dir auch gefallen, die Bären, die Elche ... Man muss nur wissen, wie man sich zu verhalten hat, dann passiert nichts.«

»Ich glaube, ich bin eher ein Stubenhocker. Aus Europa bin ich noch nie herausgekommen. Ich weiß auch gar nicht, ob ich das möchte. In dem Dorf in Bayern, in dem ich dieses eine Jahr gearbeitet habe, gab es einen Weg, den ich oft gegangen bin, oberhalb des Ortes, teils durch Wald, teils über Wiesen, und er ist mir nie langweilig geworden. Jedes Mal gab es etwas Neues zu entdecken. Manchmal habe ich mich unter einen Baum gesetzt, und du glaubst gar nicht, wie viel es da zu beobachten gibt. Ameisen, die Tannennadeln wegtragen, Käfer, Sternenmoos, ein Blatt, das vom Wind umgedreht wird, eine Buchecker in ihrer stacheligen Hülle. Und im Dorf selbst: die ganze Bandbreite von Hilfsbereitschaft, Streit, Lebendigkeit, Tod, schweren Schicksalen und großem Glück ... Da dachte ich immer: Was brauche ich die große weite Welt?«

»Aber Viola, andere Länder, Kulturen, Menschen, Pflanzen, Tiere – interessiert dich das nicht? Es gibt so vieles auf der Erde, das ich kennenlernen möchte, mit eigenen Augen und Sinnen, nicht nur durch das Fernsehen oder Bücher. Dann läuft man auch nicht Gefahr, kleinkariert zu denken, denn man lernt, andere und ihre Eigenarten so zu akzeptieren, wie sie sind.« Er zog die Stirn kraus. »Wenigstens solange sie nicht meine eigenen Grenzen verletzen.«

»Ja, natürlich, ich weiß. Aber Menschen sind überall Menschen, sie haben zwei Augen, eine Nase und einen Mund und Verstand und Gefühl.«

»Und doch gibt es auf der ganzen Welt keine zwei gleichen«, gab Florian zurück.

»Letzten Endes läuft es darauf hinaus, dass du ein Zugvogel bist und ich ein Heimbrüter«, stellte Viola nachdenklich fest.

Florian strich ihr vorsichtig eine Locke aus der Stirn, die

sich im Eifer des Gesprächs aus ihrer Frisur gelöst hatte. »Es gibt immer wieder Zugvögel, die eines Tages am Ort bleiben und nicht mehr wegfliegen. Also gibt es bei mir durchaus noch Hoffnung«, meinte er lächelnd.

Das kleine Theater war mit dunkelroten Samtsesseln ausgestattet und einem Samtvorhang in derselben Farbe. Viola setzte sich in ihrem Sitz zurecht und freute sich auf das Programm.

Jetzt war sie nicht mehr nachdenklich, und sie genoss jede Minute der Auftritte.

Geboten wurde eine bunte Mischung aus Artisten, Komikern, Tanz, ein Zauberer verblüffte die Zuschauer, und am Schluss kam der große Auftritt eines Travestiekünstlers.

»Wie kann es sein, dass ein Mann in so einer Aufmachung besser aussieht als die meisten Frauen?«, fragte sie, als sie die Vorstellung verließen. »In der Realität ist das sicher ein ganz unscheinbarer Kerl, aber auf der Bühne funkelt nicht nur sein Outfit, sondern seine ganze Ausstrahlung ist unglaublich.«

»So ein strahlendes Bühnenwesen könnte man auch aus dir machen«, erwiderte Florian, »aber ich mag dich lieber in Natur.«

»Ich würde auch keine fünf Meter weit kommen in den High Heels dieser ›Dame‹. Stell dir mal vor, wie sie so durch den Sand und den Tang auf Hiddensee stöckelt! Deine Möwen würden sich fürchterlich erschrecken.«

»Deshalb ist zum Glück auch eine ganze Menge Ostsee zwischen hier und unserer Insel. Ein jedes an seinem Ort«, antwortete Florian und legte Viola den Arm um die Schultern. Er war ihr nah, aufregend nah, und sie wäre gern noch lange mit ihm so durch die Nacht geschlendert. Aber da war auch schon der Hafen, und Florian fragte: »Sag, Viola, möchtest du noch etwas trinken, bevor wir fahren?«

»Nein danke, Florian«, antwortete sie. »Es war ein wunderbarer Tag, und jetzt noch eine Fahrt übers Meer durch die Nacht nach Hause, das ist dann das Sahnehäubchen, nicht wahr? Schauen wir nach, ob ein Wassertaxi am Anleger liegt.«

Am Himmel funkelten unzählige Sterne, und langsam verschwanden die Lichter von Stralsund hinter ihnen, und das Boot nahm Kurs auf Hiddensee. Viola saß an Florians Seite gelehnt.

»Hast du gemerkt, dass ich vorhin ›nach Hause‹ gesagt habe?«, fragte sie auf einmal versonnen. »Ich habe das Gefühl, ich fahre heim, nach erst vier Monaten auf der Insel! Eigenartig, wie das Leben so spielt. Vielleicht wäre ich sogar eine ganz gute Klinikärztin in einer Großstadt geworden, wenn ich bei Jochen in München geblieben wäre. Ich arbeite gern, wir sind oft ausgegangen, auch das hat mir Spaß gemacht. Und nun bin ich auf dieser Insel gelandet und habe einen ganz anderen Weg eingeschlagen, obwohl ich wirklich nicht genau wusste, worauf ich mich da einlasse. Und die Entscheidung scheint nicht falsch gewesen zu sein. Meinst du, es gibt im Leben verschiedene Wege, die alle in letzter Konsequenz richtig sind? Oder hat man so eine Art inneren Kompass, der einen, ohne dass es einem bewusst wird, in eine bestimmte Richtung lenkt?«

»Du hattest deine Gründe, aus München wegzugehen, und du hast dir diese Inselpraxis aus ganz bestimmten Gründen ausgesucht, auch wenn du nicht alle davon nachvollziehen kannst. Ich denke, an der Sache mit dem Kompass ist was dran. Außerdem«, in Florians Stimme schwang ein Lächeln mit, »außerdem gibt es hier sicher mehr Leute, die sich über dich freuen, als in München. Du bist hier in einem Netz gelandet, das viel ausgedehnter ist, als es in einer Großstadt sein könnte. Du bist nicht allein.«

»Aber ab und zu fühle ich mich in dem Netz auch gefangen.«

»Dagegen sind dann solche Ausflüge gut.« Florian zog sie an sich, und Viola genoss seine Wärme und die Sicherheit, die er ausstrahlte. Auch das gehört dazu, zu »daheim«, dachte Viola. Ein Mann mit Wärme gegen den kühlen Fahrtwind und einem festen Arm, wenn das Boot waghalsig übers Wasser prescht.

45

DER ERSTE RICHTIG HEISSE Sommertag kam am 15. Juni, einem Dienstag. Viola hatte ihre Vormittagssprechstunde beendet, und als sie auf den Balkon ging und die Sonne auf der Haut spürte, beschloss sie, das Mittagessen ausfallen zu lassen und die nächsten zwei Stunden am Strand zu verbringen.

Sie steckte ihr Handy ein und verließ die Wohnung. Pauli war nirgends zu sehen, wahrscheinlich lag er bereits irgendwo in der Wärme und ließ es sich gutgehen.

Sie wandte sich am Strand nach Süden, zog wie immer Schuhe und Strümpfe aus und ging barfuß weiter. Überall standen jetzt die Strandkörbe, Burgen wurden gebaut, und Kinder tollten herum. Aber je weiter sie kam, desto ruhiger und leerer wurde es. Im Sand lagen nun Steine, angeschwemmte Äste und Tanghaufen, über die man steigen musste. Richtig wild sah es hier manchmal aus, und nach jedem Sturm anders.

Ein leichter Wind kam von Westen, so dass es nicht zu heiß wurde. Das Wasser war noch ziemlich kalt, Viola tippte nur vorsichtig mit den Zehen in die auslaufenden Wellen.

Nach einer Weile bog sie nach links in die Dünen ab.

Eigentlich sollte man ja auf den schmalen Pfaden bleiben, aber Viola hatte schon vor einigen Wochen eine Stelle entdeckt, die wie für sie geschaffen war. Es war eine Sandkuhle, eine Vertiefung inmitten der umliegenden Hügel, oben dicht mit dem scharfen Dünengras und Heide bewachsen. Nur zum Meer hin befand sich eine Lücke.

Viola, die vorsichtig durch das Gestrüpp gegangen war, sprang mit einem Satz in den weichen warmen Sand hinunter und ließ sich hineinfallen. Dann drehte sie sich auf den Bauch und sah durch die Lücke zum Meer hinaus.

Es war so still, dass sie das Heidekraut knistern hörte. Irgendwo weit in der Ferne erklangen Stimmen, nicht einmal das Meeresrauschen reichte bis hierher. Eine Schar Vögel zog über sie hinweg, lautlos; sie sah ihnen nach und sandte einen schönen Gruß an Florian.

Eine tiefe Ruhe kehrte in sie ein. Solche Augenblicke hatte sie auch auf Hiddensee noch nicht oft erlebt. Wahrscheinlich konnte man sie sich nicht bewusst herbeischaffen, sie kamen wie ein Geschenk, ganz unverhofft.

Einmal, sie war noch ein Teenager gewesen, war sie mit dem Pony einer Freundin ausgeritten, und das Tier hatte sie mit freundlicher Geduld überall hingetragen. Sie waren durch einen Wald getrabt, und als er plötzlich lichter wurde und eine Wiese vor ihr lag, hatte sie angehalten und war abgestiegen. An einer Böschung direkt am Waldrand setzte sie sich ins noch gelbe, aber trockene, warme Gras und blickte über die Landschaft, die hügelig und voller Wiesen mit Obstbäumen vor ihr lag. Auch damals hatte das Gras in der Sonne geknistert. Auch damals hatte sie es als überraschend empfunden, dass Ruhe einen so tiefen Eindruck machen konnte, ein so viel intensiveres Empfinden in ihr weckte als die ganzen Reize des Lebens in der Stadt.

Viola legte den Kopf auf die Arme und drehte ihn leicht zur Seite. Jetzt sah sie nur noch die harten Stengel eines Dünengrasbüschels vor sich und die scharfen dünnen Schatten, die sie in den Sand zeichneten. Ein kleiner schwarzer Käfer krabbelte mit flinken Beinchen an einem der Stengel hinunter. Unten angekommen, mühte er sich im Sand ab. Kaum schaffte er es, die Körnchen zu überwinden, und kam nur langsam vorwärts, aber er gab nicht auf.

Zentimeter für Zentimeter arbeitete er sich weiter, bis er schließlich einen anderen Grasbüschel erreichte und dort wieder an einem Halm aufwärtsstrebte. Er hinterließ eine ganz feine Spur im Sand, nur für den sichtbar, der ihn beobachtet hatte.

Viola sah dem Käfer zu, wie er bis zur Spitze des Halms krabbelte, dort kurz sitzen blieb, dann auf einmal seine Flügel ausbreitete und davonflog.

Warum war er nicht auch vorhin geflogen? Von dem einen Grasbüschel zum anderen? Warum hatte er den mühsamen Weg durch den Sand gewählt? Vielleicht, weil das Fliegen doppelt so viel Spaß machte, wenn man sich vorher abgemüht hatte? Vielleicht, weil er sich jetzt sagte: Und wenn ich eines Tages nicht mehr fliegen kann, dann schaffe ich es auch auf andere Weise? Ein kleiner Lebenskünstler, dieser Käfer.

Viola spürte eine angenehme Müdigkeit, die vor allem deswegen angenehm war, weil sie ihr nachgeben konnte. Sie schloss die Augen und war in kurzer Zeit fest eingeschlafen.

Als sie wieder erwachte, war der Schatten des Dünengrases ein ganzes Stück weitergewandert. Erschrocken blickte sie auf ihre Uhr. Seit fast zwei Stunden lag sie hier, und in einer Stunde fing die Nachmittagssprechstunde an! Sie setzte sich auf, und schon spürte sie ein altbekanntes Ziehen an den Armen und auf den Schultern. Sie hatte sich einen Sonnenbrand geholt, auch das noch!

Wenn die Touristen mit rotem Nacken und Rücken zu ihr kamen, war sie immer ein wenig amüsiert. Wie konnte man nur so unvorsichtig sein und ohne Sonnencreme am Wasser liegen? Und nun hatte es sie selbst erwischt. Wenn Florian das sah, würde er sie auslachen.

Langsam stand sie auf, ging durch die Heidebüsche zum Strand zurück und drehte sich dann noch einmal um. Ich komme wieder, flüsterte sie dem Gras, dem Sand und dem Käfer zu, ganz bestimmt, ich komme wieder. Dann machte sie sich auf den Heimweg.

Als sie zur Tür hereinkam, klingelte das Telefon. Ein Notfall in Kloster, eine ältere Frau war gestürzt und konnte sich nicht mehr erheben. Keine Inselbewohnerin, ein Tagesgast. Der Rettungswagen war bereits unterwegs.

Oberschenkelhalsbruch, dachte Viola und schnappte sich ihren Koffer. Sie stieg ins Auto und schlängelte sich an Fußgängern, an Fahrradfahrern und Pferdewagen vorbei in Richtung Kloster. Der Alltag hatte sie wieder.

46

DIE FÄHREN BRACHTEN DIE Tagesgäste nun im Stundentakt auf die Insel. Dazu kamen die Urlauber, die auf der Insel wohnten, und alles war geschäftig und voller Eifer. Wenn das Wetter kalt und nass war, saßen die Menschen in den Restaurants, und bei Sonne radelten sie über den Deich oder fuhren mit Planwagen über die Insel. Florian machte Führungen und legte sich mit den Leuten an, die unbefugt sein Revier betraten. Freitags spielte er weiterhin bei Ottilie auf seiner Klarinette und samstags im »Hotel Seeblick« auf dem Flügel.

Violas Sprechstunden waren voll, und sie kam selten dazu, am Strand zu liegen, aber sie ging oft auf einen kleinen Schwatz bei Jehann vorbei. Er hatte beschlossen, für immer bei Anna zu bleiben. Es machte ihm großen Spaß, vor ihrem Haus in der Sonne zu sitzen und all die Menschen zu beobachten, die jetzt vorbeikamen.

»Du leiwe Tied!«, sagte er und schüttelte den Kopf. »Dei vähl'n Lüüh, un alle ut dei Stadt!« Viola verstand ihn inzwischen gut, und unter Annas Pflege blühte Jehann richtig auf. Der Herr Neffe hatte sich nicht mehr gemeldet, doch Jehann meinte, er hätte nichts dagegen, wenn Norbert ihn wieder mal besuchen käme. Er sei schließlich sein einziger Verwandter und habe ihn auch auf die »Gorch Fock« gebracht.

Viola war klar, dass er sich nicht richtig an das erinnern konnte, was vorgefallen war, dazu war er viel zu stark sediert gewesen. Sie wurde wütend, wenn sie daran dachte, dass dieser Herr Storm einmal das Grundstück in Neuendorf erben würde und das Geld aus dem Verkauf des Landes bei Stralsund. Aber man konnte nun mal nicht alles so regeln, wie man es gern gehabt hätte.

Sie war weiterhin jeden Samstagabend bei Georg zum Essen, und am Sonntag wanderte er mit ihr oft ein Stück über die Insel.

Es gab jetzt auch Gemäldeausstellungen, die man besuchen konnte. Maler kamen auf die Insel und stellten ihre Bilder aus, Hiddensee von allen Seiten, und natürlich wurden in den Galerien auch andere Künstler geehrt. Bei einigen Werken war sich Viola nicht einig mit Georg. Aber wenn die Meinungen auseinandergingen, nahm Viola das mit Gelassenheit, es hatte schließlich keine Konsequenz, sie wollten die Bilder ja nicht kaufen.

Dreimal war Viola inzwischen auch auf Rügen gewesen. Georg hatte ihr Bergen gezeigt, eine kleine, sehr hübsche Stadt, auf Hügeln gelegen. Sie hatten auch das Krankenhaus besucht und Viola war beeindruckt gewesen von der modernen Ausstattung.

Einmal war Viola allein hingefahren und hatte Georg in seiner Buchhandlung überrascht. Gut sah er aus, wie er da stand, inmitten der sauber geordneten Literatur, bestens informiert und sehr höflich zu seinen Kunden. Viola war richtig stolz auf ihn.

»Was haben Sie nur mit unserem unnahbaren Bücherwurm gemacht?«, fragte Lisa eines Tages ohne Umschweife. »Früher hat man ihn nie im Ort gesehen, außer auf dem Weg zum Hafen morgens oder abends, und mehr als einen kurzen Gruß konnte man nicht von ihm bekommen, wenn man ihm begegnete. Jetzt bleibt er doch tatsächlich auch einmal stehen und ist bereit für ein kleines Gespräch. Und er kann sogar freundlich sein!«

Viola wusste nicht, was sie mit Georg gemacht hatte. Gar nichts, wollte sie sagen, aber sie zog es vor, nur zu lächeln und dann von etwas anderem zu reden.

47

ENDE JUNI ERLEBTE VIOLA das erste heftige Inselgewitter. Es war bereits morgens sehr warm, und man spürte, dass etwas in der Luft lag. Die Vormittagssprechstunde zog sich hin, und als Viola endlich in ihre Wohnung kam und aus dem Fenster übers Meer sehen konnte, bogen sich die Bäume schon im Sturm. Er trieb eine schwarze Wolke vor sich her, die schwer und dunkel über dem Wasser lag, sich dann für Hiddensee entschied und dort ihre Schleusen öffnete. Es blitzte und donnerte, als ob Thor höchstpersönlich da oben säße und alles, was ihm in die Finger kam, herunterschleuderte. Es goss wie aus Kübeln. Viola stand am Fenster und hoffte, dass sie nicht in dieses Wetter hinausmusste.

Sie lief in ihrer Wohnung hin und her. Richtig entspannen konnte sie bei dem Getöse nicht.

Und auch in ihr selbst sah es in der letzten Zeit nicht sehr ruhig aus. Und daran waren diese zwei Männer schuld, die beide in ihren Träumen umherspukten, jeder auf seine Weise.

Was macht Georg bei diesem Wetter?, dachte sie. Sie blickte in Richtung Rügen. Alles war schwarz hinter einer undurchdringlichen Regenwand. Also war auch bei ihm Weltuntergang.

Aber Georg ließ sich von einem Gewitter bestimmt nicht aus der Ruhe bringen.

Er ist sicher in seinem Laden, überlegte Viola. Er öffnet den Kunden, die mit Schirm unterwegs sind, die Tür, er bietet ihnen einen Kaffee an, reicht ihnen bei Bedarf ein trockenes Handtuch und bemüht sich, ihren Wünschen nach bestimmten Büchern nachzukommen, aufmerksam, hilfsbereit und dazu noch gutaussehend.

Und Florian? Saß er bei diesem Wetter in seiner Hütte? Vielleicht war er jetzt, wo die Blitze nachließen, auch draußen im Regen, hielt sein Gesicht nach oben und die Augen geschlossen, stand unter einer Naturdusche und genoss den Augenblick.

Konnte man in zwei Männer gleichzeitig verliebt sein? Ja, man konnte, und ausgerechnet ihr, Viola, musste das passieren. Zwei völlig unterschiedliche Männer. Und zwei unterschiedliche Gefühle ihnen gegenüber.

Georg liebte sie für seine Ernsthaftigkeit, seine Zärtlichkeit, seine Fürsorge und seine Zuverlässigkeit. Georg hätte bestimmt kein zweites Leben mit einer Diätassistentin, überlegte Viola, Georg würde keine Frau hintergehen. Wie viel Zeit und Kraft hatte sie vergeudet, darüber nachzugrübeln, wo Jochen war, wenn er nicht ans Telefon ging! Wie misstrauisch und kleinlich konnte man werden, wenn man anfing, am Partner zu zweifeln.

Zu Florian fühlte sie sich hingezogen durch seine spontane Art, seine Lebendigkeit, er nahm sie in den Arm und wirbelte sie im Kreis herum, lachte und flirtete mit ihr ungeniert, aber ebenso konnte er auch Lisa überfallen und mit ihr durchs Sprechzimmer tanzen, und einmal hatte er der alten Anna einen Kuss aufgedrückt, mitten auf den Mund!

Florian verwirrte sie oft, vor allem, wenn er ernst war, auch das kam vor.

Viola setzte sich aufs Sofa und legte den Kopf auf die Lehne.

Was sollte in der Liebe überwiegen, das Gefühl oder der Verstand? Es war immer dieselbe alte Frage. Darüber konnte man ewig nachgrübeln.

Aber sie kam zu keinem Entschluss.

Der Regen ließ schließlich nach, es wurde ruhiger draußen, und als sie wieder aus dem Fenster sah, glänzten die Bäume wie frisch gereinigt, die Straße dampfte, und am Himmel rissen die Wolken auf. Wenn mein Inneres nur auch so frisch gewaschen und klar wäre, dachte sie mit einem Seufzer.

Dann sah sie Monika Blum über die Straße kommen und auf ihr Haus zugehen.

Monika Blum war jetzt genau die Richtige. Vielleicht hatte sie ein wenig Zeit, und man konnte so ganz nebenbei einmal das Thema »Liebe« ansprechen.

Sie hatte Zeit, und als sie in Violas Küche zusammensaßen und sich einen Kaffee gönnten, schien bereits wieder die Sonne durch die Fenster.

»Wie geht es deiner Enkelin?«, erkundigte sich Viola. »Kann sie schon Oma sagen?«

Monika lachte. »Mit vier Wochen wäre das ein Wunder. Aber im Ernst: Carolinchen ist das beste und schönste Enkelkind der Welt.«

»Bis das nächste kommt, dann gibt es zwei beste und schönste, nicht wahr?«

»Aber ja, und du solltest auch so langsam anfangen, den Grundstock dazu zu legen, oder willst du grundsätzlich keine Familie?«

»Doch, auf jeden Fall, aber du weißt ja, der erste Versuch ist schiefgegangen, und bevor ich nicht den richtigen Mann finde, werde ich ganz gewiss kein Kind in die Welt setzen, auch wenn ich es mir noch so sehr wünsche.«

»Ich dachte, in dieser Richtung sähe es schon recht erfreulich aus«, meinte Monika und sah Viola aufmerksam an.

»Vor allem verwirrend.« Wie sollte sie Monika ihr kompliziertes Innenleben erklären?

Monika schwieg und wartete.

»Was ist wichtiger in der Liebe, Verstand oder Gefühl?«, fuhr Viola fort. »Ich bin ein wenig vorsichtig geworden. Ich möchte mit dem Mann, den ich liebe, alt werden, so wie du. Wie habt ihr es geschafft?«

»Wir haben uns gegenseitig respektiert, auch wenn wir verschiedener Meinung waren. Das ist nicht einfach. Den anderen nicht in die eigene Schublade pressen wollen. Solange man sich nicht gegenseitig die Luft nimmt, kann Verschiedenheit etwas sehr Lebendiges und Interessantes sein.«

Viola dachte über diese Worte nach. »Das klingt gut«, sagte sie. »Also meinst du, man solle nicht allein seinem Gefühl folgen und sich in ein Liebesabenteuer stürzen.«

Monika rührte nachdenklich in ihrem Kaffee.

»Es gibt da ein Gedicht von einem unserer Lyriker, Reiner Kunze. Reich mir mal ein Stück Papier und einen Stift, ich schreibe dir die letzten zwei Verse davon auf, so, wie ich sie im Gedächtnis habe, vielleicht hilft es dir.«

Es waren nur wenige Zeilen. Monika faltete das Papier und schob es ihr zu. »Lies es in Ruhe, wenn du allein bist.« Sie lehnte sich zurück und erklärte: »Unter dem Druck bei uns in der DDR sind trotz allem die schönsten Gedichte entstanden, und ich denke, solche kleinen Wunder haben umso heller geleuchtet vor dem Hintergrund der oft düsteren Atmosphäre.«

Am Abend, als sie gemütlich neben Pauli auf ihrem Sofa saß, nahm Viola den Zettel, entfaltete ihn und las die Worte:

»Die Liebe
ist eine wilde Rose in uns,
unerforschbar vom Verstand
und ihm nicht untertan.
Aber der Verstand ist ein Messer in uns,
zu schneiden der Rose
durch hundert Zweige
einen Himmel.«

48

IM AUGUST SASS VIOLA an einem besonders warmen Abend auf ihrem Balkon.

Es war so lange hell draußen, dass man noch um 22 Uhr ohne Lampe lesen konnte. Aber Viola hatte ihr Buch immer wieder sinken lassen und einfach in den weiten Himmel geschaut, der im Westen goldgelb über dem Meer leuchtete. Solche Sommerabende liebte sie über alles, und hier waren sie viel länger als im Süden. Weiche Luft auf der Haut, die ganze Insel golden überhaucht, einen Duft nach Heu in der Nase – sie konnte sich nichts Schöneres denken.

Unten vor dem Haus hörte sie Stimmen, und als sie sich übers Geländer beugte, sah sie ein Ehepaar mit zwei Kindern auf die Haustür zukommen. Die Mutter führte ein Mädchen an der Hand, das verletzt schien. Also gab es doch noch Arbeit für sie.

Viola lief hinunter und ließ die Familie ein. Das Kind sei mit dem Fahrrad gestürzt, erzählte die Mutter, habe Schürfwunden und Prellungen, und sie wolle sichergehen, dass nichts gebrochen war. Ja, einen Helm habe sie aufgehabt, und sie sei auch nicht bewusstlos gewesen.

Viola setzte die Kleine auf die Untersuchungsliege. Sie war acht Jahre alt und hieß Kordula. Ein seltener Name, würde mir auch gefallen für eine Tochter, dachte Viola.

»Es ist nichts gebrochen«, sagte sie, als sie das Mädchen

untersucht hatte. »Eine Rippenprellung, aber nicht schlimm, Schürfwunden an den Knien, Bluterguss am linken Arm – ich glaube, du hast noch einmal Glück gehabt, meine Liebe. Wie sieht es mit der Tetanus-Impfung aus?«

Der Vater zog den Impfausweis aus der Tasche. »Erst vor einem Monat aufgefrischt«, teilte er Viola mit.

»Also nicht nötig. Was können wir dir denn noch Gutes tun?«, fragte sie Kordula.

»Ich möchte ins Bett«, erwiderte das Mädchen, »ich bin müde.«

»Das sollst du auch. Ist es weit?«

»Nein, wir wohnen in einer Pension ganz in der Nähe«, antwortete die Mutter und half ihrer Tochter, sich aufzurichten.

Alle vier verließen beruhigt die Praxis. Viola räumte noch das Verbandszeug weg, da klingelte das Telefon.

Muss das sein?, dachte sie. Den ganzen Tag hatte sie nicht viel zu tun gehabt, und jetzt auf einmal fiel es allen ein, krank zu werden. Der Tag war so schön am Ausklingen gewesen. Sie hob den Hörer ab.

»Frau Doktor, können Sie so schnell wie möglich kommen? Ich glaube, Frau Jansen, meine Nachbarin, hat Schlaftabletten genommen«, erklang die aufgeregte Stimme einer Frau.

Die nächsten Schritte gingen Viola schon ohne Nachdenken von der Hand. Adresse aufschreiben, Arzttasche und Notfallkoffer schnappen, ins Auto und los.

Sie musste vorsichtig fahren, es waren noch Leute unterwegs, die unbesorgt mitten auf der Straße schlenderten. Aber sie schaltete die Warnblinker ein und benutzte auch die Hupe, wenn es sein musste. Die Inselbewohner kannten ihr Auto schon und sahen ihr mit ängstlichem Gesicht hinterher. Wer von ihnen brauchte so dringend einen Arzt?

Das Haus, vor dem Viola hielt, lag am Rand von Kloster. Es war hell erleuchtet, und ein Mann stand davor und winkte ihr.

»Sie ist bewusstlos«, sagte er. »Wir wissen nicht, wie lange schon.«

Die alte Frau Jansen lag mit geschlossenen Augen reglos im Bett. Sie war erschreckend blass, hatte ein weißes, frischgewaschenes Nachthemd an, die grauen Haare waren ordentlich gekämmt, ihre Hände über der Bettdecke gefaltet.

Eine jüngere Frau mit besorgtem Gesicht stand am Bett, Viola kannte sie vom Sehen und nickte ihr kurz zu. Sie prüfte als Erstes den Herzschlag, ganz schwach war er zu hören. Dann holte sie die Atemmaske heraus, denn sie hatte kein deutliches Atemgeräusch mehr vernommen. Bei Schlafmittelvergiftungen war Atemstillstand die häufigste Todesursache.

Während Viola die Frau beatmete, horchte sie mit dem Stethoskop weiter nach dem Herzschlag. Er blieb unverändert.

»Haben Sie den Notarzt angerufen und den Rettungswagen?«, fragte sie.

»Ja, sie sind unterwegs«, antwortete der Mann. Er war neben seine Frau getreten und hielt ihre Hand.

»Sie hat immer gesagt, ohne ihren Mann will sie nicht mehr leben«, flüsterte die Frau, »aber ich habe es nicht ernst genommen. Ich dachte, sie kommt darüber hinweg. Sie ist schon lange unsere Nachbarin«, setzte sie hinzu.

»Was hat sie geschluckt?«

Die Frau zeigte Viola einige leere Tablettenröhrchen.

Als sie Violas erschrockenes Gesicht sah, nickte sie. »Sie hat es ernst gemeint, und wenn ich nicht zufällig noch einmal nach ihr gesehen hätte, wäre sie in der Nacht in aller Stille gestorben.«

»Noch ist sie nicht über den Berg«, erklärte Viola. Und es

ist fraglich, ob sie überhaupt gerettet werden kann, wollte sie noch ergänzen, schwieg dann aber.

Der Insel-Rettungswagen war inzwischen zur Stelle, und die Sanitäter übernahmen sofort die Beatmung, so dass Viola eine Infusion anlegen konnte. Sie bat um Wärmflaschen und weitere Decken, der Körper der alten Frau fühlte sich unterkühlt an.

Dann intubierte sie die Patientin. Es klappte sofort, und mit einem Stoßseufzer der Erleichterung hörte sie gleich darauf den Hubschrauber. Draußen wurden seine Scheinwerfer sichtbar. Es war zum Glück nicht neblig oder stürmisch.

Auf einer Wiese neben dem Haus kam er zum Stillstand, und die Sanitäter sprangen heraus.

Sie und der Notarzt nahmen sofort alles in die Hand, Viola musste nur noch zuschauen. Es war immer eine Erleichterung, wenn sie so schwerkranke Menschen an einen Kollegen übergeben konnte, der eine spezielle Notarztausbildung hatte. Und die entsprechenden Instrumente dazu. Was sie hier als Ärztin tun konnte, war kaum mehr als Erste Hilfe. Aber sie wusste auch, was nachher in der Klinik geschehen würde: Gegenmittel, Blutwäsche – oft genug hatte sie in der Notaufnahme die Patienten übernommen und weiter versorgt.

Jetzt war sie froh, dass sich ein anderer darum kümmerte. Sie fühlte sich dem nicht mehr gewachsen. Der ganze Klinikapparat war für sie bereits weit weg. Sicher, sie wäre bestimmt schnell wieder drin, aber das wollte sie gar nicht mehr.

Viola unterhielt sich noch kurz mit den Insel-Sanitätern. Sie war so froh über ihre Mitarbeit und ihre gute Ausrüstung, und dankbar, dass sie nicht allein war in solch schwierigen Situationen, in denen es oft darauf ankam, schnell zu sein und möglichst drei Dinge gleichzeitig zu veranlassen. Dann packte sie ihre Apparate ein. Jetzt nur nach Hause und ins Bett!, dachte sie. Morgen wollte sie im Krankenhaus anrufen. Hoffentlich kam die Frau durch.

Andererseits hatte sie nicht mehr leben wollen. Was sollte man ihr dann wünschen?

Nein, Viola wollte jetzt auf dem Heimweg nicht darüber nachdenken, ob man ihr etwas Gutes damit tat, sie wieder ins Leben zu holen. Diese Frage war ihr bei ähnlichen Fällen schon oft durch den Sinn gegangen, und sie hatte noch keine Antwort darauf gefunden.

Heute Nacht würde ihr das auch nicht mehr gelingen, und vielleicht gab es gar keine Antwort darauf.

49

MITTEN IN DER NACHT, als Viola in einen tiefen traumlosen Schlaf gefallen war, klingelte das Telefon. Viola war viel zu benommen, um sofort zu verstehen, was los war. Aber dann hörte sie den Namen Kordula. Aha. Das Mädchen, das vom Fahrrad gestürzt war.

Die Mutter war am Apparat. »Es geht ihr auf einmal sehr schlecht, sie klagt über Bauchschmerzen und ist furchtbar blass.«

Viola war schlagartig hellwach. Milzriss, dachte sie, warum um alles in der Welt hatte sie nicht daran gedacht? Bei Fahrradstürzen prallten Kinder manchmal mit dem Bauch auf den Lenker, eigentlich sollte man immer danach fragen und auch den Bauch abtasten.

Sie hastete durch die Dunkelheit zur Pension, und als sie das Kind sah und den Bauch vorsichtig drückte, war sie sich sicher.

»Wir müssen sie sofort ins Krankenhaus bringen lassen«, sagte sie zu den bestürzten Eltern. Zum zweiten Mal in dieser Nacht musste der Hubschrauber alarmiert werden.

Viola konnte nichts anderes tun als warten. Es begann schon wieder zu dämmern. Im Osten zeigte sich bereits ein heller Streifen und wurde schnell breiter. Die Minuten zogen sich hin. Warum kamen immer mehrere Unglücke auf einmal, und dann lange Zeit wieder nichts? Und wenn man schon eingelullt war von dem Frieden, in dem man lebte, dann schlug es auf einmal wieder zu, das Schicksal.

Als der Hubschrauber das Kind, das trotz all der Aufregung ruhig auf seiner Trage lag, eingeladen hatte, ging Viola langsam durch die Morgendämmerung nach Hause. Ein paar Vögel fingen leise an zu singen, Pauli kam ihr von einem nächtlichen Spaziergang entgegen, und am Himmel erschienen einige rosarote Wölkchen.

Das Leben konnte so schön sein. Warum bekam man nur immer wieder solche Tiefschläge?

Sie konnte nicht mehr schlafen, daher setzte sie sich auf den Balkon und ließ die kühle Morgenluft über sich hinwegwehen.

Aber dann musste sie doch eingenickt sein, denn auf einmal hörte sie Schritte hinter sich. Die Sonne schien hell und warm auf ihre Haare, und Florian kniete neben ihrem Liegestuhl.

»Ich habe Frühstück mitgebracht«, sagte er weich.

»Ich kann nichts essen«, antwortete Viola müde.

»Du musst. Wenn du hungerst, werden deine Patienten auch nicht gesund.«

»Ich habe kaum geschlafen.«

»Ich weiß«, erklärte Florian, »ich war heute Morgen in Kloster und habe alles erfahren. Und Mertens wusste auch bereits von dem zweiten Notfall, in der Früh, beim Zeitungaustragen, hat er euch gesehen. Jetzt komm, der Kaffee ist fertig.«

Viola erhob sich. »Wie viel Uhr ist es?«, fragte sie hastig.

»Beinahe neun, also genau die richtige Zeit zum Frühstücken.«

»Ich muss in einer halben Stunde unten sein«, sagte sie mit zitternder Stimme.

»Musst du nicht, heute Morgen fällt die Sprechstunde aus. Lisa ist schon da und regelt alles.«

Viola sah Florian an, und seine Augen trafen die ihren. Auf einmal liefen ihr die Tränen über die Wangen. Florian nahm sie in die Arme und hielt sie fest, dabei wiegte er sie sanft hin und her.

Viola legte den Kopf an seine Schulter und brach in Schluchzen aus.

Nach einer Weile hob sie den Kopf. »Hast du ein Taschentuch?«, fragte sie mit erstickter Stimme. Florian hatte eines.

»Ich weiß gar nicht, was mit mir los ist, zu wenig Schlaf wahrscheinlich.«

»Und vielleicht noch ein bisschen Kummer über all das, was du vor Monaten durchgemacht hast, könnte das sein?«

»Ich dachte, ich wäre darüber hinweg«, schniefte Viola.

»Jetzt vielleicht schon. Das war der Rest, der musste noch weggeschwemmt werden.«

Viola konnte schon wieder ein wenig lachen. Aber dann wurde sie ernst.

»Ich will im Krankenhaus anrufen und fragen, wie es der Frau Jansen geht«, sagte sie und straffte sich.

»Zuerst der Kaffee.« Florian blieb unerbittlich, und Viola merkte auf einmal, dass sie noch ziemlich wackelige Beine hatte.

Erst als Viola ein wenig munterer war und wieder Farbe im Gesicht hatte, kam Florian auf das Thema »Frau Jansen« zurück.

»Viola, als ich heute Morgen in Kloster war«, begann er zögernd, »da wussten es schon alle.«

»Was wussten sie?«, fragte Viola ahnungsvoll.

»Frau Jansen ist in der Klinik gestorben. Sie konnten nichts mehr machen.«

Viola blickte ihn bestürzt an.

»Sie ist tot«, sagte sie mit leiser Stimme.

»Ja, aber du bist nicht schuld daran!«

»Vielleicht hätte man sie retten können, wenn ich sofort ein Gegenmittel gespitzt hätte, oder den Magen ausgepumpt, und – ich weiß nicht, irgendetwas hätte ich vielleicht noch tun können! Aber ich habe nicht alle Geräte. Mit Ultraschall zum Beispiel hätte ich auch den Bauch des Kindes untersuchen können und den Riss in der Milz vielleicht sofort festgestellt.«

»Und wer hat all diese Geräte?«, wollte Florian wissen.

Viola hob den Kopf. »Der Notarzt, die Klinik, ein Intensiv-Rettungswagen ...«

»Du bist Allgemeinärztin, kein Notarzt«, erklärte Florian ohne Umschweife. »Du musst hier nicht mit allen Hightech-Geräten ausgestattet sein. Niemand kann das von dir verlangen. Abgesehen davon, dass eine Schlafmittelvergiftung auf unserer Insel wahrscheinlich nur alle zehn Jahre vorkommt und ein Milzriss auch höchst selten ist, soweit ich weiß.«

»Ja, schon. Trotzdem, das kann nicht als Entschuldigung gelten. In der Zeit, in der ich auf den Notarzt warte, könnte ich noch etwas tun. Wenn ich es denn könnte. Und ich kann eben nur Erste Hilfe geben und warten.«

»Viola«, sagte Florian eindringlich, »es gibt Unmengen von kleinen abgelegenen Ortschaften in unserem Land, und der Rettungsdienst braucht überall seine Zeit, bis er da ist. Und glaubst du, in jedem dieser Orte sitzt ein ausgebildeter Notarzt Tag und Nacht bereit, mit aller Ausrüstung, die man sich denken kann? Du weißt, dass es nicht so ist. Und nie so sein kann.«

Viola nickte. »Du hast ja recht«, antwortete sie bekümmert.

»Hier auf unserer Insel verunglücken Menschen oder sterben, oder nehmen sich das Leben, auch wenn sie eine kompetente und gutausgebildete Ärztin haben.«

»Ärzte sind auch nur Menschen, würde Ottilie wieder sagen«, meinte Viola. »Und die alte Wanda hat an einem der ersten Abende hier zu mir gesagt: Das letzte Wort hat immer noch der Herrgott. Auf Platt, aber ich habe es gut verstanden, und eigentlich wollte ich das nie wieder vergessen.«

»Die alte Wanda!«, Florians Gesicht erhellte ein Lächeln. »Sie ist der älteste Mensch hier auf Hiddensee, über neunzig, das genaue Alter verrät sie keinem, und ihr Hund ist der älteste Hund. Ich freue mich jedes Mal, wenn ich die beiden immer noch gesund und munter durchs Dorf trippeln sehe.«

»Sie hat keinen einzigen Zahn mehr, sicher kann sie nur noch Brei essen. Sie hat nicht einmal eine Prothese. Dabei haben wir doch einen guten Zahnarzt hier«, meinte Viola nachdenklich. »Ich muss mich einmal darum kümmern.«

»Sie hat eine Zahnprothese, aber die kommt nur am Sonntag zum Einsatz, wenn sie in die Kirche geht«, erklärte Florian munter.

Viola lachte, bis ihr die Tränen kamen. Tränen der Traurigkeit und Tränen der Heiterkeit vermischten sich.

»Du musst sie einmal besuchen«, sagte Florian. »Sie ist ein Original. An schönen Tagen sitzt sie mit ihrem Hund oft am See in Kloster unter einer alten knorrigen Weide und lässt sich von den Touristen fotografieren. Das Geld, das sie dabei einsammelt, setzt sie dann in Kaffee und Kuchen um oder auch in eine Sturmbowle, die mag sie sehr. Und sie hat als eine der Ersten auf der Insel einen Fernseher gehabt. Vielleicht schafft sie sich sogar noch einen Computer an!«

Diese Geschichten waren genau der richtige Trost für Viola.

»Jetzt geht es mir schon wieder besser. Danke, Florian«, sagte sie nach einer Weile und stand auf. Sie trat hinter Florians Stuhl, legte die Arme um ihn und drückte ihre Wange auf sein Haar.

Florian sah auf. Blitzschnell zog er sie zu sich herunter und küsste sie auf den Mund.

»Mir jetzt auch«, sagte er mit einem Lächeln in seinen Augen.

50

ES DAUERTE EINIGE TAGE, bis Viola ihr Gleichgewicht wiedergefunden hatte. Die kleine Kordula war operiert worden, und der Kollege am Telefon hatte ihr versichert, ein Milzriss wie der vorliegende könne anfangs völlig ohne Symptome bleiben, stunden- oder tagelang. Erst wenn der Bluterguss durch die Milzkapsel gehe, träten plötzliche Schmerzen auf.

Viola wusste das, aber die Bestätigung, dass sie keinen Fehler gemacht hatte, war für sie doch wichtig.

Ende August, an einem Sonntagnachmittag, feierte sie bei Ottilie ihren Geburtstag mit Doris, Lisa und ihrem Mann und Florian und Georg. Nun war sie 35 Jahre alt.

Florian erzählte von seinen Abenteuern bei Greenpeace. Er hatte in Russland Bäume gepflanzt und sich in Thailand ums Trinkwasser bemüht. Irgendwann einmal wollte er zu den Berggorillas in Afrika und zu den Kegelrobben auf Grönland.

»Du bist ein richtiger Vagabund«, erklärte Lisa und boxte ihn in die Seite. »Wann kommst du einmal zu uns ins Rheinland? Da ist auch was los!«

»Na, ich glaube, dein Jan ist ganz froh, dass er nicht zu oft hinmuss«, sagte Ottilie lachend zu Lisa.

»Einmal im Jahr reicht«, bestätigte Jan. »Nach der Wende hat es mich an den Rhein gezogen, aber jetzt habe ich ja Lisa, die lässt mich nicht vergessen, woher sie kommt.«

»In den neunziger Jahren habe ich das Reisen auch genossen«, warf Georg ein, »vor allem Nordfrankreich, die Normandie, die Kathedralen in Reims, Rouen und Laon, der Mont Saint-Michel, und dann natürlich Paris – das waren Höhepunkte!« Er schaute Viola an. »Ich kann dir noch vieles zeigen. Du warst sicher noch nicht in Dresden oder Leipzig, auch wir haben unsere Schätze!«

Florian hob sein Glas. »Bestimmt sehr lehrreich«, murmelte er, aber nur Viola hatte es gehört und warf ihm einen strafenden Blick zu.

Doris sah mit leuchtenden Augen von einem zum anderen. »Ich finde es am schönsten«, erklärte sie, »wenn ich von einer Reise wieder hierherkomme. Oft war ich ja noch nicht weg, ich glaube, ich habe nicht viel Seemannsblut geerbt von meinem Großvater.«

»Wenn man auf so einem zauberhaften Fleckchen Erde wohnt, ist das absolut verständlich«, stimmte ihr Viola zu.

»Du bist auch lieber ein Nesthocker, nicht wahr?«, neckte sie Florian.

»Man muss ja nicht immer um die ganze Welt jetten«, gab Viola zurück. »Wenn du einmal so alt und weise bist wie ich, wirst du das einsehen.«

War sie alt und weise? Mit 35? Das ging ihr durch den Kopf, als sie wieder zu Hause ankam. In diesem einen Jahr seit meinem letzten Geburtstag ist so viel geschehen, dachte sie. Nicht nur die Umgebung ist eine ganz andere als bisher, auch ich beginne, mich zu verändern. Wie genau, kann ich gar nicht so richtig sagen. Bin ich selbstsicherer geworden? Ja, das bestimmt. Ich glaube, ich habe angefangen, mein Lebensschiff selbst zu steuern. Sowohl privat als auch im Beruf.

Allein auf sich gestellt zu sein und keinen Oberarzt im Hintergrund zu haben, den man fragen kann ... Das konnte einem am Anfang schon heftig zusetzen. Aber inzwischen war das für Viola kein Problem mehr. Und der ganz andere Umgang mit den Patienten hier als in der Klinik bereitete ihr auch keine Schwierigkeiten mehr.

Sie war auch längst nicht mehr so viel auf Achse wie in München. Stattdessen verbrachte sie viele schöne Abende zu Hause mit Pauli, sie war am Meer, sooft es ging, und ein wenig hatte sie sich schon die Ruhe und die Einfachheit des Lebens hier zu eigen gemacht.

Nicht, dass die Insel das reine Paradies war, auch hier gab es Zank und Streit und Unwahrheiten, und wer wusste schon, was in den Häusern so alles vor sich ging.

Trotzdem, allein die Tatsache, dass die meisten Menschen auf Hiddensee ohne Auto auskommen mussten, bewirkte eine gewisse Gelassenheit. Man brauchte mehr Zeit, um von einem Ort zum anderen zu kommen, und man nahm sich die Zeit.

Und eine Straße, auf der einem nur Pferdefuhrwerke entgegenkamen und Fahrradfahrer und Fußgänger – Viola hätte nie gedacht, wie beruhigend das wirkte. Man grüßte sich, jeden, dem man begegnete. Auch das veränderte die Menschen und machte sie freundlicher und weitherziger und vielleicht auch ein wenig friedlicher als anderswo.

Später, als es schon beinahe dunkel war, machte sie noch einen Gang zum Friedhof in Kloster. Das hatte sie schon lange vorgehabt. Ganz allein und in aller Stille wollte sie sich die alten Grabsteine ansehen und den Ort, an dem ihr Großvater gerne seine letzte Ruhe gehabt hätte. Vielleicht lag hier einer der alten Fischer, der ihm die Geschichten und Sagen erzählt hatte, als er noch ein Junge war, vielleicht saß der Großvater jetzt auf seiner Wolke ganz weit oben und freute sich über seine Enkelin.

Viola strich mit den Fingern über einen der alten Steine, in den nur die Hausmarke eingeritzt war. »Danke, Großvater«, sagte sie leise, »ich glaube, es war eine gute Idee von dir, mich hierherzuschicken.«

Als sie am Pfarrhaus vorbeikam, sah sie Licht in den Fenstern. Wahrscheinlich saß der »Rosenpastor«, wie sie Busche wegen seiner mit Rosen bemalten Kirchendecke für sich nannte, über seiner nächsten Predigt. Außen am Pfarrhaus konnte man gerade noch den Spruch erkennen, den Viola als einen ihrer Schätze im Herzen trug, seit sie ihn zum ersten Mal gesehen hatte: »Gottes sind Wogen und Wind, aber Segel und Steuer sind euer, dass ihr den Hafen gewinnt.«

51

EIN PAAR TAGE SPÄTER wurde die Insel von einem heftigen Orkan überfallen, und Viola saß am Fenster und sah dem Toben draußen zu.

Wie im Leben, dachte sie, so schnell war das Tief gekommen. Am Tag zuvor hatte noch die Sonne geschienen, und über Nacht war alles anders geworden.

Und genau wie im Leben war nach zwei Tagen wieder alles vorbei. Zurück blieben ein leichter Regen und eine Stimmung, die schon etwas an den Herbst erinnerte, mit Nebelfetzen und ein paar kühlen Nächten.

Aber dann raffte sich der Sommer doch noch einmal auf. Es wurde heiß, windstill und wunderschön.

Und Viola dachte über Urlaub nach. Wohin fährt man in Urlaub, wenn man auf einer Urlaubsinsel wohnt? Das war die Frage.

Auf jeden Fall wollte sie im Herbst zwei Wochen verreisen.

Es gab ein Ehepaar hier, das nach der Saison immer in die Karibik verschwand, aber das reizte sie nicht.

In die Berge? Nein danke, die hatte sie mit Jochen zu Genüge gehabt.

Nun, es würde sich schon etwas ergeben.

Die Urlaubsvertretung würde Monika Blum übernehmen. Allerdings hatte sie sich erst nach viel gutem Zureden dazu bereit erklärt. Sie meinte, Viola solle sich so langsam nach jemand Zusätzlichem umsehen. Das Enkelkind auf Rügen war von Hiddensee einfach zu weit entfernt.

An einem Donnerstagmorgen, während der Vormittagssprechstunde, kam ein Anruf vom Krankenhaus in Bergen. Georg war am Apparat.

»Viola«, hörte sie seine Stimme, »ich bin auf der Treppe im Archiv mit einem Arm voller Bücher umgeknickt. Daraufhin konnte ich mein linkes Knie nicht mehr gebrauchen.«

»Ach du liebe Zeit!«, stieß Viola erschrocken hervor. »Und wo bist du nun?«

»In der Klinik. Sie haben einen Kreuzbandriss festgestellt, und ich werde gleich hierbleiben. Morgen soll er operiert werden.«

»Das ist ja ein Pech, Georg! Tut es sehr weh?«

»Nein, wenn ich das Knie nicht bewege, geht es. Aber könntest du vielleicht Mertens fragen, ob er mir heute Abend einiges rüberbringt? Er hat einen Schlüssel zu meinem Haus.«

Viola überlegte kurz. »Ich kann doch selbst kommen, Georg, nach der Abendsprechstunde.«

»Nein, nein«, wehrte Georg ab, »da bist du müde, und ich wollte dich auch um etwas anderes bitten: Könntest du mich mit meinem Auto am Krankenhaus abholen, wenn ich übermorgen entlassen werde? Es steht beim Laden. Ich werde nur schwer und mit zwei Krücken gehen können.«

Das war das mindeste, was sie tun konnte. Außerdem würde sie Georg einen Blumenstrauß in die Wohnung stellen und ihm etwas zu Essen machen. Jetzt konnte sie sich revanchieren für die vielen schönen Samstagabende.

»Aber natürlich«, versicherte Viola. »Und, Georg, das ist nur ein kleiner Eingriff, du musst dir keine Sorgen machen.«

»Ich weiß«, erwiderte er, »und ich bin auch froh, dass es gleich morgen erledigt werden kann. Ich kenne den Chefarzt hier recht gut, er hat sich schon öfter bei mir Bücher geholt.«

Aha, dann war er ja bestens versorgt. Viola musste unwillkürlich lachen. Georg konnte sie sich gar nicht als ganz normalen Patienten vorstellen, nein, er musste mit dem Chefarzt bekannt sein. So, wie er auch kein ganz normales Essen kochte, sondern immer das Besondere betonte: die kleine Prise Muskat an der Kürbissuppe, der Schuss Weißwein zur Steinpilzsuppe, ein bestimmtes ausgefallenes Gewürz an Fleisch oder Gemüse – das machte ein Gericht in seinen Augen erst vollkommen. In seiner Küche standen Unmengen von Gewürzen, schön alphabetisch geordnet, was Viola stets bewunderte.

Diesmal war die Chefarztbehandlung das Besondere, das Georgs Unfall vollkommen machte. Im Übrigen kannte Georg in Bergen eine Menge wichtiger Menschen, er hatte schon mehrmals den einen oder den anderen erwähnt: den Bürgermeister, der als Hobby Modelle von Lokomotiven sammelte, den Schulleiter des Gymnasiums, zwei oder drei Stadträte, die gerne wanderten ... Ihnen allen besorgte er die entsprechenden Bücher.

Am Abend war Viola froh, nicht nach Bergen zu müssen. Der Tag war sonnig gewesen, aber sie hatte kaum Zeit gehabt, ihn zu genießen, und sie brauchte dringend Bewegung. Sie beschloss, Richtung Südinsel zu gehen ins Heideland. Jetzt blühte das Heidekraut, und Viola hatte ausgedehnte rosa-violette Flächen gesehen, als sie mit dem Auto daran vorbeigefahren war.

Die Abende waren noch lange hell, obwohl die Tage schon kürzer wurden, aber gerade diese Stimmung mochte Viola am liebsten. Und so zog sie los, nachdem der letzte Patient gegangen war.

Direkt hinter Vitte verlief die Straße durch grüne Wiesen, auf denen Schafe und Kühe grasten, und nach zwei oder drei Kilometern erreichte sie die Dünenheide. Diesen Weg hatte sie schon lange einmal zu Fuß gehen wollen, ganz langsam, nicht nur immer mit dem Auto fahren, wenn sie nach Neuendorf musste.

Schon von weitem schimmerte die Landschaft rechts der Straße hellviolett, und als Viola näherkam, entdeckte sie einen schmalen, kaum sichtbaren Fußpfad, der sie mitten hineinführte in ein Wunderland. Nach einer Weile blieb sie entzückt stehen.

Eine ausgedehnte, leicht hügelige Gegend lag vor ihr, über und über bedeckt mit blühender Dünenheidc, dazwischen immer wieder niedere Kiefern, Grasbüschel und junge Birken. Überstrahlt wurde das von einem Himmel, der im Osten schon langsam dunkelte, im Westen aber mit lauter rosa angehauchten Wolkenstreifen bedeckt war.

Die ganze Welt war rosa! Unten und oben. Was für eine Insel!

Viola musste den Impuls unterdrücken, in diese verzauberte Landschaft hineinzulaufen, ohne Weg, so lange und so weit, bis sie atemlos ins warme Heidekraut sinken würde.

Aber dann dachte sie an Florian.

Florian nämlich hatte ihr erklärt, dass zwischen den Sträuchern eine Unzahl an Tieren wohnte, nicht nur Vögel. Es gab auch Hasen und Rehe, Füchse, Mäuse, und vieles andere, was sich hier versteckte. Sogar Blindschleichen, Ringelnattern und Kreuzottern sollte es hier geben.

Viola fürchtete keine Schlangen, aber sie wollte die Tierwelt nicht aufscheuchen, und so ging sie langsam und leise auf dem Weg in dieses Rosa-Violett hinein und nahm mit allen Sinnen auf, was ihr begegnete.

Sie kam sich vor wie in einem Heimatfilm. Ihre Mutter fiel ihr ein, die sich immer über dieses Lied geärgert hatte: »Was die grüne Heide sagt, geht die Mutter gar nichts an, niemand weiß es außer mir und dem grünen Jägersmann …«

Schade, dass kein grüner Jägersmann da war. Nicht mal ein brummiger Biologe.

Nach einer Weile setzte sie sich auf einen Baumstumpf. Sie strich mit der Hand über ein Büschel Blüten, die sich warm und trocken anfühlten. In der Ferne nahm sie eine Bewegung wahr. Zwei Rehe standen da, hoben den Kopf und flüchteten dann in langen Sprüngen in den Waldstreifen.

Langsam ging Viola schließlich wieder zurück zum Hauptweg. Sie wollte ja nicht zum Strand, sondern weiter durch die Heide. Auf der Straße war es nicht so einsam, wie sie gehofft hatte. Sie begegnete einigen Gästen, und dann kam sie an das Feriendorf, über das Florian so schimpfte. Es sah nicht gerade sehr einfallsreich aus mit den einförmigen Häusern, die alle ordentlich im selben Abstand nebeneinanderstanden. Georg konnte das gefallen, aber Viola hätte diese Häuschen lieber ein wenig mehr durcheinandergewürfelt gesehen.

Dieses Mal waren sämtliche Fensterläden geöffnet, und einige Urlauber saßen noch vor der Tür. Auch im Hotel gegenüber herrschte Leben, mit den weißgetünchten Wänden und dem roten Dach, aus dem eine ganze Anzahl kleiner Fenstergiebel hervorstand, war es ganz im Stil der meisten Inselhäuser gebaut.

Und nun war auch alles grün in der Umgebung. Es gab hier große dichtbelaubte Bäume, Birken, Kastanien, Erlen, und eine Linde duftete in der Abendluft.

Die schmale Straße verlief noch eine Weile am Rand der Dünenheide entlang, dann schlug Viola den Rückweg ein. Auf ihn freute sie sich besonders, denn er führte auf einem schmalen Wanderpfad quer durchs Heidegebiet, näher am Meer. Auch hier standen einzelne Häuser, älter schon. Urlaubsdomizile der Reichen und Schönen? Wer sonst hätte hier mitten in der Heide bauen dürfen?

Aber jetzt im Abendlicht war der Anblick trotzdem bezaubernd, und man konnte, milde gestimmt, den Bausündern einiges verzeihen.

Diese Insel hielt immer noch Überraschungen für Viola bereit, und sei es nur eine Wiese voller Klatschmohn oder ein Sonnenuntergang über dem Heidekraut, Calluna vulgaris, vermischt mit Krähenbeere und Kriechweiden. Ja, sie war inzwischen botanisch gebildet, und natürlich war Florian daran schuld. Er hatte ihr auch erklärt, dass die Dünenheide sich nicht von allein so dicht ausbreitete, man musste sie schon pflegen und vor allem darauf achten, dass Bäume und Sträucher sie nicht überwucherten.

Viola kam auf einmal die alte Frau Jansen in den Sinn, die sich das Leben genommen hatte.

Wie konnte man in so einer wunderbaren Umgebung nicht mehr leben wollen?

Aber sie hatte Frau Jansen nicht gekannt. Sie wusste nur von den Nachbarn, dass sie sehr gebrechlich war und sich kaum mehr allein versorgen konnte. Verwandte hatte sie nicht, und die Trauer um ihren Mann hatte ihr den letzten Rest Lebenswillen genommen.

Vielleicht konnte man in einer der Pensionen eine Art Altenwohnheim einrichten, damit solche Menschen nicht verzweifeln mussten? Damit sie auf der Insel bleiben konnten, damit sie nicht allein waren und vereinsamten.

Für Jehann hatte sich eine Lösung gefunden, aber es gab sicher noch mehr ältere Menschen hier, die irgendwann einmal Hilfe brauchten.

Und wo werde ich sein, wenn ich einmal alt bin?, dachte Viola. Bin ich dann allein? Oder habe ich Kinder? Einen Mann? Enkel? Bin ich dann noch hier?

52

DER NÄCHSTE TAG WAR ein Freitag. Am Nachmittag, gegen Ende der Sprechstunde, kam Doris mit einem verschmitzten Lächeln ins Behandlungszimmer herein. Sie hatte die Karte von Frau Bertram in der Hand.

»Was ist los?«, erkundigte Viola sich neugierig.

»Sie ist zu Fuß gekommen, ohne Auto, die ganzen 500 Meter bis hierher ist sie gegangen. Und sie hat ein kleines Mädchen mitgebracht!«

Violas Augen funkelten. »Nein! Frau Bertram zu Fuß«, staunte sie, »und ohne Schmerzen?«

»Sieht so aus«, antwortete Doris.

»Na, dann hol sie mal rein.«

Frau Bertram betrat das Sprechzimmer mit einem etwa achtjährigen Mädchen an der Hand.

»Frau Doktor, das ist Nina.« Sie schien richtig stolz auf die Kleine zu sein. »Ein ganz liebes Kind, nicht wahr?« Sie blickte Nina fürsorglich an.

Nina nickte.

Viola lehnte sich zurück und wollte etwas sagen, aber Frau Bertram fuhr bereits fort: »Ninas Mutter hat ihre Eltern in unser Hotel gebracht, sie sind Stammgäste bei uns, schon seit Jahren. Und auf dem Rückweg hatte sie mit ihrer Tochter kurz vor Stralsund einen Autounfall. Nun liegt sie dort im Krankenhaus. Wir haben Nina natürlich sofort geholt, die Großeltern und ich. Nina ist zum Glück nichts passiert.«

»Das ist sehr schön von Ihnen. Und wie geht es Ninas Mutter?«

»Gut, sie kann bald wieder entlassen werden. Die Großeltern sind heute Mittag rübergefahren, um sie zu besuchen.«

»Und da kümmern Sie sich um Nina?«

»Ja, wir waren schon im Inselmarkt und haben Malbücher und Stifte gekauft, nicht wahr, Nina? Und sie stört auch nicht unsere anderen Gäste, alle haben viel Freude an ihr.«

Viola wusste nicht genau, was Frau Bertram eigentlich von ihr wollte. War sie nur zum Erzählen hier? Warum auch nicht, Frau Bertram war im Grunde eine einsame Frau. Sie passte eigentlich gar nicht auf die Insel. Sie konnte sich mit ihren Gästen unterhalten, aber sie war immer die Hotelbesitzerin, darauf bedacht, dass alle Wünsche erfüllt wurden. Privates kam nie zur Sprache.

Und ihr Mann war ein schweigsamer Mensch, wie sie von der unermüdlichen Lisa wusste, und die meiste Zeit bei den anderen Hotels. Er war bestimmt kein guter Gesprächspartner.

»Nina hat so einen Schock bekommen durch den Unfall«, fuhr Frau Bertram fort, »dass sie jetzt schreckliche Angst hat vor dem Autofahren. Ich weiß gar nicht, was ich tun soll. Irgendwann muss sie doch wieder mit ihrer Mutter nach Hause.«

Aha, so war das also. Und deshalb bemühte sich Frau Bertram zu Fuß. Eine ungewöhnliche Therapie, aber offensichtlich wirksam.

»Ich glaube«, Viola sprach langsam und nachdenklich, »es ist wichtig, dass Sie mit Nina immer wieder über den Unfall reden und über ihre Angst. Über alles, was sie bedrückt. Vielleicht erzählen Sie ihr auch von Ihrem eigenen Unfall.«

Nina sah überrascht auf. »Du hast auch einen Unfall gehabt?«

»Ja«, Frau Bertram zögerte, »aber das ist schon lange her.«

»Es sitzt Ihnen immer noch in den Knochen.«

»Ich weiß nicht ... Vor dem Autofahren habe ich jedenfalls keine Angst«, widersprach Frau Bertram.

»Wie auch immer, lassen Sie Nina jetzt nicht allein mit ihren Schwierigkeiten. Sie braucht Sie!«, versicherte Viola eindringlich.

»Nun, sie bleibt noch einige Tage bei uns, wir werden schon miteinander klarkommen.« Frau Bertram strich dem Mädchen übers Haar. »Als Erstes werden wir eine Kutschfahrt über die Insel machen, morgen, und Nina kann den Pferden Zucker mitbringen, nicht wahr, Kleines?«

Ninas Augen strahlten. »Ja, darauf freue ich mich schon«, verkündete sie mit fröhlicher Stimme.

Als die beiden wieder gegangen waren, kam Doris herein. »Ich glaube, das ist der Anfang einer wunderbaren Freundschaft«, sagte sie und lächelte.

»Ja, das glaube ich auch«, meinte Viola versonnen.

Abends rief sie bei Georg in der Klinik an. Am Morgen war er operiert worden, aber es musste ihm inzwischen schon wieder ganz gut gehen.

Georg war sofort am Apparat.

»Ja, Viola, ich habe alles gut überstanden. Morgen kommen die Schläuche raus, und am Nachmittag kann ich nach Hause. Holst du mich dann ab?«

»Sicher, es war doch so ausgemacht. Und, Georg«, Viola legte sich einen Zettel und einen Stift zurecht, »soll ich etwas für dich einkaufen?«

»Ja, das wäre sehr nett. Meine Mutter kommt am Sonntag. Solange ich noch an Stöcken gehen muss, wird sie hierbleiben. Also, ich brauche Folgendes …« Er diktierte ihr eine lange Liste.

Du leiwe Tied, da war einiges dabei, das sie auf der Insel nicht bekommen würde. Das musste sie in Bergen besorgen, bevor sie zur Klinik fuhr. Na denn, ein kurzer Ausflug in die große weite Welt war sowieso mal wieder fällig.

Sie musste nur aufpassen, dass sie im Supermarkt nicht auch für sich einen Einkaufswagen füllte. Sie hatte schon bemerkt, dass so ein umfangreiches Warenangebot sehr verlockend war, wenn man es nicht täglich vor Augen hatte.

Viola vermisste nichts auf der Insel, man bekam hier alles Wesentliche. Sie vermisste es nicht, weil sie nicht täglich sah, was es sonst noch gab.

Erstaunt hatte sie festgestellt, dass sie ohne Probleme mit weniger auskam. Weniger Schaufenstern, weniger Theater und Kino, weniger Angebot an Lebensmitteln, weniger Kaufanreizen.

Eigenartig, wie man immer glaubte, dies und jenes noch haben zu müssen. Hier hatte sie es ganz vergessen. Und sie war damit viel zufriedener.

Dafür hatte sie das Meer, die Sonnenuntergänge, die Weite, die gemütlichen Reetdachhäuser, die Menschen, die doch anders waren als die vom Festland, und den Sand, der einem nach einem langen Strandspaziergang aus den Kleidern rieselte.

Also kam Georg morgen heim, und seine Mutter würde übermorgen anreisen. Was sie wohl für eine Frau war, die Mutter des Fachbuchhändlers und Hobbykochs, der Ordnung liebte und das Besondere? Nun, sie würde sie kennenlernen. Übermorgen.

53

AM ABEND DRÄNGTEN SICH bei Ottilie die Menschen, hauptsächlich Urlauber, und Viola kam sich vor wie eine Sardine in der Büchse, als sie sich an den großen Tisch neben den Kachelofen zwängte. Doris und Lisa waren schon da und weitere Bekannte, auch Florian, aber ohne seine Klarinette. Er hatte gerade die Nase voll von Touristen.

»Heute habe ich wieder zwei Mountainbiker erwischt«, sagte er grimmig, »in der Dünenheide, und ich könnte wetten, dass auch einige auf dem Dornbusch waren. Und die Segler … Immer wieder versuchen sie, an der Fährinsel anzulegen.«

»Mir wird es im Sommer auch zu viel«, stimmte Doris zu, »bis zu zweitausend Besucher aus Rügen und Stralsund jeden Tag … Habt ihr die Schlangen vor dem Bäcker und den Kiosken gesehen? Am liebsten würde ich mich den ganzen Tag irgendwo verkriechen und erst abends wieder rauskommen.«

Florian blickte Viola an. »Und du? Wie sieht es in deinen Sprechstunden aus?«

»Es geht. Wenig Inselbewohner, die haben keine Zeit zum Krankwerden, dafür viele Gäste, und die machen vor allem eine Menge Schreibarbeit.«

»Zum Beispiel galoppierende Schwindsucht mit ärztlicher Hilfe«, sagte Lisa.

»Wie bitte?« Viola sah sie verblüfft an. So eine Diagnose hatte sie bestimmt noch nie gestellt.

Lisa lachte. »Sie müssen sich einmal die alten Kirchenbücher aus dem 19. Jahrhundert ansehen, damals hat der Pfarrer immer die Todesursache hinter das Sterbedatum eingetragen, und weil er auch schreiben musste, ob der Patient einen Arzt hinzugezogen hatte oder nicht, klingt das dann so: ›Gicht mit ärztlicher Hilfe‹, wenn er vor seinem Tod behandelt wurde. Und wenn er ohne Arzt gestorben ist, hieß es: ›Lungenentzündung ohne Arzt‹, oder ›Scharlachfieber ohne Arzt‹. Damals gab es auf der Insel noch keinen Doktor. Ab und zu kam einer von Rügen hierher, aber meistens mussten sich die Leute irgendwie selbst helfen. Erst 1905 zog einer nach Vitte, und später hat die Gemeinde dann das Arzthaus gebaut.«

»In dem ich jetzt wohne«, meinte Viola. »Und immer noch mit Kartonregalen.«

»Worauf wartest du?«, fragte Ottilie.

Viola zuckte die Schultern. »Ich weiß es nicht. Aber ich bin sicher, eines Tages wache ich morgens auf und fahre sofort ins nächste Möbelgeschäft.«

»Und wir fahren alle mit, damit du es dir nicht noch einmal anders überlegst«, erwiderte Ottilie.

»Mehr als zehn Ärzte hatten die Insulaner in den vergangenen hundert Jahren«, fuhr Lisa bedeutungsvoll fort, »das ist im Schnitt alle zehn Jahre einer. Jans Oma hat den ersten noch gekannt, der ging nachts, wenn er Hausbesuche machen musste, nie ohne seinen Revolver los, wegen des Inselbullen auf der Weide. Lang hat es in den ersten Jahren keiner ausgehalten, erst die zwei Letzten blieben jeweils über dreißig Jahre, abgesehen von dem Zwischenspiel des Zehn-Monate-Arztes, aber den kann man eigentlich gar nicht mitrechnen.«

Dreißig Jahre, dachte Viola erschrocken, in dreißig Jahren bin ich 65 und schon fast in Rente. Du lieber Himmel!

»Und du bist die erste weibliche Ärztin«, bemerkte Florian. »Darauf kannst du stolz sein. Deinen Namen muss man mit roter Farbe auf die Tafel in der Praxis schreiben. Eine Dame unter diesen illustren Männern ist so selten wie die Doppelschnepfe unter lauter Graureihern.« So, wie er sie dabei anblickte, kam sie sich vor wie ein seltener Vogel, und das war sie ja auch, wenn man es so sah.

»Danke«, erwiderte Viola honigsüß und fuhr ihm durch die Haare. »Dann bist du ein schwarzer Milan. Ich bin nämlich inzwischen ganz gut ornithologisch gebildet, dank eines Buches von Georg über die Vogelwelt von Hiddensee. Recht so, Herr Naturschützer?«

»Sehr gut«, lobte Florian, »du wirst langsam eine von uns.«

In der Nacht wachte Viola auf. Sie konnte direkt vom Bett aus in den Himmel schauen. Er war klar, der Schein des Leuchtturms kam und ging. Er wird mir fehlen, wenn ich vielleicht eines Tages nicht mehr hier bin, dachte sie. Er hat so etwas Beruhigendes, wie ein Schutzengel, der in der Dunkelheit wacht.

54

GEORG WAR KEIN EINFACHER Patient, das merkte Viola gleich, als sie ihn am Samstagnachmittag in der Klinik abholte.

Er kam schlecht damit klar, so hilflos zu sein. Bis zu seinem Auto war es nicht weit, das ging mit den Krücken ganz gut. Aber dann musste er sich hineinzwängen, und das gestaltete sich gar nicht so einfach. Viola wollte ihm helfen, doch er meinte, er schaffe es besser allein. Schließlich saß er neben ihr und seufzte tief und unzufrieden auf.

Viola hatte seinen Koffer auf die Rückbank gelegt, und er bestand darauf, sie solle ihn fest anschnallen. Nun ja, er hatte eine schmerzhafte Operation hinter sich. Mit Kranken musste man eben Geduld haben, und so erwiderte Viola nichts.

Dann dirigierte er sie durch die kleine Stadt in Richtung Schaprode, obwohl sie den Weg inzwischen ganz gut kannte. Mit seinem gesunden Bein trat er neben ihr auf die nicht vorhandene Bremse und das nicht vorhandene Gas.

In Schaprode mussten sie auf die »Vitte« umsteigen, das Schiff nach Hiddensee, und während der Überfahrt erzählte er ihr, wie es ihm in der Klinik ergangen war.

Sein Hauptthema war das Essen. Ein Fünf-Sterne-Menü hatte er natürlich nicht bekommen.

»Wenn ich länger in einem Krankenhaus liegen müsste, ich

würde glatt verhungern«, erklärte er ihr, war aber schon wieder bereit, über sich selbst zu lächeln. Wenigstens war er mit der Operation zufrieden, die würde er als Fünf-Sterne-Erfolg bewerten, sagte er.

Auf Hiddensee fuhr ihn Viola mit ihrem Wagen bis zu seiner Haustür und begleitete ihn ins Wohnzimmer. Sie kochte noch einen Tee, »danke, aber sechs Minuten ziehen lassen, bitte«, richtete ihm drei Wurstbrote, »kannst du ein paar Gürkchen aufschneiden?«, und setzte sich dann zu ihm. Er hielt ihre Hand und sah sie dankbar und ernst an.

»Du bist wirklich eine wunderbare Frau«, sagte er, »jede andere wäre ungeduldig geworden mit mir. Tut mir leid, dass ich so ungemütlich bin.«

»Jede andere Frau würde sich glücklich schätzen, so einen guten Freund zu haben«, gab Viola zurück. Und das stimmte auch. Davon abgesehen fand sie es schön, dass es »jede andere Frau« nicht gab.

»Und du, bist du es auch?«, wollte Georg wissen.

»Aber natürlich, Georg.« Sie drückte seine Hand. Da saß er auf seinem Sofa, das Bein in der Schiene hochgelegt und so hilflos, dass Viola ihn am liebsten in den Arm genommen hätte wie ein Kind, diesen großen erwachsenen Mann. Aber mit einem frisch operierten Kreuzbandriss sollte ich das lieber auf ein andermal verschieben, dachte sie.

Nach einer Weile sagte sie nachdenklich: »Weißt du, ich dachte, ich könnte keinem Mann mehr vertrauen. Aber bei dir scheine ich es wieder zu lernen.« Und ich könnte mir eine Zukunft mit dir gut vorstellen, und wenn du während der Woche in Bergen bist, fehlst du mir, setzte sie im Stillen hinzu. Eines Tages würde sie ihm auch das sagen.

Als sie zu Hause ankam, stand ein wunderschöner Blumenstrauß vor ihrer Tür. Dunkelblauer Rittersporn, weiße duftende Lilien, rosa und rote Rosen, Viola war ganz überwältigt.

Er war von Georg. Er musste ihn noch von der Klinik aus bestellt haben.

Viola stellte den Strauß im Wohnzimmer in eine Vase, dann warf sie sich aufs Sofa.

Pauli kam und legte sich neben sie. »Sieh dir diesen Strauß an.« Viola kraulte ihn im Nacken. »Er ist von einem Mann, den ich sehr mag. Und der mich offensichtlich auch mag. Und der mich nie hintergehen würde mit einer anderen. Morgen werde ich seine Mutter kennenlernen. Ich weiß gar nicht, was ich davon halten soll. Was sagst du dazu?«

Pauli rollte sich auf die Seite, sah Viola an und schnurrte. Er wollte nur gekrault werden. Viola seufzte. »Männer!«, sagte sie und kuschelte sich auf dem Sofa ein. »Das ist ein Thema ohne Ende. Wenn nur immer alles so einfach wäre wie bei euch Katzen.«

55

GEORGS MUTTER KAM MIT der Mittagsfähre. Viola erkannte sie sofort. Klein und zierlich, die grauen Haare in einem Dutt am Hinterkopf festgezurrt, einen hellen Sommermantel überm Arm. Sie trug ein dunkelblaues Kleid mit weißem Kragen und zog einen leichten Rollkoffer hinter sich her. Ihre Augen blinzelten in der Helligkeit der Sommerinsel.

Als Viola auf sie zutrat, hob sie den Kopf. Ein Lächeln huschte über ihr Gesicht, und sie sah Viola fragend an. »Sie sind wohl die Freundin von Georg?«, erkundigte sie sich scheu.

Jetzt war es an Viola, verlegen zu werden. »Ich bin Viola Herz und hier die Inselärztin, und Georg und ich kennen uns gut«, erklärte sie etwas zurückhaltend. »Ich habe einen Bollerwagen dabei, auf den können wir Ihren Koffer laden und den Mantel.«

Auf dem Platz vor dem Hafen standen mehrere Pferdefuhrwerke und einige Leute mit größeren und kleineren Handziehwagen, alle bereit, neu angekommene Gäste abzuholen.

Mit Georgs Mutter ging Viola dann durch das Dorf. Die kleine alte Frau schaute sich neugierig um. »Ich bin noch nie hier gewesen«, sagte sie und betrachtete die schmucken Häuser. »Georg hat immer so viel zu tun. Einmal habe ich ihn in Bergen besucht in seiner Wohnung und im Laden. Später haben er und seine Schwester das Haus hier geerbt. Das war vor zwei Jahren. Aber das wissen Sie ja bestimmt. Ich heiße übrigens Katharina, Katharina Sommer. Und Georg ist ein Sonntagskind. Er war immer ein braver Junge. Musste schon früh viel Verantwortung übernehmen, sein Vater ist tödlich verunglückt, er hat es Ihnen sicher erzählt, da war mein Sohn gerade mal zehn.«

Viola sah auf sie hinunter, wie sie da neben ihr hertrippelte. Wie kam diese schmale Frau zu solch einem großen, kräftigen Sohn wie Georg? Es war immer wieder erstaunlich, was das Schicksal oder die Natur oder wer auch immer sich ausdachte. Von Georg wusste sie, dass seine Mutter die beiden Kinder weitgehend allein großgezogen hatte, und Georg hatte von ihr stets mit viel Respekt gesprochen.

Katharina Sommer begrüßte ihren Sohn, der auf dem Sofa lag und die Zeitung las, mit herzlicher Freude. Sie schaute sich interessiert Wohnzimmer und Küche an, stieg dann die Treppe hoch und begutachtete die beiden Schlafzimmer und das Bad.

Dann kam sie wieder herunter und erklärte, sie habe Hunger. Georg wurde etwas nervös und begab sich mit Violas Hilfe in die Küche, wo er sich auf einen bequemen Stuhl setzte und seiner Mutter genau erklärte, was er für diesen Mittag geplant hatte und wie seine Geräte funktionierten. Sie ging mutig ans Werk, und Viola verließ die beiden lächelnd. Sie konnte sich lebhaft vorstellen, was jetzt in der Küche vor sich gehen würde, denn so klein und zierlich Frau Sommer auch war, sie hatte ihre eigenen Ansichten, und es sah nicht so aus, als würde sie damit hinter dem Berg halten.

»Für heute Abend habe ich noch etwas Besonderes für dich geplant«, rief ihr Georg nach. »Sei pünktlich wieder da, Viola, es wird dir schmecken!«

Die Insel wurde an diesem sonnigen Wochenende Anfang

September noch einmal von unzähligen Tagesgästen aufgesucht, und Viola hatte das Bedürfnis, den Menschenscharen auszuweichen und sich irgendwo einen einsamen Platz zu suchen. Georg wusste sie gut versorgt, in der Praxis hielt Monika Blum dem Ansturm stand, Pauli hatte sich irgendwo verkrochen, also konnte sie ausfliegen, wohin sie wollte.

Sie rief Florian an.

»Du bekommst eine Sondererlaubnis«, erklärte er sofort. »Ich habe heute keine Führungen mehr. Komm zu meinem Haus, dann zeige ich dir einen meiner Lieblingsplätze.«

Als Viola nach einer halben Stunde atemlos vom schnellen Fahrradfahren über den schmalen Sandweg auf Florians Haus zukam, stand er schon vor der Tür.

»Das ist eine Überraschung«, freute er sich, »da kommst du einfach am Sonntagnachmittag auf die Idee, mich zu besuchen! Komm, wir gehen zu den Sammelplätzen für die Zugvögel. Sie werden schon langsam unruhig. Der Herbst ist in Aussicht, die ersten Scharen werden wohl schon bald nach Süden starten. Dann kommen die Durchzügler aus dem Baltikum und Russland und Schweden, da ist hier ganz schön was los.«

Herbst, dachte Viola mit einem leichten Schrecken. Wie wird es wohl sein, wenn das Wetter umschlägt, die Gäste abfahren und die Insel sich für den Winterschlaf rüstet? Aber noch war es nicht so weit. Noch schien die Sonne warm vom Himmel, noch waren die Sanddornbeeren nicht reif, das untrügliche Zeichen dafür, dass der Sommer sich verabschiedete.

Florian schlug einen Pfad Richtung Südosten ein. Dort wurden die Dünen flacher, und bald konnte man auf eine weite Fläche sehen, die aus Wiesen, Tümpeln und teilweise sumpfigem Boden bestand, auf dem Schilf und Gebüsch wuchsen.

»Allerstrengstes Sperrgebiet«, teilte Florian Viola mit. »Wir werden jetzt auch nicht weitergehen. Hier ist ein kleiner trockener Hügel, das ist ein guter Aussichtspunkt.« Er setzte sich in den Sand, und Viola nahm neben ihm Platz.

Eine Zeitlang schauten sie in die grüne Weite, die in der Ferne undeutlich in eine helle Sandbank überging. Dahinter kam nur noch Meer. Und wenn man ganz genau hinsah, konnte man verschwommen und nebelhaft die Türme von Stralsund erkennen.

Hin und wieder flog ein Schwarm Vögel auf, kreiste eine Weile über ihren Köpfen und landete dann irgendwo auf dem Gras. Geschrei ertönte, und ein ganz besonderer Geruch lag in der Luft, nach feuchten Wiesen, Moor und den kleinen blassblauen und gelben Sommerblumen, die hier überall wuchsen.

»Kiebitze«, sagte Florian und deutete auf einen Schwarm. »Diese Kleinen dort, sie haben hier gebrütet und machen sich nun auf den Weg nach Süden. Und dort sind Goldregenpfeifer«, erklärte er und zeigte auf einen anderen Schwarm lebhafter Vögel im Wind. Viola konnte keinen Unterschied zwischen diesen kleinen Luftakrobaten ausmachen, sie waren zu weit weg. Aber Florian erkannte sie wahrscheinlich am Flugverhalten.

»Schau, dort sitzen ein paar Kormorane in der Sonne, diese großen schwarzen Vögel auf dem Baumstamm, der da in der Wiese liegt. Ihre Lieblingsplätze sind dort draußen, auf den Reusenpfählen. Sie sind gute Taucher, aber ihr Gefieder ist nicht eingefettet wie bei den anderen Wasservögeln, und wenn sie wieder aus dem Meer hochkommen mit einem Fisch im Schnabel, breiten sie in der Sonne ihre Flügel zum Trocknen aus.«

»Wie unser Pastor auf der Kanzel sehen sie aus, wenn er im

schwarzen Talar die Arme hebt«, sagte Viola. »Fehlt nur noch ein Himmel voller Rosen wie in der Inselkirche.«

»Du bist vielleicht eine respektlose Person!«, sagte Florian, dann zog er sie auf einmal lachend in seine Arme, ließ sich mit ihr in den Sand fallen, und sein Kopf schob sich über ihren vor die Sonne.

Er beugte sich nieder und küsste sie vorsichtig, fast fragend auf die Stirn und die Nase, und dann, als Viola die Arme um ihn legte und ihn an sich drückte, auf den Mund, ungestüm und impulsiv und ganz offensichtlich mit viel Vergnügen.

Schließlich wand sich Viola aus seiner Umarmung und setzte sich auf. »Wer ist hier respektlos?«, fragte sie schwer atmend und sah auf Florian hinunter, der liegen blieb. Lieber Himmel, war sie noch zu retten? Noch vor zwei Stunden hatte sie über eine Zukunft mit Georg nachgedacht, und nun küsste sie Florian und hatte nicht einmal ein schlechtes Gewissen dabei.

»Zerzauste Locken«, meinte dieser mit einem nachdenklichen Blick, »Augen voller Lebendigkeit, Sand auf der Wange, ein kleiner Zweig in den Haaren – ein schöner Anblick. Du passt auf diese Insel, Viola. Du kannst gut mit Menschen umgehen, und bei dir ist nie lange Land unter, wenn es dir schlechtgeht, du tauchst immer wieder auf und bist da. Hast du vor hierzubleiben? Ich meine nächstes Jahr, übernächstes Jahr, bis du graue Haare hast und auf ein reiches Leben zurückschauen kannst?«

»Ich weiß es nicht.« Warum will Florian das wissen?, fragte sie sich verwirrt. Was hat er vor, will er vielleicht auch für länger auf der Insel bleiben? War sie der Grund dafür, dass er überlegte, sesshaft zu werden? »Ich weiß es wirklich nicht«, wiederholte sie, als er sich wieder aufrichtete.

»Ist ja schon gut«, Florian nahm ihre Hand und streichelte

sie leicht. »Habe ich dir eigentlich schon von den Singschwänen erzählt? Im Herbst und im Frühjahr ziehen sie hier durch. Sie sind die schönsten großen Vögel, schneeweiß mit einem gelbschwarzen Schnabel und schwarzen Füßen. Tagsüber holen sie sich ihr Futter in den Getreidefeldern, und nachts rufen und singen sie, wenn sie über den Himmel ziehen, es klingt wie feines Glockengeläut. Sie trällern, um einen Partner zu finden. Sie fliegen hoch oben, mit ruhigem, festem Flügelschlag. Wenn alles still ist, hört man sie meilenweit. Ich habe es schon ein paarmal erlebt. Es ist einzigartig.«

»Sie fliegen nachts?«

»Ja, kaum ein anderer Vogel macht das. Singschwäne sind etwas ganz Besonderes, ich hoffe, ich kann sie dir einmal zeigen. Sie haben etwas Königliches an sich, mit ihren langen Hälsen und den weit ausholenden Schwingen.«

»Du wirst ja ganz poetisch«, stellte Viola fest. So langsam fühlte sie wieder festen Boden unter den Füßen; in Florians Armen war er ihr abhandengekommen. »Aber ich glaube, ich kann jetzt verstehen, was dich davon abhält, wieder in der Welt umherzuzigeunern. Und warum du jeden anpflaumst, der deine geheiligten Hallen betritt.«

»Heute habe ich dich nicht angepflaumt, sondern war höchst erfreut, als du gekommen bist«, entgegnete Florian. Dann schwieg er. Er hielt noch immer Violas Hand in seiner, und sie lehnte sich an ihn. Sie spürte seine sonnenwarme Haut und seinen Atem. Dies war so ein Augenblick, den sie am liebsten festhalten wollte, ein Moment ohne Zeit, ohne Vergangenheit und Zukunft, einfach nur Gegenwart.

56

FLORIAN RÜHRTE SICH EIN wenig und fasste Violas Hand fester.

»Viola«, sagte er, »ich werde demnächst wieder für drei Monate bei Greenpeace arbeiten, die brauchen noch ein paar Leute.«

Viola verging das Lächeln, und sie richtete sich auf. »Du fährst fort?«, fragte sie fassungslos. Sie konnte es nicht glauben, eben noch hatte sie gemeint, er bliebe in der nächsten Zeit hier. Und hatte Herzklopfen gehabt bei diesem Gedanken. Nun machte er schon wieder Pläne.

»Nur für drei Monate, von Ende September bis voraussichtlich Ende Dezember. Dann komme ich wieder. Im Winter mache ich meine Dokumentation, die Auswertung aller Beobachtungen in diesem Jahr.«

»Aber du kannst uns doch nicht einfach alleinlassen! Was sagt denn Ottilie dazu? Und Frau Bertram mit ihrem Flügel?«

»Ende September ist die Saison ziemlich vorüber. Frau Bertrams Hotel wird sich leeren und keinen Klavierspieler mehr brauchen. Und Ottilie kommt auch eine Weile ohne mich zurecht.«

»Und ich?«

»Du wirst dich hoffentlich darauf freuen, dass ich wiederkomme.«

Viola sprang auf und funkelte ihn zornig an. »Vielleicht bin ich dann auch weg. Ich möchte im Herbst zwei Wochen Urlaub machen.«

»Dann«, erwiderte Florian, stand auf und umfasste mit festem Griff ihre Taille, »dann werde ich mich darauf freuen, dass du wiederkommst.«

Viola entwand sich ihm und blickte auf die Wiesen und das Wasser. Die Enttäuschung trieb ihr die Tränen in die Augen. Dieser Vagabund, dachte sie, dieser Zugvogel! Kommt und geht, wie er will. Was habe ich eigentlich gedacht? Dass er mir zuliebe hierbleibt? Und warum sollte er das? Reiß dich zusammen, Viola, er ist frei, er kann tun und lassen, was er möchte.

Nach einer Weile sah sie sich nach ihm um. Er blickte sie mit seinen braunen Augen unergründlich an, und sie spürte den Schmerz in ihrem Bauch. Die Insel ohne Florian, und auch noch im Winter … Er würde ihr fehlen, viel mehr, als sie gedacht hatte. Er würde ihr fehlen bei den Spaziergängen zum Bessin, beim Lachen über die Möwen mit ihrem wichtigen Getue, und vor allem würden ihr die vergnüglichen Abende bei Ottilie mit ihm fehlen, wenn er manchmal bis in die Nacht hinein mit ihr geflirtet hatte, oder auch über Gott und die Welt geredet.

»Was wirst du bei Greenpeace machen?«, fragte Viola, als sie sich wieder etwas gefasst hatte.

»Wale retten.«

Das war ihm wichtiger, als hier die Vögel zu schützen?

»Und wo willst du sie retten?«

»In Japan.«

Das hätte sie sich denken können, möglichst weit weg!

»Muss es denn immer gleich ein Abenteuer sein? Das ist doch gefährlich.«

»Wir werden schon aufpassen.«

»Ist so ein Wal das wert?«, fragte sie erbittert. »Dich reizt doch wieder nur das Spannende an so einem Unternehmen. Du kannst alles Mögliche tun, um die Welt zu verbessern, aber es nützt doch nicht viel.«

Sie waren schon ein Stück den Weg zu Florians Haus zurückgegangen. Nun blieb er stehen und wandte sich ihr zu. Offensichtlich spürte er, wie bedrückt und mutlos sie war, denn er strich ihr übers Haar und ließ dann seine Hand in ihrem Nacken liegen.

»Man kann die Welt nicht aus den Angeln heben«, stimmte er ihr zu, und seine Stimme klang warm und ein wenig traurig. »Keiner kann das. Aber man kann an dem Platz, an dem man ist, etwas tun, auch wenn es nur etwas Kleines ist. Wenn ich mithelfe, einen Wal vor dem Fang zu retten, nur einen einzigen Wal, so ist das für sich gesehen sehr viel. Stell dir vor, dieser Wal schwimmt noch einige Jahre im Meer. Er singt unter Wasser, er taucht auf und in einem Bogen wieder unter, er bekommt Nachwuchs, und vielleicht wird er von einem anderen Schiff aus beobachtet, und die Menschen freuen sich über ihn. Es ist nur ein winziges Rädchen im Lauf der Welt. Aber wenn ich eingreife, verändert es den Lauf der Welt.«

Viola musste ihm zustimmen, ob sie wollte oder nicht. Aber konnte er das winzige Rädchen nicht hier drehen oder anhalten? Warum musste es ausgerechnet Japan sein, und drei Monate lang! Und wer weiß, was ihm danach wieder einfiel.

Florian fuhr fort: »Es gibt Menschen, die verschieben Millionen oder Milliarden, die stampfen Inseln aus dem Meer und bauen Hochhäuser und Hotelpaläste. Das sind spektakuläre Unternehmungen, wenn auch umstrittene. Andere widmen ihr Leben den armen Ländern und tun dort viel Gutes. Ich denke oft, was bin ich doch für ein kleiner Wicht. Aber dann halte ich ein paar Leute davon ab, das Vogelschutzgebiet zu betreten«, er warf Viola einen provozierenden Blick zu, »und kann so vielleicht verhindern, dass ein Brutpaar Austernfischer sein Nest verlässt. Und wer will bewerten, was wertvoller ist: die Küken eines Austernfischers auf unserer Insel oder ein neuer Wolkenkratzer in irgendeiner Stadt? Und den Menschen, die in den Entwicklungsländern Gutes tun, bin ich schlicht und einfach dankbar. Sie machen das, was sie können, und ich mache das, was ich kann. Und beides ist in Ordnung.«

Er holte tief Luft. »So eine lange Rede«, bemerkte er dann und lachte.

Viola war noch lange nicht so weit, ihre Enttäuschung zu vergessen. Aber sie sagte mit gerunzelter Stirn: »Es ist wahrscheinlich dasselbe gute Gefühl, das ich habe, wenn ich jemandem mit einer Spritze die Ischiasschmerzen lindern kann oder einfach einen wirksamen Hustensaft empfehle. Und es hat keinen Sinn, wenn ich ein schlechtes Gewissen habe, weil ich nicht in Afrika Tag und Nacht halbverhungerte Kinder behandle.«

»Richtig, große Taten sind nicht unbedingt größer als kleine. Genauso wenig, wie ein Manager ein besserer Mensch ist als ein Müllmann. Aber etwas will ich tun, solange ich es kann, und wenn es auch nur um einen einzigen Wal geht. Zu Hause sitzen und mich um nichts kümmern liegt mir nicht.«

57

VIOLA BÜCKTE SICH, NAHM eine Handvoll Sand vom Boden neben sich auf und ließ ihn langsam in ihre andere Hand rieseln. Er war warm, lauter winzige Körnchen, die einmal Berge gewesen waren, Felsen. Kleine Körnchen mit einer großen Geschichte. Alles in ihrer Hand.

Dann sah sie auf. »Ich muss los«, sagte sie, »Georg hat mich zum Abendessen eingeladen, seine Mutter ist da.«

Auf Florians Stirn erschien eine steile Falte. »Was macht er denn heute Gutes, der Herr Hobbykoch?«, erkundigte er sich schließlich, und seine Stimme klang feindselig.

»Ich weiß es nicht, es soll eine Überraschung sein«, sagte Viola. »Und es wird eine schöne Überraschung werden«, setzte sie angriffslustig hinzu. »Georg verschwindet nicht einfach monatelang und lässt mich allein!«

Darüber sollte Florian einmal nachdenken.

»Kochende Männer sind offenbar ziemlich anziehend für eine Frau«, erwiderte Florian, »vielleicht sollte ich das zu meinen bisherigen umwerfenden Fähigkeiten noch dazunehmen.«

»Vielleicht solltest du irgendwann einmal richtig vor Anker gehen bei einer Frau und nicht immer wieder ablegen!«, gab Viola heftig zurück. Sie wandte sich um und sah nicht mehr zurück, bis sie den Wanderweg erreichte.

Auf dem Heimweg hatte sie Gegenwind und strampelte

sich einiges von ihrer Niedergeschlagenheit und Wut von der Seele.

Wenn Florian doch nur ein klein wenig von Georgs Zuverlässigkeit und Ernsthaftigkeit hätte, dachte sie, oder Georg ein Stück von Florians Unbekümmertheit und Spontaneität! Warum kann man sich aus diesen beiden nicht einen einzigen Traummann machen? Warum gibt es immer nur das eine oder das andere?

Georg und seine Mutter waren schon wieder in der Küche zugange, als Viola ankam, und sie schienen ganz gut miteinander auszukommen. Es roch nach gebackenen Kartoffeln. Sie setzte sich an den Küchentisch und beobachtete, was zwischen Mutter und Sohn ablief.

Georg stand auf seinem gesunden Bein an der Arbeitsplatte und putzte Dill, den er dann kleinschnitt, seine Mutter schlug Eier schaumig. Mit dem Handbesen. »Ich finde, sie werden so besser als mit dem Rührgerät«, erklärte sie Viola.

Der Dill kam in eine Pfanne, in der schon einiges schmorte, dann kippte Georg noch Erbsen und Krabben dazu.

»Setz dich doch hin«, meinte seine Mutter, »und leiste Viola Gesellschaft. Ich mache den Rest.«

Er zögerte ein wenig, dann nahm er bei Viola am Tisch Platz. Behutsam schenkte er ihr ein Glas Wein ein und erhob es. »Auf einen schönen Abend«, sagte er, »mit den beiden besten Frauen der Welt.«

Er beobachtete die »beste Frau« am Herd und rief: »Nicht zu viel Pfeffer, Mama, und jetzt die Eimasse drüber, aber vorsichtig.«

Mama sah kurz zu Viola hinüber und zwinkerte ihr zu. Dann schob sie die feuerfeste Form in den Backofen, und als Georg gerade nicht zu ihr hinüberblickte, streute sie schnell noch geriebenen Käse auf eine Seite des Auflaufs.

Zufrieden kam sie dann zu den beiden. »Lasst uns ins Wohnzimmer gehen«, schlug sie vor, »und in zwanzig Minuten können wir essen.«

Das Kartoffelomelette mit Krabben wurde ein voller Erfolg. Georg schien allerdings kurz ernstlich böse zu sein, als er den Käse entdeckte. Käse auf so einem Gericht, das passte doch überhaupt nicht! Das war wie Ketchup. Überall kippten sich die Leute Ketchup drüber. Viola befürchtete schon, er würde ihn abkratzen und in den Mülleimer werfen. Er grollte noch mindestens eine halbe Stunde vor sich hin, auch als er sah, wie Viola mit Vergnügen Omelette von der Käseseite auf ihren Teller häufte.

»Das nächste Mal wirst du aus der Küche verbannt«, versicherte er seiner Mutter empört.

Die lachte nur. »Lassen Sie sich von ihm nicht einschüchtern«, sagte sie zu Viola, »manchmal muss man ihn überlisten, sonst geht es immer nach seinem Kopf, und der ist ganz schön stur.«

»Käse passt einfach nicht zu Krabben«, erwiderte Georg, »aber das wirst du nie lernen.« Dann lachte er auf einmal und schüttelte den Kopf. »So hat sie es schon immer gemacht«, erklärte er Viola. »Wenn ich nicht da war, hat sie Möbel verrückt oder Wände angestrichen und mich vor vollendete Tatsachen gestellt. Ich wusste nie, was mich erwartete, wenn ich nach Hause kam. Aber nun bin ich mein eigener Herr, so weit kann sie heute nicht mehr gehen, zum Glück, nur den Käse auf die Krabben streuen. Immerhin nur auf die eine Hälfte des Auflaufs!«

Später, als Georgs Mutter schon zu Bett gegangen war und sie gemütlich mit ihm beisammensaß, erzählte Viola ihm noch einige Inselanekdoten, die sie von Ottilie gehört hatte. Der Wein machte sie leicht im Kopf und ein wenig müde, und Florian, der Abenteurer, war weit weg.

»Rügen hat auch eine Menge Geschichten«, sagte Georg, »ich werde dir demnächst einmal ein Buch mit Sagen und Legenden von Rügen mitbringen, wenn dir solche Dinge gefallen.«

Viola kam unwillkürlich der Gedanke in den Sinn, wie es wohl wäre, wenn sie und Georg schon lange zusammenlebten. Würden sie dann immer noch so friedvoll beieinander sein und sich so geruhsam unterhalten? Wollte sie das überhaupt? Er saß ihr gegenüber, das Bein hochgelegt, und die Stehlampe beschien seine braunen Haare und das entspannte Gesicht darunter. Er erzählte von den Kathedralen, die er nach der Wende in Frankreich besichtigt hatte, beschrieb ihr begeistert Notre-Dame, er berichtete von seiner Suche nach einem geeigneten Laden für Fachbücher, und wie stolz er war, als er das Geschäft in Bergen übernehmen konnte, ein eigenes Geschäft, und wie er es umorganisiert hatte und erweitert und passende Angestellte gefunden hatte. Er hatte immer gewusst, was er wollte. Sein kräftiger, gut trainierter Körper und die Sicherheit, die er ausstrahlte, verhießen Geborgenheit und Zufriedenheit. Ja, das wollte sie, und keinen Globetrotter, der von heute auf morgen wieder aufbrach. Auch wenn dieser Globetrotter funkelnde braune Augen hatte und seine Nähe aufregend und beunruhigend war.

Später brachte Georg Viola zur Tür und nahm sie trotz der Krücken in den Arm. Er küsste sie lange und ausgiebig, und Viola schmiegte sich an ihn und erwiderte seine Küsse innig. Für Georg war es nicht wichtig, Wale zu retten oder Gorillas zu beobachten, für Georg war sie wichtig, Viola. Er roch leicht nach Uralt Lavendel und Wein und überbackenem Käse, und sie lachte leise.

»Gute Nacht, Georg«, sagte sie und strich ihm zärtlich eine Haarsträhne hinters Ohr. »Danke für den schönen Abend. Und für alles.«

In der Nacht kam ein Gewitter, fast so heftig, wie Viola es hier schon einmal erlebt hatte. Sie stand auf und sah nach, ob Pauli zu Hause war. Er schlief in seinem Katzenkorb. Draußen schüttete es wie aus Kübeln. Donner folgte auf Blitz, der Sturm fegte über die Insel.

Viola kroch wieder in ihr Bett und zog sich die Decke über die Ohren. Florian war ganz allein da draußen in seinem Häuschen. Aber das geschah ihm recht.

Auch sie war allein. Wenn sie jetzt bei Georg wäre, könnte sie sich an ihn kuscheln und wärmen. Schließlich stand sie noch einmal auf und holte Pauli aus seinem Korb. Er rollte sich dicht neben ihr zusammen und schnurrte, dann schlief sie wieder ein.

58

AM NÄCHSTEN MORGEN WAR es endgültig Herbst auf der Insel. Die Luft fühlte sich merklich kühler an, Nebelschwaden zogen übers Dorf, alles glänzte und glitzerte vom Regen.

»Es kann durchaus noch einmal warm werden«, versicherte Lisa, »aber so richtig sommerlich wird es dieses Jahr nicht mehr.«

Viele Inselgäste reisten ab, und Viola wusste nicht, sollte sie diese beneiden oder bedauern? Dafür hatten die Bewohner von Hiddensee wieder mehr Zeit, den Arzt aufzusuchen, und Viola hatte genug zu tun.

Georg konnte bereits nach zwei Wochen ohne Krücken gehen, und seine Mutter reiste ab, nicht ohne Viola heftig und wiederholt die Hand zu schütteln.

In Viola machte sich eine eigenartige Stimmung breit. Sie war ruhelos und bedrückt und wusste nicht, warum. In der Praxis lief alles gut, sie kam mit den Patienten klar, sie lebte auf einer Insel mit einem Sonnenstundenrekord, sie hatte viele echte Freunde hier gefunden, und es gab Georg. Florian hatte seine Sachen gepackt und war erst einmal nach Bremen gefahren zu seinen Eltern, danach flog er nach Japan. Jehann fühlte sich wohl in seinem Zimmer bei Anna, und Frau Bertram sah man nun öfter zu Fuß ins Dorf kommen. Die kleine Nina war abgereist, wollte ihre »Tante Ines« aber im Spätherbst mit den Großeltern wieder für eine Woche besuchen.

Am Freitagabend saß Viola wieder einmal bei Ottilie am Kachelofen. Ohne Musik.

Ihre Stimmung blieb bedrückt.

Ottilie setzte sich zu ihr und blickte sie an. »Ach Gotting, nee«, sagte sie teilnahmsvoll, »was ist denn mit dir los?«

»Ich weiß nicht«, Viola drehte unschlüssig ihr Glas im Kreis, »vielleicht so eine Art Herbstblues. Der Sommer war so schön, und ich bin richtig glücklich gewesen. Wenigstens die meiste Zeit. Und jetzt denke ich, es müsste etwas passieren, etwas, das mir wieder eine Richtung gibt, den Weg weist, oder so.«

»Und deine Arbeit, deine Patienten?«

»Wenn ich Sprechstunde habe oder Hausbesuche mache, fühle ich mich besser. Das ist etwas, das zu mir gehört, da bin ich auf dem richtigen Weg. Aber kaum sitze ich zu Hause, fehlt mir etwas, und einsame Spaziergänge über die Insel helfen auch nicht mehr. Georg ist wieder in seinem Geschäft in Bergen und kommt meist nur am Wochenende. Und Florian passt in Japan auf die Wale auf.«

»Vielleicht solltest du endlich einmal deine Wohnung einrichten. Du hast immer noch keine eigenen Möbel, eigene Vorhänge, eigene Bilder. In der Wohnung bist du noch nicht angekommen.«

»Ja, da hast du wohl recht«, stimmte Viola Ottilie zögernd zu, »das würde mich auch auf andere Gedanken bringen. Und es stehen tatsächlich noch unausgepackte Kartons herum.«

»Siehst du, wenn der Winter kommt und man nicht mehr so viel draußen ist, muss man es sich in seinem Bau gemütlich machen. Mit den eigenen Sachen, mit denen man sich wohl fühlt.«

»Ich wollte auch schon lange einmal das Sprechzimmer umräumen und den kleinen Raum daneben in ein Behandlungszimmer umfunktionieren, dann können Lisa und Doris dort Verbände anlegen und Blutdruck messen, und das EKG-Gerät könnte ich da auch hineinstellen.« Jetzt wurde Viola wieder ein wenig lebhafter.

»Sehr gut«, stimmte Ottilie zu. »Sasst sein'n, bald büst du wärrer boab'n up!«

So richtig »boab'n up« fühlte sich Viola zwar in den nächsten Tagen noch nicht, aber sie hatte wenigstens keine Zeit mehr, trüben Gedanken nachzuhängen.

Sie schloss die Praxis für drei Tage, und mit Hilfe von Mertens, dem Zeitungsausträger, strich sie die Wände neu: ein helles warmes Gelb im Sprechzimmer, ein blasses Apricot im Wartezimmer, wo sie große Fotos von der Insel aufhängte, die sie von Freds Vater bekommen hatte.

Fred hatte sie mit wichtigem Gesicht gebracht, als sie gerade am Streichen war. »Mit einem schönen Gruß von meinem Paps«, rief er strahlend, »und ich habe mir schon lange nichts mehr gebrochen oder aufgeschürft. Mein Paps sagt, ich werde langsam erwachsen.« Er grinste übers ganze Gesicht. »Eigentlich schade, ich komme gern zu Ihnen.«

»Dann besuch mich doch einmal, mich und Pauli, und wir machen etwas zusammen«, schlug Viola vor.

Er legte den Kopf schief. »Fußballspielen vielleicht?«

Viola lachte. »Ja, auch Fußballspielen, wenn du magst. Am Sonntag, nach dem Mittagessen?«

»Ja, prima«, versicherte Fred, und schon war er wieder aus der Tür.

So hat Florian vielleicht ausgesehen, als er klein war, dachte Viola, mit dunklen Locken, nicht ganz sauberen Händen und strahlenden Augen. Ein Sprichwort fiel ihr ein, das sie hier schon einige Male gehört hatte: »In jed'n düchtig'n Kierl steckt noch datt Kind, watt späl'n will.« Ein wenig Platt konnte sie jetzt auch schon. Lieber Gott, was sie auf dieser Insel so alles lernte!

Sie senkte den Pinsel und setzte sich nachdenklich auf die Leiter. In Florian kam dieses Kind immer noch zum Vorschein; hieß das, dass er ein richtiger »Kierl« war?

Mit gerade mal 30 Jahren? Sie lächelte, dann schüttelte sie den Kopf und machte sich weiter an die Arbeit.

59

DAS KLEINE NEUE BEHANDLUNGSZIMMER wurde hellblau bis auf halbe Höhe, dann lief eine Zierleiste rundum, und nach oben wurde es weiß gestrichen, so wirkte es geräumiger. Das Labor blieb weiß, bekam aber ein paar bunte Blumen in der Ecke, wo das Blut abgenommen wurde, damit die Patienten ein wenig abgelenkt waren.

Diesen bunten Strauß malte Viola eigenhändig an die Wand: Sonnenblumen blühten neben Gladiolen, Rittersporn in allen Blautönen, Phlox in Rosa und Rot, und ganz versteckt ein paar Veilchen, Viola adorata.

An dem Tag, an dem sie diese Blumenecke fertig hatte, war sie zum ersten Mal wieder so richtig fröhlich. Sie überlegte, ob sie noch eine fliegende Bekassine an die Decke malen sollte, fand es dann aber doch ein wenig zu schwierig. Schade, Florian hätte sich bestimmt köstlich darüber amüsiert.

Als die Praxis in neuem Glanz erstrahlte, lud Viola Georg am Samstag zur Besichtigung ein.

Er lächelte, als er das Labor betrat. »Eigenwillig«, war sein Kommentar, »aber echt Viola. Ich könnte allerdings in so bunten Räumen nicht arbeiten. Und Blumen an der Wand! Meinst du, das gefällt deinen Patienten?«

»Es muss mir gefallen«, gab Viola zurück, »es ist meine Praxis, mein Arbeitsplatz!«

Georg sah sie mit einem wohlwollenden Blick an, dann ging er hinüber ins Sprechzimmer. Er setzte sich auf den neuen bequemen Drehstuhl hinter ihrem Schreibtisch. Er war kornblumenblau mit einem kleinen Stich ins Violette, Violas Lieblingsfarbe.

Viola ließ sich auf dem Besucherstuhl nieder, der ebenfalls kornblumenblau war.

Sie sah Georg erwartungsvoll an, doch er blickte gedankenversunken aus dem Fenster. Offensichtlich beschäftigte ihn gerade etwas anderes.

Aber dann drehte er sich um, und sein Gesicht zeigte einen feierlichen Ernst. »Wenn du heute Abend zu mir zum Essen kommst, möchte ich dir etwas sagen«, erklärte er mit bedeutungsvoller Stimme.

»Und das wäre?«, wollte Viola wissen. Sie war noch ganz in ihrer Begeisterung für die neuen Praxisräume gefangen.

»Heute Abend«, wehrte Georg ab, »nicht jetzt.«

Auf einmal wurde sie hellhörig. Georg schien etwas wirklich Wichtiges im Sinn zu haben, und das konnte eigentlich nur ein Gespräch über eine gemeinsame Zukunft sein.

Viola fühlte gleichzeitig Befangenheit und Herzklopfen. Aber Georg war schon aufgestanden. Er sah auf sie hinunter, nahm ihre Hand, hielt sie fest umschlossen und sagte: »Es gibt Putenrouladen mit Champignonfüllung, und zum Nachtisch Bratäpfel mit Marzipan-Leinsamen. Sei also bitte pünktlich.«

»Bin ich je zu spät gekommen?«, fragte Viola leicht gereizt, was ihr sofort wieder leidtat.

»Nein«, versicherte Georg ernsthaft, »aber heute ist es besonders wichtig.«

Als er gegangen war, ließ Viola sich auf ihren Drehstuhl sinken. Alles Mögliche ging ihr durch den Kopf, aber vor allem ein Gedanke ließ sie nicht los: Da war er vielleicht, der Wegweiser, die Zukunft, die auf einmal greifbar und wirklich zu werden versprach. Georg, mit dem sie eine Familie haben könnte, Kinder. Georg wollte Kinder. Georg, mit dem sie ihre Tage und Nächte teilen würde, dessen Anblick ihr Herz warm werden ließ und der ein Lächeln auf ihr Gesicht zauberte, wenn sie an ihn dachte.

Jetzt war also der Moment gekommen, wo wieder einmal eine Entscheidung anstand. Einen kurzen Augenblick stieg Angst in ihr auf. Aber dann schüttelte sie den Kopf. Es gab keinen Grund, sich zu fürchten. Zwar schlug ihr Lebensweg wieder einmal einen Haken, aber diesmal in eine Richtung, die verheißungsvoll und vielversprechend war. Viola nicht nur als Geliebte, Viola als Ehefrau, Viola als Mutter. Das, was sie sich ersehnt hatte.

Von nun an würde sie mit beiden Beinen im Leben stehen. Und das Gefühl, nicht mehr allein zu sein, einen Mann an ihrer Seite zu haben, den sie liebte, dieses Gefühl war reine Sonne im Herzen. Jetzt bin ich selbst die Insel mit Sonnenrekord, dachte sie.

Sie stand auf und ging nach oben in ihre Wohnung. War es überhaupt noch nötig, sich hier richtig einzurichten? Sie hatte bisher ganz gut in diesem Provisorium gelebt, und wenn Georg und sie heiraten würden, dann brauchte sie diese Wohnung sowieso nicht mehr.

Unwillkürlich lachte sie auf. Da machte sie große Pläne, und dabei war es noch gar nicht sicher, ob ihr Georg heute Abend einen Heiratsantrag machen würde. Vielleicht hatte er etwas ganz anderes im Sinn.

Aber als Viola pünktlich um 19 Uhr vor seiner Tür stand, vergingen alle Zweifel.

Georg hatte sich in Schale geworfen, er trug einen dunkelblauen Anzug mit weinroter Krawatte und sah ausgesprochen gut aus. Allerdings hatte er noch die Küchenschürze um, die er aber schnell ablegte. Der Esstisch war mit Kerzen und Blumen gedeckt, und aus der Küche roch es appetitlich. Viola wartete halb auf eine Ansprache, doch zuerst wurde das festliche Menü serviert und genossen. Dazu gab es einen ausgezeichneten Weißwein, der Viola schnell in eine luftig-leichte Stimmung versetzte.

Erst als Georg den Nachtisch hereingebracht hatte und mit Viola noch einmal auf den schönen Abend anstieß, sagte er: »Auf diesen Abend sollen noch viele weitere folgen, Viola, und ich hoffe und wünsche mir, dass du dann als meine Frau neben mir sitzen wirst. Hast du es dir schon gedacht, dass ich dich heute fragen will? Ich wollte dich ein wenig vorwarnen, damit du nicht zu sehr überrumpelt wirst von meinem Antrag«, setzte er hinzu und nahm der Situation damit den feierlichen Ernst. Viola sah ihn dankbar an und lachte.

»Ja«, gab sie zu, »ich hatte es schon vermutet.« Mit funkelnden Augen fuhr sie fort. »Ich hatte allerdings noch zwei andere Möglichkeiten im Sinn: erstens, dass du vielleicht ein völlig neues Menü kreiert hast, das in die Geschichte eingehen wird, und zweitens, dass du deine Fachbuchhandlung umstellen wirst auf Esoterik, Science-Fiction und Fantasy.«

»Ich glaube, du kennst mich inzwischen so gut, dass du weißt, welche Bücher mir liegen und welche nicht«, antwortete Georg. »Aber im Ernst, Viola, wollen wir zusammen Pläne machen? Ich bin jetzt 45 Jahre alt, bald 46, und ich habe in meinem ganzen Leben noch keine Frau gefunden, die so einzigartig ist wie du.«

»Georg, jetzt übertreibst du!« Nun wurde Viola doch ein wenig verlegen. »Aber was unsere gemeinsamen Pläne betrifft: Ja, ich möchte dich heiraten.«

Und dann stand sie auf, ging um den Tisch herum, setzte sich Georg auf den Schoß, legte die Arme um ihn und küsste ihn lange und leidenschaftlich auf den Mund.

60

DER ABEND WURDE ZUM Glück nicht gestört durch einen Anruf auf Violas Handy. Viola war ganz erstaunt, was für eine tiefe Vertrautheit zwischen ihnen herrschte. Auch ihre Angst und Nervosität waren verschwunden. Es fühlte sich alles richtig und selbstverständlich an.

Spät in der Nacht begleitete Georg sie nach Hause. Vor ihrer Haustür nahm er sie noch einmal in den Arm und küsste sie innig, dann ging er mit festen Schritten zurück. Er hatte gemeint, es müsse ja nicht sofort die ganze Insel wissen, dass sie sich verlobt hätten. Zuerst sollten es seine Mutter und seine Schwester und Violas Familie erfahren. Dann könne man die Verlobung offiziell verkünden.

Als Viola im Bett lag, ließ sie sich den Abend noch einmal durch den Kopf gehen. Schlafen konnte sie ohnehin nicht. So ganz überraschend kam Georgs Antrag nicht, sie hatte schon des Öfteren mit dem Gedanken gespielt, wie es sein würde, mit ihm zusammen ihr weiteres Leben zu verbringen. Nun war es kein Spiel mehr, sondern wurde Realität. Ja, es war ihr Weg. Es fühlte sich gut an, sie wollte mit Georg eine Familie gründen.

Kurz kam ihr Florian in den Sinn. Er hatte, seit er weg war, nichts mehr von sich hören lassen. Wo er jetzt wohl steckte? War er schon in Japan? Sie sah sein Gesicht vor sich mit den lachenden Augen. Wenn er zurück war, würde sie ihm sagen müssen, dass sie Georg heiraten wollte. Es würde ihm nicht gefallen, er mochte Georg nicht. Sie seufzte. Aber dann dachte sie an den Blumenstrauß, den Georg später am Abend aus seinem Arbeitszimmer geholt hatte und ihr mit zugleich liebevoller und ernsthafter Miene überreicht hatte und der jetzt in ihrem Wohnzimmer stand, Dahlien und Astern und einige Zweige buntes Herbstlaub. Sie knipste noch einmal das Licht an und nahm den Ring vom Nachttisch. Das war typisch Georg, er hatte nicht mit einer Absage gerechnet. Und zu einem Heiratsantrag gehörten für ihn Blumen und Ring.

Es war ein schmaler Goldreif mit drei winzigen Diamanten. Viola hatte ihn, als sie im Bett lag, abgestreift. Sie musste sich erst daran gewöhnen, einen Ring zu tragen, von Jochen hatte sie nie einen bekommen.

Sie schaltete das Licht wieder aus und sah in die Dunkelheit draußen. Der Leuchtturm erhellte sie in seinem langsamen gleichmäßigen Rhythmus.

Am Sonntagvormittag frühstückte Viola bei Georg, als das Handy klingelte. Frau Boding war am Apparat, und Viola verzog das Gesicht. Das Ehepaar Boding kannte sie inzwischen gut. Sie waren Dauerpatienten und nahmen jede kleine Beschwerde schrecklich ernst. Immer hatten sie Sorge, es wäre etwas ganz Schlimmes. Herr Boding war Bauleiter und saß freitagabends oft bei Ottilie, um Werbung für das Wellness-Zentrum zu machen. Selten heiterte sich sein strenges Gesicht auch einmal auf. Er informierte sich immer schon eingehend über seine Beschwerden und die richtige Behandlung, bevor er zu ihr kam. Viola sah ihn nicht gern im Wartezimmer sitzen.

Dieses Mal hatte Herr Boding Schwierigkeiten mit dem Atmen. Man bat um einen Hausbesuch.

Unmutig stand Viola auf, gab Georg einen Kuss, nahm ihre

Tasche und machte sich auf den Weg zum Nordende von Vitte.

Herr Boding lag im Sessel, das Fenster neben ihm war weit geöffnet, und er gab ihr eine schlaffe Hand. Viola stellte schnell fest, dass keine besonderen Geräusche an der Lunge zu hören waren, auch sonst konnte sie nichts Schwerwiegendes finden. Richtige Atemnot hatte er auch nicht, also erklärte sie ihm, er solle sich keine Sorgen machen, und sie würde gegen Nachmittag noch einmal nach ihm sehen.

»Eigentlich habe ich gedacht, Sie würden mich ins Krankenhaus überweisen zur Untersuchung«, meinte Herr Boding. »Eine Röntgenaufnahme zum Beispiel wäre doch sicher nicht fehl am Platz. Es könnte auch das Herz sein oder etwas an der Luftröhre.«

»Im Moment ist das nicht nötig«, versicherte Viola. Sie war ein wenig ungeduldig; sie kannte die langen Diskussionen, die sie immer mit ihm hatte, weil er alles besser wusste.

Er schien nicht überzeugt zu sein, hatte dann aber keinen Einwand, als sie vorschlug, er solle mit in die Praxis kommen, um ein EKG zu machen.

Frau Boding geleitete Viola hinaus, während sich ihr Mann den Mantel anzog.

»Es tut mir leid, dass ich Sie heute stören musste, wo Sie doch einen Grund zum Feiern haben«, sagte sie an der Haustür.

Erstaunt sah Viola sie an. »Nun ja«, erklärte die Dame, »Mertens hat gestern Abend seinen Hund ausgeführt, und da hat er Sie Arm in Arm mit Herrn Sommer und mit einem dicken Blumenstrauß gesehen. Er meinte, da wäre etwas im Busch.«

Viola schüttelte den Kopf und stöhnte innerlich auf. Konnte man auf der Insel nicht einmal für ein paar Tage seine Geheimnisse bewahren? Musste es gleich jeder wissen, dass sie mit Georg Zukunftspläne schmiedete?

»Es ist noch nicht offiziell«, erwiderte sie abwehrend.

»Na, von mir wird niemand etwas erfahren, und von Mertens auch nicht, ich werde es ihm mitteilen. Aber wissen Sie, Frau Doktor, wir wären alle froh darüber, wenn Sie bei uns blieben. Wir sind eigentlich recht zufrieden mit Ihnen. Sie nehmen es meinem Mann nicht übel, wenn er nicht immer gleich Ihrer Ansicht ist. Er liest viel in medizinischen Büchern und kennt sich gut mit Krankheiten aus.«

Viola dachte an Georg und seine gemütliche Küche, an ihre gemeinsamen Pläne, an ihre Zukunft, die nun wieder klar und hell vor ihr lag. Bei so vielen guten Aussichten konnte man auch einmal ein paar schwierige Patienten wie die Bodings ertragen. Ohnehin gab es auf der Insel nur wenige Leute, die nicht mit ihr einverstanden waren und ihren alten Hausarzt gern wiedergehabt hätten. Mit den meisten kam sie gut aus, und auch Herr Boding würde sich an sie gewöhnen.

Im EKG konnte Viola nichts Bedenkliches erkennen, und so schickte sie ihren Patienten mit einigen guten Ratschlägen nach Hause und ging dann wieder zu Georg.

»Vielleicht hast du recht«, sagte sie nachdenklich, als sie neben ihm auf seiner Terrasse saß und die überraschend warme Herbstsonne genoss, »vielleicht ist es in einer Stadt einfacher, sich seinen Freiraum zu bewahren. Und es ist leichter, jemanden kurz ins Krankenhaus zu schicken zu einer Untersuchung. Hier muss man immer abwägen, ob es wirklich nötig ist, das Wassertaxi zu rufen oder den Rettungsdienst mit dem Hubschrauber.«

»Jetzt wirst du langsam vernünftig«, erwiderte Georg und legte ihr die Hand auf den Arm. »Ich glaube, wir werden eines Tages schon das Richtige für dich finden. Und die Erfahrungen, die du jetzt hier machst, kannst du immer gut gebrauchen.«

Viola reckte sich in ihrem Liegestuhl. »Was würdest du dir denn vorstellen?«, fragte sie interessiert.

»Feste Arbeitszeiten und darüber hinaus geregelten Urlaub und freie Wochenenden. Ich habe eine ganze Menge Ideen, was wir alles unternehmen können«, antwortete Georg.

»Das klingt gut«, seufzte Viola und sah ihn lächelnd an. Und es klang nicht nur gut, es war auch gut, dass sie nun nicht mehr allein war. Jemand, der dafür sorgte, dass sie ab und zu hier herauskam, dass sie konsequenter für ihre Freizeit sorgte, ja, so jemand war wichtig. Und Georg war der richtige Mann dafür.

Am Sonntagnachmittag kam Fred zu Besuch. Er brachte zwei Freunde mit, Axel und Steffen, so dass man Mannschaften bilden konnte. Und Frau Doktor Herz, angehende Frau Sommer, spielte mit den drei Jungs auf einer Wiese hinter dem Haus Fußball bis zum Umfallen. Axel und Steffen, die blonden Brüder aus Kloster, waren sich hinterher einig, dass die Frau Doktor in Ordnung sei, wie Fred es ihnen vorher versprochen hatte.

Danach war Viola so müde, dass sie sich auf ihrem Sofa ausstreckte und nicht mehr aufstehen wollte. Wenn sie einmal eigene Kinder hatte, musste sie besser bei Kondition sein, beschloss sie.

Später rief sie Georg an, der über seinen Buchladen-Umsätzen brütete, und er schlug ihr vor, am Abend noch einmal zu ihm zu kommen, er wolle etwas mit ihr besprechen.

Schon wieder. Noch ein Heiratsantrag? Sei nicht albern, rief sich Viola zur Ordnung und ging gegen 20 Uhr voller Erwartung zu ihm.

Georg hatte vor, im Oktober eine Städtereise zu machen,

Wien, Budapest, Venedig, vielleicht Mailand oder Rom. Ob sie für zwei Wochen eine Vertretung organisieren könne?

»Eine Städtereise?« Violas Augen leuchteten auf. »Das könnte mich schon reizen. Georg, das ist eine gute Idee, ich wollte doch ohnehin Urlaub machen.« Und es wäre sicher auch eine gute Gelegenheit, sich gegenseitig besser kennenzulernen, all die kleinen Alltagsmacken, die jeder sich angewöhnt hatte.

»Wir fahren mit dem Zug«, schlug Georg vor, »das ist bequemer, und man kann unterwegs lesen oder sich mit den Sehenswürdigkeiten der nächsten Stadt befassen. Ich werde mal überlegen, wie wir am besten vorgehen.« Er war schon eifrig bei der Sache.

Und dann klingelte wieder einmal Violas Handy.

»Ich muss noch einmal weg«, teilte sie Georg seufzend mit. »Es sind immer dieselben, die am Sonntag anrufen.« Diesen Mann hatte sie schon einige Male besucht, er trank zu viel, alle paar Wochen ließ er sich volllaufen, und dann wurde er aggressiv und bedrohte seine Frau. Viola hatte es bisher immer geschafft, ihn wieder zu besänftigen, teils durch ihre bloße Anwesenheit, teils durch eine Beruhigungsinjektion, obwohl das bei einem erhöhten Alkoholpegel nicht ganz ungefährlich war.

Er war nach verschiedenen Gesprächen in seinen nüchternen Intervallen durchaus bereit, einen Entzug in der Klinik zu machen, der Termin stand schon fest. Vielleicht hatte er Angst bekommen und wieder zu seinem gewohnten Mittel gegriffen.

»Viola«, riet ihr Georg eindringlich, »wenn es kein dringender Notfall ist, solltest du nicht immer gleich springen. Kann das nicht bis morgen warten? Die Leute gewöhnen sich sonst sehr schnell daran, dass du immer erreichbar bist, und nützen es aus. Man muss ihnen zeigen, wie sie sich erst einmal selbst helfen können. Das vergessen sie leicht. Außerdem können sie ja auch immer die Rettungsstelle anrufen, wenn es wirklich dringend ist.«

»Eigentlich habe ich bisher nicht den Eindruck, dass man mich wegen Kleinigkeiten aus dem Haus holt«, entgegnete Viola, »und ich möchte auch nicht am Telefon entscheiden, ob ein Fall dringend ist oder einen Tag warten kann. So einfach ist das nicht. Diesen Mann kenne ich gut, ich weiß mit ihm umzugehen. Der Notarzt würde ihn vielleicht zum Ausnüchtern der Polizei übergeben oder sogar in die Psychiatrie einweisen. Jetzt ist er gerade so weit, dass er freiwillig in die Klinik geht.«

»Du kannst bei jedem Anruf einen Grund finden, ihn selbst zu übernehmen«, erwiderte Georg. »Es ist eine Frage der inneren Einstellung, Viola. Du bist nicht allein verantwortlich für die ganze Insel hier. Außerdem«, fügte er hinzu und zog sie an sich, »bin ich ja auch noch da, und ich möchte gern ab und zu ungestört mit dir zusammen sein, und das nicht nur, wenn wir miteinander im Urlaub sind.«

»Ich weiß. Aber dieses eine Mal möchte ich noch selbst fahren. Ich verspreche dir, am nächsten Wochenende konsequenter zu sein. Vielleicht machen wir auch einen Ausflug nach Rostock, wenn Monika Blum kommen kann. Einverstanden?«

Georgs Miene blieb missbilligend, als sie ging, und Viola fühlte sich irritiert. Sie war hin- und hergerissen zwischen dem Gedanken, dass Georg recht hatte, und ihrem eigenen Pflichtgefühl, das vielleicht wirklich zu ausgeprägt war. Manchmal wünschte sie sich hier eine Tarnkappe, unter der sie verschwinden konnte. Dann konnte sie am Strand entlangwandern, Florian besuchen oder sich verloben, ohne dass es jemand bemerkte. So wie die Unterirdischen, die der Sage nach einmal hier gelebt hatten, dann aber nach Rügen ausgewandert waren. Der Fährmann hatte sie übergesetzt, ohne sie zu sehen, er hatte nur gehört, wie sie aufs Schiff kamen und auf Rügen wieder ausstiegen, und seither gab es keine Unterirdischen mehr auf Hiddensee. Schade eigentlich.

Vielleicht sollte sie tatsächlich mit Georg nach Rügen ziehen. Für die Praxis konnte man sicher wieder jemanden finden, und sie konnte Vertretungen übernehmen, wie Monika Blum es machte, und hätte mehr freie Zeit. Dann hätte sie ihr Privatleben, und Hiddensee wäre so nah, dass sie immer hinüber könnte, wenn sie wollte. Und vielleicht würde sie sogar einmal etwas von den Unterirdischen auf Rügen hören.

61

AM MONTAG KAM LISA mit der Nachricht ins Sprechzimmer, dass Herr Boding im Krankenhaus in Bergen sei.

Bestürzt sah Viola sie an. »Um Himmels willen, was ist denn passiert? Ich habe ihn doch gestern erst untersucht, aber nichts gefunden. Und er hat sich seitdem nicht mehr gemeldet, ich dachte, somit wäre alles in Ordnung.«

»Nun, Sie kennen doch Bodings, die sind gleich, nachdem Sie mit ihm fertig waren, ins Krankenhaus gefahren. Und dort hat sich herausgestellt, dass Herr Boding eine kleine Lungenembolie hatte. Von einer Thrombose im Bein.«

»Eine Lungenembolie!« Viola schüttelte entsetzt den Kopf. »Dass ich daran nicht gedacht habe! Aber es kann nur ein sehr kleines Gefäß gewesen sein, das sich da verstopft hat.«

»Ja«, Lisa stützte sich auf dem Schreibtisch auf und beugte sich zu Viola hinüber, »aber er hatte noch in der Klinik eine zweite, und die war schwerer, und so haben sie ihn natürlich behalten. Jetzt verbreitet Frau Boding auf der ganzen Insel, man könne sich nicht auf Sie verlassen. Aber machen Sie sich nichts draus, Frau Doktor, Sie sind nicht die Einzige, über die die Bodings herziehen. Unser Lehrer und der Bürgermeister kriegen von denen auch immer ihr Fett ab.«

»Aber sie hat noch zu mir gesagt, sie würde sich freuen, wenn ich hierbliebe«, sagte Viola ratlos.

»Das hat sie nicht ernst gemeint. Sie ist immer freundlich,

und sobald man ihr den Rücken zukehrt, stänkert sie herum wie unsere Fischerboote den schwarzen Dieselruß.«

Viola brauchte eine ganze Weile, bis sie sich wieder gefasst hatte. Sie hatte einen Fehler gemacht. Es hätte wer weiß was passieren können. Ausgerechnet jetzt, wo das Gefühl überwog, dass alles gut lief.

Warum konnte man nicht einfach rundum glücklich sein? Nun war sie mit Georg zusammen und sah endlich auch privat eine erfreuliche Zukunft, da gab es Probleme in der Praxis. Oder hatte sie einfach ihre Gedanken nicht mehr bei den Patienten, sondern bei Georg? Ja, sie war gestern ungeduldig gewesen, und zudem war sie urlaubsreif und auch, zugegeben, ein wenig inselmüde. Der Herbst kam, und anstatt sich darüber zu freuen, dass sie die Insel nun wieder für sich hatte, war sie gereizt und schon gestresst, wenn mehr als drei Leute im Wartezimmer saßen. Am liebsten wäre sie jetzt sofort mit Georg auf und davon gefahren. Sie wollte eine Weile nur noch Viola Herz sein und nicht die Frau Doktor.

Aber sie konnte nicht so einfach wegfliegen wie die Zugvögel. Oder wie Florian. Der ließ immer noch nichts von sich hören. Kein Brief, keine Karte, keine E-Mail. Dieser treulose Kerl.

Die Sprechstunde schleppte sich dahin und wollte kein Ende nehmen, und Viola hatte bei jedem, der ihr Sprechzimmer betrat, den Verdacht, Herr Boding käme wie ein Geist mit und flüstere Misstrauen ein.

In der Mittagspause konnte sie sich nicht einmal zu Georg flüchten, da er in Bergen in seinem Laden war und nicht vor 20 Uhr heimkommen würde.

Aber sie konnte auf den Alten Bessin hinauslaufen und dort versuchen, das gute Gefühl von Geborgenheit auf der Insel wiederzufinden.

Und das tat sie dann auch. Doch es half nicht viel, denn im

Alten Bessin sammelten sich gerade unzählige Zugvögel und riefen ihr zu: Komm mit, komm mit.

Sie erhoben sich in die Luft, drehten ein paar Runden und ließen sich dann auf einer der Sandbänke nieder. Oder sie zogen nach einigen Kreisen in Richtung Westen, schnatterten, erzählten sich von ihren früheren Reisen, mahnten ihre Jungen, anständig zu fliegen, und riefen sich Abschiedsworte zu.

Viola stand lange Zeit ganz allein dort draußen, blickte nach Rügen hinüber und stellte sich vor, sie wäre drüben. Mit Georg. Und würde nicht an einem Ort »ohne jegliche Kultur« herumstehen, wie Georg immer behauptete.

Sie könnte in der Mittagszeit einen kleinen Schaufensterbummel in Bergen machen oder mit Georg essen gehen, sie könnten abends ins Kino. Und dabei würde sie ein paar Stunden lang Herrn Boding und seine Lungenembolie vergessen. Hier ging das nicht.

Als sie am Abend zu Georg kam, stürzte sie ins Wohnzimmer und fiel ihm um den Hals. »Können wir nicht bald in Urlaub fahren? Nächste Woche schon? Ich kümmere mich um eine Vertretung und jemanden, der Pauli versorgt. Kannst du deinen Laden schließen?«

»Das ist nicht nötig«, erwiderte Georg verwundert. »Ich habe fähige Mitarbeiter, die kommen gut zwei Wochen allein zurecht. Aber die Reiseplanung ist schon fast fertig, und wenn du willst, suche ich morgen nach passenden Zugverbindungen und Übernachtungsmöglichkeiten. Ich denke, in acht bis zehn Tagen kann es losgehen.«

Viola setzte sich aufs Sofa und zog die Beine hoch. »Ja, lass uns so bald wie möglich fahren«, sagte sie. »Ich brauche eine Auszeit, und ich glaube, dass es uns beiden guttut, einmal ganz allein zu sein, ohne tausend Inselbewohner, die immer schon alles wissen, bevor man es selbst weiß.«

62

MITTE OKTOBER FUHREN VIOLA und Georg in Urlaub. Doris begleitete sie mit dem Bollerwagen, auf den die Koffer geladen waren, bis zur Fähre. Sie winkte zum Abschied, und Viola wurde das Herz leicht und zugleich schwer, als sie an der Reling stand und die Insel verschwinden sah. Ein Schwarm Möwen kreiste über einem Krabbenfischer draußen auf dem Meer, und ein Dutzend Enten flog über den Himmel. Sie dachte an Florian, der sich nur ein einziges Mal per SMS bei ihr gemeldet hatte: Er sei laufend im Einsatz und komme wahrscheinlich schon Ende November wieder. Sie war auch nicht mehr bei dem kleinen Naturschutzhaus gewesen, obwohl sie sich vorgenommen hatte, dort ab und zu nach dem Rechten zu sehen.

Aber dann trat Georg neben sie, und sie wandte sich nach vorn, der Zukunft zu. Als Erstes war Wien angesagt, und auf diese Stadt freute sie sich ganz besonders, denn die hatte sie schon lange auf ihrer Wunschliste.

Und Wien empfing sie am nächsten Tag tatsächlich mit schönstem Wetter, mit Herbstlaub und Heurigem und Oper und all den wunderschönen Gebäuden, von denen sie schon so viel gelesen hatte. Hiddensee war weit, weit weg. Georg führte sie zu den wichtigsten Sehenswürdigkeiten, und er wusste über alles Bescheid. Viola musste manchmal lachen, sie hatte einen eigenen Fremdenführer.

Sie genoss ihre Freiheit in vollen Zügen. Kein Telefon, kein Notfall, kein volles Wartezimmer.

Als Nächstes fuhren sie nach Budapest. Dort blieben sie drei Tage, drei sonnige Herbsttage. Die Donau blinkte als breites Band zu ihnen herauf, als sie oben auf der Fischerbastei standen, und Viola wünschte sich, ein paar Stunden auf der Margareteninsel im Gras zu liegen und den Schiffen zuzuschauen und dem Wasser.

»Das kannst du überall, an jedem Fluss, Viola, dazu musst du nicht nach Budapest fahren«, entgegnete Georg freundlich und führte sie zur nächsten wichtigen Kirche. Manchmal seufzte Viola innerlich auf, vierundzwanzig Stunden am Tag mit Georg zusammen zu sein fing an, ein wenig anstrengend zu werden. Seit er sie als »seine Frau« betrachtete, fühlte er sich verantwortlich für sie, für ihre Bildung, für ihre Unterhaltung. Außerdem war er so glücklich darüber, mit ihr zu reisen, dass er sie kaum eine Minute allein lassen wollte. Sie wäre gern auch einmal ohne ihn losgezogen. Ohne Führung, ohne Stadtplan.

Aber dann verwarf sie diesen Gedanken schnell wieder.

In eine andere Welt einzutauchen und ihn diese zwei Wochen für mich sorgen zu lassen tut mir auch einmal gut, dachte sie. Georg hat alles mit so viel Liebe vorbereitet, die Zugverbindungen, die Hotels, er hat die Besichtigungstouren zusammengestellt und die Tage geplant. Ich brauche nichts zu entscheiden und zu organisieren, ich muss nur in seinem Kielwasser hinterherschwimmen und mich verwöhnen lassen. Also sollte ich es auch genießen!

Nach Budapest kam Venedig. Meer, ganz anders als auf Hiddensee, aber immerhin Meer. Mit Möwen und dem Geruch nach Tang und Muscheln am Strand. Das war ihr das Wichtigste an Venedig.

Und schließlich Rom. Mit dem Trevi-Brunnen, in den man eine Münze warf und sich etwas wünschen durfte. Viola tat das ganz allein, während Georg eine Kirche besichtigte. Er hatte ihr zugestanden, so lange ein wenig draußen im Schatten auszuruhen.

Viola wusste nicht so recht, was sie sich wünschen sollte, sie hatte ja alles. Aber dann fiel ihr doch etwas ein: mit Georg heute Abend in einem kleinen Straßencafé zu sitzen, der Musik zuzuhören und dazu unter den Bäumen zu tanzen und unter den Sternen, das wäre schön.

Der Wunsch wurde erfüllt. Allerdings hatte der Brunnen kein Straßencafé im Angebot, sondern ein etwas vornehmeres Restaurant mit Pianospieler und Tanzparkett. Georg tanzte sehr geübt, wie Viola erfreut feststellte. Der Musiker spielte Walzer und Fox für die deutschen Touristen, und Viola lächelte Georg an und fühlte seinen festen Arm um ihre Taille.

Jetzt noch leise rauschende Bäume und ein Sternenhimmel über uns, dachte sie, dann wäre alles vollkommen.

In den letzten Tagen ihres Urlaubs wurde Viola müde und leicht gereizt, ohne selbst den Grund dafür zu kennen. Georg schob das auf die ungewohnten Anstrengungen und empfahl ihr fürsorglich, im nächsten Hotel einen Ruhetag einzulegen. Er selbst wollte derweil ein paar Aufzeichnungen von der Reise machen.

Doch als sie dann in Heidelberg ankamen, der letzten Stadt vor ihrer Heimfahrt, überkam Viola plötzlich das Bedürfnis, noch einmal loszuziehen, aber allein, ohne Plan und Termine. Wenigstens einen Tag lang.

Georg hielt dies für keine gute Idee. »Du musst dich erholen, und das Schloss und die Altstadt schauen wir uns morgen an. Ich verstehe auch nicht, warum du jetzt auf einmal allein unterwegs sein willst. Wir haben doch bisher alles so schön gemeinsam gemacht.«

»Gerade deswegen, Georg! Ich weiß schon gar nicht mehr, was für mich selbst wichtig ist und was nicht. Ich möchte herausbekommen, ob ich eine Stadt mit anderen Augen sehe als du.«

Er schüttelte den Kopf, aber dann lächelte er wieder. »Na, dann zieh mal los, Mädchen, wenn du es unbedingt so haben willst, und heute Abend treffen wir uns zum Essen im Hotel.« Es war seine etwas gönnerhafte Art, die Viola kurz zornig machte. Auch wenn er zehn Jahre älter war als sie, hatte er noch lange kein Recht, sie herablassend zu behandeln, und sie musste ihn eigentlich auch nicht um die Erlaubnis bitten, allein etwas unternehmen zu dürfen.

Doch sie schwieg. Er hatte es sicher gut gemeint, und außerdem war er immer geduldig und zuvorkommend. Man konnte nicht böse sein auf ihn.

63

ALS SIE DANN UNTERWEGS war, kam sie sich auf einmal vor wie ein Vogel, der frei und unbehindert durch die Lüfte segelte. Sie konnte Florian verstehen und seinen Drang, in der Welt herumzureisen, zu fliegen. Vielleicht kam daher seine Liebe zu den Vögeln, vor allem zu den Zugvögeln.

Die letzten Oktobertage schwangen sich noch einmal zu viel Sonne und Wärme auf, und Viola schlenderte in aller Ruhe durch die Altstadt und betrachtete die vielen interessanten Geschäfte. Mittags aß sie in einem kleinen Restaurant Currywurst mit Pommes, dann lenkte sie ihre Schritte zum Neckar, überquerte eine Brücke, deren Namen sie nicht kannte und auch nicht kennenlernen wollte, und ging zum Ufer hinunter, an dem ein alter Treidelweg entlanglief und Wiesenflächen zum Ausruhen einluden.

An einer besonders schönen Stelle setzte sie sich ins Gras. Im Wasser schwammen einige Schwäne und Enten umher, mehrere Familien mit Kindern hatten sich hier niedergelassen und packten ihre Wurstbrote aus.

Es war so gemütlich, dass Viola keine Lust verspürte, noch weiter zu gehen. Das Schloss hatte sie von weitem gesehen, und Georg würde ihr bestimmt alles über diese Ruine erzählen.

Unwillkürlich fühlte Viola sich an Hiddensee erinnert. Wasser plätscherte ans Ufer, Enten schnatterten, es roch nach verfaultem Schlick … Auf einmal bekam sie Heimweh. Nach den

Menschen dort, nach Ottilie, Doris und Lisa, nach dem alten Jehann, der sicher noch ein wenig die Herbstsonne genoss, bevor die Stürme kamen. Sie hatte Sehnsucht nach dem Sand und den Muscheln, dem weiten Horizont und den dichtbewachsenen Dünen, nach dem Sanddorn, der jetzt voller orangener Beeren war, und nach den Vogelschwärmen im Schutzgebiet.

Sie schüttelte den Kopf über sich selbst. Zuerst willst du unbedingt von der Insel weg, und nun zieht es dich wieder zurück? Was denn nun, Frau Doktor? Am besten Insel mit kleinen Unterbrechungen? So ganz lässt sie dich doch nicht mehr los, nicht wahr?

Auch nach Florian sehnte sie sich, obwohl er sie so schmählich im Stich gelassen hatte. Vielleicht war sie zu vorschnell gewesen mit ihrem Urteil »flatterhaft«. Er war einfach noch jung, warum sollte er mit dreißig schon an eine feste Bindung denken? Sie nahm sich vor, gleich nach der Rückkehr zu seinem Haus zu gehen und dort zu lüften. Vielleicht würde sie ihm auch etwas mitbringen und auf seinen Schreibtisch stellen, ja, das war eine gute Idee.

Viola stand auf und ging noch einmal zurück in die Altstadt. Was konnte man einem eingefleischten Globetrotter schenken? Als sie einen Schilderladen sah, hatte sie eine Idee. Sie trat ein und verhandelte mit dem Inhaber. Er nickte, und nach zwanzig Minuten kam sie mit einem kleinen Wegweiser aus Holz wieder heraus, auf dem in einer schönen altmodischen Schrift das Wort »Hiddensee« eingraviert war. Der sollte Florian immer daran erinnern, wo es einen Hafen für ihn gab.

Georg schimpfte am Abend ein wenig, weil sie so wenig besichtigt hatte, aber er meinte es nicht so ernst. Er sah, dass sie wieder lebhaft und fröhlich um sich blickte.

Von dem Wegweiser für Florian erzählte ihm Viola nichts. Sie wusste gar nicht einmal, warum, es war einfach nicht so wichtig.

64

HIDDENSEE EMPFING VIOLA UND Georg Anfang November mit Sturm, Regen und Kälte. Anders die Menschen, die sich alle freuten. Lisa hatte einen Apfelkuchen gebacken, Doris einen Strauß aus Sanddornzweigen ins Wohnzimmer gestellt, und Jehann brachte eine kleine Buddel Rum vorbei, mit einem Gruß: »Ein poor gaude Drupp'n för uns Dokting.«

Viola hatte gleich am nächsten Tag gut zu tun, nachdem der junge Arzt, der sie vertreten hatte, mit einem Seufzer der Erleichterung alles wieder in ihre Hände gelegt hatte.

»Wie ein Ausflug in die achtziger Jahre auf dem Land ist das hier«, meinte er. »Ich habe mir die Finger krumm geschrieben, aber immerhin, bei einem Stromausfall sind Sie wenigstens nicht völlig lahmgelegt, so wie die moderne Praxis meines Onkels. Hier geht alles auch ohne Hightech.«

Viola lachte nur, und als er sich am Hafen verabschiedete, salutierte er an der Reling und rief ihr zu: »Viel Glück weiterhin, Frau Doktor Herz, und Respekt. Sie machen hier einen guten Job!«

Die meisten Patienten, die in die Sprechstunde kamen, wollten wissen, ob sie durch die Reise nicht der Insel abtrünnig würde, aber Viola hatte keineswegs im Sinn, wieder in die große weite Welt zurückzukehren. Ab und zu, ja, aber nicht für immer.

Am Samstag dann zog sie einen dicken Pullover an, holte

die Wollmütze hervor und den Regenmantel und machte sich mit dem Fahrrad auf zu Florians Haus.

Von Ottilie hatte sie erfahren, dass es ihm gutging. Er wollte nach seiner Mission bei Greenpeace noch eine Woche in Japan bleiben, um Land und Leute kennenzulernen, dann würde er wieder zurückkehren, so gegen Mitte Dezember.

Sie ließ Vitte hinter sich, fuhr durch die Heide und durchquerte schließlich Neuendorf und Plogshagen. Die weißen Fischerhäuser standen einsam auf ihrer Wiese, die bereits ihr Winterkleid angezogen hatte: kurz und gelblich. Heute hing auch keine Wäsche draußen, es war zu feucht, der Sommer war vorbei. Vor vielen Fenstern waren die Läden zugeklappt, und alles wirkte ein wenig trostlos.

Nach etwa einer Stunde kam sie bei Florians kleinem Haus an. Zu dieser Jahreszeit konnte man keine brütenden Vögel mehr stören. Trotzdem herrschte auf den sumpfigen Wiesen und den Sandbänken noch ein reges Treiben. Es hatte wieder zu nieseln angefangen, sogar einzelne Schneeflocken mischten sich unter die Regentropfen.

Viola holte den Schlüssel aus seinem Versteck. Als Erstes öffnete sie alle Fenster, um durchzulüften, dann sah sie sich ein wenig um. Besonders gut aufgeräumt war nicht, ein Pullover lag über dem Sessel im Wohn-Schlafzimmer, Bücher stapelten sich auf dem Schreibtisch, Wäsche war in ein Regal gestopft.

Als sie ein Kissen auf dem alten Sofa aufschütteln wollte, lag darunter Florians Laptop.

Typisch Florian! Er hatte keinerlei Sorge, dass dieses wichtige und teure Gerät in den drei Monaten seiner Abwesenheit Beine bekommen und verschwinden würde.

Der Kühlschrank gähnte leer und sauber, Geschirr und Besteck ruhten in ihren Fächern, so weit war alles in Ordnung.

Sie setzte sich für eine Weile aufs Sofa und dachte daran,

wie sie zum ersten Mal hier gewesen war. Fast zehn Monate war das her! Und was hatte sich inzwischen nicht alles ereignet. Damals hatte sie noch große Zweifel gehabt, ob es richtig war, auf diese Insel zu kommen. Inzwischen wusste sie: Es war richtig gewesen. Und sie wusste noch mehr: Sie hatte es geschafft, eine Arztpraxis zu übernehmen und die Patienten hier zu betreuen, und sie war ziemlich sicher, eine gute Ärztin zu sein. Auf beides war sie stolz. Außerdem hatte sie Georg kennengelernt, das war schließlich auch ein Pluspunkt für Hiddensee, und Florian und Ottilie – nein, sie bereute es nicht, hier gestrandet zu sein. Wie lange sie bleiben würde, das wussten nur die Götter oder der große Butt.

Langsam wurde ihr kalt. Sie stand auf und sah sich um.

Sollte sie den Rechner mitnehmen? Es wurde Winter draußen, und die Kälte bekam ihm vielleicht nicht so gut.

Also schrieb Viola einen Zettel und legte ihn auf den Schreibtisch, mit einem Gruß und einem kleinen Herz darunter, zur Versöhnung und damit er sah, dass sie nicht mehr böse auf ihn war. Sie schloss die Fenster wieder, legte die Läden vor und steckte den Laptop in ihren Rucksack.

Den Weg zum Fahrrad marschierte sie mit strammen Schritten, und dann hieß es mal wieder, in die Pedale zu treten. Als sie zu Hause war, fühlte sie sich trotz Wind und Kälte richtig durchgewärmt. Hiddensee im November war eigentlich gar nicht so schlimm, wie sie befürchtet hatte.

Abends nach dem Essen setzte sich Georg ihr gegenüber in seinen Sessel und schaute sie bedeutungsvoll an. Was hatte er jetzt wieder vor?

»Viola«, sagte er, »ich habe eine Überraschung für dich.«

Du lieber Himmel, er hatte ihr doch hoffentlich kein Hochzeitskleid bestellt in der Annahme, sie wäre begeistert von diesem guten Einfall?!

Nein, kein Hochzeitskleid. »Ich habe vor einem Jahr eine Eigentumswohnung in Bergen gekauft«, erklärte Georg stolz, »etwas außerhalb der Stadt, damals war sie noch im Rohbau. Inzwischen sind die Räume fertig, aber noch nicht eingerichtet.«

Er machte eine nachdrückliche Pause.

Viola stockte der Atem. »Warum hast du mir nie etwas davon gesagt? Was willst du denn mit einer Wohnung in Bergen? Du hast doch hier das Haus. Ich hatte eigentlich gedacht, dass das für uns beide genau das Richtige wäre.«

»Das Haus gehört zur Hälfte meiner Schwester, das weißt du ja, und sie möchte es nun verkaufen. Außerdem war für mich mein Aufenthalt auf Hiddensee auch nur vorübergehend. Die Fahrerei mit dem Schiff ist nun mal recht umständlich. In die kleine Mietwohnung über meinem Laden können wir nicht ziehen, und da fügt es sich doch wunderbar, dass ich diese Wohnung habe.«

»Du meinst, wir sollten beide dort leben? In Bergen?«

»Genau, aber zuerst brauchen wir noch Möbel, und die können wir uns zusammen aussuchen.«

»Ja, aber Georg, ich habe hier doch meine Praxis!« Viola war nicht ganz so erfreut, wie er es sich wahrscheinlich erhofft hatte.

»Denk mal darüber nach.« Georg beugte sich vor und nahm ihre Hand. »Wenn erst einmal ein Kind da ist, musst du die Praxis sowieso abgeben. Und diese Wohnung liegt optimal, alle Schulen sind in der Nähe, meinen Laden kann ich in zehn Minuten erreichen, und wenn du wieder arbeiten willst, kannst du zweimal in der Woche im Krankenhaus mithelfen oder auch hier Vertretung machen, wenn dir die Insel so gefällt. Ich persönlich fühle mich auf Rügen um einiges wohler.«

»Aber wenn die Wohnung schon bald eingerichtet ist, müssten wir ja bereits in ein paar Monaten umziehen. So schnell möchte ich die Praxis nicht wieder aufgeben«, entgegnete Viola vehement. Das ging ihr alles viel zu schnell. Georg hatte es sicher gut gemeint, nur, sie wollte einfach nicht so ohne weiteres vor vollendete Tatsachen gestellt werden.

»Wir fahren morgen rüber, wenn deine Frau Blum da ist, dann kannst du dir in Ruhe alles anschauen. Ich bin überzeugt, es wird dir gefallen«, versicherte Georg.

Viola war da nicht so sicher. Sie war davon ausgegangen, dass sie und Georg in seinem Haus in Vitte wohnen würden, und hatte überhaupt keine andere Möglichkeit in Betracht gezogen. Nun hatte sie das Gefühl, eine heftige Windbö blase sie in eine Richtung, in die sie eigentlich überhaupt nicht wollte. Natürlich hatte Georg recht mit seinen Argumenten, aber trotzdem, sie wollte nicht so einfach damit überfahren werden. Diese Wohnung würde sie sich ganz genau anschauen, und wenn sie ihr nicht gefiel, kam sie nicht in Frage!

65

ABER DANN GEFIEL VIOLA die Wohnung sehr gut, ob sie wollte oder nicht. Das Zweifamilienhaus lag einmalig schön in einem großen Grundstück auf einem Hügel, man sah über den Kleinen Jasmunder Bodden und bis hinaus aufs Meer. Und die Verbindungen zur Innenstadt waren ausgezeichnet. Die Wohnung befand sich im Erdgeschoss, hatte fünf große Zimmer und hohe, helle Fenster – ein Traum!

Georg hatte ihr Entzücken natürlich sofort bemerkt und die Gelegenheit erfasst, um ihr noch einmal zu erklären, wie wichtig es war, beizeiten zu überlegen, wie man sein Leben zu organisieren hatte.

Oh ja, das war Viola schon klar, und dass mit einem Kind alles anders werden würde, das wusste sie auch. Nur, sie waren ja noch nicht einmal verheiratet, und sie fühlte sich eben erst auf Hiddensee heimisch. Außerdem wollte sie die Menschen dort auch nicht so schnell wieder im Stich lassen. Nicht jetzt, nicht so schnell, sie brauchte noch Zeit zum Überlegen.

Georg nickte. »Aber du kannst ja mal darüber nachdenken«, schlug er vor, »ob das hier nicht eine gute Lösung für uns zwei ist. Und ein paar Möbelkataloge können wir uns auch schon einmal anschauen.«

Damit war Viola einverstanden. Anschauen bedeutete noch nicht Umziehen.

Aber als er dann, wieder in Vitte, nach einem wohltuenden

Kaffee einen ganzen Stapel neuer Kataloge auf den Tisch legte, schüttelte sie doch den Kopf. Sie kam sich beinahe vor wie ein Fisch, der angebissen hatte und den der Angler jetzt möglichst schnell an Land holen wollte.

»Georg«, sagte sie und zog die Augenbrauen zusammen, »warum hast du es so eilig, mich nach Rügen zu verfrachten?«

Er sah sie mit diesem aufmerksamen und gesammelten Blick an, der auf sie immer so anziehend wirkte.

»Du passt auf Dauer nicht nach Hiddensee«, antwortete er, »nicht auf so eine kleine abgelegene Insel. Du bist etwas Besonderes, und ich möchte dich bei mir auf Rügen haben. Und außerdem, so enge Bindungen an deine Patienten zu haben wie hier, an deine Helferinnen oder Ottilie oder diesen Vogelschützer, das ist nicht gut. Als Ärztin brauchst du Distanz, und die hast du in Bergen.«

Oha, da kam so ganz beiläufig Florian ins Spiel! Hatte Georg bemerkt, dass Florians Charme und Unbekümmertheit ihr gefielen? Aber niemand, auch nicht Georg, durfte ihr vorschreiben, zu wem sie eine »enge Bindung« haben sollte.

»Weder meine Helferinnen noch Ottilie oder Florian sind meine Patienten«, gab sie aufgebracht zurück. »Sie sind meine besten Freunde, und sie werden es auch bleiben!«

»Ist ja schon gut, Viola, ich möchte dich nicht aufbringen, Streit liegt mir nicht. Komm, schauen wir uns ein paar Kataloge an, das bringt dich auf andere Gedanken.«

Es war, wie wenn man einen Sturm erwartet, die Segel refft und sich rüstet für eine heftige Auseinandersetzung mit dem Wind, und dann kommt nichts als eine laue Brise. So erging es Viola mit Georg immer wieder. Irgendwie lief sie bei Streitereien bei ihm ins Leere. Und sie konnte nicht einmal lange wütend auf ihn sein, wie jetzt gerade. Er schob ihr einen Katalog hin und sah sie lächelnd an. »Was meinst du zu dieser Sitzgruppe?«

Viola seufzte. Sie wusste doch noch gar nicht, ob ihr eine Sitzgruppe überhaupt gefiel, und sie hatte im Moment auch keine Lust, darüber nachzudenken. Sie sah zu, wie Georg blätterte und ihr eifrig dies und jenes zeigte.

Zumindest Georg wusste genau, was er wollte.

Aber das machte es nicht leichter.

Schließlich schlug Viola die Kataloge zu. »Wir haben ja noch viel Zeit«, sagte sie. »Wenn wir wirklich umziehen, dann frühestens in einem Jahr. Und, Georg, ich möchte noch mit niemandem darüber reden, es würde die Leute nur unruhig machen.«

Dem stimmte Georg sofort zu.

Als Viola wieder zu Hause war, ließ sie sich unzufrieden auf ihr Sofa sinken. Es war immer dasselbe. Warum konnte man nicht alles auf einmal haben? Kinder, Arztpraxis, Hiddensee, Bergen und diese schöne Wohnung. Dann beruhigte sie sich mit dem Gedanken, dass es ja nur die ersten Jahre waren, in denen sie kürzertreten musste. Wenn die Kinder größer sind, dachte sie, kann ich wieder richtig einsteigen, und vielleicht kommen wir dann auch wieder auf die Insel zurück.

66

AM 12. DEZEMBER KAM eine Mail von Florian: »Ich bin auf dem Heimweg und erwarte einen großen Empfang. Kann mich jemand mit dem Bollerwagen vom Hafen abholen? Und dann bei Ottilie abladen?«

Kein »ich freue mich auf dich«.

Viola hätte sich trotzdem gern selbst auf den Weg gemacht, aber sie hatte Dienst und war an diesem Wochenende dauernd unterwegs. So kam es, dass er am Sonntagabend, als es schon dunkel war, bei Ottilie landete. Sie hatte an diesem Tag geschlossen, servierte ihm aber trotzdem ein warmes Essen und verfrachtete ihn dann ins Bett. Er war erkältet und hundemüde.

Montag früh wollte er trotzdem sofort in sein Haus umsiedeln und fuhr mit dem Inselbus bis Plogshagen, den Rest ging er zu Fuß. Und am Montagmittag nach dem Essen machte sich Viola auf, ihn zu begrüßen und ihm seinen Laptop zu bringen. Hoffentlich hatte er den Zettel gefunden. Sie fuhr mit dem Fahrrad, obwohl es schon empfindlich kalt war.

Ein kleines bisschen Herzklopfen hatte sie schon.

Was würde er zu ihrer Verlobung sagen? Hatte Ottilie es ihm mitgeteilt? Wären sie wieder gute Freunde?

Florian machte die Tür auf und öffnete die Arme. Sein Gesicht strahlte. »Ich bin wieder da«, sagte er einfach und drückte Viola kurz und heftig an sich.

Sie machte sich von ihm frei. »Vorsichtig, dein Rechner«, antwortete sie.

»Das war eine gute Idee, danke«, bemerkte er. »Ich habe mir schon ein wenig Sorgen um ihn gemacht. Komm rein.«

Als er Viola dann in seiner kleinen Küche gegenübersaß, betrachtete er sie genau. »Wie geht es dir? Was hast du inzwischen alles angestellt?«

Er wusste noch nichts von Georg!

Unwillkürlich verdeckte Viola ihre linke Hand mit dem Ring. »Es gibt Neuigkeiten«, sagte sie ein wenig befangen.

»So? Gute oder schlechte?«

»Wie man es nimmt.« Sie lachte verlegen.

Florian wurde hellhörig. »Heraus mit der Sprache.«

»Ich habe mich mit Georg verlobt.« Ihre Stimme klang lauter und eigensinniger, als sie wollte.

»Was hast du?!« Ungläubig starrte Florian sie an.

»Ich werde Georg heiraten, nächstes Jahr. Ich bin 35 Jahre alt, und ich möchte eine eigene Familie haben, Kinder, verstehst du das nicht?«

»Um warum gerade Georg?«, stieß Florian mit grimmiger Miene hervor.

»Warum wohl? Ich liebe ihn, und Georg liebt mich. Und er lässt mich nicht im Stich, nicht wegen einer anderen Frau und nicht wegen eines Wals oder ein paar Vögeln.« Das Letzte war ihr nur so herausgerutscht, das hatte sie eigentlich nicht sagen wollen.

Florian schwieg lange. Er sah sie mit einem Blick an, den Viola nicht deuten konnte. Dann stand er auf. Er ging heftig in der kleinen Küche auf und ab.

»Weißt du, warum ich in Japan war?« Er blieb stehen.

»Wegen der Wale«, antwortete Viola unsicher.

»Nicht nur. Ich wollte mir über eines klar werden: ob es

mir wichtiger ist, weiterhin zu reisen und frei zu sein, tun zu können, was ich will und was mir gerade einfällt, oder ob ich jetzt an einem Punkt angelangt bin, an dem andere Wünsche in den Vordergrund treten. Eben das habe ich nämlich in der letzten Zeit festgestellt. Um genau zu sein, ab dem Zeitpunkt, an dem ich dich getroffen habe.«

»Was habe ich damit zu tun?«

»Alles. Ich liebe dich, und du bist mir wichtiger als alle Wale und Vögel der Welt, das weiß ich jetzt«, antwortete er einfach.

Viola schwieg. Sie spürte ihr Herz pochen, hatte das Gefühl, auf einem schwankenden Schiff zu stehen. Dann sagte sie leise: »Ich mag dich sehr, Florian, aber ...«

»Genau, dieses Aber, das habe ich immer gespürt. Was ist es?«

»Du bist jünger als ich, vier Jahre«, erklärte sie nach einigem Nachdenken. »Du hast einen Beruf, bei dem du immer unterwegs bist, dir fliegen die Frauenherzen zu, wie bei Jochen ...«

»Aha«, unterbrach Florian sie finster, »das ist es also, die Frauenherzen. Aber ich bin nicht Jochen. Hörst du, Viola, ich bin nicht Jochen! Und ich frage mich, ob du mich überhaupt kennst oder ob du dir ein Bild von mir gemacht hast, das eben wie das von Jochen ist.«

»Ich weiß es nicht«, sagte sie hilflos. »Ich weiß nur, dass ich jetzt eine Richtung habe, eine Zukunft. Ich werde heiraten und Kinder haben, und Georg ist ein wunderbarer Mann.«

»Ihr passt nicht zusammen«, stellte Florian trocken fest.

»Das kannst du doch überhaupt nicht beurteilen!«, rief Viola hitzig. »Du weißt doch gar nichts von Georg!«

»Ich weiß genug von ihm, um festzustellen, dass er eine Frau braucht, die sich biegen lässt, die sich ihm anpasst, und du bist nicht diese Frau.«

»Ich war vielleicht so eine Frau«, erwiderte Viola zornig, »bei Jochen, aber inzwischen ist vieles anders geworden. Die Praxis und die Insel und die Menschen hier, die haben mich verändert. Ich habe mich verändert. Ich habe sogar die Praxisräume völlig umgewandelt, nach meinem Stil und meinen Wünschen. Und ich habe mich für Georg entschieden, ob du es nun akzeptierst oder nicht!«

Sie sprühte vor Wut.

Florian wandte sich um und sah aus dem Fenster. Er hob die Schultern, als wollte er sich vor etwas schützen, und ballte die Hände in den Taschen. Nach einer Weile atmete er tief aus und sank ein wenig in sich zusammen. Langsam setzte er sich wieder an den Tisch.

Violas Wut verrauchte, als sie sein Gesicht sah. Sie spürte nur noch Verwirrung. »Ich habe dir etwas mitgebracht«, sagte sie leise. »Ich weiß nicht, ob du es noch haben willst; es ist ein Wegweiser. Irgendwie sind mir Wegweiser wichtig. Vielleicht kannst du ihn gebrauchen.« Sie zog das kleine Schild mit der Aufschrift »Hiddensee« aus der Tasche und legte es auf den Tisch, dann stand sie auf und ging zur Tür.

Sie drehte sich noch einmal um. Florian hatte den Wegweiser in die Hand genommen und sah ihn an. Er hielt den Kopf gesenkt und blieb regungslos sitzen. Viola schloss die Tür. Ihre Verwirrung war verflogen, jetzt war sie nur noch traurig.

Auf dem Heimweg versuchte sie, ihre Fassung wiederzugewinnen. Sie lenkte ihre Gedanken auf Georg, auf die gemeinsame Zukunft und auf das, was sie für ihn empfand. Sie wollte ihn ja nicht nur wegen seiner Zuverlässigkeit heiraten und wegen der Kinder, die sie sich wünschte, oder wegen der festen Richtung, die er ihrem Leben gab. Sie liebte ihn. Sie liebte seine Ernsthaftigkeit und seine Fürsorge, er war großzügig und begeisterungsfähig, ein attraktiver Mann, und seine ruhige Art gefiel ihr. Er war gepflegt und legte Wert auf angemessene Kleidung. Niemand sollte versuchen, ihr einzureden, er wäre nicht der richtige Mann für sie.

Es war gut, dass sie an diesem Tag noch einmal Sprechstunde hatte. Rentner-Nachmittag. Am Montagnachmittag kamen immer die Senioren, um ihren Blutdruck messen zu lassen oder ihr Rezept zu erneuern. Sie saßen dann gemütlich im Wartezimmer und nutzten die Zeit, um sich gegenseitig über die neuesten Inselnachrichten zu informieren. Manche kehrten, wenn sie fertig waren, noch einmal ins Wartezimmer zurück, und so saßen sie dann einträchtig beieinander und redeten Platt.

Viola hatte immer ihren Spaß daran, auch heute fand sie nach und nach ihr Gleichgewicht wieder. Sie hoffte, dass es zwischen Florian und ihr nicht so verbittert bleiben würde und dass das letzte Wort zwischen ihnen noch nicht gesprochen war.

67

DOCH ALS SIE ZWEI Tage später Ottilie auf der Straße begegnete, erzählte diese, dass Florian alles eingepackt habe und fortgefahren sei. Er habe ihr nicht gesagt, wohin, aber er wolle nicht wiederkommen. Seine Aufzeichnungen könne er überall auswerten, dazu brauche er die Insel nicht.

»Ist zwischen euch etwas vorgefallen?«, fragte sie Viola.

»Ja, wegen Georg«, antwortete Viola bedrückt.

Ottilie nickte verständnisvoll. »Ich habe es mir gedacht.« Nach einer Weile sagte sie: »Er fehlt mir, nicht nur seine Musik, auch die Gespräche mit ihm, und seine Fröhlichkeit, seine Unkompliziertheit. Florian ist ein Mensch, der nichts zu verbergen hat, einer der wenigen Menschen, bei denen Innen und Außen übereinstimmen. Und glaub mir, Viola, ein Mann, der stundenlang Vögel beobachtet, der ganz allein dort draußen wohnt, der seine Arbeit liebt, der kann kein Luftikus sein.«

»Warum erzählst du mir das?«, fragte Viola unbehaglich.

»Weil ich das Gefühl habe, dass du dich bisher noch nicht getraut hast, ihn richtig kennenzulernen. Vielleicht hast du ihn ziemlich schnell in eine bestimmte Schublade gesteckt.«

»Florian ist ein Zugvogel«, antwortete Viola heftig. »Ich habe ihn nicht verjagt, er ist von selbst gegangen.«

Ottilie strich ihr besänftigend über den Arm. »Ich weiß. Aber zum Glück kommen Zugvögel wieder. Warten wir auf den Frühling. Sein Arbeitsvertrag läuft bis Mai, er kann also nicht ans andere Ende der Welt verschwinden.«

Viola atmete auf. Bis Mai, dachte sie, es ist also doch noch nicht alles aus zwischen uns. Getröstet ging sie nach Hause, wo sie von Kater Pauli begrüßt wurde.

»Du hast ein einfaches Leben«, sagte sie zu ihm und strich ihm übers Fell. »Schlafen, fressen, Mäuse jagen, wenn du Lust hast, spazieren gehen, ab und zu mit einem anderen Kater raufen – das genügt dir, um glücklich zu sein. Und wenn du dich mit einem Katzenweibchen anfreundest, ist es dir egal, ob sie ein Zugvogel ist oder nicht, du trauerst ihr nicht lange nach.«

Der Dezember brachte Hiddensee den ersten Frost, und die Nebel, die über den Wiesen standen, gefroren an den Gräsern und Bäumen zu Reif. Ganz andere Farben hatte die Insel jetzt: Die Bäume standen kahl und braun, das Schilfrohr am Boddenufer leuchtete goldgelb, auf den Weiden verblasste das Grün, nur das Meer strahlte an sonnigen Tagen tiefblau wie immer. Der Strand und die Dünen waren an manchen Nachmittagen, wenn die Sonne niedrig stand, rosa überhaucht, mit langen blauen Schatten, ein ganz eigentümliches Licht.

Der Inselbus hatte kaum noch Gäste zu befördern und brachte die Patienten jetzt oft direkt bis zu Violas Haustür. Gelegentlich dachte Viola daran, wie schlecht es ihr im letzten Jahr um diese Zeit gegangen war und wie viele Zweifel und Ängste sie gehabt hatte, als sie sich für Hiddensee bewarb.

Inzwischen fühlte sie sich hier genau am richtigen Platz, und ihrem Vater teilte sie bei einem ihrer Telefonate mit, dass sie nicht vorhatte, jemals nach Hamburg zu kommen, nein, ganz sicher nicht.

Sie wusste, dass sie von den meisten Menschen hier akzeptiert worden war, eigentlich gleich von Anfang an. Sie hatten Viola von Beginn an ernst genommen, ihr zugehört, ihre Ratschläge befolgt.

Das hatte sie sicher gemacht. Und sie war stolz darauf, wenn ihr die Leute auf der Straße fröhlich »guten Morgen, Frau Doktor« zuriefen. Einige Kinder, die in der Nähe wohnten, kamen bei einer kleinen Verletzung gleich zu ihr, ohne vorher nach Hause zu gehen, und sie hatte immer eine Dose mit bunten Pflastern für sie bereit.

Es hätte alles so schön sein können, wenn da nicht Georgs Pläne gewesen wären. Sie konnte es ja verstehen, seine Schwester drängte, er hatte bereits mehrere Interessenten für das Haus in Vitte, und die wollten es gleich erwerben und nicht noch ein Jahr oder länger warten.

Viola wünschte sich einfach mehr Zeit. Sie konnte sich vorstellen, mit Georg nach Rügen zu ziehen, aber nicht sofort, nicht in den nächsten Monaten. Vielleicht Ende nächsten Jahres, vor dem Winter, ja, das wäre für sie denkbar. Bis dahin konnte sie in aller Ruhe einen Nachfolger für die Praxis suchen, und ganz verabschieden von der Insel musste sie sich ja nicht, 20 Kilometer mit dem Auto und eine halbe Stunde mit dem Schiff, und sie wäre wieder da.

Georgs Tempo in Sachen Zukunft war ihr viel zu hoch. Er dachte ja schon lange über alles nach, aber bei ihr musste es sich erst einmal setzen. Vielleicht konnte sie ihn davon überzeugen, das Haus erst in einem Jahr zu verkaufen, vielleicht fiel ihr irgendetwas ein, das den Umzug verzögern würde. Sie wollte unbedingt noch einen zweiten Sommer auf der Insel bleiben.

Immerhin freute sie sich schon einmal auf das Einrichten, das war etwas Neues für sie und versprach, Spaß zu machen.

Sie fuhr mit Georg nach Rostock, und sie besuchten zusammen mehrere Möbelhäuser.

Aber dann stellte Viola fest, dass es da einige Schwierigkeiten gab, mit denen sie nicht gerechnet hatte.

Georg wusste genau, was er wollte. Und er hatte viele gute Argumente dafür, das zu kaufen, was er für richtig hielt, denen Viola nichts entgegenzusetzen hatte. Wenn sie den Kopf schüttelte über eine Schrankwand im Wohnzimmer oder einen schweren Schreibtisch, fragte er: »Warum denn nicht?« Und sie konnte nur antworten: »Das gefällt mir nicht.« Sie konnte keine Gründe finden, die Georg überzeugt hätten.

Dazu kam, dass es seine Wohnung war und er auch die Einrichtung bezahlte.

»Viola, das ist wirklich nicht nötig«, erklärte er ihr, als sie den Vorschlag machte, sich an den Kosten zu beteiligen. »Wir gehören doch zusammen, und ich kann es mir jetzt leisten, mach dir darüber keine Gedanken. Schau dir diesen wunderschönen Tisch aus Kirschbaum an, Massivholz, der würde doch gut in unsere Essecke passen, und dazu die Stühle da. Den Bezug kannst du dir aussuchen, aber nimm keinen hellen, das ist zu empfindlich.«

Ja, der Tisch war schön, aber … Sie hätte gern einen ovalen gehabt, es war viel gemütlicher, um einen ovalen Tisch zu sitzen.

»Ein ovaler Tisch ist einfach unpraktisch, das musst du doch einsehen, Viola, zu wenig Platz, und mit der Sitzordnung ist es auch nicht einfach.«

Es gab Streit, von Violas Seite aus manchmal heftig, auch unüberlegt, von Georg zurückhaltend, trotz allem freundlich, aber unnachgiebig. Er wurde nie laut.

Waren sie dann zurück auf Hiddensee in Georgs Haus, wo Viola sich am Wochenende meist aufhielt, vertrugen sie sich wieder. Georg kochte, Viola sah ihm zu, und sie redeten über etwas anderes.

Allerdings war auch dies nicht immer nur erfreulich. Georg war sehr belesen und wusste zu allem etwas zu sagen. Das machte eine Diskussion mit ihm nicht gerade leichter. Viola merkte bald, dass es ihn zu einem Vortrag herausforderte, wenn sie ihre eigene Meinung äußerte und diese von Georgs abwich. Er bewies ihr dann, dass sie mit ihren Ansichten falschlag. Das tat er sehr liebenswürdig, er wollte ihr ja nur helfen, ihren Standpunkt noch einmal zu überdenken, aber Viola wurde dann so wütend, dass sie sich ins Wohnzimmer verzog, wo sie das Fenster öffnete und ihren Kopf auslüftete.

Georg konnte so liebevoll sein, aber Viola hatte oft das Gefühl, er behandle sie wie ein unmündiges Kind. Das war sie aber ganz bestimmt nicht, und die zehn Jahre, die er älter war, gaben ihm noch lange nicht das Recht, sie zu bevormunden.

Einmal saß sie bei ihm in der Küche, und er hatte ihr gerade erklärt, dass man sich sofort die Haare föhnen sollte, wenn man erkältet war und sie sich gewaschen hatte. Viola hatte sich einfach eine Wollmütze auf den noch feuchten Kopf gesetzt.

Da kam ihr auf einmal Florian in den Sinn. Florian, dem sie sich ganz unwillkürlich auch immer etwas überlegen gefühlt hatte mit ihren 35 Jahren, ihrem Beruf und ihrem Doktortitel. Hatte er sich genau so gefühlt?

Sie hörte gar nicht mehr zu, was Georg sagte. Im Stillen fragte sie sich, ob Ottilie nicht doch recht hatte damit, dass sie sich vorschnell eine Meinung über Florian gebildet hatte.

Nachdenklich betrachtete sie Georg, der mit gemessenen Bewegungen eine Zwiebel aufschnitt, zuerst halbierte, dann quer zu den Ringen einschnitt, und zwar nicht ganz bis zum

Rand, wie er ihr einmal erklärt hatte, und schließlich lagen lauter kleine, gleichmäßige Zwiebelstückchen auf seinem Brett.

Violas Zwiebel wurde immer ein Durcheinander von kurzen und langen, dicken und dünnen Stücken, und Georg musste dann nachbessern.

Wie es Florian wohl ging? Er hatte sich ein paarmal bei Ottilie gemeldet, hatte gesagt, er wolle im Frühjahr wiederkommen, zur Brutzeit. Jetzt war Dezember, und die Insel lag im Winterschlaf. Die kalte Zeit begann hier erst noch. Januar und Februar gab es meist Schnee und bittere Kälte und die legendären Winterstürme, die über die Insel brausten. Und Inselbewohner, die mit Erkältung im Wartezimmer saßen.

»Viola, könntest du bitte noch zwei Gläser aus dem Schrank holen, die für den Rotwein?«, fragte Georg freundlich, und Florian war wieder weit weg.

68

AN WEIHNACHTEN FUHREN VIOLA und Georg zu seiner Mutter nach Kiel. Zwar kam um diese Zeit wieder ein Schub Gäste, aber Viola wollte einfach ein paar Tage weg. Auch ihre Eltern in Hamburg würden sie besuchen, und als Monika Blum nach einigem Zureden schließlich zusagte, täglich einige Stunden auf die Insel zu kommen, packte Viola ihren Koffer und machte sich mit Georg auf in Richtung Westen.

Georgs Mutter Katharina freute sich so, dass sie kaum etwas von dem Festtagsmenü essen konnte, das ihr Sohn in ihrer kleinen Küche zubereitet hatte. Immer wieder sah sie Viola an und strich ihr über den Arm. Sie war stolz, dass Georg diese Frau für sich gewonnen hatte. Sie wünschte ihm so sehr alles Glück mit ihr, dass Viola ziemlich unbehaglich daran dachte, wie oft sie mit Georg in der letzten Zeit aneinandergeraten war.

Aber in Kiel verbrachten sie ein paar schöne Tage, und dann fuhren sie weiter zu Violas Eltern.

»Meine Kleine macht ihren Weg«, sagte ihr Vater anerkennend am Silvesterabend, als er mit ihr auf ihre Zukunft anstieß, »nicht nur im Beruf, sondern auch privat. Ich hätte nicht gedacht, dass du die Idee mit der Arztpraxis auf der Insel durchhalten würdest.«

Und er hätte nicht gedacht, dass sie sich so einen charakterfesten und gutsituierten Mann angeln konnte, setzte Viola für sich hinzu. Georg war der optimale Schwiegersohn für ihren Vater.

Ihre Mutter allerdings meinte in einer stillen Stunde zu ihr, ob Georg nicht vielleicht ein wenig zu ernst, zu gewissenhaft und pflichtgetreu für sie wäre. »Aber du musst selbst wissen, was du tust«, fügte sie schnell hinzu.

Anfang Januar war Viola dann wieder auf Hiddensee. Als sie ihre Praxisräume betrat, Kater Pauli begrüßte und zu ihrer Wohnung hinaufstieg, die zwar immer noch nicht eingerichtet war, aber in ihrer Kargheit wenigstens nicht erdrückend und bevormundend wirkte, fühlte sie sich wie eine der Möwen, die selbst im Winter über dem Meer kreisten und sich nicht von der Kälte oder sonstigen Widrigkeiten stören ließen. Sie war wieder zu Hause auf ihrer Insel, in ihrer Wohnung, und von nichts und niemandem eingeengt.

Draußen wehte ein kalter Wind, eine dünne Schicht Schnee bedeckte die Landschaft, in den Buchten am Bodden war das Wasser zu einer Eisdecke gefroren, und über allem lag ein zauberhaftes Licht. Das Winterlicht, das Viola so liebte und sie dazu brachte, sich dick einzumummen, die Mütze tief in die Stirn zu ziehen und über den Strand zu laufen, bis sie rote Wangen bekam und ihr verwirrtes Innenleben sich wieder beruhigte.

Denn es war verwirrt, ihr Innenleben, das musste sie sich eingestehen.

Nichts war im Moment mehr klar bei ihr, außer dass sie vorerst auf Hiddensee bleiben wollte und ihre Praxis ein fester und nicht mehr wegzudenkender Bestandteil ihres Lebens war. Und je mehr Georg nach Rügen drängte, desto fester klammerte sie sich an Hiddensee. Aus Trotz, aus Zorn oder aus Liebe zu diesem Ländchen.

In diesen Tagen fand sie Trost in dem ganz normalen Tagesablauf mit Sprechstunde, Hausbesuchen, Ärger über den Schnee, der ihr das Autofahren erschwerte, Freude über Fred, Jehann und sogar Frau Bertram, die in dicken Stiefeln heranstapfte und von ihrer kleinen Nina erzählte. Und davon, dass das Mädchen sich einen Abenteuerspielplatz wünsche auf der Insel, und sie, Frau Bertram, sei bereits mit dem Bürgermeister einig, wo er entstehen solle. Sie würde es finanzieren, sagte sie schlicht.

Viola kamen fast die Tränen, als sie das hörte. Sie war in der letzten Zeit sowieso viel zu schnell überflutet, wie ein flacher Stein am Ufer. Dabei ging es ihr doch eigentlich gut. Oder nicht? Was war nur los mit ihr? Lag es am Winter?

An einem Freitagabend saß sie wie immer bei Ottilie und ließ sich erzählen, wie es früher in der kalten Jahreszeit war. »Zum Beispiel der Winter 1886/87«, sagte Ottilie, »da war das Meer bis Ende April zugefroren. Überhaupt konnte man im Januar und Februar meist ohne weiteres mit dem Pferdeschlitten über den Bodden fahren, nach Rügen oder sogar Stralsund, meine Mutter hat immer davon erzählt. Und ich weiß selbst noch, wie hoch sich früher die blauschimmernden Eisschollen an der Westküste türmten, aber das ist jetzt alles anders geworden. Den letzten richtig harten Winter gab es 1969/70, in dem ist meine Tochter geboren. Da fuhren noch einige Fischer mit dem Trecker übers Eis nach Rügen und holten dort ihr Holz für die Reusen.«

»Schade, ich würde das auch gern einmal erleben«, meinte Viola. »Einiges an Eis habe ich ja schon gesehen, aber niemand hat sich bisher draufgewagt.«

»Ja, für die Schilfernte ist es auch nicht so gut, wenn das Eis nicht trägt, man muss dann ins Wasser waten, und das ist viel anstrengender.«

»Vögel gibt es aber immer noch. Ich dachte, die wären jetzt alle weg und kämen erst im Frühling wieder.«

»Aber nein, nur ein Teil fliegt nach Süden. Die, die sich jetzt hier aufhalten, sind meine liebsten Wintergäste. Zu Hunderten sitzen sie draußen, aufgeplustert und mit dem Schnabel im Wind. Gänse, Enten, Schwäne, du musst unbedingt mal wieder zum Bessin, es lohnt sich, wirklich.«

»Ohne Florian? Hast du etwas von ihm gehört?«

Ottilie sah Viola aufmerksam an. »Er arbeitet«, sagte sie. »Und du, wie geht es mit dir und Georg? Kommt ihr miteinander klar?«

»Eigentlich schon.« Viola überlegte, was sie Ottilie sagen sollte und was nicht. Die Sache mit der Wohnung in Bergen hatte sie noch niemandem erzählt. »Er ist ja schon 45 und war noch nie verheiratet, und ich habe eben auch meine Eigenheiten, da ist ein Zusammenleben nicht so einfach. Am besten vertragen wir uns wohl, wenn jeder seine eigene Wohnung hat. Aber eines Tages wollen wir zusammenziehen ...« Viola verstummte.

Ottilie wartete auf eine Erklärung, aber es kam keine. Deshalb schnitt sie ein anderes Thema an. »Die Bernsteinfischer sind wieder unterwegs, hast du sie gesehen? Bei diesen Nordweststürmen haben sie die besten Chancen, etwas zu finden. Willst du nicht auch mal wieder nach einem suchen?«

Viola schüttelte den Kopf. »Man kann sich nur einmal etwas wünschen. Und wenn der Wunsch dann in Erfüllung geht, kann es sein, dass man damit nicht einmal zufrieden ist«, sagte sie rätselhaft.

Ottilie gab es auf, mit Viola war zurzeit nichts anzufangen.

69

UND DANN KAM DIE Sache mit den Vorhängen.

Georg wollte mit Viola Vorhänge für die Bergener Wohnung einkaufen. In einem teuren Einrichtungshaus entdeckte Viola einen Stoff, der sie sofort entzückte. Auf einem blassblauen Hintergrund waren wie mit einem feinen Pinsel einige Birken aufgemalt, mit schmalen schwarzweißen Baumstämmen und zarten braunen Ästen, an denen lauter rotbraune Birkenkätzchen baumelten und unzählige Blattknospen saßen; einige zeigten schon ein erstes, helles Grün. Mannshohe Birken, kurz vor dem Aufbrechen der Blätter, Frühlingsbirken, der Stoff schimmerte durchsichtig mit einem leichten Silberton.

Georg winkte sofort ab. Solche Vorhänge würden nicht in seine Wohnung passen, zu seinen Möbeln.

»Dann muss man eben die Möbel zu diesen Vorhängen passend machen!« rief Viola. »Zum Beispiel im Schlafzimmer, das steht noch leer. Stell dir vor, Georg, wir wachen morgens auf, und die Sonne scheint durch diese zarten Birkenzweige. Und schon ist man fröhlich, man kann gar nicht anders!«

»Echte Birken finde ich schöner, Viola. Wir könnten eine oder zwei in den Garten pflanzen lassen, vielleicht sogar vors Schlafzimmerfenster«, erwiderte Georg entgegenkommend.

Er wandte sich wieder dem Verkäufer zu, der ziemlich schnell erkannt hatte, wer hier entschied und auch bezahlte, und deshalb Georg beflissen umkreiste wie ein Hund seinen Fressnapf. »Diese Vorhänge, gnädige Frau«, erklärte er Viola, »sind wie ein großes Gemälde und dominieren den ganzen Raum, dazu gehören wenige, schlichte Möbel. Sonst erdrücken sie einen.«

»Diese Vorhänge«, gab Viola angriffslustig zurück, »dürfen in ihrer Zartheit ruhig einen Raum dominieren, und schlichte Möbel finden wir bestimmt irgendwo, nur hier habe ich so etwas noch nicht gesehen!«

»Viola«, mischte sich jetzt Georg ein, »schau, er hat schon recht. Außerdem, jetzt gefallen sie dir, aber was ist in ein paar Wochen? Dann hast du dich an ihnen sattgesehen, das ist bei ausgefallenen Mustern immer so. Sieh dir diese hier an.« Er zeigte auf einen Store mit langen, breiten Längsstreifen in verschiedenen Blautönen. »Die kann man jahrelang haben, und sie werden nie unmodern, die sind zeitlos. Komm, mach nicht so ein finsteres Gesicht, immerhin habe ich schon auf deine Lieblingsfarbe Blau Rücksicht genommen!«

Viola kochte vor Wut, aber sie wollte ihm nicht in aller Öffentlichkeit eine Szene machen. Sie drehte sich um und tat so, als wolle sie weitere Vorhänge anschauen. Warum konnte Georg nicht ein Mal, nicht ein einziges Mal, von seinen Ansichten Abstand nehmen und einfach die Vorhänge kaufen, die ihr gefielen? Ihr zuliebe. War es denn so unerträglich für ihn, sich jeden Tag Vorhänge anschauen zu müssen, die er nicht besonders gut fand? Sie musste es doch auch!

Das Schlimme war, dass er nie wütend wurde und sie anschnauzte. Er blieb freundlich, aber fest. Wenn man sich wenigstens so richtig miteinander streiten könnte, dass die Fetzen flogen, das wäre sicher besser, dachte sie, und hinterher würde man sich wieder versöhnen. Aber so, wo sollte sie ihren Frust lassen? Sie hätte niemals gedacht, dass sie und

Georg so schwer miteinander zurechtkamen, wenn es ernst wurde. Wie sollte es erst werden, wenn sie einmal richtig zusammenwohnten? Georg hatte so viel Freude daran, sie zu umsorgen, ihr etwas zu kochen, zu erzählen, zu zeigen. Aber wenn es um ihre ureigenen Wünsche ging, ihre Meinungen, ihre Ansichten, konnte er nicht über seinen Schatten springen. Warum nur? War sie ein so schwieriger Mensch?

Georg übersah auf der Heimfahrt geflissentlich Violas schlechte Laune. Er setzte Viola am Hafen in Schaprode ab, da er noch in sein Geschäft wollte. Zurück auf der Insel, lief sie eine Stunde am Strand entlang gegen den Nordwestwind, der in diesen Zeiten des Zorns ihr guter Freund geworden war.

Wie schön, dass ich jetzt nicht in die Wohnung in Bergen muss, dachte sie, sondern hier über die Insel rennen kann. Wie soll das nur weitergehen mit uns? Wie kann ich Georg beibringen, dass ich eigentlich gar nicht umziehen will, wenn sich die Wohnung so wenig nach meinen Wünschen anfühlt?

70

AM 22. FEBRUAR FEIERTE Viola ganz allein zu Hause den Jahrestag ihrer Ankunft auf der Insel, nur mit Pauli. Es war genauso kalt und stürmisch wie vor einem Jahr, nur lag dieses Mal Schnee, und zwar ziemlich hoch. Und wenn die Sonne schien, glitzerte die ganze Insel.

Aber was hatte sich alles verändert in dieser Zeit! Ihren Notanker, jederzeit wieder gehen und bei ihrem Vater einzusteigen zu können, brauchte sie nun nicht mehr. Sie wollte bleiben, und sie würde bleiben. Zumindest bis sie ganz sicher wusste, wohin sie gehörte, und vor allem, zu wem. Diese Gewissheit schien ihr nämlich so nach und nach abhandenzukommen.

Heute, am Sonntagvormittag, hatte sie Lust, einmal Ottilie zu besuchen. In der letzten Zeit war sie in jeder freien Minute mit Georg unterwegs gewesen, aber er war gestern zu einer Fachbuchmesse gefahren und würde erst in vier Tagen zurück sein.

Sie zog ihren dicken Anorak an, setzte die Wollmütze auf und machte sich auf den Weg. Ein paar einzelne Schneeflocken schwebten aus den Wolken, die sich über den Himmel jagten, und wurden, bevor sie landeten, schon wieder hochgewirbelt. In der Ferne rauschte das Meer, Sand und Schnee knirschten unter Violas Stiefeln, und die allgegenwärtigen Möwen ließen sich vom Wind auf und nieder schaukeln.

Ottilie freute sich und brühte in ihrer gemütlichen Küche gleich einen Tee auf.

Viola saß währenddessen in Gedanken versunken auf der Eckbank. Ottilie schwieg, offenbar hoffte sie, dass Viola von selbst sagen würde, was sie bedrückte.

»Heute vor einem Jahr bist du hier angekommen«, meinte sie schließlich lächelnd zu ihr.

»Daran hast du gedacht?«, fragte Viola überrascht.

»Aber ja, und Lisa und Doris auch. Wir wollen heute Abend ein Fondue machen, bei mir, unten in der Kneipe. Ich hoffe, du hast Lust.«

»Ja, schon.« Violas Augen leuchteten kurz auf. Dann sagte sie übergangslos: »Georg will, dass ich mit ihm nach Rügen ziehe.«

»Nein!« Ottilie sah sie erschrocken an. »Das kann doch nicht sein Ernst sein!«

»Doch. Was glaubst du, haben wir die ganzen letzten Wochen gemacht?«

»Das haben wir uns hier auch gefragt. Mertens hat euch einmal in einem Möbelhaus gesehen, ich dachte, ihr wollt sein Haus hier neu einrichten.«

»Er hat eine große Wohnung in Bergen gekauft, in einer wunderschönen Lage, am Bodden, mit Garten. Aber egal, wie schön sie liegt, es gibt so viele Schwierigkeiten damit, und ich glaube immer mehr, dass ich hierbleiben möchte. Ich werde mir immer sicherer.«

Ottilie zog die Stirn kraus. »Und wie gedenkst du, ihn zu überzeugen, dass es hier viel schöner ist?«

»Ja«, meinte Viola gedehnt, »das ist genau die Frage.«

Und dann, auf einmal, brach es aus Viola heraus, und sie erzählte Ottilie von ihren Zweifeln, ihrer Unfähigkeit, Georgs Argumenten mit eigener Stärke zu begegnen, ihrem Ärger über sich selbst, wenn sie um des lieben Friedens willen wieder einmal nachgegeben hatte. Und von ihrem Schweigen, in das sie in letzter Zeit immer öfter verfallen war bei Diskussionen, einfach weil sie das Gefühl hatte, er nehme sie nicht ernst oder höre ihr nicht richtig zu.

»Manchmal denke ich, er sucht in mir die vollkommene Frau, so, wie er seine vollkommenen Menüs zusammenbraut, ganz nach seinem eigenen Geschmack«, setzte sie bitter hinzu.

»Und sollte er ein Gewürz an dir finden, das ihm nicht passend scheint«, sagte Ottilie trocken, »will er dafür sorgen, dass dieser Fehler schnell behoben wird.«

Jetzt konnte Viola schon wieder lachen. »Genau, aber da beißt er sich bei mir die Zähne aus!«

»Na, dann stell dir mal Georg ohne Zähne vor.« Ottilies Augen blitzten.

Nach einer Weile seufzte Viola tief auf und wurde wieder ernst. »Er hat auch seine guten Seiten. Er ist absolut zuverlässig, er ist freundlich, er ist nie schlecht gelaunt, er ist zärtlich. Ich mag seine Ernsthaftigkeit, seine Ehrlichkeit. Ach, Ottilie, warum ist nicht alles so geblieben wie vorher, als wir uns meist nur am Wochenende sahen und keinen Grund zum Streiten hatten?«

»Das ist der Alltag«, meinte Ottilie, »und der macht es uns oft sehr schwer. Georg hat wohl nie so richtig gelernt, auf die Anliegen anderer einzugehen. Soviel ich weiß, hat er schon als junger Mann die Geschicke seiner kleinen Familie steuern müssen. Aber was wirst du nun tun?«

»Ich habe vier Tage Zeit zum Nachdenken, und die werde ich nutzen«, antwortete Viola entschlossen.

»Ja, tu das. Ich habe den Eindruck, dass in deinem Inneren eine ganze Menge in Ordnung kommen muss«, stimmte Ottilie zu.

»Für Ordnung ist Georg zuständig«, sagte Viola kläglich.

»Für seine, aber nicht für deine!«

Das Gespräch mit Ottilie tat Viola gut, und am Montag, als die Sprechstunde begann, fühlte sie sich schon wieder ein wenig ruhiger.

Lisa sah sie ein paarmal von der Seite an, als habe sie etwas auf dem Herzen, und schließlich konnte sie sich nicht mehr zurückhalten.

»Es geht das Gerücht um, dass Sie nicht auf der Insel bleiben wollen, Frau Doktor, stimmt das?«, fragte sie besorgt.

Viola schüttelte den Kopf. »Lieber Himmel, auf dieser Insel ist man das reinste Aushängeblatt«, versetzte sie gereizt. Aber dann sah sie Lisas betroffenes Gesicht. »Ich fühle mich hier wohl, und es wird schwer sein, mich wegzulocken«, sagte sie leichthin. »Lisa, es gibt einiges, das ich in der nächsten Zeit klären muss, aber ich werde es klären, und dann werde ich Ihnen und Doris als Erstes mitteilen, wie ich mich entschlossen habe.« Sie lächelte. »Und bis dahin sorgen Sie bitte dafür, dass nicht allzu viele Geschichten über mich die Runde machen.«

Lisa war keineswegs beruhigt, aber sie schwieg. Und sie sorgte dafür, dass Viola immer frische Blumen auf ihrem Schreibtisch hatte und ein Stück Kuchen in ihrer Küche und eine Flasche Sanddornsaft. Und sie hatte wohl auch den kleinen Skarabäus versteckt, den Käfer der Weisheit, den Viola in ihrer Arzttasche fand. Vielleicht half er ihr ja tatsächlich, die richtige Entscheidung zu treffen.

Eines Abends wurde Viola zu Herrn Karl gerufen, einem Mann, der an Asthma litt und ab und zu bei einem schweren Anfall eine Injektion brauchte.

Als Viola an dem kleinen Backsteinhaus in Neuendorf ankam, stand seine Frau vor der Haustür und erwartete sie schon. »Es geht ihm nicht sehr gut«, teilte sie Viola mit. »Er wollte eigentlich nicht, dass ich Sie anrufe, aber jetzt kommt die Nacht, und da dachte ich, wir klingeln Sie besser jetzt als um Mitternacht aus dem Haus.«

Viola hörte schon im Flur das laute Keuchen und trat ein. Herr Karl saß in einem Sessel, er war Mitte sechzig, mit weißem Haarkranz über einem hageren Gesicht und einem schmalen Körper. Er hatte große Schwierigkeiten mit dem Atmen. Er nickte ihr zu, konnte aber nicht sprechen. Viola öffnete ihre Arzttasche. Es waren alles sichere und oft geübte Handgriffe, die sie nun vornahm: die Ampulle öffnen, die Flüssigkeit in der Spritze aufziehen, die Nadel aufsetzen, den Arm abbinden, die Vene suchen.

Schon als sie den Stempel der Spritze ganz langsam ein wenig eindrückte, atmete der Mann leichter. Während sie mit großen Pausen das Medikament injizierte, unterhielt sie sich mit seiner mütterlichen Frau über das Wetter auf der Insel, über die Enkelkinder, die alle auf dem Festland wohnten, aber in den Ferien immer auf die Insel kamen, und über das geplante Wellness-Zentrum im alten Fischerdorf.

Schließlich zog sie die leere Spritze zurück und drückte einen Mulltupfer auf die Einstichstelle. »Na, Herr Karl, so ist es doch schon besser, oder?«

Er nickte dankbar. »Ja«, sagte er. »Meine Frau hat schon recht, ne Sprütz in't Fell helpt ümmer noch am best'n.«

In Viola breitete sich auf einmal eine Ruhe aus, wie sie sie schon lange nicht mehr gespürt hatte. Das war es, das war ihr Leben: diese paar Handgriffe, die so viel bewirkten, die Gespräche mit den Menschen, das befriedigende Gefühl, einem Mann zu einer guten Nacht verholfen zu haben, und das wollte sie nicht mehr missen. Ob Georg das je verstehen würde? Sie fühlte sich wieder stark und sicher. Genau das war es, was sie immer wieder mit Georg aneinandergeraten ließ. Stark und sicher konnte er sie nicht ertragen. Das gab Streit. Was hatte Florian gesagt? Georg brauche eine Frau, die sich ihm anpassen könne? War sie auf dem Weg, ein biegsames Drähtchen zu werden?

Sie musste eine Entscheidung treffen. Und sie ahnte jetzt schon, welche. Es würde ihr nicht leichtfallen, denn vielleicht würde wieder einmal ein Traum zerplatzen.

71

IN DIESER NACHT SASS Viola lange an ihrem Küchentisch. Erst gegen Morgen ging sie müde, aber ruhig ins Bett.

Georg kam am Donnerstagnachmittag wieder zurück, und als er alles ausgepackt und an seinem Platz verstaut hatte, rief er Viola an.

»Ich komme nach der Sprechstunde zu dir hinüber«, teilte ihm Viola mit. »Georg, ich muss mit dir reden, es ist wichtig. Und ich möchte, dass du mir zuhörst und nicht sofort versuchst, mir deine Argumente in den Weg zu stellen.«

Schweigen am anderen Ende, dann kam Georgs Stimme: »Geht es um den Umzug nach Rügen?«

»Ja, und noch um vieles mehr. Aber nicht jetzt am Telefon.«

»In Ordnung«, antwortete er. »Ich hätte dich nicht vier Tage allein lassen sollen. Du klingst irgendwie anders.«

»Bis später dann«, verabschiedete sich Viola kurz und legte auf.

Georg empfing sie ein wenig reserviert, führte sie aber gleich ins Wohnzimmer und holte zwei Gläser und eine Flasche Rotwein. Er schenkte ein. Bisher war noch kaum ein Wort gefallen, und Viola wusste nicht, wie sie anfangen sollte.

»Ich glaube«, sagte sie nach einer Weile, »wir passen nicht zusammen, Georg.« Genau das hatte sie eigentlich nicht sagen wollen, aber es fiel ihr nichts Besseres ein.

Georg sah sie verständnislos an und schüttelte den Kopf. »Wie meinst du das?«

»Du hast in den letzten Wochen doch sicher auch gemerkt, wie schwer wir es miteinander haben«, fuhr Viola fort. »Nein, lass mich erst einmal ausreden. Vielleicht wird dir dann klar, was ich meine. Solange jeder für sich wohnt, kommen wir gut miteinander aus. Aber je mehr wir uns mit der Wohnung in Bergen beschäftigen, desto schwieriger wird es. Sieh mal, ich werde immer etwas anderes wollen als du, bunte Vorhänge, einen rotgestrichenen Schrank, offene Fenster, ich werde, ohne es zu wollen, deine Gewürze durcheinanderbringen, das Geschirr nicht immer gleich nach dem Essen abwaschen, ich würde dein ganzes Leben immer wieder stören, auch wenn ich mich noch so sehr bemühe. Und, vor allem: Irgendwann einmal werde ich keine Lust mehr haben, mich zu bemühen.«

Georg schwieg mit gerunzelter Stirn. Viola sah ihm an, dass er nicht begriff, was sie meinte.

»Aber man kann sich doch einigen, Kompromisse finden«, sagte er schließlich. Er saß da, mit seinem Glas in der Hand, und Viola sah, dass er ihre Argumente nicht nachvollziehen konnte.

Viola überlegte, wie sie ihre Antwort formulieren sollte.

»Das ist nicht so einfach«, erwiderte sie nach einer Weile. »Ich habe festgestellt, dass Kompromisse für dich sehr schwierig sind. Ich sehe dein gequältes Gesicht, wenn das Geschirr in der Küche nicht am gewohnten Platz steht. Wenn ich bei offenem Fenster lese, siehst du immer wieder hin. Irgendwann kannst du dich nicht mehr zurückhalten, stehst auf und machst es zu, weil du meinst, es zieht und ich könnte mich erkälten. Du räumst hinter mir her, Kleider, Bücher, Zeitschriften, weil du Unordnung nicht magst. Ich sehe, wie unwohl du dich fühlst, wenn ich den Küchentisch in die Ecke rücke; jetzt steht er wieder in der Mitte. Und darum gebe ich immer wieder nach. Es fällt mir leichter als dir, und ich würde es auch immer wieder tun, nur damit Frieden herrscht.«

»Und, wäre das so schlimm?« fragte Georg ernst.

»Ja, es wäre schlimm! Ich müsste mich auf die Dauer verbiegen wie die Kiefern oben auf dem Dornbusch im Wind. Ich müsste mich dir anpassen. Immer. Eine Zeitlang könnte das gutgehen, aber eines Tages würde ich platzen vor Zorn und dich verlassen. Und du hättest vielleicht auch einmal die Nase voll von einer Frau, die sich nicht erziehen lässt.«

Georg erhob sich und ging auf und ab. »Und ich dachte, du würdest dich wohl fühlen bei mir«, stellte er fest. »Ich biete dir eine schöne große Wohnung in einer Umgebung, die dir mehr geben kann als diese Insel. Du musst nicht mehr voll berufstätig sein, ich verdiene genug für uns beide, du kannst es dir bequem machen. Wir können Kinder haben, wie du es dir gewünscht hast. Und ich liebe dich. Ich habe noch keine Frau kennengelernt, mit der ich zusammenleben möchte, du bist die erste. Und die einzige. Ich verstehe nicht, warum auf einmal alles nicht mehr passen soll. Du hast doch sonst keine solche Launen.« Vorwurfsvoll und empört schaute er sie an.

»Vielleicht habe ich es mir einfach anders überlegt«, sagte Viola erregt. Sie war nicht bis zu ihm durchgedrungen, er begriff nicht, worum es ihr ging, er hielt alles für eine Laune! »Und eine Frau, die so wankelmütig ist wie ich, eignet sich nicht für dich. Verstehst du das besser?«, setzte sie spitz hinzu.

»Ich verstehe nur, dass du dir in den vier Tagen, in denen ich weg war, eine Menge Unsinn zusammengereimt hast, und wer weiß, wer dich dabei unterstützt hat!«, entgegnete Georg heftig, zum ersten Mal aus seiner Ruhe gebracht.

»Du glaubst immer noch, ich bräuchte jemanden, der mir

zeigt, wo es langgeht, ja?« Jetzt war Viola richtig wütend. »Und das bist entweder du, oder, wenn ich vom Weg abweiche wie jetzt, war es jemand anderes. Aber ich bin erwachsen! Ich weiß selbst, wohin ich will. Vielleicht nicht immer sofort, vielleicht mache ich manchmal Umwege, aber das ist immer noch besser, als mein ganzes Leben lang hinter jemandem herzuschippern!«

»Es ist für dich nicht das Schlechteste, einem Mann zu vertrauen, der weiß, was das Beste für dich ist, meinst du nicht? Deine bisherigen Erfahrungen müssten dich gelehrt haben, dass du allein oft ganz schön ins Schlingern kommst!«

Viola holte tief Luft, eine heftige Erwiderung lag ihr auf der Zunge. Warum konnte Georg nicht ein einziges Mal zurückstecken und ihren Weg mit ihr gehen? Und warum kämpfte er nicht um sie? Wenn er sie liebte, warum war er dann nicht bereit, auch einmal einen anderen Kurs zu segeln, ihren Kurs?

Aber dann fühlte sie plötzlich nur noch eine abgrundtiefe Traurigkeit in sich. Was sollten diese Grabenkämpfe? Sie war es leid, zu versuchen, sich ihm verständlich zu machen.

»Ja, so wird es sein!«, sagte sie, stand auf und ging zu ihm hinüber. »Georg, es hat keinen Sinn, und ich mag mich nicht mehr streiten. Aber ich glaube, wir sollten uns eine Zeitlang nicht sehen und vor allem keine Zukunftspläne mehr machen. Ich brauche Abstand, um wieder zu mir zu finden, und ich wünsche mir, dass du auch darüber nachdenkst. Es geht so nicht, es geht so einfach nicht.« Sie trat in den Flur. Georg folgte ihr nicht, er schwieg. Sie wünschte sich, er würde ihr nachkommen, ihr zuhören, sie verstehen und sich um sie bemühen, aber sie blieb allein. Langsam ging sie nach Hause.

In ihrem Wohnzimmer warf sie sich aufs Sofa und brach in Tränen aus.

72

GEORG LIESS AUCH IN den nächsten Tagen nichts von sich hören. Gab er so schnell auf? War er so sehr verletzt? Man sah ihn nicht mehr zum Hafen gehen, er hatte die Insel offensichtlich verlassen, wahrscheinlich wohnte er wieder in Bergen.

Viola vermisste ihn, trotz allem. Einige Male wollte sie ihn anrufen, unterließ es dann aber. Es war jetzt an ihm, einen Schritt auf sie zu zu machen. Sie hatte die Hoffnung noch nicht aufgegeben.

Auf Hiddensee sprach sich schnell herum, dass Viola und Georg ihre Verlobung gelöst oder zumindest auf Eis gelegt hatten. Obwohl Viola von den Leuten bedauert wurde, waren sie doch spürbar froh, dass ihnen nun ihre Ärztin erhalten blieb.

Viola ging es nicht gut. Sie versank in eine tiefe Verzweiflung, und erst ihr Zorn und ihre Wut brachten sie wieder an die Oberfläche, als nämlich ein Brief von Georg kam, ein langer Brief, in dem er ihr erklärte, dass die Verantwortung für ihre Schwierigkeiten vor allem bei ihr läge, er selbst war sich keiner Schuld bewusst. »Ich habe dich wirklich und aus tiefstem Herzen geliebt, und ich tue es noch, auch wenn du zurzeit eine Menge krauser Ideen im Kopf hast. Wenn du dich nur ein wenig mehr bemühen würdest«, schrieb er, »und nicht immer nur versuchtest, deinen Willen durchzusetzen. Ich weiß nicht, was dich auf einmal so verändert hat. Vielleicht wirst du es eines Tages einmal einsehen, was dir entgangen ist. Ich werde dann für dich da sein, trotz allem.«

Sie zerriss das Papier und streute es ins Meer. Dort sollte es der Butt fressen, der ihr immer noch kein Schloss mit einem richtigen Prinzen geschenkt hatte.

Lisa brachte Viola weiterhin jeden Tag ein Stück Kuchen. »Sie müssen essen«, redete sie Viola zu. »So dünn, wie Sie jetzt sind, könnten die Leute ja meinen, wir hielten Sie kurz hier auf Hiddensee.«

Doris hatte sie wortlos umarmt. Sie war es auch, die Viola eines Freitagabends wieder abholte und mit zu Ottilie nahm.

Und Frau Bertram brachte die Pläne für den neuen Abenteuerspielplatz mit in die Sprechstunde, um Viola damit ein wenig abzulenken. Viola war ganz gerührt. So viel Wärme und Mitgefühl mit der gestrandeten Inselärztin hatte sie nicht erwartet.

Als sie ein paar Tage später zu Jehann kam, der in Annas warmer Stube saß, die unvermeidliche kalte Pfeife im Mundwinkel, blickte er sie mit seinen kleinen hellen Augen ermunternd an. »De Leiw föllt güss so gaut up'n Kaupload'n ass up'n Ros'nblatt«, sagte er.

Über Violas Gesicht flog ein Lächeln. »Ein Rosenblatt wäre mir lieber gewesen als ein Kuhplatsch«, meinte sie.

Anna hatte erzählt, dass Norbert Storm zweimal da gewesen sei. Er hatte sich sehr ordentlich betragen und sogar entschuldigt. Jehann und er waren sich einig geworden über Jehanns Nachlass und das Grundstück. Jehann wollte nun doch verkaufen, vor allem, da der Bürgermeister ihn immer wieder aufgesucht hatte. Einen Teil des Geldes sollte Norbert Storm erhalten, seine Mietwohnung war in Eigentum umgewandelt worden, und er wollte sie gern erwerben. Und dann hatte Jehann die Idee, das restliche Geld für ein kleines Pflegeheim für alte Fischer und Inselbewohner zu verwenden. Das Haus sollte nah am Meer stehen, wo man die Möwen und die Schiffe beobachten konnte.

»Er wünscht sich, dass niemand aufs Festland muss im Alter, sondern dass hier auf der Insel auch ein Platz für alte, hilfsbedürftige Menschen ist«, erklärte Anna.

»Und Norbert Storm?«, fragte Viola. »Ist er nun zufrieden?«

»Er ist nun einmal Jehanns einziger Verwandter, und Jehann will nicht in Unfrieden mit ihm leben.«

Viola war damit nicht so ganz einverstanden, sie hätte Norbert Storm ein für alle Mal abserviert, aber sie musste Jehanns Entscheidung akzeptieren. Vielleicht wird man im Alter milde und versöhnlicher, dachte sie.

Dieses Jahr kannte Viola schon die Anzeichen des Frühlings auf der Insel. Im März gab es immer wieder warme windstille Tage, in den Vorgärten leuchteten die Szilla und Krokusse, und die kleinen Vögel fingen schon morgens in der Frühe an, lautstark zu singen.

Von Florian war keine Nachricht mehr gekommen, auch Ottilie wusste nichts Neues. Aber die Zugvögel, die trafen bereits wieder lautstark ein. Sie zogen über den Himmel und riefen und schrien und lärmten um die Wette.

Als Viola an einem schönen Samstagmorgen aufwachte, entschloss sie sich, ins Vogelschutzgebiet zu gehen. Der Nordwestwind war noch ziemlich kalt, aber die Sonne wärmte schon spürbar die Haut, wenn man ihr das Gesicht entgegenhielt. Viola wollte an ihrem freien Tag nicht zu Hause sitzen und grübeln, sie musste sich bewegen.

Mit Pullover, Anorak und Wollmütze ausgerüstet, zog sie los. Das Meer rauschte in gleichmäßigen Wellen an den Strand.

Überall lagen Treibholz, grünes Seegras und Algen, Muscheln knirschten unter ihren Schuhen, und je näher sie dem Schutzgebiet im Gellen kam, desto häufiger sah sie große Vogelschwärme in der Luft. Die Kraniche kehrten zurück, die Enten, die Gänse. Jetzt könnte eigentlich auch Florian kommen, dachte Viola.

Vorsichtig und ruhig, wie sie es bei Florian gelernt hatte, ging sie durch die Dünen und bis zu dem reetgedeckten Häuschen, das sie nun schon so gut kannte. Alles war verschlossen, nichts regte sich.

Insgeheim hatte Viola gehofft, irgendein Lebenszeichen von Florian vorzufinden, nun war sie enttäuscht. Es schmerzte richtig, allein hier zu sein. Was hätte sie darum gegeben, Florians fröhliches Gesicht in der offenen Tür zu sehen.

Florian, mit seiner Liebe zu den Vögeln und den Walen, mit seiner direkten Art, sich auszudrücken, mit seiner Unbekümmertheit, wenn es um Konventionen ging, mit seinem Ernst, wenn wichtige Dinge anstanden, und mit seinem Interesse an anderen Menschen, anderen Meinungen, anderen Lebensweisen. Sie wollte ihn noch einmal sehen und ihm sagen … Ja, was eigentlich? Dass sie sich nach ihm sehnte? Dass sie über vieles nachgedacht hatte? Wo er wohl war? Ob er oft an Hiddensee dachte? Und an sie, die Frau Doktor? Ob er seinen Wegweiser noch hatte?

Langsam machte sie sich auf den Rückweg. Sie hatte in ihrem Leben nie viel nach rechts und links geschaut. Beruf, Ehemann und Kinder, das war ihr Weg gewesen. Dann hatte sie das Schicksal aus dem Gleis geworfen, und sie war auf Hiddensee gelandet, ohne sich eigentlich bewusst entschieden zu haben.

Und dann war Georg gekommen, und wieder war ihr der Weg klar erschienen.

Doch auch dieses Mal hatte er im Nichts geendet. Und nun?

Nun stand sie da und wusste nicht, wohin. Die Arztpraxis, ja, das war ihr Platz, die Insel, die Menschen hier, zu ihnen fühlte sie sich zugehörig. Aber sonst?

Vielleicht hätte sie den kleinen Wegweiser aus Holz behalten sollen, nun hätte sie ihn selbst gebraucht.

Und Florian? Kannte er seinen Weg? Oder ließ er sich nur einfach so durch die Gegend treiben? Sie kannte ihn tatsächlich schlecht, er hatte recht gehabt.

Als Viola wieder am Strand angekommen war, hatte der Wind aufgefrischt, und sie musste sich kräftig gegen ihn stemmen. Es machte richtig Spaß, sich mit diesen heftigen Böen anzulegen. Mit roten kalten Wangen und klaren Augen, durchgepustet und außer Atem, aber zum ersten Mal seit langem wieder mit dem Gefühl, wie rundum erneuert zu sein, kam sie zu Hause an.

Sie betrat ihre Wohnung und wusste auf einmal, was sie nun tun würde: sich endlich einrichten.

Und als Erstes wollte sie nach Rostock fahren und die sündhaft teuren wunderschönen Birkenvorhänge kaufen.

In dieser Nacht konnte Viola lange nicht einschlafen. So viele Gedanken gingen ihr durch den Kopf. Irgendwann aber musste sie dann doch eingenickt sein, denn sie erwachte von einem eigenartigen Geräusch. Es klang wie ein singendes Rufen und kam von draußen. So etwas hatte sie noch nie gehört.

Sie stand auf und öffnete das Fenster. Und da sah sie es: Weit oben am Himmel, hell gegen das samtene Dunkelblau gezeichnet, flogen mit gleichmäßigen Flügelschlägen große weiße Vögel vorüber, hintereinander, mit langen Hälsen. Ihr Rufen klang durch die Nacht, laut und melodisch. Eigentlich riefen sie nicht, sie sangen, direkt über ihr. Dann entfernten sie sich immer mehr, verschwanden im Dunkel, und nur noch ein paar leise Töne waren zu hören.

Die Singschwäne! Florians Singschwäne! Sie kehrten zurück. Sie hatten den Weg zurück gefunden. Viola stand lange am Fenster, dann schloss sie es und kehrte in ihr Bett zurück.

Alle Gedanken legten sich zur Ruhe, in ihr wurde es still. Es gab immer einen Weg, auch für sie, auch wenn man nicht im Voraus wusste, wohin er führte.

73

ZWEI WOCHEN SPÄTER, ES war schon April, und eine Vorhut Inselgäste hatte sich bereits wieder eingenistet, kam Viola am Freitagabend zu Ottilies Kneipe. Als sie die erleuchteten Fenster sah, wünschte sie sich, wie jedes Mal, Florian wäre wieder da. Im Geist hörte sie seine Klarinette spielen, eine schnelle, tanzende Melodie.

Sie öffnete die Tür, und die Musik wurde lauter. Sie erstarrte. Sie hatte es sich nicht eingebildet, jemand spielte Klarinette.

Langsam und mit klopfendem Herzen trat sie in die Gaststube. Und da stand er, wo er immer gestanden hatte, auf dem kleinen Podest, ganz in sein Spiel versunken.

Viola setzte sich auf ihren Stammplatz neben dem Kachelofen und betrachtete Florian. Als Ottilie ihr ein Glas Tee mit Rum brachte, sah er auf.

Einen Moment hielt er inne, dann spielte er weiter. Man konnte seinem Gesicht nicht ansehen, was er dachte.

Was hast du dir eigentlich vorgestellt?, sagte Viola zu sich selbst. Dass er seine Klarinette hinwirft, auf dich zu rennt und dich leidenschaftlich in die Arme reißt? Wahrscheinlich ist er nur gekommen, um seine Abschlussarbeit zu machen, dachte sie, und an ihr, Viola, hatte er bestimmt das Interesse verloren, nachdem sie sich Georg zugewandt hatte. Wahrscheinlich stand bereits eine neue Freundin bei ihm auf der

Matte. Wahrscheinlich ... Weiter dachte sie nicht. Sie saß nur da und war zutiefst enttäuscht.

Irgendwann einmal blickte Florian sie an. Er lächelte ein klein wenig, und dann hob er sein Instrument und spielte – »Dat du min Leevsten büst«.

Das war doch ihr neues Lieblingslied! Sie hatte es damals im »Hotel Seeblick« gehört, als er den Abend mit den Inselliedern gestaltet hatte. Und es hatte ihr sofort gefallen. Später hatte er es jedes Mal gespielt, wenn sie bei Ottilie zur Tür hereinkam, mit Augen, in denen ein amüsiertes Lächeln blitzte. Und manchmal hatte sie sich ausgemalt, wie es wäre, wenn Florian und sie ... Viola spürte, wie Tränen in ihren Augen brannten. Bloß das nicht!

Sie erhob sich abrupt und rannte zur Tür, öffnete sie und schloss sie schnell wieder hinter sich. Schon einmal war sie bei einem Lied von ihm weggerannt. Sie kam sich ziemlich töricht vor, gar nicht wie eine vernunftbegabte Frau Doktor von 35 Jahren.

In der Dunkelheit vor dem Haus blieb sie stehen. Ein kühler Wind kam vom Meer, und hoch oben in den Wolken leuchtete der Mond. Ihrem erhitzten Gesicht tat die Kälte gut.

Auf einmal stand Florian neben ihr. Sie hatte gar nicht bemerkt, dass die Musik verstummt war.

»Nun, Frau Doktor«, sagte er, »was ist denn in dich gefahren? Habe ich wieder das falsche Lied gespielt? Und überhaupt, begrüßt man so einen alten Freund?«

»Von wegen alter Freund! Herumtreiben und sich nicht melden!«, fauchte Viola zurück. Sie wollte auf keinen Fall, dass er merkte, wie elend ihr zumute war.

»Oh, hat es der gute Georg nicht geschafft, dich ein wenig zu zähmen?«

»Nein! Warum sollte er?«

»Er sollte eigentlich nicht, aber ich wette, er hat es versucht.«

»Lassen wir Georg aus dem Spiel!«

Florians Stimme wurde weich. »Ja, das ist das erste vernünftige Wort von dir heute Abend. Lassen wir Georg aus dem Spiel. Soviel ich gehört habe, ist er wirklich draußen.«

Aha, Ottilie hatte ihn bereits informiert. Mehr wollte Viola dazu aber nicht sagen. Und so schwieg sie.

Florian stand ebenfalls schweigend neben ihr. Nach einer Weile fragte Viola: »Warum bist du gekommen?«

»Oh, ich hatte mehrere Gründe, aber es gab nur einen einzigen, der wirklich gezählt hat.«

»Und der wäre?«

»Ich habe eine wichtige Entscheidung zu treffen. Und das kann ich nur hier.«

Als Viola nichts sagte, fuhr er fort: »Ich habe ein Angebot von Greenpeace bekommen, für zwei Jahre nach Südamerika zu gehen.«

Viola hatte das Gefühl, jemand presse ihr die Luft ab. Er wollte fort, schon wieder fort, diesmal für zwei Jahre!

»Und ich habe es probiert, aber es ging nicht«, setzte er hinzu.

»Was ging nicht?«, fragte sie erstaunt.

»Dich zu vergessen«, antwortete er einfach.

Viola schnappte nach Luft. Mit einer schnellen Bewegung legte er die Arme um sie und zog sie an sich. Sie wollte sich losmachen.

»Nein, warte, lass mich ausreden.« Er machte eine kleine Pause, um sich zu sammeln. »Ich habe mir immer wieder gesagt, dass wir sowieso nicht zueinanderpassen, als du mir von deiner Verlobung mit Georg erzählt hattest. Ich bin mit Mädchen ausgegangen«, Viola versteifte sich, »und es hat überhaupt keinen Spaß gemacht. Dann wusste ich auf einmal, was ich tun wollte. Nach Hiddensee fahren und dich wiedersehen. Ich habe viel zu früh aufgegeben. Ich wollte alles versuchen, dich von deinem Georg loszueisen. Na ja, fast alles«, setzte er leise lächelnd hinzu.

»Und ich habe ... Ach, Florian, es war alles so verworren und schwierig«, sagte Viola halb lachend, halb weinend.

»Wir werden es klären, wir haben viel Zeit dazu.«

»Aber du willst doch nach Südamerika?«, fragte Viola irritiert.

»Ich habe doch gesagt, dass ich eine Entscheidung treffen muss. Ich habe nämlich noch ein zweites Angebot. Ich kann die Oberaufsicht über die Schutzgebiete auf Hiddensee und Rügen übernehmen, als feste Stelle.«

Viola hob den Kopf und blickte ihn ungläubig an.

»Im Ernst? Und du willst bleiben? Nicht mehr herumvagabundieren?«

»Oh doch, aber nicht mehr allein.«

»Ich habe eine Arztpraxis hier, die möchte ich nicht verlassen.«

»Das sollst du auch nicht.«

»Und wie kann das gehen?«

»Das werden wir dann sehen, wenn es so weit ist. Wir werden eine Lösung finden, zu der wir beide ja sagen können, keine Sorge. Wir haben nämlich wirklich viel Zeit, uns aneinander zu gewöhnen.«

Viola stand ganz still. Sie fühlte sich so warm und wohl in Florians Arm, dass sie am liebsten die ganze Nacht über dort geblieben wäre.

»Und nun, liebe Frau Doktor, gehen wir wieder hinein. Ich habe noch eine Weile zu tun, und Ottilie erwartet mich sicher schon sehnlichst.«

Viola schüttelte den Kopf. Lieber Himmel, da hatten sie solche aufwühlenden Gespräche, und Florian wollte einfach zur Tagesordnung übergehen. Noch nicht einmal geküsst hatte er sie. Aber da strich er ihr auch schon die Haare aus dem Gesicht und drückte sie fest an sich. Und dann küsste er sie. Und wie!

Einige Zeit später betraten beide wieder das Gastzimmer. Florian begab sich zu seiner Klarinette, und Viola setzte sich zu Ottilie an den Tisch. Sie hatte das Gefühl, alle Menschen im Raum würden sie ansehen, und sie versuchte, ihre Gefühle zu verbergen. Ottilie musterte sie neugierig.

Und dann begann Florian, wieder zu spielen. Und dieses Mal blickte er sie an, nur sie, und seine Augen glitzerten vor Übermut. Als Viola merkte, was er spielte, hätte sie sich am liebsten unter dem Tisch verkrochen: ein Liebeslied nach dem anderen. »Only you«, »True love«, »I can't stop loving you«, »Falling in love with you« …

Und als er absetzte, war niemand mehr im Raum, der nicht bemerkt hätte, was sich da abspielte. Jan, Lisas Ehemann, prostete ihr zu, Zeitungsausträger Mertens und seine Frau sahen sie befriedigt an. Pastor Busche klatschte unhörbar in die Hände, alle, die hier saßen, waren Viola bekannt, und alle sahen ihre Frau Doktor mit hochroten Wangen und mit Augen, die nicht wussten, wohin sie blicken sollten.

Ottilie flüsterte ihr zu, dass sie das eigentlich schon im letzten Sommer hätten erledigen können, Florian und sie, und dann packte Florian sein Instrument ein, nahm Viola bei der Hand, winkte allen im Raum fröhlich zu und zog sie mit sich hinaus.

»Morgen wird es die ganze Insel wissen«, beschwerte sich Viola empört, als sie eng umschlungen durchs Dorf gingen.

»Gewiss«, bestätigte Florian. »Macht es dir etwas aus?«

»Ich gewöhne mich so langsam daran.« Viola kuschelte sich in seinen Arm.

»Und Pauli sollte heute Nacht in seinem Körbchen in der Küche schlafen«, fuhr Florian fort. »Für drei ist dein Bett zu klein.«

»Ja, Herr Biologe«, erwiderte Viola brav.

»Auch das wird morgen die ganze Insel wissen«, bemerkte Florian.

Viola stöhnte. »Du leiwe Tied, was diese Insel alles mit mir anstellt!«, sagte sie, aber in ihrer Stimme schwang ein glückliches Lachen mit.

74

AM SAMSTAGMORGEN ERWACHTE VIOLA ziemlich spät. Pauli kratzte an der Tür. Sie schlug die Augen auf und blickte als Erstes in die von der Sonne durchschienenen Birkenvorhänge am Fenster. Dann fühlte sie Florians warmen Arm neben sich. Sie schob ihn vorsichtig beiseite und stand auf.

Draußen spannte sich ein strahlend blauer Himmel über Hiddensee, es war knackig kalt, und als sie die Zeitung hereinholte, bildete ihr Atem eine kleine weiße Wolke.

Konnte man jetzt einfach wie jeden Samstagmorgen duschen, sich anziehen und Zeitung lesen? Konnte man den Alltag weiterleben, als wäre nichts passiert?

Es war so viel geschehen gestern Abend. Und in ihrem Bett lag dieser Mann, von dem sie sich noch gar nicht vorstellen konnte, wie eine Zukunft mit ihm aussah. Nur eines wusste sie sicher: Es gab für sie eine Zukunft mit ihm.

Als sie ins Badezimmer ging, summte sie leise vor sich hin: »Dat du min Leevsten büst …« Wenn sie nachher zum Bäcker wollte, musste sie sich warm anziehen.

Auf dem Weg ins Dorf hatte Viola das Gefühl, alle Leute begrüßten sie heute besonders freundlich und aufmerksam und mit wissendem Gesicht. Am liebsten hätte sie sich mal wieder die ersehnte Kapuze übergezogen, die sie unsichtbar machte. Die Bäckersfrau reichte ihr eine Tüte mit sechs Rosinenbrötchen über den Tresen mit den Worten: »Zum Einstand«, was auch immer sie damit meinte. Und die alte Wanda, die auch schon mit ihrem uralten Hund unterwegs war, verstieg sich sogar zu dem Kommentar: »Watt sich hänn'n sall, datt kricht sich uk«, und ihre kleinen Äuglein blitzten dabei heller als die Sonne.

Viola war froh, als sie wieder in ihrer Wohnung war. Der Kaffee blubberte gerade durch die Maschine, und auf einmal stand Florian hinter ihr und reckte und streckte sich. »So habe ich mir das vorgestellt«, sagte er erfreut, »ein gemütliches Frühstück mit dir zusammen am Samstagmorgen.« Er küsste Viola in den Nacken und verschwand im Bad.

Kurz darauf klingelte das Telefon.

»Ich muss zu einem Patienten«, sagte Viola, als er frisch duftend in die Küche kam, und zog sich bereits den Mantel über.

Florian machte ein langes Gesicht. »Wird das immer so sein? Gerade dann, wenn es gemütlich wird?«

»Daran musst du dich gewöhnen«, antwortete Viola mit lachenden Augen. »Das macht dir doch sicher nichts aus?«

Er seufzte. »Diese Insel«, sagte er kopfschüttelnd, »was die alles mit uns anstellt.«

Aber Frau Doktor Viola Herz drückte ihm schnell einen Kuss auf den Mund und lief die Treppe hinunter. Er würde sich daran gewöhnen, sie hatten ja noch viel Zeit miteinander.

Dat du min Leevsten büst
Dat du woll weeßt
Kumm bi de Nacht, kumm bi de Nacht, segg wo du heeßt,
Kumm bi de Nacht, kumm bi de Nacht, segg wo du heeßt.

Kumm du um Middernacht
Kumm du Klock een,
Vader slöpt, Moder slöpt, ik slap alleen,
Vader slöpt, Moder slöpt, ik slap alleen.

Klopp an de Kammerdör
Fat an de Klink.
Vader meent, Moder meent, dat deit de Wind,
Vader meent, Moder meent, dat deit de Wind.

Kumm denn de Morgenstund
Kreiht de ol Hahn
Leevster min, Leevster min, denn mößt du gahn,
Leevster min, Leevster min, denn mößt du gahn.

Bedanken möchte ich mich bei Dirk Meynecke (Buchplanung) für den Schubs Richtung Insel, bei Carlos Westerkamp (Lektorat) für die vielen hilfreichen Kommentare, und bei Rosemarie Schubert aus Vitte fürs Korrigieren der Sätze auf Platt.

Bettina Haskamp

Alles wegen Werner

Roman

ISBN 978-3-548-28184-1
www.ullstein-buchverlage.de

Nach dreißig Jahren endet Claras Ehe mit einem Knall: Ehemann Werner wirft sie aus der Luxusvilla am Meer und verschwindet mit einer schönen Brasilianerin. Was Clara noch bleibt, sind Rotwein, Verzweiflung und ein übergewichtiger Hund. Kann es überhaupt ein Leben jenseits von Werner geben?
Ein herzerwärmender komischer Roman über eine Frau, die durch den größten anzunehmenden Unfall in ihrem Leben zu sich selbst findet.

»Ein bezaubernd witziger Roman!« *Lisa*

UB552